코커의 자유

존 버거 소설 · 김현우 옮김

코커의 자유
Corker's Freedom

열화당

차례

아넌트와 그의 아침들
그리고 크리스마스의 폴 로턴에게

제1부
클래펌의 코커 직업소개소

(윌리엄 트레이시 코커, 예순셋의 독신남인 그는 오늘 아침, 즉 1960
년 사월 사일, 십이 년 동안 살았던, 장애가 있는 여동생 아이린의 집
을 나섰다. 그는 그 집으로 돌아갈 생각이 없다. 앨릭 구치, 코커 씨
의 부하 직원이자 유일한 직원인 그는 두 달 후 열여덟 살이 된다. 어
젯밤 그는 태어나서 처음으로 여자와 잠자리를 가졌다. 그가 사랑에
빠진 그녀는 꽃집에서 일하고, 이름은 재키다.)

앨릭은 키가 백팔십이 센티미터였지만, 작업 테이블에 앉으면 뒤쪽
벽에 있는 창문이 높아서 거의 천장에서 빛이 내려오는 것처럼 보인
다. 앨릭은 두 가지 일을 동시에 해야 한다. 먼저 그는 월급을 받기
위해, 그리고 고용주를 만족시키고 좋은 평판을 받아 더 나은 일자
리를 구할 수 있기 위해 일을 한다. 둘째, 그는 스스로의 만족을 위해
일한다. 첫번째 일에는 사무실 청소, 우편물 확인, 문서 작성, 타이
핑, 봉투에 주소 적기, 광고 분류하기 등이 포함된다. 두번째 일은 비
밀이다. 두번째 일을 제대로 하기 위해서는 사무실에서 일어나는 모
든 일을 관찰하고(그것도 첫번째 일을 의무적으로 수행하면서), 그
렇게 관찰한 후에는 그 일들에 이름을 붙여야 한다. 사무실에서 일
어나는 일들은 대부분 반복적인데, 마치 간단한 게임을 여러 번 하
다 보면 반복적이 되는 것과 같다. 반복되는 일들은 따로 이름을 붙
일 필요가 없다. 현재 하고 있는 방식에서 벗어나지 않는 이상 그런

일들은 사무실 일과에 포함된다. 그래도 앨릭은 그것들이 기존 방식에서 벗어나지 않도록 확인해야 하고, 확인을 마치면 선생님이 정답을 표시하는 것처럼 머릿속으로 그것들을 표시해야 한다. 따라서 그는 고용주의 반응이나, 통화 중 했던 말, 고객의 문의, 편지에 씌어진 단어들, 대답하는 방식, 돈과 관련한 계산을 끊임없이 표시한다. 그렇게 표시하는 일은 그에게 일종의 만족감을 준다. 일들이 원래의 계획에 따라 진행되는 것을 지켜보는 만족감. 하지만 하루에 몇 번씩 새로운 일, 전례가 없는 일들이 벌어진다. 그때 그는 그 새로운 사태가 사무실 일과에 포함되는지 아닌지를 결정해야만 한다. 그런 일들이 자주 벌어지면, 그 일이 기존의 기본적인 업무 원칙을 위협하는 것인지 아니면 그저 의미 없는 우연의 일치에 따른 결과인지를 결정해야 한다. 아마도 사무실 일과에 포함이 될 것 같다고 판단되면 그는 그 일을 재미있는이라고 표시한 다음, 이미 규칙에 따라 분류된 다른 유사한 일들과 시간을 두고 비교한다. 포함이 될 것 같지 않다고 판단되는 일은 알 수 없는이라고 표시하고, 간략한 설명을 덧붙인다. 예를 들면 알 수 없는: 젊은 여자가 미키의 가게를 몽땅 말아먹음 같은 경우다. 설명이 꼭 필요한 이유는, 그 일이 결국에 가서는 세번째 분류에 포함될 수도 있기 때문이다. 업무 시간 중에는 그런 일이 거의 일어나지 않지만, 일어난다면 꽤 중요하다. 그런 일들은 사무실 일과와는 그 어떤 식으로든 관련이 없다는 것이 확실하고, 기존 방식도 전혀 먹히지 않기 때문이다. 앨릭의 고용주가 어느 날 쓰러져서 그대로 죽어 버린다면, 그런 일이 될 것이다. 좀 덜 극단적인 상황을 예로 들자면, 손님이 갑자기 울음을 터뜨린다든지, 고개를 들어 여자 손님의 치마 속을 봤는데 팬티를 입고 있지 않은 상황 같은 것들이다. 이 두 가지 상황은 모두 세번째 분류에 포함된다. 이 분류에 해당하는 일들

코커의 자유

은 포괄적인 규칙이 없기 때문에 하나하나 독립적으로 존재하고, 있는 그대로 서술해야 한다. 그래서 '사망, 다시는 말 걸 수 없음', '너무 많이 울어서 멈추지 않음', '가지고 싶은 곳에 털'처럼 표시를 한다. 사무실 바깥에서는 세번째 분류에 해당하는 일들이 너무 급작스럽고 사납게 일어나곤 하기 때문에 그 상황에 압도될 수 있다. 하지만 사무실 안이라면, 앨릭이 깨어 있는 시간 동안 다른 어떤 곳보다 많은 시간을 보내는 그곳에서라면, 곰곰이 생각하면서 체계적으로 머릿속을 정리할 시간이 늘 충분하다. 지금까지 자주, 그는 고요하게 사무실의 일상적인 업무를 처리하면서 세번째 분류에 해당하는 사태를 떠올리고, 하나의 체계, 즉 일련의 규칙들과 그에 따라 해야 할 일들을 구축했다. 그 작업에 성공하면 사무실 일과에 도전할 수 있었다. 그는 그 도전을 좋아했다. 그러한 도전이 자신의 경험을 가치있는 것으로 만들어 주기 때문에, 그 도전을 통해 일상생활에서 살아 있음을 아주 가깝게 느낄 수 있기 때문이었다. 일과란 사실 코커의 사무실 일과였고, 그렇게 된 건 앨릭이 보기에는, 코커에게는 세번째 분류에 해당하는 일이 일어나지 않기 때문이었다. 코커의 관심사는 이미 모두 사무실 일과에 기록되어 있다. 코커가 공공도서관에 가서 책을 반납하고 새 책을 받아 오라고 앨릭에게 시키는 것도 사무실 일과의 일부다. 집시에 관한 책이거나 위인들의 삶을 다룬 책인데, 어떨 때는 한 번에 네다섯 권씩 빌릴 때도 있다. 코커가 앨릭에게 자신의 해외여행, 핀란드나 그리스, 이탈리아 여행 이야기를 하는 것도 사무실 일과의 일부다. 코커가 교회 강당에서 그런 여행 이야기를 하고, 앨릭이 가서 듣는 일도 사무실 일과의 연장이라고 할 수 있다. 그건 야근이랑 비슷하다. 주방에서 함께 점심을 먹으며 코커가 '펠먼식 기억법'에 대해 이야기하거나, 앨릭의 가족에 대해 물어보는 일도 사무실 일과의 일부다. 심지어 코커가 두통이나 발의 통증 때문에 병원에 가는 일도 사무실 일과의 일부다. 사무실 일과란, 앨릭이 보기에는, 코커의 생활 자체다. 앨릭은 지금까지 사무실 일과에 도전하는 일에 성공하지 못했다. 세번째 분류에 속한 그 어떤 사건에서도, 그것과 관련해 광범위한 하나의 체계를 구축할 만한 가능성을 찾을 수 없었기 때문이었다. 사무실 일과는 좀 막연하기는 해도, 많은 것을 약속해 준다. 지식, 지위, 안정 같은 것들. 오늘 아침 앨릭은 새로운 사태, **재키를 가지다**라는 사태를 기반으로 새로운 체계를 만들어 보려 했고, 그 어느 때보다 성공에 대한 기대가 높았다. 그는 책상에 웅크리고 앉아 있다. 가죽 재킷은 의자 등받이에 걸어 두었다. 우편 목록을 기입한다. 봉투들은 모두 고용주가 아버지에게 물려받았다는 은색의 편지 뜯는 칼로 뜯는다. 그런 다음 편지를 보낸 사람과 보낸 곳을 기입하고, 내용 중 특이사항이 있다면 그것도 기록하고, 현금이 들어 있는 경우에는 별도의 현금 항목에 기입한다. 편지는 모두 스물세 통이며, 이제 여섯 통 남았다. 아랫배 쪽에, 정확하게는 성기에 뭔가 희미한 감각이 느껴진다. 거의 통증에 가까운 감각이다. 상처나 흉터가 아무는 동안, 이제 통증은 지나갔음을 확인하고 그것들이 낫고 있다는 사실에서 기쁨을 맛보기 위해 그 부위를 살짝 눌러 볼 때 느끼는 감각이다. 아침에 눈을 뜬 이후로 앨릭은, 그 통증에 가까운 감각이 지금까지 알았던 어떤 확신보다 더 거대한 것임을 백 번도 넘게 확인하고 있다. 다시 한번 확인한 다음 즐거운 마음으로 그 통증도 **재키를 가지다** 항목에 포함시킨다. 통통한 몸매에 회색 트위드 재킷 차림을 한 코커 씨는 수화기를 귀에 대고 있다. 반대편의 여성이 하는 말에 귀를 기울이며, 등에 바람이 드는 것 같은 자리에 정확히 맞춰 쿠션을 놓은 회전의자에서 몸을 돌려, 선반에 놓인 두꺼운 문서철 더

미에서 '집안일 남성'이라고 적힌 것을 꺼낸다. 코커 씨는 사실 부부, 아내는 요리를 하고 남편은 기사와 정원사 일을 맡아 줄 부부를 찾고 있다. 두 사람은 집세 없이 별채에서 지낼 수 있고, 점심 식사 제공 조건에 두 사람을 합쳐 주급은 십이 파운드였다. 그가 '집안일 남성' 명부를 뒤지는 것은, 시대가 바뀌면서 부부가 함께 남의 집에 들어가 일을 하는 경우가 줄어들었고, 그런 인력들만 묶어 따로 명부를 만들 수 없게 되었기 때문이다. 그의 매끈한 집게손가락은 이름을 훑으며, 이따금씩 속도를 늦추고 어떤 이름 앞에서는 완전히 멈췄다가, 지나가는 냄새에 호기심을 충족시킨 개처럼 서둘러, 비록 동작이 느리기는 하지만, 다음 장으로 넘어간다. 거기서 박스 부부를 찾았다. 박스 부인이 와서 등록한 지 오 주가 지났지만, 그 이름 때문에 코커 씨는 두 사람을 특별히 기억하고 있다. 이름 옆에는 고유번호가 적혀 있는데, 그가 찾는 것은 그 번호다. 그는 기억력이 좋은 편이지만 천재라고는 할 수 없어서, 독특하면서 짧기도 한 부부의 성 '박스'는 외울 수 있지만 CA/9342/60이라는 번호까지는 무리다. 수화기 반대편의 여성은 말이 없다. 코커 씨는 대화에서 단어를 골라 쓸 때도 명부를 찾을 때처럼 능숙하다. 이제 그는 동시에 두 가지 작업을 진행한다. 그는 회전의자를 돌려 반대편, 즉 그의 오른쪽에 있는 선반으로 이동한 다음, 일 초도 망설이지 않고 스무 권의 문서철 중에서 CA/9342/60 관련 문서가 들어 있는 묶음을 찾아 박스 부부에 대한 추가 정보를 확인한다. 그와 동시에 수화기 반대편의 여성에게 말한다. 부인, 저희가 확신할 수 있는 근거가 없는 사람은 절대 보내지 않습니다. 앨릭은 '확신할 수 있는 근거'라는 표현을 표시한 후 사무실 일과에 포함시킨다. 앨릭은 열여덟번째 편지, 미첨의 천막 제조 업체에서 온 문의 내용을 제대로 기입한 다음, 의자에 등을 기대며 등받이에 걸려 있는 가죽 재킷의 소매를 쓰다듬는다. 자신의 감각이 현실임을 확인하기 위해 하는 행동이다. 그는 가죽 재킷 소매의 감촉을 느낄 수 있다. 그의 느낌은 현실이다. 그렇다면 그는 자신의 몸을 믿을 수 있고, 의기양양하게 자신의 온몸이 재키를 가지다에 포함되는 것이라고 확인한다. 코커 씨는 정확하게 찾아낸 문서철에서 박스 씨와 박스 부인의 정확한 나이와 희망 급여를 확인했다. 박스 씨는 쉰일곱 살이고 그의 아내는, 좀 특이한 경우인데, 예순한 살이다. 두 사람은 주당 십사 파운드를 원하고 있다. 이 시점에서 코커 씨는 바로 이 사무실에서 십칠 년 동안 일하며 쌓아 온 경험에 따라, 이 파운드의 차이는 협상해 볼 수 있는 거라고 망설임 없이 확신한다. 박스 부부는 자신들만의 텃밭을 꾸밀 수 있는 마당이나, 아직 밝혀지지 않은 다른 이점들을 보고서 조금 낮은 급여를 받아들일 것이다. 이런 거래에서 새로운 이점들은 늘 찾을 수 있기 마련이다. 그런가 하면 수화기 반대편의 여성을 설득해서 조금이라도 급여를 높이게 하는 일 역시 어렵지 않을 것이다. 특히 요즘은 부부가 함께 들어와 일하는 경우가 적다는 것을 감안하면 말이다. 그는 박스 부부의 이력을 소리내어 읽는다. 진짜 시골 출신이고, 십이 년 동안 같은 곳에서 행복하게 일했지만, 존경하던 집주인, 이제는 애도의 대상이 된 그 집주인이 사망하면서 그곳을 나와야만 했다. 이야기를 하면서 그는 쌓여 있는 연녹색 카드 더미에서 맨 위에 있는 한 장을 꺼낸다. 코커 씨가 직접 도안한 면접 카드였고, 그때그때 맞춰서 면접 장소와 시간만 기입하면 되었다. 앨릭은 스물세번째 편지의 내용을 기입하고 있고, 우편환과 우표 가격을 계산해 법정 화폐로 기입하면 된다. 그가 계산한 삼 파운드 십사 실링 삼 펜스가 정확했다. 그는 뚜껑 가장자리에 붉은 선이 들어간 검은색 저금통을 연다. 저금통 열쇠는 사용 후에는 늘 책상 오른쪽 서랍에 보관한다. 그는 사용하지 않은, 반송용 우표값에 해당하는 이 실링 삼 펜스를 저금통에 넣는다. 그녀의 아랫배를 떠올린다. 차마 말로 표현할 수 없는 그 쾌감을 생각하자 어린이처럼 목 안에서 '끄응' 하고 신음소리가 난다. 말에 앞서 나온 그 신음보다 더 많은 것을 표현해 줄 단어는 없다. 코커 씨는 미팅의 세부 사항을 확인하고, 실제 미팅은 그의 대리인을 통해 이틀 후에 있을 예정이다. 그의 목소리가 뭔가를 준비할 때의 목소리로 바뀌고, 그는 엄지손가락으로 귀갑 안경테의 다리 부분을 쓰다듬는다. 부탁드릴 게 한 가지 있습니다, 부인. 저희가 보내 드린 사람들을 고용하기로 결정하면 곧장 저희에게 알려 주시기 바랍니다. '안녕히 계십시오 하고 인사하는 방식'은 사무실 일과에 표시한다. '집안일 남성' 문서철은 다시 선반에 올려 두고, '집안일 고용주' 문서철을 꺼내 박스 부부가 이틀 후에 방금 통화한 여성의 집으로 가게 된다고 기록한다. 세번째 문서철, 일자리를 찾는 사람들 중 CA 분류에 해당하는 사람들에 대한 정보가 있는 문서철은 직원에게 넘긴다. 직원은 박스 부부의 주소를 봉투에 타자로 치고, 그 봉투에 연녹색 면접 카드를 넣어 보낼 것이다.

코커 씨는 책상 위의 압지를 바르게 놓은 다음 앨릭에게 말을 하기 위해 고개를 돌린다. 사무실은 작다. 두 사람 사이의 거리는 채 일 미터가 되지 않는다. 대체로 앨릭은 코커를 재미있어 한다. 그는 앨릭의 고용주이지만, 종종 예상치 못한 방식으로 말을 걸며 앨릭을 친구처럼 대하기도 한다. 앨릭은 코커에게 친구가 많이 있을지 의심스럽다. 코커 씨는 입을 벌린 채 미소를 짓고 있다. 앞으로 내가 사무실에서 지낼 생각이라고 하면 자네는 뭐라고 할 건가? 앨릭은 그 질문이 재키를 가지다에 포함될 곤란한 질문임을 즉시 알아차린다. 오늘 아침 그는 해가 뜨기 전에, 이웃들 눈에 띄지 않게 그녀의 집을 나왔다. 그녀의 아랫배처럼 어두웠던 하늘 아래에서 걸음을 옮기며, 이렇게 첫번째 밤을 보낸 후로는 자신과 재키가 그녀의 부모님이 삼촌 집을 다시 방문할 때까지 기다릴 필요가 없을 거라고 판단했다. 그는 사무실 열쇠를 가지고 있기 때문에 주말에 이곳 응접실의 긴 안락의자에서 사랑을 나누면 될 것 같았다. 그런 계획을 세우며 그는, 재키를 가지다는 '새로운 기회'를 잡는다는 뜻이라는 새로운 규칙을 생각했다. 여기서요? 그가 묻는다. 목소리에서 실망감을 숨길 수 없다. 위층도 있으니까 말이야, 코커 씨가 말한다.

앨릭의 동의가 필요하다는 것을 알지만, 그렇게 생각할 수는 없다. 그렇지만 앨릭은 자신이 어떤 일에 동의하는지 완전히 깨닫지 못한 상태로 동의해야만 한다. 그가 모든 것을 알게 되면 현재 내가 그에 대해 가지고 있는 권위가 흔들리게 된다. 아주 잠시나마, 솔직하게 말하고 모든 가면들을 벗어던져 버리고 싶은 순간들도 있다. 내 심장이, 그 신체 기관 자체가 말 그대로 부풀어서 묵직하게 느껴질 때 그렇다. 있는 모습 그대로 인정받을 때의 안도감은 과연 달콤할 것이다. 하지만 그다음에, 벗어던질 가면이 더 이상 남아 있지 않게 되면, 바로 그때부터 나는 부끄러운 존재가 될 것이고 그 부끄러움은 너무 광대해서, 그런 모습을 알아본 사람이 앨릭이든 혹은 그 누구든, 그 사람 앞에서 죽은 척을 해야만 할 것이다. 그래서 그가 장의사에게 나를 넘겨줄 수 있게 말이다. 그가 장의사를 데리러 가고 나서 장의사가 도착할 때까지, 그 사이에 나는 일어나 도망치고, 지금처럼, 오래된 가면 속에서 다시 살아갈 것이다. 그러니 지금 내게 필요한 것은, 조금 덜 인지되는 것이다. 나는 단지 오늘 아침에 있었던 일을 평범한 일로 대하는 연습이 필요할 뿐이다. 역까지 걸어가면서는 매일 아침에 하던 대

코커의 자유

로 행동했다. 출근길에 정기적으로 마주치는 사람들도 똑같이 내게 말을 걸었다. 하지만 그들이 나를 '코키 할아버지'라고 부를 때마다, 오늘 아침이 점점 더 다른 아침들과 구분할 수 없게 될수록, 내가 숨기고 있는 그 일은 점점 더 놀랍고, 부담스럽고, 큰 영향을 가져올 일이 되어 갔다. 비밀 때문에 비정상적인 느낌이 점점 더 커졌다. 무슨 일이든 입 밖에 내고 나면, 그 일은 다른 이름을 얻게 되고 그다음엔 의견에 따라 달라질 수 있는 문제가 된다. 오직 비밀만이 절대적으로 보인다. 이 모든 것을 나는 알지만 생각할 수는 없다.

농담이시죠? 앨릭이 말한다. 아니, 코커 씨가 말한다, 진심이야, 내가 농담이나 하는 사람처럼 보이나? 저는 사장님이 어떤 분인지 전혀 모르죠, 앨릭이 말한다, 전에도 속이셨잖아요. 다음 손님이나 들어오시라고 해, 코커 씨가 말한다. 앨릭은 자리에서 일어나 눈높이에 반투명 창이 있는 문을 열러 간다, 재키를 데리고 올 수도 있었을 몇백 번의 주말을 아쉬워하며. 그는 재키를 가지다 전의 생활은 모두 시간낭비였다라는 또 하나의 규칙을 생각한다. 문을 열고, 다음 분 들어오세요, 하고 외치려는 순간, 그는 다음 손님이 예쁘다는 사실을 알아차린다. 이쪽으로 들어오시겠습니까, 그가 말한다.
　어디를 가든 특별한 대우를 받는 상황을 지난 삼 년 동안 겪고 나니, 이제 이 아가씨, 몸집이 작고 머리칼은 태평양의 모래색인 이 아가씨는 그것을 자신의 운명으로 받아들이고, 신분 상승을 향한 꿈의 출발점으로 여기고 있다. 그 꿈에서 그녀는 젊음이라는 지울 수 없는 금빛 세공 같은 재능을 통해 사장과 결혼하게 될 것이다. 먼저 뾰족한 이탈리아산 구두를 신은 채 사무실 의자에 앉아 사장의 편지를 받아쓰는 일부터 하게 될 것이다. 지금도 그녀는 의자 끄트머리에 그렇게 앉아 있다. 마주하고 있는 나이 든 남자도 사장처럼 보이지만, 좀 더 급이 낮은 부류가 분명하다. 편지를 받아쓰는 일에는 새로 익힌, 대회에서 상을 받은 속기술이 도움이 될 것이다. 급이 낮은 부류의 사장인 코커 씨가, 질문을 한다. 그녀가 이 사무실에 온 건 처음이다. 그녀의 작은 대답과 미소를 놓치지 않으면서 그는 펼쳐 놓은 '사무직 여성'이라는 문서철에 메모를 한다. 그 문서철에서 고유번호만 확인 하면 언제든 그녀를 찾을 수 있을 것이다. 그는 그녀가 알아야 할 것 들을 설명한다. 제가 번호를 하나 드리겠습니다, 말로 양. 그가 펜을 꺼낸다. 손가락에 짙은 남색 잉크가 스미지 않게 펜의 끝에 끼워 둔 가죽 덮개를 벗긴 다음, 담황색 카드에 번호를 적는다. 역시 자신이 직접 도안한 그 카드를 그녀에게 건네자, 그녀는 심홍색 장갑을 낀 손으로 카드를 쥔 채, 카드가 자신에게 미소라도 지어 줄 것처럼 고 개를 한쪽으로 기울이고 잠시 들여다보다가, 금색 걸쇠가 달린 흰 가 방에 집어넣는다. 저희에게 편지를 쓰거나 전화를 걸 때, 혹은 언제 어떤 식으로 연락을 하든 그 번호를 알려 주시기 바랍니다. 고객의 번호를 알면 저희가 일하기가 훨씬 쉬워집니다. 앨릭은 그녀의 화장 한 얼굴 아래, 턱에 점이 두 개 있음을 알아차린다. 그런 다음엔, 모 든 여자들이 재키와 비슷하게 행동하는 게 이상하다고 생각한다. 코 커 씨는 'ST'로 시작하는 고유번호를 받은 사람들의 문서철에 계속 기입을 하고 있다. 그녀의 이름은 브렌다고 세례는 십팔 년 전에 받 았다. 세 종류의 교육 수료 시험을 봤고, 속기 속도는 분당 육십에서 백 단어다. 부스비 비서양성상업대학에서 상도 받았다고 한다. 어떤 부분에 대한 상이었을까요, 말로 양? 종합적인 접근성(availability) 에서요, 그녀가 말한다. 접근성이요? 코커 씨가 묻는다. 앨릭은 코 웃음을 친다. 능력(ability) 말예요, 그녀는 앨릭을 흘겨보며 말한다.

　　　　　코커의 자유

그녀는 석탄 상점인 도즈에서 육 개월 동안 일했다고 한다. 일 자체가 좀더 재미있고 전망도 좋은 자리를 찾고 있다. 코커 씨는 괜찮다면, 도즈에서 받았던 급여 수준을 알려 달라고 한다. 팔 파운드요. 그녀는 자신이 일을 해서 번 돈이 아니라, 방금 구매한 코트의 가격을 말할 때처럼 조금 도도한 어조로 말한다. 그는 전망이 밝은 자리라면 그보다 낮은 급여를 받고도 일을 시작할 준비가 되어 있느냐고 묻는다. 그는 문서철을 보지 않고 기억에만 의존한 채, 안정적인 부동산 사무실에 칠 파운드 십 실링짜리 자리가 있다고 알려 준다. 그 부동산 중개인이 매일 아침 그와 같은 기차를 타고 출근하기에 잘 알고 있는 사실이다. 코커 씨는 진심으로 그에게 잘해 주고, 중개사의 표현을 빌리자면, 그의 상황을 '바로잡아' 주고 싶은 마음이다. 그녀는 가는 허리 위 상체를 사십오 도 비틀어 가슴이 앨릭이 아니라 코커 씨를 향하도록 자세를 바꾼 다음 말한다. 제가 왜 그래야 하죠?

나는 나 역시 십대 때는 이 아이와 비슷했다는 걸 알지만, 그걸 기억할 수는 없다. 그녀의 태도와 생각, 혹은 짓궂음이 비슷했다는 게 아니다. 하지만 자신의 고귀함을 알고 있다는 점에서 나는 그녀와 비슷했다.

코커 씨는 자신이 그 나이일 때 얼마나 벌었을지 생각해 보라고 그녀를 도발한다. 눈을 내리깐 그녀는 그 질문이 의미 없다고 여기고, 심지어 코커 씨가 자신과 같은 나이일 수 있다는 생각 자체를 전혀 받아들이지 못한다. 잘 모르겠는데요. 그는 몇 실링이었는지 이야기하고, 냉소적인 미소를 마주한다. 두 사람 모두 자신들 사이에 놓인 책상을 내려다본다. 그녀는 매주 머리를 하는 데 그 정도 돈을 쓰고 있고, 그것이 자신이 가장 잘 쓰고 있는 돈이라고 생각한다. 그는 문서철을 들고 가능한 일자리들에 대한 설명을 읽어 준다. 그의 안경은 다초점 렌즈라서, 책을 읽을 때면 그는 책을 최대한 몸 가까이 붙여서, 사실상 배 위에 올려놓고 읽는다. 그는 빠른 속도로 읽어 내려가지만 그녀의 상상이 따라오지 못할 정도로 빠르지는 않다. 앨릭은 눈앞의 상황을 알아차린다. 사무실 일과 중 여성들이 돈을 더 요구하는 상황은 매번 코커를 짜증나게 한다. 앨릭은 자신이 모든 면에서, 자신의 고용주보다는 여성들을 대하는 태도가 더 섬세하다는 것을 보여주려고, 아가씨에게 윙크를 해 보인다. 타이피스트. 시티(런던의 금융업 중심지—옮긴이)의 해운업 사무소. 졸업 예정자 환영. 그녀는 그의 윙크에 아무런 반응도 하지 않은 채, 대답 없이 허공만 바라본다. 이 주간의 유급 휴가. 타자 속도는 최소 오십. 사백 파운드. 세상에, 그녀가 말한다. 그게 얼마예요? 코커는 반사적으로 계산을 한다. 일주일에 팔 파운드 조금 안 됩니다. 그녀는 학교에서 단체로 세인트폴 성당에 갔을 때 패트릭이 '속삭임의 회랑'에서 바보 같은 짓을 했기 때문에 시티를 기억하고 있다. 그녀에게 그곳은 불친절하고 황량한 곳으로 기억되고 있다. 그리고 해운업 사무소에서 마주칠 고급 선원의 숫자는, 어리석은 사람들이 그들의 직함에서 어떤 암시를 받든 상관없이 적을 것이다. 속기 타이피스트(여성). 크로이던 종합병원 엑스레이실. 급여 사백삼십 파운드. 그녀는 간호사가 되는 훈련은 절대 받을 수 없을 거라고, 이미 오래전에 결정을 했다. 하지만 타이피스트가 되어서 의사나 외과의사들과 함께 일할 수는 있다. 그들은 수술대 앞에서 너무 일을 많이 해서 젊은 나이에 죽는 경우가 많은데, 동료들도 손을 쓸 수 없다고 한다. 그녀는 차분하고 단정하게 그들의 말을 타자로 받아 적으며 그들이 지고 있는 부담을 줄여 줄 테고, 그러다 보면 언젠가, 오랫동안 그녀를 그저 기계처럼 대하던 어떤 의사가, 놀라운 눈으로 바라보며 그녀의 젊음과 날씬한 몸매를 알아볼 것이다. 타이어, 고무 신발 및 띠 제조 업체. 속기 타이피스트 두 명 구함. 근무 환경 최상. 열여섯 살에서 열아홉 살 사이 여성. 급여 삼백팔십 파운드. 토요일 휴무. 그렇다면 토요일마다 사장은 그녀를 데리고 나갈 테고, 타이어 제조 업체임을 감안하면 그 사장이 자동차에 관심이 있을 가능성이 없지 않으니까 빠른 오픈카를 가지고 있을 테고, 그녀의 머리가 바람에 휘날리는 모습을 그에게 보여줄 수도 있을 것이다.(그녀가 며칠 전에 읽은 바에 따르면 그렇게 빗질과 반대 방향으로 휘날리면 머릿결 건강에 좋지 않다고 한다.) 하지만 동시에, 목장 입구에 차를 세우고 모자를 벗은 채, 부드럽게 어둠이 내리는 시간에 그가 다가올 수 있는 무대가 될, 근사한 세단의 이점은 없을 것이다. 속기 타이피스트. 장신구 제조업, 스트리텀. 점심 식권 제공. 아홉시에서 다섯시까지 근무. 사백오십 파운드. 그녀는 월급을 가장 많이 주는 사장이 돈도 가장 많을 거라고 속으로 생각한다. 거기서는 누구 밑에서 일하게 되나요? 질문에 담긴 긴장이(코커 씨가 그런 신호를 알아차리지 못할 리가 없다) 이미 그녀가 인상에 휘둘리는 어린이 같은 마음으로 결정을 내렸음을 암시한다. 그녀는 결정을 내렸고, 자신의 눈이 두 마리 나비처럼, 꽃병 같은 목과 얼굴 위에 단정하게 자리잡은 모습을 상상한다. 솔로베이치크 씨죠. 코커 씨는 낯선 이름을 일부러 투박하게 발음한다. 앨릭은 그것이, 구인 정보의 세부 사항을 읽을 때의 속도나 무덤덤한 태도와 마찬가지로, 앞에 앉은 아가씨의 기를 조금 꺾어 놓기 위해 계산된 행동임을 알아차린다. 누구라고요? 그녀가 다시 묻는다. 솔로베이치크. 그 말이 그녀의 기를 조금 더 꺾어 놓고, 그녀를 아주 작게 만들어 버린다. 아가

씨는 그런 이름이라면 외국인이 틀림없다고 결론을 내리고, 그 사실 때문에 그녀의 미래 사무실 풍경이 달라진다. 사무실에는 촛불이 켜져 있고 낯선 냄새가 더해진다. 코커 씨의 나쁜 의도는 전해지지 않은 듯했는데, 왜냐하면 새로운 희망이 생겨났고, 그런 사무실 내부를 바꾸기 위한 브렌다의 새로운 전략이 시작되었기 때문이다. 그녀가 사장의 관심을 유도할 가능성에 더해, 그녀가 그를 이끌고 갈 가능성도 있다. 그렇다면 그녀가 가진 값을 매길 수 없는 재능이 그를 아주 얌전하게 따라오게 만들 것이고, 멜로즈 애비뉴에 있는 그녀의 집으로 데리고 갈 수도 있을 것이다. 또한 그녀가 가진 값을 매길 수 없는 재능의 본모습, 그녀, 오직 그녀만이 그 은밀한 빛을 알아보고 다듬어낸 그 모습은, 외국에서 온 그 남자, 좀 다르고 거칠지만, 정말 점잖은 그 신사를 위한 것이다. 그 재능은, 다른 여자아이들이 너무나 예측 가능한 방식으로, 또한 자아도취에 빠진 채, 일요일의 차 모임에 부르곤 하는 평범한 영국 남자들에게 쓰려던 것이 아니다. 그분은 어디 출신인가요? 그녀가 묻는다. 지금은 영국 시민입니다, 코커 씨가 말한다. 몇 살이죠? 그 질문도 어쩔 수 없이 입 밖에 나오고 만다.

지금 내게는 여자가 없다. 그 사실은 내가 오랫동안 보살핌을 받았던 인물이 여성이라고 할 수 없는 사람이기 때문에, 또한 그녀가 우리가 태어났다는 우연한 사고, 혹은 내 아버지의 변덕스러운 열망의 결과에 지나지 않기 때문에(사실은 그보다도 못한 존재였지만) 더욱 그러하다. 그녀는 내 여동생이다. 나 정도 나이가 되어서도 여자가 없는 남자는 눈에 띈다. 그는 경멸의 대상이 된다(이 점은 심지어 나도 생각할 수 있다). 하지만 그는 또한 자신의 눈이나, 다른 모든 사람의 눈에 의아한 인물로 비친다. 누구도 그의 진의를 알 수 없고 누구도 그의 가치를 평가할 수 없다. 그는 여성들의 호기심을 자극한다. 이 호기심은, 누구나 알 수 있도록 그렇게 부르는 것이지만, 공평하지 않다. 여자들은 수다를 떨지만, 그 수다에서는 그저 자신들이 알게 된 쓸데없는 정보만을 이야기할 뿐이다. 자신들에게 유용한 정보라면 여자들은 완전히 다른 방식으로 활용한다. 여자들은 가능한 한 많은 남자들을 자신들과 함께 끌어내리려고 하는데, 마치 승무원과 승객이 모두 사망해 버린 채 가라앉는 배와 비슷하다. 그들과 함께 잠자리의 날카로운 쾌락으로 떨어진다. 그들과 함께 아이를 낳는 삶으로 떨어진다. 그들과 함께 집안을 지키는 일로 떨어진다. 그들과 함께 차 한잔을 끓여 놓고 아무것도 기다리지 않는 삶으로 떨어진다. 그들과 함께 바닥까지 떨어진다. 그들과 함께 다시는 항해에 나갈 수 없는 곳으로 떨어진다. 여자들의 끌어당기는 힘, 그건 거의 동물적이라고 할 만큼 단순하고, 마치 내 성기가 커질 때의 느낌만큼이나 단순하다. 나는 황소와 다름없다. 하지만 바로 여기서 여자들의 호기심과 새로운 정보, 그리고 영리함이 뒤섞여 사물들의 복잡한 음모가 만들어진다. 여자들은 우리의 약점을 파고들고, 습관과 약속, 안쓰러움과 노화, 그리고 의존 같은 것들로 우리를 옭아맨다. 나이 든 여자도 젊은 여자와 똑같아서, 그 어떤 여자도 정보를 알아차리는 기술을 잊어버리지는 않는다. 그런 정보들을 제대로만 활용하면, 실제로는 여자가 남자를 붙잡고 있지만, 그 남자는 그녀가 자신에게 봉사하고 있다고 생각하게 만들 수 있다. '절대 매춘부에게 네 이름을 알려 주지 마라'라고 했던 아버지의 말씀이 얼마나 현명한 조언이었는지 이제 안다. 나도 아는 것이 생겼다. 절대 어머니에게 젊음을 바치지 마라. 그리고 중년을 여동생에게 바치지 마라. 하지만 그걸 생각하지는 않는다.

통상적으로 고용주의 나이에 대해 고용인과 상의하지는 않습니다, 코커 씨가 말한다. 그녀는 얼른 다음 질문을 던지며 앞의 질문을 덮으려 한다. 거기서는 뭘 만들죠? 장신구를 만듭니다, 코커 씨가 말한다. 어떤 장신구요? 온갖 종류를 다 만듭니다. 그는 의자의 팔걸이 부분을 손가락으로 두드리기 시작한다. 온갖 종류의 장신구라! 그녀는 노래의 후렴구처럼 의식적으로 그 말을 되풀이한다. 침묵이 흐른다. 십 초도 이어지지 않는다. 그러나, 그것은 무력함에서 나온 침묵이다. 아가씨는 이 남자가 매력을 가지기에는 너무 나이가 많다고 믿고 있다. 그녀의 관점에서 보자면, 그는 이해할 수 없는 기계, 고장이 나서 수선해야 하는 기계와 비슷하다. 그녀가 할 수 있는 일은 젊은 남자를 기다리는 것뿐이다. 코커 씨는 앞을 응시하고 있다. 그녀는 본능적으로 앨릭을 돌아보며 도움을 요청한다. 앨릭은 그 동작을 놓치지 않는다. 그는 그녀의 가슴 크기가 적당하다는 것을 알아차리고, 오트밀색 치마의 지퍼가 끝까지 올라가지 않았다는 것과, 통통한 발가락이 신발에 완전히 가려지지 않았다는 것을 알아차린다. 그는 또한 코커 씨의 짜증이 점점 더 커지고 있다는 데서 그녀의 존재를 확인한다. 그녀도 재키를 가지다에 속한다. 그가 경험했던 부분, 그나 재키에게 속한 부분이 아니라, 달콤한 놀라움들이 온전한 모습으로 존재하고 있는 세상의 일부다. 앨릭이 줄 수 있는 도움이라곤 윙크를 한 번 더 해 주는 것뿐이다. 그는 그렇게 하지 않기로 한다. 그녀가 아가씨라는 사실보다는 그녀가 재키가 아니라는 사실이 더 중요하다. 게다가, 그녀는 자신만의 재키를 가지다를 절대 다른 사람과 공유하지 않을 것이다. 그녀는 가슴과 발가락이 예쁘고, 재키처럼 행동할지도 모른다. 하지만 그녀는 절대 다른 사람이 자신의 재키를 가지게 내버려두지 않을 것이고, 심지어 그것을 제대로 만져 보지도 못하게 할 것이다. 왜냐하면 그녀는 자신을 너무 높이 평가하기 때문에, 엄청나게 높이 평가하기 때문에 윙크를 하는 쪽에서 고맙다고 말해야 하기 때문이다. 그녀가 재키가 아니라서 생기는 불리한 점이나, 그녀의 남자가 되기 위해 통과해야 할 것들을 가늠하면서, 앨릭은 짜증을 내 준 코커 씨에게 감사한 마음이 든다. 그는 둘이서 함께, 여자들의 천박함에 대한 남자들의 어떤 확고한 태도를 가지게 된 거라고 결론 내린다. 그래서 그는 그녀의 시선을 못 본 척한다. 그녀는 고개를 돌리고 다시 꽃병 위에 앉은 나비 같은 눈으로 나이 든 남자를 바라본다. 자신이 솔로베이치크 박사라는 이름을 큰 소리로 말할 수 없다는 것을 알고 있다. 이렇게 말할 수밖에 없다, 장신구 회사 자리를 확인하러 가 봐야 할 것 같은데요. 다른 곳은 괜찮습니까? 코커 씨가 묻는다. 그리고 병원 자리도요. 언제 면접을 갈 수 있냐는 질문에 그녀는 수요일 오후라고, 거칠지만 매력적인 목소리로 대답한다. 신사라고는 찾아볼 수 없는 이 작고 치사한 사무실에서 그런 목소리를 쓸 의도는 전혀 없었지만, 월요일 저녁에 도즈에서 야근을 하고 수요일 오후를 얻어낸 그녀로서는 주중에 시간을 낼 수 있는 게 그때밖에 없었고, 그녀를 다시 만나기를 갈망하는 사람이 있다면 그 정도의 달콤한 동기부여는 줄 수 있다고 무의식중에 생각했기 때문에 그런 목소리가 나왔다. 코커 씨는 크로이던 종합병원에 전화를 걸어 말로 양 앞으로 약속을 잡는다. 똑같이 솔로베이치크 씨에게도 전화를 건다. 솔로베이치크 씨의 목소리는 거칠고, 자주 갈라진다. 빌어먹을 낙제생이나 그 비슷한 수준은 받지도 않을 겁니다. 그 아가씨가 일은 할 줄 안답니까? 빨리, 실수 없이 할 수 있냐고요. 일 할 줄 안답니까? 내가 알고 싶은 건 그것뿐입니다. 일 잘하는 사람을 쓰려고 돈을 많이 주는 겁니다. 그걸 아셔야죠. 수화기 반대편의 목소리에 귀를 기울이며 코커 씨는 자신이 보내려는 면접자를 쳐다본다. 솔로베이치크 씨가 무슨 말을 하고 있는지 알 수는 없지만, 그런 노골적인 시선을 받은 그녀는 거울을 꺼내 자신의 입을 들여다볼 수밖에 없다. 앨릭은 또 하나의 규칙을 생각한다. 도도한 목소리의 아가씨는 재키가 온종일 꽃집에서 발로 뛰며 일해서 버는 돈의 절반도 벌지 못한다. 게다가 재키는 꽃꽂이 교육도 받고 있다. 오늘까지 그는 재키의 직업이 중요하다는 생각을 한 번도 하지 못했다. 그녀의 직업은 그저 사무실 일과 동안에 그녀를 매어 두는 것에 불과했다. 이 새로운 규칙 덕분에 재키는 훨씬 가치있는 사람이 된다. 코커 씨가 아가씨의 새로 다듬은 앵초 같은 입술을 보며 인상을 찌푸리고 말한다. 솔로베이치크 씨가 금요일에는 안 된다고 하시는데, 오늘 오후 다섯시에 갈 수 있겠습니까? 아가씨가 고개를 끄덕인다. 오늘 가겠답니다, 코커 씨는 그렇게 말하고 수화기를 내려놓는다. 쌓여 있는 연녹색 면접 카드 더미에서 맨 위의 두 장을 아무렇게나 꺼낸다. 주소와 정확한 시간을 기입한다. 말로 양, 만약 어떤 이유로든 면접에 나갈 수 없는 상황이 되면, 방금 정한 이 면접 시간 전에 저희와 고용주에게 알려 주시기 바랍니다. 제가 다시 한번 강조를 하는 건, 그렇게 해 주시면 아무도 시간 낭비를 하지 않아도 되니까요. 코커 씨는 그녀의 이름과 번호가 적힌 문서철을 덮고, 모서리 부분에 가죽을 댄 짙은 붉은색 책등을 쓰다듬는다. 그는 마지막 문장을 한 번 더 반복한다. 말로 양, 그 누구도 낭비할 시간 같은 건 없고, 사업계란 원래 아주 바쁜 겁니다. 그녀가 자리에서 일어난다. 일어서면 키는 백육십이 센티미터밖에 안 된다. 그녀는 눈을 가늘게 뜨고 바라본다. 그 눈 안쪽에는 오직 한 사람만을 위한 자리밖에 없고, 그녀는 목숨을 걸고 그 자리를 지키려 할 것이다. 그녀는 나이 든 남자에게 감사합니다라고 말하고 앨릭을 노골적으로 무시한다. 그녀는 심홍색 장갑 낀 손으로 연녹색 면접 카드를 쥐고 있다. 그녀는 돌아서서 '문까지 걸어가기', '대기실 통과하기'를 거쳐 '솔로베이치크 씨 만나러 가기'의 여정을 시작한다. 그녀는 어느 쪽으로든 걸어갈 수 있다. 왼쪽으로 옆 걸음질할 수도 있고 오른쪽으로 할 수도 있다. 앨릭은 그녀의 엉덩이를 보며, 자신과 사랑에 빠진 여성만이 사랑스럽다라는 또 하나의 규칙을 생각한다. 말로 양은 다시 보게 될 것 같은데, 코커 씨가 말한다. 그럴 가능성이 커, 그렇지 않나? 저는 됐어요, 감사합니다, 앨릭이 말한다. 근데 말해 보게, 코커 씨가 회전의자를 돌려 앨릭을 마주보며 묻는다. 저런 머리 스타일을 좋아하는 사람이 정말로 있나? 그러니까 내 눈에는 깃털이나 이런 걸로 보이는데 말이야. 근사해 보일 수도 있죠, 앨릭이 자신있게 대답한다. 하지만 너무 부자연스럽잖아, 코커 씨가 말한다. 머리처럼 안 보여, 머리는 여성의 영광스러운 왕관 같은 거라고 하던데, 저건 뭐랄까, 그러니까 말했듯이, 먼지떨이 깃털처럼 보이잖아. 분명 모발에도 안 좋을 거야. 패션이에요, 앨릭이 말한다. 내가 자랄 때랑은 많이 다르네, 코커 씨가 말한다. 앨릭은 그 문장을 사무실 일과: 잡담 항목에 표시한다. 우리는 세상과 동떨어져서 자랐던 것 같아, 코커 씨가 말을 잇는다. 그러니까 여동생은 내 생각에 스무 살이 되기 전에는 미용실을 가 본 적이 없었던 것 같거든. 은퇴한 미용사가 집으로 와서 우리 머리를 잘라 줬지, 이층에 있는 놀이방에서 한 명씩 차례대로 말이야. 그리고 그거 알고 있나? 스위스에서는 아직도 남자들을 위한 여자 미용사가 있어. 사람들이 이발소에 갈 생각은 전혀 못하고, 젊은 여자에게 머리를 맡긴단 말이지. 코커 씨는 그 생각에 웃음을 터뜨린다.

나는 사람들이 내 몸을 만져 주는 것을 좋아한다는 사실을 오랫동안 알고 있었지만, 한 번도 그걸 생각하지는 않았다. 단 부드럽게 만져 주는 한 그렇다. 나는 특히 여성들의 손길을 좋아한다. 평화는 아주 작은 감각의 결과일 수도 있다. 종종 이발소에서 평화로운 상태에 빠져들 때가 있다. 이발사가 두피를 문지르면 그 기분 좋은 감각이 등을 타고 내려와, 온몸을 가득 채운다. 단단하게 채워지고, 무언가로 감싸지고, 모서리가 없는 세상에 떠다니고, 두 나무 사이를 오가며 얼굴로 곧장 파란 하늘을 맞이하고, 어디론가 옮겨지고, 다시 가운데로 돌아오고, 아무런 차이를 느끼지 못하고, 한쪽으로 치우치는 것과는 정반대인 느낌. 그 모든 것이 누군가 목을 부드럽게 쓰다듬어 준 결과로 나올 수 있다는 것, 작은 욕망들을 하나씩, 평온하게 규칙적으로 채워 준 결과로 나올 수 있다는 것이 우리 몸의 본성이며, 또한 우리가 성장하는 방식이다.

여자들이 더 잘할 거예요, 앨릭이 말한다. 아니, 코커 씨가 말한다. 최고의 이발사는 남자들이야, 최고의 요리사들처럼 말이지. 웨스트 엔드의 식당들을 한번 보라고, 르네, 클로드, 마르셀. 모두 남자 이름이잖아. 남자들이 한 가지 일에 집중하면 모든 분야에서 여자보다 나아. 그렇게 생각하세요? 앨릭이 말한다. 제 생각에 몇몇 분야에서는 여자들이 더 나은 것 같은데. 예를 들면? 코커가 말한다. 음, 앨릭이 말한다. 꽃꽂이라든가, 옷 만드는 일이라든가, 특정한 종류의 노래를 부르는 일 같은 거요. 코커 씨는 앨릭을 똑바로 바라보며 큰 소리로 선언하듯 말한다, 여기 사무실에서 지내겠다는 말이 무슨 의미인지 자네도 알잖아. 그런 다음 평소의 목소리로 덧붙인다. '그럴 때가 된 거야, 바다코끼리의 말처럼(루이스 캐럴의 『거울 나라의 앨리스』

에 나오는 시 「바다코끼리와 목수(The Walrus and the Carpenter)」 중 한 문장—옮긴이).' 하지만 진짜 시골에 사시잖아요, 앨릭이 말한다. 지난 토요일에 밴스테드까지 자전거 타고 나갔는데, 가다가 사장님 동네도 지났어요. 저는 이해가 안 되네요. 코커 씨는 안경을 벗어 닦으며 말한다. 시골이 전부가 아니야, 절대 아니지. 문명(civilization)이라는 단어는 말이야, 라틴어 치비스(civis)에서 유래했는데, 도시민이라는 뜻이거든. 혼자 지내시게요? 앨릭이 말한다. 아니, 가정부를 구해야지, 코커 씨가 말한다. 그러면, 그가 앨릭의 어깨를 가볍게 두드리며 말을 잇는다. 여기가 아주 근사해질 거야, 진짜 아주 근사해질 거라고.

그녀는 앨릭 어머니의 친구라고 해도 될 것 같다. 밤색 머리를 뒤로 올렸고 얼굴도 넓적했지만, 그의 어머니보다는 젊다. 고마워요, 자기, 앨릭이 의자로 안내할 때 그녀는 그렇게 말한다. 그녀는 탁자 건너편에 앉은 신사를 바라보며 그 남자가 얼마나 도움이 될지 의심한다. 그녀는 검은색 스타킹을 신은 다리를 꼬며 의자에 편안하게 앉고, 너무 뜨겁게 느껴지는 발밑의 가스난로를 내려다본다. 난로에서 쉭쉭 소리가 작게 난다. 난로 옆에 받아 둔 물에는 먼지가 잔뜩 앉아 있다. 네, 부인, 뭘 도와드릴까요? 코커 씨가 묻는다. 앨릭은 그녀의 손을 바라보며 결혼반지를 끼고 있는지 확인한다. 코커 씨는 이 일에는 탐정 같은 관찰력이 필요하다고 늘 이야기한다. 그냥 지나가다 들렀는데요, 여성이 말문을 연다. 전에도 오셨던가요? 코커 씨가 끼어든다. 아니요, 한 번도 없어요, 아니, 그냥 지나다가 들른 거예요. 성함을 말씀 안 하셨는데요, 부인. 맥브라이드입니다, 그녀가 말한다. 코커 씨는 의자에 등을 기대고, 팔걸이에 팔을 걸친 채 손바닥을 보여주며 말한다. 네, 저희가, 맥브라이드 부인, 뭘 도와드릴까요? 그냥 지나가다가요, 안 될 거 뭐 있어? 하는 생각이 들어서, 그냥 만약의 경우를 생각해 한번 들렀어요. 그녀는 코커 씨를 향해 미소를 지으며 코트의 맨 위 단추를 푼다. 목의 살결이 아주 하얗고 가슴도 풍성하다. 앞으로의 일은 모르니까요, 그녀가 말한다.

내 안에서 알 수 없는 욕망이 자라는 것을 알 수 있지만, 그것도 계획의 일부다. 어리석은 여자와 함께 병들어 가는 것.

맥브라이드 부인, 원하는 걸 말씀해 주시겠습니까? 코커 씨가, 마치 백치에게 말을 걸 때처럼 또박또박 말한다. 일자리요, 그녀가 말한다. 예를 들면? 코커가 외치듯 말한다. 아, 그녀가 말한다, 가정부요. 저 가정부예요. 알겠습니다, 코커 씨가 말한다. 앨릭은 자기 고용주의 반응을 살피기 위해 슬쩍 엿본다. 표정에서는 아무것도 드러나지 않지만, 앨릭은 희끗한 머리칼 아래 코커 씨의 머릿속에도 같은 질문이 떠올랐음을 확신할 수 있다. '이 사람이면 적당할까?' 알겠습니다, 코커 씨가 한 번 더 말한다. 맥브라이드 부인은 책상 오른쪽으로 가까이 의자를 당긴다. 난로 때문에 다리가 뜨거워서요, 그녀가 말한다. 앨릭은 그 두 다리를 훔쳐보며, 나쁘지 않다고 생각한다. 가정부 일자리도 있나요? 맥브라이드 부인이 묻는다. 건너편 신사가 알겠습니다라고만 대답해서 조금 당황한 것 같다. 부인 이름을 일단 등록해 주시면 저희가 최선을 다하겠습니다, 코커가 말한다. 그렇게 하시죠, 그녀가 말한다, 그래서 여기 온 거니까. 코커 씨가 담황색 카드에 타자를 친다. 성함을 'Mc'로 쓰시나요, 아니면 'Mac'로 쓰시나요, 그가 묻는다. 제 남편은 반드시 'a'가 없어야 한다고 하더라고요, 맥브라이드 부인이 말한다, 남편은 모든 일에 대해서 자신만의 생각이 확고해서요. 남편이 그래요. 앨릭은 코커 씨가 손으로 턱을 괸 채 대화할 때의 자세를 취하는 것을 지켜본다. 가끔은 앨릭에게 대화의 기술을 알려 주기도 했다. 이야기를 끌어내고, 확신을 가지게 해야 하는 거야. 세상의 그 어떤 자료들보다 당사자가 본인에 대해 더 많은 걸 말해 주는 거니까. 하지만 사람들의 입을 열게 하는 건 예술이지, 알겠나? 예술이라고. 스코틀랜드 출신이신가요, 남편분은? 그가 묻는다. 아니요, 재밌는 게, 그 사람은 카이로에서 태어났거든요. 그렇습니까? 그럼 남편분을 만나신 것도 이집트였나요, 맥브라이드 부인? 그녀는 책상 맞은편에 앉은 이 사무실 주인에 대해 서서히 판단을 해 가고 있다. 말하는 방식은 그다지 마음에 들지 않는데, 잘난 체하는 할머니 같은 말투다. 너무 큰 코도 마음에 들지 않는다. 그를 믿어도 좋을지 확신이 전혀 들지 않는다. 그녀의 마음에 든 건 지친 것 같은 그의 모습이다. 지친 모습의 그는 작달막하고 시시한 늙은이가 아니라 사람처럼, 한 남자처럼 보인다. 남편을 어디서 만났는지는 이야기해 드릴 수 없을 것 같네요, 그녀가 말한다, 놀라실 거예요, 하나만 이야기해 드리자면 이집트는 아니었어요. 제가 최근에 가 봐야겠다고 계획을 세우고 있는 나라들 중에 이집트도 있어서요, 코커 씨가 말한다. 남편은 야생마가 아무리 좋아도 이집트에는 돌아가지 않을 거라고 하더라고요(이집트는 아라비아산 말의 사육업으로 유명하다―옮긴이), 맥브라이드 부인이 말한다. 저는 스핑크스가 보고 싶습니다, 코커 씨가 말한다, 사자 몸에, 제가 제대로 안 거라면, 여성의 머리를 하고 있는 스핑크스요. 늘 웃는 얼굴이라고 하더군요, 스핑크스는, 남편께서 이런 이야기도 다 해 주셨겠지요? 동물 좋아하시나 봐요, 맥브라이드 부인이 묻는다. 스핑크스를 동물이라고 할 수는 없을 것 같습니다, 코커 씨가 말한다, 그건 혼종이죠, 신비입니다. 아무도 대답을 알지 못했던 스핑크스의 문제, 사람들은 수수께끼라고도 하죠. 그래도 동물은 좋아하시나요? 맥브라이드 부인이 한 번 더 묻는다. 제자리에만 있다면요, 코커 씨가 말한다. 주변에 어여쁜 페르시안 고양이를 처분하려는 사람이 있거든요, 맥브라이드 부인이 말한다, 고양이 정도는 괜찮은데 말이죠, 이런 사무실에서는. 보통은 이런 말 잘 안 하는데, 저를 정말 미치게 만드는 일이 있다면 그건 동물들을 잔인하게 대하는 일이거든요(그렇게 말하며 그녀는 한 손으로 자신의 블라우스 단추를 만지작거린다). 그래도 선생님을 위해서 말씀드리자면, 선생님은 자신보다 작은 생명체한테 친절하실 것 같네요. 코커 씨가 고개를 가로젓는다. 아쉽지만 지금은 고양이를 들일 수가 없습니다, 그가 말한다. 쥐를 싹 다 잡아줄 거예요, 그녀가 말한다. 그녀는 마치 쥐 냄새가 나기라도 하는 것처럼 킁킁거린다. 나중에 생각해 보겠습니다, 코커 씨가 말한다. 이제, 맥브라이드 부인, 나이를 말씀해 주실 수 있을까요? 보이는 대로 적어 주세요, 그러면 제가 손해 볼 일은 없을 것 같은데요, 그렇죠? 코커 씨는 타자를 치며 미소 짓는다. 지난번 일하던 곳을 왜 그만두게 됐는지 말씀해 주실 수 있을까요? 거기는 삼 년 있었는데요, 그녀가 말한다, 그런데 남편이 계속 잔소리를 해서, 결국 그만둘 수밖에 없었어요. 달리 방법이 없더라고요. 남편분께서 부인이 일하시는 걸 좋아하지 않나요? 코커 씨가 묻는다. 아뇨, 좋아해요, 그녀가 말한다, 일을 하면 제가 시시한 짓을 안 하게 된다고 하는데, 그렇게 틀린 말도 아닌 것 같아요. 그러면 지난번 일자리는, 코커 씨가 계속 묻는다, 무슨 문제가 있었을까요? 일을 마치고 밤에 돌아올 때, 공원을 곧장 가로질러 와야 했거든요, 남편이 그 점을 아주 싫어했어요. 저는 그런 거 한 번도 생각해 본 적 없는데 말이죠. 그리고 저한테 물으신다면, 그 강간 사건들 절반은 전혀 강간이 아니에요, 알고 보면 여자들이 복수를 하고 싶었던 것뿐이거든요. 그래도 조심해서 나쁠 건 없죠, 코커 씨가 말한다. 범죄율이 높아지고 있는 건 사실입니다. 인정해야죠. 요즘은 생명이나 재산에 대한 존중이 없습니다. 지난주에 브릭스턴에서 폭행당한 그 불쌍한 할머니를 보세요. 저기, 맥브라이드 부인이 말한다, 제가 어디서 폭행을 당한다고 해도 남편은 신경 안 쓸 거예요. 그녀가 미소 짓는다. 미소를 지으면 앞니 사이의 틈이 뚜렷하게 보인다. 재미있지 않아요? 그녀가 말을 잇는다. 그런데 정말 그 작은 페르시안은 마음에 안 드세요? 다음에 코커 씨가 한 말은 앨릭을 꽤 놀라게 하는데, 그가, 사무실에서는 고사하고, 밖에서도 그런 표현을 쓴 것은 처음이기 때문이다. 그런 짓은 못합니다, 코커 씨가 말한다. 목소리의 분위기도 다르다. 그는 조금 점잖지 못한 노래의 후렴구를 부를 때처럼 조금 능글맞게 말한다. 그런 짓은 못해요, 한 번 더 말한다. 너무너무 안 된 일이네요, 맥브라이드 부인이 코커 씨를 향해 붉은 머리를 흔들며 말한다. 그녀는 코커 씨가 할머니처럼 말하는 건 그렇게밖에 할 수 없기 때문일 거라고 생각한다. 전업 일자리를 원하시나요? 그가 묻는다. 네, 전업이요, 하지만 입주는 안 돼요, 남편을 남겨 둘 수가 없어서요. 알겠습니다, 그가 말한다. 시간은 어느 정도 생각하시나요? 그건 두고 봐야죠, 그녀가 말한다, 어떤 사람들인지 어디 사는지 등등이요, 사람들이 마음에 들면 제가 맞출 수 있고, 마음에 안 들면 쓰는 사람들 쪽에서도 금방 알 거예요. 급여는 얼마나 원하시나요? 그가 묻는다. 칠 파운드요, 그녀가 말한다, 휴, 여기 덥네요, 코트 좀 벗어도 될까요? 그녀는 깃 부분에 모피가 달린 검은색 코트를 벗는다. 속에는 소매가 짧은, 버드나무잎 색의 녹색 블라우스를 입고 있다. 팔은 통통하고, 주근깨가 있는 팔꿈치 안쪽만 제외하고는 하얗다. 아래층 진열장에 넣을 카드를 작성하고 있던 앨릭은, 그녀가 코트를 벗으면 더 나이 들어 보인다고, 그래서 멋을 더 부린 모양이라고 생각한다. 그녀는 그의 이모와 비슷하다, 그가 좋아하는 이모와. 칠 파운드에 식사 포함이겠지요? 코커 씨가 묻는다. 아네, 그녀가 말한다, 그 사람들 식사만 챙겨 주고 정작 저는 안 먹을 수는 없죠, 그렇지 않나요? 요리는 즐기시나요, 맥브라이드 부인? 그건 코커가 좋아하는 질문들 중 하나다. 앨릭에게도 여러 번이나 설명해 주었다, '좋은 일꾼은 자신의 일을 즐겨야 하는 거야. 즐기지 못한다면 좋은 일꾼이 아니지'라고. 그때그때 달라요, 맥브라이드 부인이 말한다, 먹는 사람들이 고마워하냐 아니냐에 따라서요. 아무도 고맙다는 말을 하지 않으면, 빌어먹을 다음 식사는 직접 챙겨 먹으라고 말하고 싶죠. 제 말은 고맙다는 말을 하는 게 돈이 드는 일도 아니잖아요, 그렇지 않나요? 한번은 젊은 신사분 댁에서 일했는데, 그분은 정말로 고마워했거든요(제가 한 일을 제대로 알아보더라고요), 그분을 위해 일할 때는 즐거웠어요, 정말로요. 요리는 예술이지요, 코커 씨가 말한다. 그럼 선생님은 요리에 까다로우신가요? 맥브라이드 부인이 묻는다. 저는 지금까지도 그랬고 앞으로도 그럴 테지만(앨릭은 그 말이 끝나기도 전에 표시를 한다, 이제 외우고 있다) 앞에 놓인 음식은 뭐든 먹을 수 있습니다, 파스닙(parsnip)만 빼고요. 파스닙이라니! 그녀는 같은 말을 하며 웃음을 터뜨린다. 그럼 순무는 어떠세요? 순무라면, 코커 씨가 대답한다, 꽤 즐겁게 먹을 수 있습니다. 다른 이야기지만, 제가 핀란드에서 순록고기를 먹어 본 적이 있는데요, 그것도 맛있었습니다. 아, 맥브라이드 부인이 말한다, 추우셨겠어요. 그렇다면 맥브라이드 부인, 부인께서는 로스트비프를 어떻게 조리하시나요? 농담 마세요, 그녀가 말한다, 그 대신 원하시면 차는 한잔 끓여 드릴게요, 가스 풍로가 어디 있을까요? 코커 씨는 사제처럼 손가락 끝을 가지런히 모으고 미소를 짓는다. 그리고, 다시 한번 앨릭을 놀라게 하는 표현을 사용한다. 감사합니다, 착하시네요. 그가 말한다, 하지만 지금은 시간이 없습니다.

나는 시간이 지나면서 점점 더 다정해지는 여성들이 있다는 것을 무의식적으로 알고 있다.

맥브라이드 부인, 제가 가정부 일자리를 찾아 주기를 바라신다면, 부인의 조리법에 대해서 조금은 알아야 합니다. 앨릭은 또 다른 가능성을 떠올린다, 재키와 나도 이 사무실에 방 하나를 얻으면 어떨까? 로스트비프, 맥브라이드 부인, 부탁드립니다, 코커 씨가 말한다. 정말 알고 싶으세요? 맥브라이드 부인이 말한다. 부탁드립니다. 음, 구이의 비밀은 요리 전에 오븐을 정말 뜨겁게 달구어 놓아야 한다는 거죠. 그리고요? 음, 저는 토스트 구울 때 쓰는 석쇠를 분리해서(다리 달린 그 부분이요), 오븐 철판 위에 올려요, 그러면 고기가 철판에 닿을 일이 없고, 흘러나온 육즙에 잠겨서 끓을 일도 없으니까요. 겉은 갈색이고 속은 사랑스러운 빨간색으로 잘 구우려면, 절대 끓이면 안 되거든요. 그녀는 코커 씨의 오른손 새끼손가락 사마귀 주변에 붙어 있는 반창고를 쳐다본다. 당연히 구워진 고기를 잘 썰 수 있는 남자도 있어야겠죠, 요크셔 푸딩은요, 맥브라이드 부인? 반죽을 많이 치대야죠, 그녀가 말한다, 진짜 많이 치대야 해요, 계란처럼 노랗게 될 때까지 치댄 다음, 가능한 한 높게 모양을 잡죠. 푸딩이 부풀어 오르면 고기 밑에 놓고 육즙이 요크셔에 스미게 하는 거예요. 그러면 고기 향이 아주 잘 배죠. 고기의 좋은 성분들이 모두 푸딩에 똑똑 떨어지게 하는 거예요. 그녀는 다초점 렌즈 너머의 희미한 눈을 바라보며 덧붙인다. 좋은 고기를 좀 드셔야 할 것처럼 보이네요.

나는 특별한 종류의 흙이 있다는 것을 알지만, 전혀 기억하지 못한다. 그것으로 덮어 버리려 했던 것들 때문에 내게는 뚜렷이 구분되는 흙. 내 손으로 그 흙을 뒤적거리며 다른 사람들이 보지 않기를 바랐던 무언가를 덮었다. 그게 무엇이었는지조차 기억나지 않는다. 아주 잘 숨겨 놓은 덕분에 혼자서는 절대 다시 찾을 수 없을 것이다. 그것은 흙 속에서 사라져 버렸다. 가끔씩 아주 짧게나마, 내가 숨겨 놓은 그 무언가가 발견되고, 다른 사람들이 알아볼 수도 있다는 사실에 두려움을 느낄 때가 있다. 이 여인은 그 특별한 흙을 들여다볼 준비가 되어 있을지도 모른다. 하지만 나는 그렇게 생각하지는 않는다.

코커 씨는 문서철을 뒤지기 시작한다. 그는 맥브라이드 부인에게 공원 근처 대저택의 일자리를 제안한다. 사업가와 그의 아내, 그리고 어린 자녀가 둘 있는 집이다. 이미 아이들을 위한 보모와 정원사, 그리고 정기적으로 오는 청소도우미를 두고 있다. 그 집에서 조리사를 원하고 있다. 제가 어쩌다 보니 월하임 씨를 아는데요, 코커 씨가 말한다, 아주 매력적인 신사분이십니다. 듣기로는 전국에서 알아주는 아마추어 골프 선수라고 합니다. 급여가 어떻게 되는데요? 맥브라이드 부인이 묻는다. 육 파운드 오 실링인데, 조금 올려 줄 여지는 있습니다. 그리 좋은 자리처럼 들리지는 않네요, 맥브라이드 부인이 말한다. 직접 가서 한번 보시면 어떨까요? 코커 씨가 달래듯이 말한다, 부담은 안 느끼셔도 되고요. 그냥 가서 한번 보세요. 근무시간은 어떻게 되죠? 여덟시 삼십분까지 아침 준비를 하시면 됩니다. 그리고 오후 티타임까지 머무르시고요. 저녁은 준비만 해 놓고 함께 드시지 않아도 됩니다. 토요일은 쉬나요? 그녀가 묻는다, 당연히 쉴 수 없다는 걸 알지만, 코커 씨가 어떻게 반응하는지 알고 싶다. 코커 씨가 문서철을 살핀다. 화요일이 반일 근무입니다, 그가 말한다. 그녀는 월하임 씨와 그의 사모님을 상상할 수 있다. 사모님은 고무장갑을 끼고, 아이들이 있는 자리에서는 늘 그녀에게 부드러운 말투를 쓰다가, 어느 날 그녀를 해고하며 이렇게 말할 것이다. 그동안 일해 주셔서 감사해요, 매기. 맥브라이드 부인에게는, 그 입에서 흘러나오는 '매기'라는 자신의 이름이 고양이 입에서 나오는 죽은 쥐처럼 느껴질 것이다. 근무시간이 꽤 빡빡하네요, 그렇지 않나요? 그녀가 말한다. 남편이랑 상의해 봐야겠어요. 그녀는 그런 집에서 일을 할 바에는 빌어먹을 공장에서 일하며 급여를 두 배 받는 게 더 낫다고 생각한다. 집안일을 하는 거라면, 누군가에게 차이를 느끼게 해 주고 싶다. 그녀는 봉사라면 하겠지만, 돈을 받고 자신을 판다는 생각은 끔찍할뿐더러, 그걸 사는 사람이 돈이 썩어 빠진 외국인이라면 말할 것도 없다. 남편이 동의해 줄지 모르겠네요, 그녀가 말한다. 이건 전혀 아니야, 그녀는 스스로를 설득한다, 내가 찾는 일이 아니라고, 보모를 위해서 요리를 할 수는 없지. 그런 일을 하기엔 인생이 너무 짧고, 내가 다시 젊어질 일도 없는데, 그런 건 내가 원하는 게 아니지. 나는 머리도 좀 쓰고, 사람들이 나를 알아줬으면 하는 마음도 있으니까, 저런 일자리는 아무 쓸모도 없는 사람이 하는 일이잖아. 그보다는 잘 할 수 있어, 할 수 있어. 그러시겠죠, 코커 씨가 최대한 설득해 보려고 말한다, 월하임 씨와 그 부인이 같이 일하기에 아주 다정한 분들이라는 건 아실 수 있을 겁니다. 코커 씨는 갑자기 전당포 주인 같은 눈빛으로 맥브라이드 부인을 바라본다. 그녀는 창문 너머로 세 개의 놋쇠 공이 보이는 것만 같다(상점 간판에 달린 세 개의 놋쇠 공은 전통적으로 전당포의 상징이다—옮긴이). 실례가 안 된다면, 그녀가 말한다, 이 일을 하면 선생님은 얼마를 받으시나요? 그는 늘 불만에 가득 차 있는 전당포 주인 같은 표정이다. 저희는, 그가 말한다, 등록비로 오 실링을 청구합니다, 부인을 우리 목록에 올려 드리는 거죠. 그런 다음에 부인이 일자리를 찾으면 고용주도 저희에게 비용을 지급합니다. 그쪽이 더 내나요? 그녀가 묻는다. 코커 씨는 마치 그녀의 이마에 묻은 뭔가에 놀라기라도 한 것처럼, 그녀를 빤히 쳐다본다. 보통은 일주일치 급여를 받습니다, 그가 말한다. 뭐 그렇다면, 그녀가 말한다, 그걸로 아주 부자가 되실 일은 없겠네요! 믿지 못하시겠지만, 코커 씨가 말한다, 저희 목록에 고객이 만 명 정도 있습니다. 그는 손가락에 작은 반창고를 붙인 손으로 주변에 있는 문서철을 가리킨다. 앨릭은 완전히 일손을 놓고 있다. 그는 코커 씨가 저렇게 기꺼이 곤란한 상황을 즐기는 모습을 한 번도 본 적이 없다. 이렇게 작은 곳에 만 명이라, 그녀가 말한다, 믿을 수가 없네요. 미소를 지으며 주변을 살피던 그녀의 눈이 앨릭의 눈과 마주친다. 앨릭이 보기에 그녀가 윙크를 한 것 같았지만, 너무 짧은 순간이라 확신할 수는 없다. 그래서 저한테 오 실링을 받아 가신다고요? 그러면 그 자리를 한번 보시겠습니까? 코커 씨가 재빨리 되묻는다. 아니요, 맥브라이드 부인이 말한다, 아쉽지만 안 할게요. 그럼 됐습니다, 코커 씨는 그렇게 말하고 자리에서 일어난다. 다른 자리는 없나요? 그녀가 여전히 앉은 채 말한다. 현재는 없습니다, 맥브라이드 부인, 지금 당장은 하나도 없습니다, 다음 주쯤 한 번 더 오시면 뭔가 있을지도 모르겠네요, 아니면 저희가 부인께 맞을 것 같은 자리를 찾으면 우편으로 알려 드릴 수도 있습니다, 부인 주소를 아니까요. 그는 마치 죄를 사하는 성직자처럼, 그녀의 머리를 내려다보며, 그렇게 말한다. 그녀는 지갑에서 반 크라운짜리 동전 두 개를 꺼낸다. 이건 선생님 비용이에요, 그녀가 말한다, 다시 올게요. 코커 씨는 선 채로 돈을 챙겨서 바로 주머니에 넣는다. 영수증 이야기는 꺼내지 않는다. 그는 모피가 달린 검은색 코트를 집어 들며 말한다, 코트 입는 거 도와드릴까요? 사무실 일과가 중단됐다. 왜 고객에게 등록비에 대한 영수증을 내주지 않은 걸까? 왜 다른 일자리는 제안하지 않은 걸까?(앨릭이 알기에는 가정부 자리가 적어도 스무 개 이상은 있다.) 왜 코커는 평소에는 대답하지 않던 질문들에 대답했던 걸까? 왜 그는 '그런 짓은 못합니다' 같은 말을 자신의 것이 아닌 목소리로 말했을까? 왜 서둘러 그녀를 돌려보내려는 걸까? 앨릭은 그 모든 의문에 답이 되는 하나의 답을 알고 있다. 헷갈릴 것도 없다. 하지만 그 설명은, 아무리 분명한 설명이라고 해도, 사무실 일과 중에서는 찾을 수 없다. 사무실 자체도 달라 보인다. 더 작고 덜 중요해 보인다. 그리고 위층의 쓰지 않는 방들과, 돌로 된 층계참 건너편의 주방 및 응접실에는 사람이 지내고 있는 것만 같다. 그곳에서 지내는 우리가 이곳을 근사하게 만들어 줄 것 같다. 그 우리는 또한 사무실을 상점처럼 보이게 만들 것이다. 코커의 책상이 계산대가 될 것이다. 뒤쪽 문을 열고 들어가면 아침에 쓴 식기들이 건조대에 널려 있고, 다림질할 셔츠들이 쌓여 있고, 풍로 위엔 주전자가 놓여 있고, 창턱에는 고양이 한 마리와 매니큐어 병들이 있고, 지난 일요일 신문이 바느질감 바구니에 접힌 채 놓여 있고, 여자임이 틀림없는 누군가가 움직이는 소리가 들릴 것이다. 직업은 비록 알아주지도 않고 인상적이지도 않은 이름의 직업이지만, 희생되었다. 작은 상점은 남는다. 코커는 달라졌다. 그는 점심 식사 후 안락의자에 앉아

잠들 수 있고, 잠옷 차림으로 돌아다닐 수 있고, 화장실 문을 사이에 두고 대화를 나눌 수 있고, 그녀(꼭 이 여성이 아니더라도)가 옆에서 차를 홀짝이는 사이에 침대에 누워 책을 읽을 수 있다. 코커는 노친네가 되어 버렸다. 노친네라는 말이 모든 것을 설명해 준다. 아, 너무 감사합니다, 맥브라이드 부인은 그렇게 말하며 일어나 코커 씨에게 등을 향한 채 돌아서서(그녀는 그보다 키가 작다) 모피 달린 검은색 코트에 통통한 팔을 밀어 넣는다. 그녀가 코트 단추를 채우는 동안, 코커 씨는 그녀와 벽난로 선반 사이에 끼어 움직이지 못한다. 선반에는 반구형 유리 상자 안에 든, 그의 어머니가 쓰던 프랑스제 시계가 놓여 있다. 그녀가 손을 들어 뒷머리를 매만지자 머리칼이 바로 코커 씨의 코앞에서 움직인다. 그녀가 몸을 돌려 웃으며 그에게 말한다. 좀 비좁네요, 그렇죠? 그는 계속 무표정한 얼굴이다. 그녀가 가방을 집어 들고 문 쪽으로 움직인다. 그가 가로질러 가서 문을 열어 준다. 저한테 오 실링 챙겨 가셨으니까, 그녀가 말한다, 신경 써서 뭐든 찾아 주세요. 가깝고, 너무 고급인 곳은 말고요. 그녀가 다시 웃음을 터뜨린다. 선생님 댁에 가정부가 필요 없어서 아쉬워요, 그녀가 말한다, 바로 딱인데! 최선을 다하겠습니다, 맥브라이드 부인, 코커는 그렇게 말하며 그녀를 대기실로 안내한다. 앨릭은 귀를 기울인다. 페르시안 고양이에 대해서 생각이 바뀌시면 알려 주세요, 그녀의 말소리가 들린다. 그런 다음 돌로 된 층계참을 지나 돌계단을 내려가는 그녀의 발소리가 들린다. 무엇을 준다고 해도, 이 사람이 하는 일은 못할 것 같아, 그녀는 생각한다. 코커 씨가 사무실로 돌아온다. 손수건을 쥐고 있다. 업무 시간 동안은 늘 재킷 소매를 접어 올려 묶어 두는 손수건이다.

나는 내가 사랑스러워 보이지 않는다는 걸 안다.

그는 앨릭의 흥분한 눈길을 피한다. 하지만 너무 흥분한 앨릭은 그것을 알아차리지 못한다. 코커 씨가 아무 말 없이 자리에 앉아 책상 위의 서류들을 정리하는 것을 보면서도, 앨릭은 그 행동은 노친네가 노친네 아닌 척을 하기 위해 하는 행동일 거라고 스스로에게 설명한다. 저분 로스트비프에 대해서는 어떻게 생각하세요? 그가 묻는다. 미친 여자였어, 코커 씨가 말한다, 미쳤다고. 여자들은 다 미쳤어요, 앨릭이 코커에게 남자들끼리의 유대감을 확인시켜 주기 위해 말한다, 그래도 쓸모가 있잖아요. 코커 씨는 몸을 돌리고 안경 너머로 자신은 정말로 여자들을 믿을 수 없다는 듯한 눈빛을 보낸다. 천박한 소리 말고, 그가 말한다. 농담이에요, 앨릭이 말한다. 농담거리가 아니잖아, 코커 씨가 말한다, 여자들은 미쳤다고, 우리 둘 다 목이 날아갈 뻔했잖아.

대기실에는 기수 복장을 한 채 말을 타고 있는 원숭이를 묘사한 판화가 걸려 있다. 그림 아래 판에는 정교하게 장식된 동판 서체로 제목이 적혀 있다. 〈가진 것 그들에게 다 줘, 도빈!〉. 판화 바로 아래 의자에 남자 한 명이 앉아 있다. 그의 모자가 옆자리에 놓여 있다. 그는 넓은 간격으로 가는 줄이 들어간 파란색 정장 차림이다. 그가 가진 것 중 가장 좋은 정장이고 어딘가 꼬깃꼬깃하다. 남자는 손이 크다. 오른손 손가락은 니코틴에 절어 있는데, 정장의 밝은 파란색과 나란히 놓고 보면 밝은 오렌지색으로 보인다. 그는 목을 빼고 창밖을 본다. 일어나서 창가에 다가가거나 옆 의자로 옮겨 앉을 수도 있지만, 일단 자신이 앉을 의자를 선택한 이상, 비록 대기실에 사람이라고는 자신밖에 없는 상황임에도, 남자는 자신의 선택을 고수하는 쪽을 선호한다. 창밖으로 넓게 펼쳐진 지붕들이 그의 관심을 끈다. 검은색 화격자와 석탄 세 무더기 정도만 들어가는 낡은 벽난로와 이어진 굴뚝들이 마치 채벌한 지 오래된 숲의 나무둥치들 같다. 이어진 지붕들은 끝이 보이지 않는다. 그가 있는 곳은 런던이다. 다음 분 들어오세요, 앨릭이 문 앞에서 말한다. 대기실에 다른 사람은 없기 때문에 남자는 자신을 부르는 것임을 안다. 앨릭을 따라 들어온 그는, 비록 낡은 것이긴 하지만 진짜 페르시아산인 빨간색과 녹색의 카펫 위에 서고, 비록 파산했다고는 하지만 한때 최고급 담배 수입 회사의 감독관이 쓰던 책상 앞에서, 비록 가진 보석이라고는 그것밖에 없지만 진주 넥타이핀을 찬 채 자신을 똑바로 바라보는 늙은 놈 하나를 마주한다. 앉으세요, 고객님. 남자는 특히 늙은 놈의 커다란 머리를 알아본다. 어제 런던에 도착한 후로 크기들을 인식하게 되었다. 눈에 보이는 것들이 아주 크거나 아주 작아서 그를 놀라게 했고, 남자는 이성적인 사람이어서 이 늙은 놈의 머리가 큰 건 런던에서 아주 바쁘고 중요한 일을 하는 사무실을 운영하고 있기 때문이라고 생각하지는 않지만, 의자에 앉아 대화가 시작되기를 기다리는 동안 이런저런 기대가 그의 머릿속에서 혼란스럽게 뒤섞인다. 늙은 놈은 시선을 내리깐 채, 커다란 책상 위 정돈된 철제 서류함에 놓인 중요한 서류 뭉치에서 하나를 집어 읽고 있다. 어떻게 오셨습니까? 서류를 다 읽은 코커 씨가 묻는다. 남자는 주머니에서 버스표 사분의 일 크기로 접은 신문 조각을 꺼내서 펼친 다음, 책상 위에 놓고 오렌지색 손가락으로 접힌 자리를 매끈하게 한 후, 코커 씨에게 건네며 말한다, 이거 봤습니다. 운전기사 일자리가 있다고 해서요, 내가 운전기삽니다. 코커 씨는 아무 말도 없이 곧장 움직인다. 의자가 돌아가고, 팔과 손은 계속 움직이

　　　　　코커의 자유

며 적절한 문서철을 골라서 집어내고, 문서철에서 제대로 된 면을 펼치고, 참조 사항을 즉시 확인하고, 다시 의자가 돌아가고, 다른 문서철을 꺼내서 살피고, 손가락으로 짚어 가며 목록을 살피는 동안 잠시 동작이 멈추고, 손가락에 침을 묻히고, 빠르게 문서철을 넘긴다. 남자가 보기에 그 동작은 영화관 오르간 연주자의 동작과 다르지 않다. 한 명은 런던의 고용 상황에 대한 정보를 만들어내고, 다른 한 명은 음악을 만들어낸다. 이 늙은 놈의 안색이나 문서철의 색깔이 달라지지는 않지만, 지켜보는 사람의 눈에는 문서철의 한 쪽 한 쪽이 수백 개의 서로 다른 가능성이나 변수들을 암시한다. 콜퍼드에서는 그가 태어난 이후로 의존할 곳은 길모퉁이 두 군데밖에 없었다. 동네 자체가 엔젤 호텔 옆 버스 정류장에 붙은 낡은 구인광고 포스터 같은 곳이다. 백 번은 읽어서 단어 하나하나까지 외워 버린 곳. 늙은 놈이 능숙하게 넘기고 있는 문서철 속의 런던은 한계가 없다. 남자는 코커의 동작이 대답을 만들어내기를 기다린다. 왼손 가운데 두 손가락을 문지르며, 마침내 코커 씨가 입을 연다. 일자리가 나갔네요. 남자는 여전히 책상 위에 놓인 신문 조각을 내려다본다. 신문 광고를 주머니에 넣고 다닌다고 해서 일자리가 생기는 것은 아니었다. 실망감에 남자는 자리에서 일어난다. 어떤 곳에 있어야 할 이유가 없다면 움직이는 게 낫다. 일어난 남자는 사무실을 둘러보고, 코커 씨를 쳐다본다. 남자는 창밖의 도시뿐 아니라 그 방 안까지도 런던임을 실감한다. 벽난로 선반에 놓인 화려한 시계, 조생종 상추 위에 씌우는 것 같은 종 모양 유리 덮개 안에 든 그 시계까지도 길거리의 군중이나 끝이 안 보이는 거리와 마찬가지로 런던의 일부다. 남자가 너무 갑자기 일어나는 바람에 코커 씨는 놀란 표정을 짓는다.

오늘 아침까지만 해도 나는 내가 중요하다는 생각을 할 수 없었다. 하지만 나는 내가 중요하다는 것을 안다. 나는 안다. 그런 가정하에 행동하는 것은 나의 의무이다. 나는 나 자신이 지닌 가치의 수호천사다. 꼬마 때부터 나는 나 자신이었다. 그 전에도 역시 나는 나 자신이었지만, 그건 다른 하늘 밑이었다. 아주 달콤하고 섬세한, 그래서 금방 흩어져 버린 하늘. 그 하늘은 찢어져 흩어졌고 몇몇 조각만 남아 나의 어린 시절을 덮고 있는 은빛 하늘을 떠올리게 한다. 그것들은 남았다, 그 조각들은, 욕조나 어머니의 노래하는 목소리, 침실에 달린 레이스 커튼, 내 키만 했던 풀 같은 몇몇 풍경들에 붙어서 남았다. 그 하늘이 찢어지고 윌리엄이라는 이름이 내가 되었다. 나는 그 이름 안에서 나를 알아보았다. 나는 윌리엄이라는 이름이 작은 집이라도 되는 것처럼 그 안에서 살았다. 이름이 불릴 때마다, 혹은 심지어 스스로를 생각하며 그 이름을 떠올릴 때마다, 나는 대답하기 위해 현관문을 향해 다가갔다. 현관문은 늘 잠겨 있지 않았기 때문에 그렇게 하는 것이 중요했다. 누구든 그 문 안에, 복도에, 어떤 추궁이나 명령, 혹은 금지하는 말들을 놓을 수 있었고, 그럴 때면 나는 그것들을 받아들여야만 했다. 따라서 나를 부르는 사람이 누구인지, 그가 원하는 것은 무엇인지를 늘 문 앞으로 달려가 확인했다. 종종 그건 리셸이었다. 늘 반가웠던 리셸, 나의 집을 둘러싼 정원 같았던 리셸, 함께 있으며 나 자신을 잃어버리곤 했던 리셸. 가끔씩 나는 실수를 했고, 그럴 때면 윌리엄은 전혀 내 이름이 아니었다. 가끔씩 방문객 혹은 방문객들은 나를 부르는 대신, 나의 집 창문들 중 하나를 통해 나를 지켜보느라 바빴고, 나는 그들이 나를 염탐하는 모습을 지켜보곤 했다. 그들은 사고 현장 주위에 몰려든 군중 같았고, 모두 뒷모습만 보이고 있어 얼굴이 없었다. 나중에, 한참 나중에, 또래의 친구들을 몇몇 사

코커의 자유

귀었다. 열일곱 혹은 열여덟 살 때쯤이었다. 친구들이었기 때문에 종종 그들을 뒤로, 뒷문을 통해 집으로 들였다. 하지만, 언젠가, 친구 둘이서 웃음을 터뜨렸다. '너 진짜로 여기 사는 건 아니지? 그렇지?' 친구들이 말했다. 혹은, 그게 그들이 하려던 말이었음을 나는 알았다. 우리는 실제로는 꿈 이야기를 하고 있었다. 친구들이 자신들의 꿈 이야기를 했고, 그리고 내 차례였다. 나는 내가 꾸었던, 기차에 치이려는 개를 살려 준 꿈 이야기를 했다. 친구들이 웃기 시작했다. 그들 중한 명이, 은행에서 일하던 레지가 말했다. '좋은 예를 들고 싶어서 꾸며낸 이야기야.' 이어서 레지는 내게 말했다. '오늘 밤에 훈장 받는 꿈꾸겠네.' 그 일 이후로 나는 모든 사람들을 앞문으로만 받고 있다. 위험이 너무 크다. 주거침입의 위험이 있다. 몇몇 벽장은 잠가 두었다. 조용한 밤에만 그 벽장들을 연다. 벽장 안의 물건이 소중하기 때문에 잠가 두었던 건지, 아니면 그것들이 창피해서 사람들이 발견할까 두려웠기 때문에 잠가 두었던 것인지는 알 수 없다. 그건 모른다. 하지만 어떤 물건이 소중하거나 창피한 것은, 나 자신이 그것들에서 즐거움을 느끼기 때문이라는 것은 안다. 나는 네 살 때부터 그런 물건들을 벽장에 넣어 두고, 비밀로 하면서 혼자만 알고 있었다. 밤에만 그것들을 알아보기 때문에, 그리고 그 물건들의 정체보다는 그 익숙함을 통해 그것들을 알아보기 때문에, 정작 벽장 안에 있는 것들이 무엇인지는 알 수 없다. 그것들은 나의 정체불명의 장난감들이다. 그 시절, 이제 오래전이 되어 버린, 처음 이름이라는 집으로 들어와 머리 위로 은빛 하늘 대신 지붕을 가지게 된 이후로 내가 모아 온 것들이다. 불이 날 위험도 있다. 나의 집인 윌리엄은 내가 죽으면 재가 될 것이다. 나는 더 이상 내가 아닐 것이다. 그 집과 나는 함께 종말을 맞이할 것이다. 하지만 시작도 함께 한 것은 아니었다. 내가 집보다 먼저 있었다. 나의 기원을 너무 멀리 추적하는 것은 불편하다. 내가 아버지 불알 속의 정자였을 가능성을 인정하는 것은 어색하다. 그 사실을 알고 난 이후로 끝없는 밤에 별똥별을 볼 때마다 소름이 돋았다. 내가 태어나지 않을 확률이 놀랄 만큼 컸다. 아마 그 점이, 지금 내가 스스로를 그렇게 중요하게 생각하는 이유일지도 모른다. 나는 나를 만들어낸 그 있을 법하지 않았던 가능성을 귀하게 여긴다. 늘 그랬던 것은 아니고, 늘 지금 내가 아는 것들을 알고 있었던 것도 아니다. 나만의 이름으로 들어오기 전에는, 은빛 하늘 아래 주변의 모든 것들이 내가 세상의 중심이며, 어머니는 내가 사는 공간이라는 확신을 주었다.(한참 후에 어머니는 하느님께서 나의 이기심에 벌을 내리실 거라고 했다.) 윌리엄 안으로 들어온 후, 나는 내 이름이 중요하다는 것을 알았다. 내가 언제나 그 이름으로 호출되었기 때문이다. 하지만 내 이름이 곧 나는 아니었다. 그 이름이 내게 주어졌을 뿐이다. 나는 나에게 딸린 것들과 함께 그 안으로 들어왔지만, 그 이름을 지어 올린 것은 아니었다. 그래서 나는 누군가 내게 그 이름을 준 거라고, 누군가 나를 위해 내 집을 지어 올린 거라고 가정했다. 이런 점을 세례를 받은 일과(런던 로드의 크라이스트 교회에서 제스퍼 체이스 사제님이 해 주셨다) 직접적으로 연관 지어 본 적은 없었는데, 실제로 다른 이름이었다고 해도(나는 에드가나 롤랜드라 불릴 수도 있었다) 나머지 상황은 똑같았을 것이다. 나중에는 과연 그렇게 되었다. 나는 윌리엄이기를 그치고 코커 혹은 코커 씨가 되었고, 몇몇 사람들에게는 코키가 되었지만, 여전히 나는 같은 앞문을 열고 있고, 아주 오래전 하늘이 사라져 버린 이후로 줄곧 같은 곳에서 지내고 있다. 처음에는 아버지가 나를 위해 집을 지어 준 것만 같았다. 아버지가 어떻게 그렇게 했는지에 대해서는 진지하게 생각해 보지 않았다. 어쨌든 당시에 나는 아버지가 내가 아는 것들을 거의 모두 지어 올린 거라고 믿었다. 런던의 경계는 아버지의 말에 따라 결정되었다. 아버지가 하루 일과가 끝났다고 하면 끝난 거였다. 기억은 나지 않지만, 나는 가끔씩 내가 아버지가 원하는 방식으로 그 집에서(나의 집이었지만 아버지가 내게 허락해 준 집이기도 했으므로) 살고 있지 못하다는 생각에 두려움을 느끼기도 했다는 것을 안다. 가끔씩 아버지는 내가 부르지 않았음에도 나를 찾아오곤 했고, 자고 있을 때 가까이 다가와 머리에 입을 맞췄다. 반쯤 잠에서 깬 나는, 아버지가 나의 모습을 보지 않게 해 달라고 기도했다. 그런 아버지가 사악한 사람이고, 빈털터리이며, 술꾼이라고, 다시는 그를 볼 일이 없을 거라고 어머니가 말해 준 후에야, 그런 후에야 나는 아버지가 내 집과는 아무 관련이 없다는 것을 알았다. 심지어 그 후에, 아버지가 돌아가셨을 때, 나는 그가 결국에는 나의 모습을 알았을지 궁금했다. 그랬기를 바랐다. 그것이 아버지 죽음의 진짜 비극이었다. 이제 아버지에게 말하기에는 영원히 너무 늦어 버렸다는 사실이. 하지만 아버지가 돌아가신 후로, 나는 훨씬 더 중요해졌다. 내가 집안의 가장이 되었다. 얼마 동안은 나를 나로 대해 주는 사람은 그게 누구든 고마웠다. 하지만 이제 와서 보면, '그게 누구든'이라는 것이 특정한 한 명일 거라고 상상하기에는 나는 너무 어른스러웠다. 마찬가지로, '그게 누구든'이 하느님과는 아무 관련이 없다는 것도 알았다. 내가 윌리엄이 되었을 때 하느님은 아주 멀리 있었다. 어쩌면 그게 누구든 내게 집을 제공해 준 이가 아니라, 그 집을 유지할 수 있게 도와준 이들에게 고마워해야 하는 문제였을지도 모른다. 영국 수상, 국왕 조지 5세, 판사들, 내게 황금빛 미래가 있다고 말해 주었던 사장님(나는 양말 공장에서 일하고 있었다), 신문의 사설을 썼던 작가들, 신사답게 행동했던 사람들. 그 모든 조력자들이 집을 제공해 준 이들을 대변해 주었다. 그들이 내가 나 자신이 될 수 있게, 내가 되어 마땅한 모습이 될 수 있게 도와주었다. 방해꾼들도 있었다. 우리와 전쟁을 벌였던 독일인들, 양아치 짓을 했던 사람들, 무정부주의자, 그리고 (내가 프랑스 야전병원의 사병으로 있을 때) 다수의 부사관들. 많은 기회들이 손가락 사이로 빠져나갔다. 나는 더 이상 조력자들에게 고마워하지 않게 되었고(그뿐만 아니라 누가 조력자인지도 확신할 수 없게 되었다), 그 대신 상황이 정말로 나빠지게 되면, 어딘가 다른 곳에서 조력자를 찾아 메시지를 달라고 부탁하면 된다고 생각하며 스스로를 위로했다. '상황이 계속 이렇지는 않을 거야', '윌리엄 코커는 중요하지 않아' 같은 메시지들. 그게 내가 살아온 방식이다. 삶은 점점 더 힘들어졌지만, 나는 항상 내가 나 자신이 될 수 있게 도와주는 '그게 누구든'이 나타나, 결국에는 나의 삶에서 정의가 이루어지게 해 줄 거라는 믿음에서 위안을 얻었다. 한 달 전, 오랫동안 내 이름으로 사무실을 운영하고, 이차세계대전이 끝나고, 어머니가 돌아가시고, 열한 개 나라를 여행하고, 일 년 내내 아이린 문제로 괴로워하고 난 뒤, 한 달 전에야 비로소, 조력자 같은 건 없다는 걸 확신하게 되었다. 내가 부탁할 사람은 아무도 없다는 것을, 나 자신을 유지할 수 있냐 없냐 하는 것은 나의 관심사, 나만의 관심사일 뿐임을, 은빛 하늘이 찢어졌던 날 이후로 내가 살아왔던 사람은 내 맘대로 할 수 있는 사람이었음을 확신하게 되었다. 그제야 내가 혼자라는 것을 알게 되었다. 그제야 나는(비록 지금까지도 그렇게 생각할 수는 없지만) 내가 중요한 것은 내가 나 자신이기 때문이라는 것, 육십사 년 전에 시작된 그 있을 법하지 않았던 사태를 축하할 수 있는 마지막 기회, 혹은 유일한 기회는 나 자신이라는 것을 알게 되었다. 내가 문제다, 그리고 이제 마침내 나는 내가 문제라는 것을 안다. 내가 문제다, 내가 문제다, 하지만 그것을 어떻게 생각하면 좋을지 나는 모른다.

저희는 직업소개소입니다, 코커 씨가 말한다. 지금 말해지는 내용, 목소리의 어조까지 런던이다. 저희에게 등록을 해 주시면 최선을 다해 도와드리도록 하겠습니다. 노친네가 사무실 일과를 연기하고 있다고, 앨릭은 표시한다. 남자는 뭔가에 이름을 적기 전에 잠시 망설인다. 그는 신문에 실린 일자리를 구하기 위해 왔다. 그의 계획은 이제 다른 신문에 실린 다른 일자리를 찾는 것이다. 런던 전체에 그를 위한 일자리가 하나는 있을 것이다. 그는 벽난로 선반 위의 시계를 쳐다보며 런던이 콜퍼드와 얼마나 다른지 다시 한번 떠올린다. 앉으시죠, 코커 씨가 말한다. 오 분도 지나지 않아 남자는 등록비로 오 실링을 낸다. 남자는 오 실링짜리 등록이 얼마 동안 유효한지 묻는다. 저희가 선생님께 일자리를 찾아 드릴 때까집니다, 코커 씨가 말한다. 남자는 이런 사무실에 들른 건 운이 좋았다고 생각한다. 인적사항을 받는다. 버트 이먼즈입니다. 알버트 이먼즈, 코커 씨는 약칭을 피함으로써 자신이 고객을 예의를 갖춰 대한다는 인상을, 그런 것까지 서비스에 포함된다는 인상을 준다. 세탁물 배달차량 기사. 서른두 살. 기혼. 현재 거주지: 베이스워터, 민제이가 십이번지. 그는 남자에게 등록비 영수증을 건넨다. 노친네는 사무실 일과에 관해서라면 늘 허세를 부리는데 지금도 허세를 부리고 있다고 앨릭은 판단한다. 그는 사무실 일과의 규칙이 모든 것에 적용되는 척한다. 앨릭은 그렇지 않다는 것을 안다. 그 규칙은 심지어 코커 본인이 사무실에서 하는 행동에도 적용되지 않는다. 조금 전 여성에게 로스트비프 이야기를 꺼낼 때 농담처럼 들리게 말한 것은 실수였다. 본인 또한 규칙을 믿는 척했어야 했다. 코커와 앨릭 둘 다 그런 척해야 한다. 승합차 기사는 영수증을 신문 광고처럼 접어서 챙긴다. 전화가 울린다. 앨릭이 전화를 받아서는, 여동생분이라며 코커 씨에게 넘긴다. 코커 씨가 수화기를 들고 관자놀이에 흘러내린 머리칼을 넘긴다. 지금은 통화하기 힘들어, 그가 말한다, 지금 고객분이랑 상담 중이야. 그가 부드러운 목소리로 덧붙인다. 아주 중요한 고객분이야. 그가 급하게 수화기를 내려놓는다. 이제 선생님 일자리를 찾아봐야겠군요. 개인 기사는 어떻습니까? 해 보신 적 있나요? 아니요, 남자가 대답한다. 해본 적 없고, 하고 싶지도 않습니다. 저는 승합차 전문입니다. 그러니까, 승합차가 좋습니다. 뒷자리에서 늘 명령이 날아오는 건 견딜 수가 없어요. 세탁소 쪽 일자리는 없을까요? 전화가 다시 울린다. 코커 씨가 급하게 직접 수화기를 든다. 같은 목소리다. 오빠가 제대로 들을 때까지 오전 내내 전화할 수도 있어. 날카로운 목소리지만, 코커 씨는 사무실 안에 있는 다른 두 사람이 정확한 대화 내용을 들을 수 없게 수화기를 귀에 바짝 갖다 댄다. 손님은 돌려보내고 조수는 다른 방으로 보내는 게 좋을 거야. 그러면 내가 하는 말을 평화롭게 들을 수 있을 테니까. 코커 씨는 앨릭과 승합차 기사를 쳐다본다. 코커의 눈을 보고 앨릭은 코커 씨의 여동생이 다시 전화를 한 모양이라고 짐작한다. 앨릭은 그녀가 전화를 한 것이 마음에 들지 않는다. 그녀가 전화를 함으로써 아침에 있었던 일도 설명이 되는 것 같고, 그 결과는 보나마나일 것이다. 그녀와 그녀의 오빠가 말다툼을 했다. 그는 집을 나서며 돌아오지 않을 거라고 했다. 그 이후로 그는 계속 화가 나 있다. 그리고 이제 두 사람은 화해를 하고 그도 집으로 돌아갈 것이다. 재키를 가지다에 도움이 될 것이다. 두 사람은 주말에 사무실에 올 것이다. 하지만 앨릭은 노친네가 정말로 노친네가 되기를 희망

하고 있었다. 그는 오늘 이후로 모든 것이 달라지면 좋겠다고 생각한
다. 그는 상황이 달라지면 안 되는 이유를 설명하는 주장들이(그가
짐작하기엔 코커의 여동생이 지금 그런 주장을 하고 있다) 지긋지긋
하다. 그는 모든 것이 달라지고, 새로운 것들은 모두, 코커까지 포함
해서 모두 재키를 가지다라는 새로운 진실을 통해 설명되면 좋겠다고
생각한다. 승합차 기사는 그 전화가 새로운 일자리가 생겼음을 알리
는 전화이고, 자신의 일자리도 포함되어 있지 않을까 생각한다. 그는
코커 씨가 계속 '저희'라고 말했던 것을 기억하고는, 런던의 다른 곳
에 분점들이 있는 모양이라고 생각한다. 말해 봐, 코커 씨가 피곤하
다는 듯 말한다. 내가 보기에, 전화 목소리가 말한다, 오빠가 한 짓이
나, 그런 짓을 한 유치한 방식은 투정일 뿐이야, 유치한 투정이라고.
오빠가 쓴 유치한 메모를 보고는 내 눈을 믿을 수가 없더라. 오빠가
단 한 번이라도 그런 말을 한 적이 없는데 말이야. 한 번도 이런 식
으로 불평한 적 없잖아. 목소리를 높인 적도 없고. 십오 년 동안 내가
매일 오빠를 위해 집안 살림을 하면서, 나는 오빠가 그런 걸 좋아하
는 줄 알았다고. 나라고 늘 쉽지는 않았단 말이야. 여보세요? 여보세
요? 듣고 있어? 그래, 코커 씨가 천장을 올려다보며 말한다, 듣고 있
어. 내가 얼마나 많이 희생을 했는데, 전화 목소리가 점점 커진다, 나
는 항상 우리가 친구라고 생각했다고, 좋은 친구. 나는 오빠한테 맞
춰서 집을 꾸미려고 애썼단 말이야. 수화기를 귀에 너무 가까이 대서
귀가 빨개지기 시작한다. 목소리가 커진다. 믿을 수가 없네, 오빠도
진심은 아닐 거야, 그럴 이유가 없으니까. 어릴 때 울면서 흥분하던
거랑 똑같아. 떼쓰는 거라고. 바보 같은 짓 그만 하고, 저녁에 밥 먹
으러 와. 다른 두 사람의 존재 때문에 코커 씨는 모호하게 대답할 수
밖에 없다. 다시 말하지만 내가 한 제안은 정말로 진지한 거였어. 그

는 반응을 기다리며 수화기를 귀에 바짝 갖다 댄다. 어떻게 그런 식으로 말을 해? 제안이라니! 정신이 나간 거야? 아니면 오빠가 무슨 짓을 하고 있는지 모르는 거야? 분명 말하지만 그건 제안이 아니야, 오빠, 그건 사망 선고라고. 코커 씨는 갑자기 수화기를 내려놓는다. 그 사이 수화기에서 높은 목소리가 흘러나온다. 앨릭은 다시 희망을 가진다. 승합차 기사는 전화 내용에 뭔가 문제가 있는 것이 틀림없는 거라고 자신을 납득시킨다. 코커 씨는, 눈이 튀어나올 것 같은 표정으로, 대화가 끊긴 것에 대해 사과한다. 사업이 그렇죠! 승합차 기사는 어려움을 이해한다는 듯 말한다. 턱 아래에서 코커 씨의 맥박이 작은 청어처럼 팔딱팔딱 뛰고 있다. 그러니까 승합차를 모신다고요, 혹시 사고가 있었던 적은 없습니까? 진짜 사고라고 할 만한 건 없었습니다. 남자는 웃음을 터뜨린다. 그건 어색함을 숨기려는 웃음은 절대 아니다. 흩어져 있는, 놀랄 만한 과거의 순간들을 떠올릴 때면 남자는 혼자서도 그렇게 웃는다. 그건 뭔가를 음미하는 듯한 웃음이다. 어떤 대상들, 사람이 만든 단단한 것들(도로나 승합차, 트럭)과 원래부터 있던 자연의 것들(와이강에 낀 안개, 잔디 깔린 제방)이 만나서 예상치 못한 상황이 발생하고, 아주 짧은 순간에 혼란이 발생하고, 서로 부딪히고 튕겨 나가지만, 그럼에도 그 상황을 벗어나 이야기를 전할 수 있을 때에 음미하는 어떤 기분. 그것은 탈출한 자의 웃음이다. 그 탈출은 극적이지 않다. 레드브룩에서 트랙터 한 대가 엉뚱한 방향에서 튀어나온다. 숲속에 있던 눈 맞은 느릅나무가 도로 한가운데로 쓰러진다. 신더퍼드의 언덕길을 오르던 중에 브레이크가 말을 듣지 않는다. 탈출이 값진 것은 얼마나 위험한 상황이었는지를 일깨워 주기 때문이다. 탈출 후에는 일할 때 마주하는 요소들이 더 미심쩍고, 음흉하며, 믿을 수 없는 것임을 알게 된다. 하지만 살아

남았다는 그 사실 덕분에, 그 요소들이 어떤 조화를 부리든 스스로 대처할 수 있다는 것 또한 알게 된다. 승합차 기사의 웃음은 바로 그 점, 상황이라는 것이 늘 그렇겠지만, 타이어가 닳고, 도로가 젖고, 종종 도로에 올라타고 나서야 길이 얼었다는 것을 알게 되고, 도로에는 종종 바보 같은 운전자들이 있기 마련이고, 나무가 빛에 가려서 보이지 않을 때도 있지만, 그럼에도 자신은 사고를 피할 수 있다는 것을 확신하는 웃음이다. 그는 웃으며, 안경 너머 코커 씨의 눈에 의심이 가득한 것을 보고 놀란다. 늙은 놈에게는 확신이 필요하다. 작게 웃는 것도 안 된다. 심각하다고 할 수 있는 사고는 전혀 없었습니다, 그가 말한다. 전화가 울린다. 수화기 속의 목소리는 날카롭다. 머지않아 딱한 처지가 될 거야. 나한테 사망 선고를 내린 게 아니야, 오, 아니야 오빠, 오빠가 서명한 건 내 사망 선고가 아니야. 오빠 자신의 사망 선고라고. 오빠는 혼자 살 수도 없고, 너무너무 이기적이어서 누가 와서 보살펴 준다고 해도, 그 사람은 일주일도 버티지 못할 거야. 오빠는 조각조각 망가질 거야, 오빠. 코커 씨는 화를 낸다. 지금 일하고 있잖아, 그는 상대의 말이 멈출 때까지 기다리지도 않고 소리친다, 일하는 중에 이런 식으로 계속 방해받으면 안 된다고! 제발 양식 있는 사람답게 좀 끊어 줄래? 끊어 줄 거야? 그는 말을 멈추는데, 얼른 수화기를 다시 귀에 갖다 댈 만큼 동작이 빠르지는 못하다. 수화기 속 목소리가 말한다, 나를 죽이는 거야, 오빠라는 말을 사무실 안에 있는 세 사람 모두 들을 수 있다. 멀리 있는 아연도금한 물탱크 안에서 울리는 목소리 같다. 코커 씨는 수화기를 내려놓고 고개를 설레설레 젓는다. 나를 죽이는 거야, 오빠라는 말이 여전히 사무실 안에 남아 있다. 앨릭은 자신이 목격했던 말싸움들을 떠올린다. 그녀가 그를 붙잡고, 그는 힘겹게 몸을 빼내고, 두 사람은 여느 남녀가 싸울 때처럼 어색하고 끔찍한 방법으로 싸운다. 두 사람은 서로 거리를 둔 채, 마치 둘 사이에 오가는 물고기를 때려잡으려는 듯 헛손질을 한다. 부부 사이의 문제를 잘 알고 있고, 종종 엔젤 호텔에서 어린 남자들에게 상담도 곧잘 해 주었던 승합차 기사는, 두 개의 상반된 의견 사이에서 망설인다. 예외적인 상황이라는 생각은 떠오르지 않는다. 목소리의 주인공은 아내이거나 애인이다. 나를 죽이는 거야, 오빠, 아내가 그런 말을 하기에는 좀 이른 아침 시간이다, 물론 그 아내가 비정상적인 사람, 여자들의 불만을 비정상적으로, 마치 흐르는 강물처럼 쉬지 않고 쏟아내는 비정상적인 사람이라면 이야기가 다르다. 그런 여자들은 때를 가리지 않고 무슨 이야기든 할 수 있다. 그런 여자들은 뭔가를 감지하는 순간, 바로 이야기를 시작한다. 하지만 이 늙은 놈은 그런 여자를 아내로 둔 남자처럼 보이지는 않는다. 그러기에는 너무 통통하고 볼록하다. 그런 여자들의 남편들은 몸이 쥐어짠 듯하고, 시들시들하고, 몸통 부분이 허전하다. 승합차 기사는 그 아내가 정상적인 사람이지만 방금 뭔가 나쁜 소식을 듣거나 알게 되었을 가능성도 완전히 배제하지는 않는다. 하지만 그러기에는 그녀가 선택한 단어나 어조에서 정당한 추궁을 하고 있는 느낌이 거의 없었다. 정상적인 아내라면 모두 반죽을 펴듯 표현을 다듬을 줄 아는 법이다. 승합차 기사는 얼른, 보기와는 다르게, 그 목소리의 주인공은 애인일 거라고 판단한다. 그는 자신이 놀랐다는 사실을 조금도 부정하지 않는다. 이 늙은 놈의 나이나 태도, 특별한 표정없이 온화한 얼굴, 나무랄 데 없는 사무실 분위기, 그 모든 것을 감안하면 있을 법하지 않는 일이다. 혹은 런던이 아니라면 그런 일은 있을 법하지 않다고 해야 할지도 모른다. 하지만 이곳은 런던이다. 그리고 런던에서는, 심지어 책상 건너편에 그와 마주 앉아 있는 남자 같은 사람도 다른 곳에서는 절대 찾아볼 시도조차 할 수 없는 것들을 찾아보고, 또 발견할 수 있다. 그는 문을 열고 나가 버스를 타고 몇 킬로미터 이동하고, 익숙한 사람들의 눈으로 보지 않으면 한 시간 전에 그가 떠나온 거리와 구분하기 어려운 거리를 따라 걷다 보면, 아무도 그를 알지 못하고, 대단한 노력을 기울이지 않으면 그의 흔적을 발견할 수 없는 어떤 곳에 도착하고, 거기서 그는 지금 자신의 모습과 아무 관련이 없는, 또한 스스로 집 안에 두고 나왔다고 믿고 있는 것과도 아무 관련이 없는 누군가가 될 수 있는 수단을, 혹은 그렇게 될 수 있게 그를 도와주고 그를 끌어 줄 누군가를 찾을 수 있을 거라고 상상한다. 런던은 사람을 바꾸어 놓는다. 런던은 한 인간의 삶의 모든 면모에 영향을 미친다. 어디를 살펴야 할지만 안다면, 런던에는 없는 것이 없다. 하지만 또한 런던에서는, 이 점이 승합차 기사가 가진 두려움의 핵심인데, 찾아나서지 않았는데도 뭔가를 마주칠 수 있다. 런던에는, 떠돌아다니는 행운과 애써 찾지 않아도 되는 기회들이 널려 있고, 그것들이 한 인간을 갉아먹을 수도 있다는 사실이 그는 두렵다. 런던에서는 되지 못할 것이 없고, 스스로 칭하지 못할 것이 없고, 그렇기 때문에, 잊어버리지 못할 것도 없다. 런던에서는 내가 뭔가를 원하기도 전에 이미 그것이 무엇인지 알고 있는 사람들이 언제나 있다. 런던에 대한 승합차 기사의 저항감은 다음의 문장, 말보다 더 빠르게 그의 생각 속에서 반복되고 있는 문장, '이제 내가 그걸 원하는 건지 확신할 수 없어'라는 문장으로 표현된다. 이 늙은 놈은 예상치 못한 궁지에 몰렸다. 전화를 한 여자가 그를 궁지에 몰아넣은 걸까? 그녀를 궁지에 몰아넣은 사람은 누굴까? 그 전에는 누구? 누구? 들판처럼 펼쳐진 지붕들 위로 솟은 굴뚝들이 숲속의 쓰러진 나무둥치들 같다. 그는 런던으로 이사하고 나서 자신들이 원했던 곳이 아님을 알게 될까 두렵다. 그는 런던이 그들이 원하는 기회를 줄지도 모른다는 기대를 하고 있다. 자신과 관련한 일이라면 확신이 있다. 그의 두려움은 아내에 대한 것이다. 하지만 그가 여기에 온 것도 아내를 실망시키지 않기 위해서다. 이미 런던에서 그는 자신의 바람과는 다른 행동을 하고 있다. 이미 그는 자신이 세운 것이 아닌 계획에 따르고 있다. 이제 내가 그걸 원하는 건지 확신할 수 없어. 아내에게 런던은 지금까지 그녀가 한 번도 가져 보지 못했던 모든 것, 그녀가 모르는 모든 것이 되었다. 하지만 승합차 기사는 지금 아내가 일하는 과일 통조림 공장의 급여가 형편없기는 하지만, 그녀가 현재 가진 많은 것들이 가질 만한 가치가 있음을 알고 있다. 그는 아내를 실망시킬까 봐 두렵고, 두 사람을 위한 좋은 기회를 잡지 못할까 봐 두렵다. 또한 그는 런던에서 아내를 잃어버릴까 봐 똑같이 두렵다. 아내가 손가락 사이로 흘러내리듯 사라지고 나면 그는 지금의 아내는 절대 되찾을 수 없을 텐데, 왜냐하면 아내가 변하고, 다른 것들을 원하거나 아예 런던 자체를 더 이상 원하지 않게 될 수도 있기 때문이다. 이제 내가 그걸 원하는 건지 확신할 수 없어. 승합차 기사는 본질적으로는 똑같은 어려움을 겪고 있는 이 늙은 놈에게 동정심을 느끼며, 큰 소리로, 탄식하듯 말한다, 여자들이란! 코커 씨는 그 말을 듣지 못한 것 같다.

나는 여동생을 마주할 용기가 내게 없음을 안다. 동생 앞에서는 그녀의 권위에 도전할 수 없다. 동생이 없는 곳에서만, 그녀가 침범할 수 없는 침묵 안에 있을 때만, 나의 희망은 구체적인 계획으로 변한다. 나는 그 문제가 내가 알고 있는 것보다 더 중요하다고는 절대로 믿을 수 없기 때문에 전사가 될 수는 없다. 나는 나의 지식을, 그런 것도 지식이라고 할 수 있다면, 지켜야 할 필요가 있다. 그 지식이란 나에게 벌어지고 있는 일에 대한 나 스스로의 자각이며, 지금 벌어지고 있는 일은 육십삼 년 전에 시작되어서 지금까지 계속되고 있다. 그것이 내가 아는 것이고, 그것은 살아 있고 의식을 지니고 있다는 것이고, 내가 아는 윌리엄 코커로 지낸다는 것이다. 그리고 의식적으로 윌리엄 코커로 지낸다는 것이 언제나 싸움보다는 더 중요해 보인다. 아이린은 전사다. 자신의 존재에 대한 생각이 그녀에게는 일어나지 않는다. 그녀는 자신이 깨닫지 못한 것을 말한다. 그녀는 자신이 모르는 것을 원한다. 그녀는 싸움의 대상이나 이유를 생각하지 않은 채 싸운다. 나는 그녀의 송곳니가 얼마나 뾰족하고 긴지 안다. 그녀는 자신의 자리에 지팡이를 짚은 채 앉아 있지만, 그 지팡이는 걷기 위한 것이 아니라 세상으로 나가기 위한 것이다. 아무것도 모르는 그 얼굴은 비난을 쏟아내기에 유리하다. 자기 일을 잘하는 것도 그녀가 공격할 때 근거가 된다. 심지어 어머니를 들먹이는 것도 그녀에겐 무기가 된다. 『빨간 망토』에서 그녀는 늑대 역할이다. 하지만 동생을 마주하면, 나는 그녀에게 입을 맞추고, 그녀 등 뒤의 쿠션을 바로잡아 주고, 그녀가 원하는 정원의 자리에 땅을 파 준다. 왜냐하면 그녀가 나를 바라보거나 내게 말을 할 때면, 나는 내가 실패했다는 느낌이 들기 때문이다. 그녀 앞에서는 나 역시 죄를 지은 사람이다. 무죄가 되기 위해 나는 그녀에게서 벗어나야만 한다. 나는 삶을 위해 무죄가 되어야 한다. 내 삶에서 그녀를 떼어 놓아야 한다. 지금 그녀를 떼어내는 중이다. 나는 단 한 번이라도 비난을 받지 않고 살기 위해, 조용히, 빠져나오는 중이다.

그는 식료품 배달 기사 자리를 찾아낸다. 급여는 칠 파운드 십 실링. 물론 팁도 어느 정도는 받을 수 있습니다, 지원자에게 알려 준다, 그리고 가게는 웨스트엔드에 있네요. 돈을 더 주는 곳은 전혀 없습니까? 승합차 기사가 묻는다. 그는 계산을 해 본 다음 이제 런던에서는 자신보다 아내가 돈을 더 벌 수도 있겠다고 생각한다. 코커 씨는 문서철을 다시 살핀다. 그가 고개를 든다. 런던 지리는 잘 아시나요? 잘은 모릅니다, 승합차 기사가 말한다, 잘 모르지만, 길은 금방 익히는 편입니다. 방향 감각이 좋아서요. 펄리, 펄리는 아세요? 코커 씨가 말한다. 앨릭은 속으로 나를 죽이는 거야, 오빠라는 말을 반복한다. 너무 많이 반복해서 그 의미는 희미해지고, 말 자체가 기계의 소음처럼 되어 버렸다. 그가 보기에 나를 죽이는 거야, 오빠 같은 비난을 큰 소리로 듣는 사람은, 잠옷 차림으로 돌아다니는 사람, 화장실 문을 열어 둔 채 이야기를 하는 사람, 가게에 손님이 들어올 때마다 '또 시작이네'라는 말을 하는 사람과 같은 인물이다. 수화기 건너편에서 들렸던 찢어지는 목소리는 코커가 노친네라는 점을 확인해 주었다. 앨릭은 클래펌에 있는 다른 모든 집들의 현관 앞에서처럼, 이 사무실의 현관 앞에서도 말다툼이 벌어질 거라고 생각한다. 하지만 그건 최종적인 결론은 아니다. 모든 것은 여동생과 오빠가 화해를 하지 못하고, 코커가 정말로 클래펌으로 이사 올 것인지 여부에 달려 있다. 밴스테드라고 해도 말다툼을 할 때면 이곳 클래펌과 비슷할 것이다. 심지어 밸모럴 성(스코틀랜드에 위치한 영국 왕실의 여름 별장—옮긴이)도 그럴 거라고 생각하자 앨릭은 기분이 좋아진다. 말다툼이라면 클래펌이 전문이었다. '아이린, 난 네가 죽었으면 좋겠어.' 앨릭은 반격을 연습해 본다. '씨발, 완전히 죽었으면 좋겠다고.' '그럼 오빠가 딱한 처지가 될 거야, 윌리엄, 내가 죽으면 오빠가 딱한 처지가 될 거라고.' 앨릭은 그 목소리를 듣는다, 여성의, 애처롭게 들리지만 압도적인 목소리다. 그는 재키를 가지다도 말다툼이 될지 생각해 본다.

'그럼 딱한 처지가 될 거야, 앨릭, 내가 죽으면 네가 딱한 처지가 될 거라고.' 재키가 그런 말을 하는 상황은 상상할 수 없다. 그건 콧수염과 어울리는 목소리다. 앨릭은 아이린을 코커의 아내로 생각해 본 적은 한 번도 없었다. 그녀는 그저 그와 같은 집에 살고 있을 뿐, 혹은 그녀 혼자 쓰기에는 집이 너무 커서 그가 함께 살고 있을 뿐이었다. 그녀는 이제 아내처럼 말을 한다. 나를 죽이는 거야, 오빠는 아내가 하는 말처럼 들린다. 그는 두 사람이 거리를 둔 채 물고기를 때려잡는 것 같은 헛손질을 하는 모습을 한 번 더 떠올린다. 좀 전에 다녀갔던 빨간 머리도 진짜 싸움은 잘할 것 같다고, 앨릭은 생각한다. 손톱과, 그 더부룩한 머리를 보면 안다. 하지만 그녀의 검은 스타킹과 부풀린 가슴을 생각하자, 그때까지 앨릭이 까맣게 잊고 있던 것, 바로 아이린이 장애인이라는 사실이 떠오른다. 앨릭도 그녀를 본 적이 있다. 그녀는 엄청나게 큰 맥주색 목걸이를 한 산송장 같았다. 그는 코커가 승합차 기사에게 런던 지리를 설명하는 모습을 슬쩍 바라본다. 여기 펄리에 일자리가 하나 있습니다, 코커 씨가 말한다, 작은 가구 회사예요. 아이린은 아내처럼 말하지만 아내는 아니다. 그녀는 싸우지만, 코커는, 머리 빠진 자리가 점점 넓어지고 있는 그는, 그녀가 죽음의 문턱에 선 장애인이기 때문에 맞서 싸울 수가 없다. 주당 구 파운드지만, 초과 근무는 인정되지 않습니다, 코커 씨가 말한다. 앨릭이 속으로 반복했던 말이 갑자기 생각도 못했던 의미를 띠며 단단히 뭉친다. 윌리엄이 그녀를 죽이고 있다. 세 가지 사실이 앨릭에게 인상을 남긴다. 만약 그녀가 약병에 둘러싸여 지내는 장애인이라면, 독살시키는 건 간단하다. 그녀가 죽음의 문턱에 있다면, 코커는 그저 그 문을 열어 주기만 하면 된다. 만약 그녀가 아내가 아니면서도 아내처럼 그를 완전히 잡고 있다면, 코커가 노친네로서의 삶을 위해 그녀에게서 벗어나려면 그 방법밖에 없다. 앨릭은 벗겨진 코커의 머리통을 지금까지와 다른 눈으로 바라본다. 살짝 솟아오른 두개골 아래, 그의 생각을 담고 있는 그 부분은, 너무 평범해서 거기서는 무슨 일이든 가능하다. 코커가 자신의 여동생을 죽이고 있는 것인지도 모른다는 사실은 앨릭에게 충격적이지 않다. 만약 코커가 실제로 그녀를 죽이고 있는 것이 확실하다면, 느낌은 달랐을 것이다. 지금은, 그럴 수도 있다는 것뿐이고, 앨릭의 경험에 따르면 누구든 무슨 짓을 하고 있을 수 있다. 그를 놀라게 한 건, 거의 이 년에 가까운 시간 동안 코커와 자신이 코커는 예외인 척하고 지냈다는 점이다. 사실은, 코커는 예비 노친네다. 근무 시간은 어떻게 됩니까? 승합차 기사가 묻는다. 코커 씨가 말한다, 그건 선생님께 달렸다고 합니다. 승합차 기사가 묻는다, 뭐라고요? 코커 씨가 말한다, 그러니까 선생님이 배달을 일찍 마치면 그때부터는 자유입니다. 일찍 마치면 그만큼 집에 빨리 돌아갈 수 있습니다. 승합차 기사가 말한다, 아리송하네요. 그 말은 이제 내가 그걸 원하는 건지 확신할 수 없어라는 뜻이다. 직접 가서 한번 보지 그러세요? 승합차 기사가 알겠다고 한다. 코커 씨가 연녹색 면접카드에 타자를 친다. 승합차 기사는 생각한다. 이 사람은 창피한 걸까? 아니면 크게 낙담한 걸까? 그런 다음 그는 책상 아래 코커 씨의 구두를 내려다보며, 그 구두가 런던 거리 어딘가에 있는 여인의 방 침대 옆에 놓여 있는 광경을 그려 본다. 하루 열두 시간씩 승합차를 몰면서도 초과 근무 수당을 받을 수 없는 런던에서 말이다. 승합차 기사가 연녹색 카드를 건네받는다. 빳빳한 종이지만 그는 반으로 접어 신문 광고를 오려서 넣어 두었던 그 주머니에 집어넣는다. 코커 씨는 그 일자리를 잡지 못하면 다음에 다시 들르라고 말하지만, 승합차 기사가 그 자리를 잡지 않을 정도로 어리석지는 않을 거라고 가정하고 있는 말투다. 승합차 기사가 일어난다. 이먼즈 씨 배웅해 드려야지, 코커 씨가 앨릭에게 말한다. 그건 암호다. 코커 씨가 그 말을 하면 고객이 미심쩍다는 뜻이다. 고객이 시계를 두 번씩 보았을 수도 있고, 대기실에서 꽃의 향기를 맡아 봤을 수도 있고, 대답이 명확하지 못했을 수도 있다. 이유가 뭐든, 그 말을 들은 앨릭은 계단 앞까지 고객과 함께 가서 그가 곧장 계단을 내려가는지 확인해야 한다. 두 사람이 돌로 된 계단 꼭대기에 도착한다. 아래쪽에서는 런던의 규칙적인 교통 소음이 바닷가의 파도 소리처럼 들려온다. 둘은 서로를 보며 미소 짓는데, 회색 정장을 입은 노인이 사무실 안에 조용히 혼자 앉아 있다는 사실에 대해 각자 자신들만의 해석을 하고 있기 때문이다. 좋은 자리 찾으시기 바랍니다, 앨릭이 말한다. 고맙습니다, 승합차 기사는 그렇게 말하고 계단을 한 번에 두 개씩 내려간다. 이제 내가 그걸 원하는지 확신할 수 없어. 이제 확신이 없어. 앨릭은 남자가 내려가는 모습을 지켜보는데, 코커의 지시를 따르기 위해서가 아니라, 그 순간의 깨달음을 즐기고 있기 때문이다. 그건 이 두 남자, 계단을 내려가는 한 남자와 사무실 책상에 앉아 있는 다른 남자 사이에서 자신이 연결고리가 되고 있다는 깨달음이다.

앨릭이 돌아오자 책상 뒤 의자에 앉은 코커 씨는 눈을 감고 있다. 앨릭은 진열장에 넣을 카드를 이어서 작성한다. 코커 씨는 움직이지도 말을 하지도 않는다. 가스난로가 타고 있다. 앨릭의 펜이 살짝 미끄러진다. 그제야 코커 씨는 한숨을 내쉰다. 슬프지만 또한 초초한 한숨이다. 저기요, 앨릭이 말한다, 사장님이 언제 한번 제 여자친구 만나 보시면 어떨까 하는데요. 나야 그러면 좋지, 앨릭. 코커 씨가 말한다, 이름이 뭐라고 했지? 재키요, 앨릭이 말한다.

앨릭은 시계를 본다. 이십 분 후면 커피를 끓여야 한다. 그리고 커피를 마시고 나면, 그는 늘 생각한다, 가장 지루한 오전 시간이 끝난다고. 그다음엔, 오늘이 월요일이니까, 점심 식사 후에 애드버타이저사에 들러야 하는데, 재키가 일하는 가게가 가는 길에 있으니까, 잠깐 그녀를 만날 수 있을 것이다. 거의 통증에 가까운 감각이 아직도 성기에서 느껴진다. 아래쪽 갈비뼈도 아프다. 그는 그녀도 몸에 비슷한 감각을 느끼고 있는지 궁금하다. 처음으로 그녀 안으로 들어갈 때 그녀는 조금도 아프지 않다고 했다. 재키를 가지지 않다 같은 건 없다. 두 사람은 똑같은 욕구가 낳은 산물이었다. 앨릭은 그 욕구를 감지하고 있지만 거기에 이름을 붙이지는 않는다. 그는 두 사람이 상대를 얻기 위해 애썼던 모습을 기억하고 있다. 처음엔 반쯤만, 부분 부분 알아보았고, 그다음엔 상대를 받아들이고 내려놓고, 받아들이고 내려놓으면서, 매번 조금씩 범위를 넓혀 갔고, 그리고 받아들이고 또 받아들여서 마침내 어느 순간 그들의 시선과 팔다리가 온 우주를 감싸는 순간, 상대는 곧 나와 하나가 되고, 두 사람의 이름도 사라지고, 서로에 대한 모색도 끝나고, 두 사람의 섹스는 알 수 없는 것이 되었다. 코커 씨도 시계를 본다. 가죽 주머니에 담아 늘 조끼 주머니에 넣고 다니는 금줄 달린 금시계. 그의 아버지가 쓰던 시계다. 그는 그 시계와 벽난로 선반에 놓인, 어머니가 쓰던 탁상시계를 번갈아 보며 두 시계 모두 시간이 맞는지 확인한다. 그 아가씨 오늘 저녁 내 강연에 데리고 오지 그래? 그가 앨릭에게 말한다. 오늘요? 앨릭이 말한다. 당연하지, 코커 씨가 말한다. 비엔나에 대한 강연이요? 앨릭이 말한다. 비엔나, 코커 씨가 반복해 말한다, 그렇지, 비엔나. 푸른 다뉴브 강의 도시. 그는 눈을 감고 코끝을 지그시 누른다. 우리가 그 도시에 있다고 상상해 봐, 그가 말한다, 내가 출장에 자네를 데리고 갔다고 말이야. 위대한 오페라하우스 근처 케른트너가를 걷는 거야, 환전을 해야겠지, 파운드당 칠십 실링 정도 될 거야, 주변이 온통 멋진 상점들이니까, 커피하우스, 빵집, 양복점, 와인 상점, 그 모든 게 최고급이고 아주 깔끔하지, 우리가 어디 가는지 아나? 데멜스 카페에 가는 길이야. 데멜스 이야기는 들어 봤나? 앨릭이 고개를 젓는다. 데멜스에서는 세계 최고의 아이스크림과 작은 잔으로 파는 퀴멜주를 맛볼 수 있지. 내부는 온통 분홍색과 파란색이고, 천장에는 크리스털 샹들리에가 달려 있거든. 제국시대에는 귀족들이 데멜스에 가서 아이스크림을 먹으며 서로 안부를 묻곤 했지. 그건 바뀌지 않았어, 지금도 그대로지. 그리고 뭘 주문하든 종업원들이 얼음물 한 잔을 함께 갖다 주고 말이야. 전화가 울리며 이야기가 끊어진다. 코커 씨가 인상을 찌푸린다. 자네가 받아, 그가 앨릭에게 말한다. 코치 앤드 호스 식당에서 온 전화로, 여종업원에게 문제가 생긴 것 같다. 코커 씨가 수화기를 집어 든다. 약속했잖아요! 식당 매니저가 버럭 고함을 지른다. 저희도 최선을 다했습니다만, 코커 씨가 말한다. 지금 한 명밖에 없다고요! 매니저가 소리친다. 죄송합니다, 코커 씨가 말한다. 앨릭은 코커 씨가 전에도 여러 번 보여주었던 연기를 지켜본다. 그는 숨이 넘어갈 것 같은 연기를 하고 있다. 저희도 최선을 다했습니다만. 통화를 하는 중간중간 그는 미소를 지으며 재미있다는 듯 천장을 올려다본다. 안타깝습니다, 코커 씨가 말한다. 그쪽에만 의지하고 있는데 말이에요, 매니저가 말한다, 차가운 점심을 내놓게 생겼단 말입니다. 차가우면, 코커 씨가 말한다, 뷔페를. 아니, 닥쳐요! 매니저가 소리친다, 종업원이 한 명밖에 없으니 뜨거운 요리가 손님들에게 전해질 때쯤에는 다 식을 거라고요! 저희도 최선을 다해 보겠습니다만, 코커 씨가 말한다, 요즘 상황은 잘 알고 계시지 않습니까. 이젠 아무도 못 믿으시겠지요. 그 아가씨, 서트클리프 양이 오늘 반드시 갈 거라고 약속을 했습니다. 사람을 이런 식으로 실망시키니 참 곤란하네요. 그러니까 우리가 요청한 직원은 보내 주는 겁니까 못 보내 주는 겁니까? 식당 매니저가 말한다. 코커 씨는 의자 팔걸이를 톡톡 두드리며, 마치 거울을 보고 이를 살피는 사람처럼 씨익 웃는다. 최선을 다하겠습니다, 그가 말한다. 앨릭은 예비 노친네가 얼음물을 마시는 것 외에, 실제로 비엔나에서 뭘 할지 궁금하다. 그는 비엔나가 어떤 곳일지도 궁금하다. 여기서 적용되는 규칙들 중 거기서도 적용될 것들은 뭘까? 그곳이 그렇게 멀다는 사실은 유감이었는데, 지금까지 알고 있던 것들은 그곳에 가는 동안 무용지물이 되고, 도착했을 때는 어린이 같은 상태가 되어 있을 것이기 때문이다. 하지만 비엔나가 런던에서 멀리 떨어져 있다는 사실은 또한 기대를 가지게도 한다. 런던에서 불가능한 것이 그곳에서는 가능할 수도 있다. 앨릭은 코커를 쳐다보며 장점과 단점 사이에 균형을 찾아보려 한다. 우리는 절박합니다, 식당 매니저가 말한다. 생각할 시간을 조금만 주십시오, 코커 씨가 말한다, 차분하게요. 그는 손으로 이마를 짚는다. 앨릭은 또 한 가지 연기를 표시한다. 일하고 있는 머리. 하지만 그 동작은 이제 어떤 대답을 찾을 때 코커가 보이는 전반적인 행동 패턴에는 맞지 않는다. 지금 그것은 예비 노친네라는 알 수 없는 인물의 익숙한 동작일 뿐이다. 찾았습니다, 코커 씨가 말한다, 딱 맞는 여성분이 있네요. 이름은 혼비입니다. 혼비. 네. 장난감 기차 혼비요. 아시죠? 태엽으로 돌아가는 거. 이분은 손턴 히스의 더치 하우스 식당에서 일하셨고요. 네, 아주 좋습니다. 저희가 직접 면접을 봤습니다, 네. 전혀요. 특혜죠. 바로 연락해 보겠습니다. 안녕히 계세요. 안녕히 계십시오. 코커 씨는 수화기를 내려놓고 메모장에 무언가를 적는다. 각 면마다 윗부분에

격언들이 적혀 있는 게 마음에 든다며 고른 메모장이다. 지금 메모하고 있는 면에는 '우리의 힘은 다정함에서 나온다'라고 적혀 있다. 어디까지 이야기했지? 코커 씨가 묻는다, 전화 때문에 끊어지기 전에? 앨릭은, 자신이 살아남을 확률과 코커가 살아남을 확률을 비교하며 말한다. 비엔나요, 몇 살 때 처음 가셨던 거예요? 처음 간 건, 코커가 말한다, 1950년이었지, 하지만 그때도 내가 아는 어딘가로 돌아가는 기분이었거든. 왜냐하면 우리 집에 있었던 보모 때문이야. 그분이 비엔나분이셨단 말이지. 이름이 리젤이었지. 그분이 나를 좋아해서 빈 이야기를 끝도 없이 하고 또 하고 그랬단 말이야. 돈이 있어 보모를 둘 수 있는 건 특권이라고, 앨릭은 생각한다. 나도 그분을 좋아했지, 아주 좋아했는데, 내가 아홉 살 때 떠나서 돌아오지 않았어. 어쩌면 아직 살아 계실지도 모르겠네요, 앨릭이, 그런 특권이 여전히 중요한 것일까 궁금해하며 말한다. 나도 많이 알아봤는데, 코커 씨가 말한다, 자네도 알겠지만 뮐러라는 성이 아주 흔한 데다가, 내가 그분 주소가 기억이 안 나. 뮐러는 우리로 치면 밀러야. 빈에 가시면 뭐 하세요? 앨릭이 묻는다. 뭘 한다니! 코커 씨가 말한다. 나는 그냥 사는 거야! 코커 씨가 말한다. 비엔나 사람들은 자신들만의 삶의 비법이 있거든. 세상에서 최고로 교양있는 사람들이야. 굳이 뭘 할 필요가 없는 거지. 주변에 모든 게 다 있으니까. 미술관에 가도 되고, 벨베데레 궁전에 가서 마리아 테레지아가 걸었던 정원에 앉아 있을 수도 있고, 비엔나 숲에 소풍을 나가도 되고, 밤에는 그린칭(오스트리아 빈 북서부 산악 지대로, 와인 생산으로 유명하다—옮긴이)에 가서 음악을 들으며 와인을 마셔도 돼, 거기 가면 춤을 출 수도 있고, 다들 춤을 추니까, 아니면 그냥 자리를 잡고 앉아 도심과 주변의 언덕들을 내려다보기만 해도 되고. 거기는 또 음악의 도시이기도 하거든. 모차르트와 베토벤이 거기서 살았지. 나는 모차르트하우스에도 가 봤단 말이야. 그리고 물가가 싸요. 런던보다 훨씬 싸지. 훨씬. 지금까지는 자네한테 계획을 말하지 못했는데, 전에는 지금처럼 자유롭지 못했잖아. 코커 씨는 입을 굳게 다물었지만 동시에 앨릭에게 미소를 지어 보인다. 그 표정은 마치 나쁜 짓은 말하고 싶어 하지 않는 원숭이 같다. 앨릭은 아무 말도 하지 않는다. 우리도 크게 달라질 거야, 코커 씨가 말한다. 클래펌의 코커 직업소개소가 유럽 대륙의 코커 직업소개소가 못 될 이유도 없잖아? 수많은 아가씨들이 일자리를 구하거나 영어를 배우려고 오고 있는데, 그들도 소개소가 필요하지 않을까? 그치? 그렇겠지? 그리고 그들은 정기적으로 자리를 바꿀 거야, 왜냐하면 그런 아가씨들은 절대 같은 곳에 오래 머무르지 않으니까 말이야. 향수에 시달린다든지, 문제에 휘말린다든지, 아니면 음식이 입에 맞지 않는다든지 그러겠지. 우선 비엔나에 지점을 내는 것부터 시작해서, 스칸디나비아에도 하나 열고, 그런 다음엔 이탈리아, 독일, 그리고 스페인에도 내지 뭐, 스페인에서는 임금이 아주 싸니까 이점이 있을 거야. 대륙의 코커 직업소개소라! 해외 일자리! 지금 이곳은 자네가 직접 관리하면 어떨까? 코커 씨가 앨릭을 바라본다. 모든 곳에서 재키를 가지다라는 생각이 그의 머릿속에 떠오른다. 그래도 도움이 좀 필요할 것 같습니다, 앨릭이 말한다. 나는 비엔나 지점을 맡고 말이야, 코커 씨가 말한다. 그는 한 손을 들어 지휘자를 흉내내며 앨릭이 모르는 곡조를 흥얼거린다. 흥얼거림을 멈춘 그가 말한다, 모르는 일이잖아? 앨릭이 묻는다, 비엔나에 아는 분은 계세요? 코커 씨가 그런 질문을 받아 기쁘다는 표정을 지어서 앨릭은 뭔가 비밀 이야기가 있는 거라고 믿는다. 나를 도와줄 사람 말이지? 코커 씨가 묻는다. 네. 음, 코커 씨가 말한다, 몇 명 찾아볼 수 있을 것 같은데. 몇 명이요? 앨릭이 말한다. 코커 씨는 미소를 지으며 한층 더 즐겁다는 표정을 지어 보인다. 자네가 생각하는 그런 건 아니야, 그가 말한다. 그럼 어떤 거예요? 앨릭이 말한다. 코커 씨는 못 들은 척한다. 잠시 침묵이 흐르다가, 코커 씨가 입을 연다. 인내심을 가지고 먼저 계획을 세워야지, 한 단계씩. 첫번째 단계가 이리로 이사 오는 거야. 종종 비엔나는, 실제로는 빈이라고 해야지, 그저 아름다운 도시가 아니라 하나의 삶의 방식이라고 혼자 생각했거든. 빈에서는 어떤 것들은 중요하고 어떤 것들은 그렇지 않아. 자네도 알다시피 '빈 기술'이라는 표현도 있잖아, 일을 처리하는 빈 사람들의 방식을 말하는 거지. 그래서 내 생각에, 그게 하나의 방식이라면, 어디서든 연습할 수 있는 것 아니겠나, 사진 기술처럼 말이야. 클래펌이 사진 기술이나 빈 기술을 익히는 데 세상의 다른 곳들만큼 적합한 곳이 아니라는 건 인정해야겠지만, 어디서든 시작은 해야 하겠지. 시작일 뿐이고, 몇 주만 지나면 알아보지도 못할 만큼 달라질 거라는 데 내기를 걸 수도 있네, 앨릭. 이곳은 우리만의 작은 비엔나, 빈 기술을 실천하는 우리만의 작은 공간이 될 거야. 앨릭은 대화가 결국 클래펌으로 돌아온 것이 실망스럽다. 비엔나 출신 가정부를 구하면 어때요? 그가 묻는다. 두고 보자고, 코커 씨가 엄숙하게 말한다. 어느 일이든 재정적인 문제를 고려해야 하니까. 자네 같은 젊은이들은 늘 그러지, 자네들은 돈이 저절로 나오는 줄 알잖아. '노친네는 왜 감당도 못할 거면서 이렇게 떠드는 걸까?' 그렇지 않아요, 앨릭이 큰 소리로 말한다, 우리도 다들 집에서 열심히 일해야 한다고요. 전화로 혼비 양 연결해 주겠나? 코커 씨가 말한다. 그녀의 번호를 찾아 전화를 거는 동안, 앨릭은 코커가 뭔가 하고 싶은 말이 있지만 꺼내지 못하는 상황이 재미있다고 확인한다. 코커 씨가 혼비 양에게 자신을 소개한다. 혼비 양, 저희가 마침내 고객님께 적합한 일자리를 찾았습니다. 아 정말요? 그녀가 소곤거린다. 물론입니다, 코커 씨가 말한다, 그뿐만 아니라 말씀하셨 던 조건도 확인했습니다, 그래서 지금 아주 기쁜 마음으로 제안을 전 해 드리는 겁니다. 말씀해 주세요, 혼비 양이 목소리를 길게 늘이며 말한다, 그게 어디예요? 코치 앤드 호스입니다, 혼비 양, 코치 앤드 호스요. 아! 그녀가 실망한다. 저희가 거기 매니저를 아주 잘 압니다, 코커 씨가 말한다, 멋진 분이에요. 어쩌죠, 저 거기서 일해 본 적 있 는데요, 그녀가 말한다, 새로운 곳이 아니네요. 그렇죠, 코커 씨가 부 드러운 목소리로 말한다, 거기서 일하신 지 좀 됐고, 그 후로 주인이 바뀌었습니다. 코치 앤드 호스 주방이 어떤지 직접 보셔야 해요, 아 직 설득되지 않은 아가씨가 소리친다. 고객님, 코커 씨가 말한다, 이 일자리를 잡을지 말지는 순전히 고객님이 정하시면 됩니다. 그리고 고객님께 맞는 자리가 아니라고 결정을 하셔도, 아시겠지만, 우리는 최선을 다해서 고객님의 조건에 근접한 다른 자리를 찾아 드릴 겁니 다. 하지만 그동안의 경험에 비추어 조언을 약간 드리자면, 이상적인 일자리라는 것은 없고, 어떤 자리든 본인이 하기에 달렸다는 점을 기 억하셔야 합니다. 코치 앤드 호스는 몰든 지역에서 가장 바쁜 식당이 고 하루에 약 백 명분의 점심을 냅니다. 백 명분 점심이면 팁이 약 삼 파운드 정도 될 테고, 장담하지만 다른 종업원은 한 명뿐입니다. 그 러니까 급여가 중요한 게 아니라는 뜻인 거예요, 물론 고객님이 요구 하신 급여는 그대로 또 지급이 될 테지만 말입니다. 하지만 진짜 돈 이 되는 건, 이건 몇 번을 강조해 드리지만, 그렇게 접시 밑으로 오가 는 겁니다. 친절하시네요, 혼비 양이 말한다. 물론 다른 지원자들이 이렇게 매력적인 일자리를 차지하고 싶어 할 테지만요, 코커 씨가 말 한다, 만약 고객님이 관심이 있으시다면, 저희가 매니저에게 이야기해서 오늘 오후 티타임까지는 고객님 외에는 지원자를 받지 않도록 확답을 받아 두겠습니다. 그렇게까지 수고를 해 주신다니, 혼비 양이 말한다, 저를 위해서 그렇게까지 해 주셔서 대단히 감사합니다. 솔직히 말하자면, 최소한 제가 얼른 코치 앤드 호스에 가서 뭘 할 수 있을지는 알아봐야겠네요. 지금 당장 챙겨 입고 버스 탈게요. 그렇다면, 코커 씨가 말한다, 즐겁게 다녀오시기 바랍니다. 다시 한번 감사해요, 혼비 양이 말한다. 잠시 침묵이 흐른 후 앨릭이 말한다. 사무실로 이사 오고 나서 도움이 필요하시면 그냥 저한테 이야기하세요. 친절한 말이네, 앨릭, 코커 씨가 말한다. 뭘요, 앨릭이 말한다, 언제 제가 뭘 부탁드릴 수도 있잖아요. 서로 돕는 거네, 코커 씨가 말한다, '상호 협조'라고 하지. 제가 비엔나에서 잘 지낼 수 있을까요? 앨릭이 묻는다. 자네도 좋아할 거야, 코커 씨가 말한다, 좋아할 거라고.

(앨릭이 주방에서 커피를 끓이는 동안 코커 씨는 노인 한 명과 면담을 한다. 노인은 깃도 단추도 없는 셔츠 차림이다. 이전에는 선원으로 일했다고 했다.)

노인은 혼란스러운 것 같았지만, 까다로운 사람처럼 보이지 않으려고, 그리고 무슨 일을 하든 돈이 아깝다는 생각이 들지 않을 정도로 열심히 할 수 있다는 의지를 보여주려고 애쓰는 것 같았다. 노인은 '뭐든'이라고 말한다. 잠깐만요, 호지스 씨, 코커 씨가 말한다. 저희가 수석 웨이터 같은 자리를 제안하면 정신없으시겠지요, 그렇지 않겠습니까? 뭘 해야 할지 모르시겠죠, 심지어 쟁반 드는 법이나 와인 따르는 법도 모르잖아요, 그렇지요? 노인은 그 말에도 전혀 물러나지 않는다. 그는 자신이 대처해야 했던 응급 상황들을 떠올리며,

어떤 일들은 하지 않는 편이 더 나았을 거라고 생각한다. 그가 코커 씨에게 대답한다, 저는 제일 좆같은 일들도 해 봤습니다. 코커 씨가 안경을 벗는다. 호지스 씨, 이 건물에서 욕을 하시는 건 받아들일 수 없습니다.

나는 종종 그런 말을 왜 쓰는지 모르겠다고 말하지만, 그것이 사실이 아니라는 것을 알고 있다. 심지어 나는 내가 '좆같은'이라는 단어를 좋아한다는 것도 알고 있지만, 나만의 방식으로 혼자 쓰는 것을 좋아한다. 그건 나와 함께 자란 단어라고 할 수 있다(다른 단어들도 있다). 나는 그 단어를 처음 발견했을 때부터, 그것이 어떤 의미인지, 그것을 어디에 품고 있어야 할지 늘 알고 있었다. 나는 그 단어를 혼자만 품고 있었다. 가끔은 그 단어가 길을 찾을 수 있게 도와주기도 하지만, 다른 사람들에게 방향을 알려 줄 때 그 단어를 써 보겠다고는 꿈도 꾸지 않는다. 다른 사람들이 쓸 때면 그 단어는 다른 단어가 되고, 더 이상 나와 함께 자란 단어가 아니고, '여동생'이나 '목욕', '파산'과는 다른 단어가 된다. 이런 단어들은 내가 아주 잘 아는 것들이어서, 내가 걸을 때면 나와 함께 걸음을 옮기고, 깜깜한 침묵 속에서 그 단어들이 말해지지 않을 때에도 나는 그것들을 알아볼 수 있다. 다른 누군가가 그 단어를 쓰면, 그것은 더 이상 내 것이 아니고, 더 나쁜 점은, 그 단어가 망가진다는 사실이었다. 함부로 내뱉어지는 순간, 내가 그 단어에 붙여 준 예쁜 면모들이 찢겨 나가고, 그는, 그러니까 그 말을 한 노인은 자신의 잘못된 목적에 맞게 그 단어들을 왜곡시킨다. 얼마나 잘못된 목적인지는 그를 보기만 해도 짐작할 수 있다. 그가 '좆같은'이라는 단어를 내게서 빼앗어 가서, 똥칠을 했다. 그리고 나는 그의 똥이 좋은 똥이 아니라는 것도 안다, 그것은 나의 똥

　　　　　코커의 자유

과 다르다, 왜냐하면 이 남자는 한 번도 자신을 돌보지 않았고, 한 번도 몸을 깨끗이 한 적이 없고, 나는 절대 먹지 않을 음식들을 먹어 왔기 때문이다. 나의 지위, 나의 배경, 나의 원칙들, 지금까지 나의 삶, 미래를 위한 나의 계획 등 그 모든 것이 이 점을 확인해 주는 것 같다. 내가 계획하는 삶에 가깝기로 치자면 그는 개보다도 못할 것 같다. 그는 무지하고, 어리석고, 말주변이 없고, 게으르고, 주정뱅이고, 솔직하지 않고, 입이 거칠고, 빈털터리고, 아마도 난잡할 것이고, 머지않아 노망이 들 것이고, 존중할 가치가 없는 부랑자다. 가장 잘 나갔던 순간에도 그는 내가 계획하는 삶 같은 건 한 번도 꿈꿔 보지 못했을 것이다. 그는 다른 계급에 속해 있다. 그의 부모는 아마 시끄러운 행상이었을 텐데, 그것도 아버지가 누군지 안다고 했을 때의 이야기다. 하지만 내가 병이 들거나, 더 이상 일을 할 수 없게 되거나, 이 건물이 다 타 버리거나, 아이린이 협조하지 않는다면, 만약 문제가 생긴다면, 나 또한 그와 나란히 앉게 될 것임을 안다. 내 잘못이 아니라도 그렇게 될 것이다. 그리고 얼마 후에는 나 또한 그가 먹는 것을 먹을 수밖에 없게 되고, 결국 나의 똥도 그의 똥처럼 될 것이다. 나는 그 사실을 알지만 그것을 설명할 방법은 모른다. 그리고 더 나쁜 것은, 나는 그가 처한 상황 역시 그의 잘못이 아닐 수 있다는 가능성을 인정할 방법을 모른다. 나는 그런 가능성이 있음을 보지만, 그건 마치 나 자신의 죽음처럼, 분명 있지만 실감이 나지 않는 어떤 것이다. 그 가능성은 나 자신의 바깥에 남아 있다. 내가 가진 지식 안에는 그 가능성이 들어올 자리가 없다. 과연 그 가능성은 내가 취할 수 있는 지식과 정반대되는 무언가를 대변한다. 그것은 나의 무지를 대변한다. 죽음처럼, 이 부랑자에 대한 나의 무지 역시 마찬가지다. 이런 경우에, 나는 내가 얼마나 모르고 있는지를 알게 되고, 그런 까닭에 가끔은, 어떤 고객이 사무실에 들어오면 마치 내가 누군가 죽어 가는 모습을 지켜보고 있는 것 같다. 나는 무지해지고, 혹은 나의 무지를 지각하는 순간, 그 무지가 너무 심각한 것이어서 일종의 현기증을 느낀다. 그것은 신체적인 현기증이 아니라 도덕적 현기증이다. 그런 상황에 직면하면 나는 선해지기로 결심한다. 내가 알 수 없지만 어딘가 결정을 내려야만 하는 사안이 있는 경우에(죽음과 부랑자 모두 이런 경우에 해당한다) 나는 나의 미덕에 의존해야만 한다. 나는 선한 삶을 살기로 결심한다(이러한 결심마저도 나의 정신 속에선 하나의 생각처럼 지나간다). 나는 선한 행동의 의미 역시, '좆같은'이라는 단어와 마찬가지로, 나와 함께 자랐다는 걸 알지만, 그 둘을 동시에 생각해 본 적은 한 번도 없다. 선하다는 건 절제하고, 정직하고, 열심히 일하고, 조심하고, 친절하고, 늘 나 자신이 아니라 다른 사람들을 생각하고, 받은 것보다 더 많이 내주고, 절대 시기하거나 비방하지 않고, 모든 면에서 좋은 선례를 만드는 일이었다. 선하다는 건 이 부랑자가 한 번도 실천하지 않았던 그 모든 것들을 실천하는 것이었다. 왜냐하면 그는 무절제하고, 비열하고, 무례하고, 이기적이고, 도가 지나치고, 가증스럽기 때문이다. 하지만 선해지기로 한 나의 결심은 나의 심각한 무지에 직면해서 느끼는 현기증, 그 불편함에 따른 결과이다. 그리고 내가 나의 심각한 무지에 대해 알 수 있는 까닭은, 이 부랑자가 무고한 사람일 수도 있다는 가능성 때문이다. 만일 그가 무고한 사람이라면, 그럼에도 나는 이 남자가 하지 않은 행동들을 하기로 결심한다면, 그렇다면 나는 뭘까? 나는 이 질문을 알고 있다, 아주 잘 알고 있지만, 절대 그 질문을 던지지는 않는다. 그 대답을 나는 한때, 질문을 알기 전부터, 알고 있었다. 지금은 그 대답을 나의 과거 지식의 일부로만 알고 있다. 그 대답은, '좆같은'이라는 단어나 선한 행동의 의미처럼 나와 함께 자라지 않았다. 그것은 오래된 대답이다. 어머니에게 아버지 이야기를 듣고 나서 첫 직장을 얻기 전의 어느 시기에, 나는 내가 결국 이르게 될 모습을 알게 되었다. 음악을 들을 때마다 나의 운명을 보았다. 한 주 한 주 지날 때마다 풍경은 달라졌지만 운명은 늘 같았다. 신념을 져 버리지 않을 것, 목숨을 걸고 다른 사람들을 구할 것, 주변의 모두가 거부하는 상황에서도 진실을 존중할 것, 어떤 대가를 치르고서라도 옳은 일을 추구할 것, 영웅처럼 죽을 것. 모든 선한 사람들이 인정하는 가치있는 사람이 되려는 욕망, 시련 끝에 사람들의 환대를 받고 싶은 욕망, 아무도 부인하지 못하는 어떤 기여를 하려는 욕망, 내게는 그런 욕망이 삶 자체보다 더 소중했다. 음악을 동반자 삼으며, 나는 내 삶이 회전 불꽃 같은 것이라고 상상해 보았다. 어둠 속에서 환하게 빛나고, 완벽한 원을 그리고, 금빛으로 반짝이는, 짧은 불꽃. 불타는 회전 불꽃을 보면 눈물이 차오르곤 한다. 모든 것이 그렇게 빨리 끝날 것임을, 나는 알았다. 한두 해가 지나고 나는 나의 운명을 잊어 가기 시작했다. 그걸 깨우쳐 주는 사람이 없었다. 그건 내가 그 운명을 더는 자랑스럽게 여기지 않기 때문이 아니라, 어떻게 준비해야 할지 몰랐기 때문이다. 나는 양말 회사에서 일했다. 어머니를 도와드렸다. 나중에는 의무대에 들어가서 프랑스로 갔다. 내가 상상했던 영웅들은 찾아볼 수 없었다. 그저 욕하고, 비명을 지르고, 각자의 이유를 잃어버린 남자들뿐이었다. 그제야 나는 내가 이상주의자였음을 알게 되었다. 내가 아는 한 그것이 내가 한때 알았던 대답, 대답보다 늦게 떠오른 질문에 대한 대답이다. 새로운 질문은 이렇다, 나는 뭘까? 오래된 대답은 이렇다, 좆같은 이상주의자.

그런 표현은 안 쓰셔도 됩니다, 코커 씨가 말한다. 추천서(reference)는 갖고 계신가요? 노인은 선호하는(preference) 자리가 있는지 물어보는 거라고 생각한다. 너무 멀지만 않으면 됩니다, 그는 그렇게 대답하고는, 마치 조금만 양보하면 여기서 바로 일자리를 구할 수 있다는 듯이, 사무실을 둘러본다. 노인에게 몇 시간 안에 마칠 수 없는 일은 없고, 대부분의 일은 그저 해치우면 되는 종류였다. 선생님의 자질에 대한 추천서 같은 건 없습니까? 코커 씨가 한 번 더 말한다. 저도 누구 못지않게 쓸 만한 사람입니다, 노인은 마치 능력의 징표라도 되는 것처럼 한 손을 책상에 올려놓으며 말한다. 노인의 주먹은 줄어든 피부 보호대로 싼 조약돌 같다. 현재로서는 자리가 없습니다, 호지스 씨. 노인은 계속 무시당하는 느낌을 받는다. 아래층 창에 씨발 온갖 일자리가 있다고 붙여 놓으셨던데, 믿을 수가 없네요, 그가 말한다. 코커 씨가 다시 안경을 벗는다. 그건 젊은 사람들 일자리예요, 호지스 씨. 말뜻과 달리, 코커 씨는 이제 아이들에게 말할 때 같은 어투를 쓴다. 어디 작은 정원 관리 같은 것도 없습니까? 노인이 사정하듯 말한다. 코커 씨는 고개를 젓는다. 이제 봄이니까, 노인이 말한다, 정원 관리를 해야 할 텐데요. 호지스 씨, 수수료를 내지 않으시면 구체적인 일자리 이야기를 할 수 없는데, 아직 수수료를 내지 않으셨습니다. 노인은 목을 한번 돌리고 고개를 들어 권위자인 코커 씨를 올려다보고는, 다시 한번 부탁한다. 작은 정원 관리 일도 없습니까? 없습니다. 노인은 그 자리에서 쓰러질 것처럼 급하게 의자에서 미끄러진다. 그렇게 미끄러지듯 옆으로 물러난 그가 몸을 일으킨다. 빠른 몸동작이 꼭 족제비 같다. 에이 씨발, 그는 그렇게 소리치며 나간다. 코커 씨가 말없이 뒤따라 나가 계단 위에서 남자가 돌계단을 내려가는 모습을 지켜본다. 다리를 벌리고 팔도 벌린 채, 남자는 물에 빠지는 사람처럼 내려간다. 코커 씨가 사무실로 돌아와 남자가 앉았던 의자를 특제 천으로 닦는다.

(이어서 코커 씨의 사무실을 찾은 여인은 포츠머스 인근에 사는 사제의 딸이다. 그녀의 연인은 '울프'라는 별명으로 불리는데, 남부 런던에서 활동하는 주거침입 절도단 소속이다. 절도단과 그 무리들 사이에서 그녀는 '벨벳'으로 통한다. 그녀는 탐색을 위해 사무실을 찾았다. 코커 씨가 돈을 은행에 맡기기보다는 금고에 보관한다는 이야기를 울프가 들은 것이다. 그는 또한 코커 씨의 문서철에 들어 있는 지역 내 저택들에 대한 상세한 정보가 쓸모있을 거라고 기대했다.)

들어가도 될까요? 들어오세요, 사모님. 사모님이라는 호칭은, 사무실 일과에 따르면 주로 고용주들에게 쓰는 말이다. 이 여성은 말을 잘 하고, 옷도 잘 입고 태도도 좋다. 그녀는 오전 시간에 맞춰 작고 단정한 모자를 쓰고 있다. 자리에서 일어난 코커 씨는 지저분한 커피 잔을 앨릭에게 건네고, 숙녀분이 답답한 공기를 마시지 않도록 창문을 연다. 예상했던 상황이라 그럴 필요까지는 없지만, 그녀는 긴장하고 있다. 하지만 그녀는 훈련을 잘 받기도 했다. 그녀는 장갑을 벗고 가방을 책상 위에 올려놓는다. 좋은 계급에 속한 사람들 특유의 자신감을 전하기 위한 계획적인 동작이다. 그런 자신감 덕분에 그녀를 보는 사람들은 모두 그녀가 늘, 심지어 울타리를 수리할 때에도, 단정한 모습을 보일 거라고 확신한다. 또한 그녀의 욕실은 늘 깨끗하고, 매일 밤 누군가 그녀의 잠자리를 정리해 주고, 이론의 여지가 없는 훌륭한 치과의사에게 치아 관리를 받고, 그녀가 아름다운 자태로 주방에서 나오는 모습을 상상하며 중년의 남성들이 그녀와 결혼만 할 수 있으면 중역이 될 것 같은 생각을 하고, 그녀는 신입 직원과 기관장 둘 다와 잘 지내는 방법을 알고, 대부분의 남성들보다 숫자, 즉 돈에 대한 이해도 뛰어날 거라고 확신한다. 그런 확신도 앨릭에게는 소용이 없다. 그가 보기에 그녀는 텔레비전에 나오는 애견 대회에서 인터뷰하는 여성처럼 보인다. 그는 그녀의 나이를 서른 정도로 짐작한다. 뭘 도와드릴까요? 코커 씨가 묻는다. 그녀는, 사실 호텔 접수부의 자리를 찾고 있다고 대답한다. 그는 부드러운 어투로, 그 일을 해본 적이 있는지 묻는다. 꽤 많이요, 그녀가 대답한다. 말을 짧게 하는 건 절제해서 대답하고 있다는 인상을 주기 위해서다. 그녀는 자신의 이름이 이본 브라우닝이라고 밝힌다. 이본이라면 프랑스 이름이네요, 코커 씨가 말한다, 제가 프랑스를 좋아합니다. 그녀는 그가 바보 같은 이야기를 하는 상황은 예상하지 못했기 때문에 잠시 침묵이 흐른다. 휴가에 프랑스에 가시나 보죠? 그 침묵을 메우기 위해 그녀가 말한다. 여유가 있을 때만 그럽니다, 코커 씨가 말한다. 그녀는 그를 보며 미소를 지은 채 고개를 끄덕인다. 그리고 시인 브라우닝도 있죠, 코커 씨가 큰 소리로 말한다. 아주 즐거운 이름입니다, 그렇게 말해도 된다면. '즐거운'이라는 단어가 그녀를 기쁘게 한다. 길거리를 걸으며 만들어낸 이름이었다. '이본'은 미용실, '브라우닝'은 이사업체 이름에서 따왔다. 그녀는 맞은편에 있는 얼굴을, 방금 '즐거운'이라고 말한 입을 유심히 살핀다. 입은 부드럽다, 이가 없는 물고기의 입처럼 부드럽지만, 물고기와 다르게, 그 입을 크게 벌리고 비명을 지른다면 소리가 꽤 클 것이다. 안경 뒤의 눈 역시 부드럽고, 안경알의 보호를 받으며 유령이나 환상적인 이야기에 집중하고 있는 것 같은 인상을 풍긴다. 코는 아주 크고 코털이 삐져나와 있다. 귀는 신기하게도 매끈한데, 마치 사제의 귀 같다. 그 얼굴이 전체적으로 그

코커의 자유

녀를 불편하게 한다. 그리고 그녀가 반드시 미소를 지어야만 하고 그의 기분을 좋게 해야만 한다는 사실 때문에 그 불편함은 더 커진다. 그가 흥이 나서 이야기를 계속하고 그녀가 그 이야기를 따라갈 수 있다면 일이 더 쉬워질 것이다. 네, 감사하지만, 제가 그렇게 즐거운 사람인지는 자신이 없네요, 그녀가 말한다. 저도 확신은 없습니다, 코커 씨가 말한다, 그의 눈은 환상을 보고 있다, 우리 모두 각자 이름에 걸맞게 살아야겠죠, 사모님도 그럴 거라고 확신합니다. 그는 그녀의 교육 과정에 대해 묻는다. 그녀는 비서 양성 학교를 다녔다고 말하고는, 지은 죄가 많아서요라고 덧붙인다. 어째서요? 코커 씨가 묻는다. 학교를 한 번 더 다니는 것 같았으니까요, 그녀가 말한다. 그의 무지함이 그녀를 불편하게 한다. 그 무지를 깨뜨리는 일만큼은 하고 싶지 않았기 때문에, 소리를 지르지 않고 평상시 목소리로 말하기 위해 의식적으로 노력해야 했다. 그는 그녀가 거기에 온 진짜 이유를 전혀 모르고 있을 뿐 아니라, 운 좋게도, 자신의 주변에서 일어나고 있는 일에 대해서도 모르고 있다. 그녀의 인생에서 있었던 단 한 순간도 그는 믿지 못할 것이다. 그리고 그 사실은 일종의 모욕일 수 있다. 그녀에게는 그가 자신이 브라우닝 양이라고, 호텔 접수부의 일자리를 찾고 있는 거라고 믿게 만들 필요가 있었지만, 그 일이 성공하면 그녀는 자존심에 큰 타격을 받을 것이다. 이해할 수 없네요, 코커 씨가 말한다, 그러니까 교육 과정이 왜 더 즐거워질 수 없는 건지 정말 이해할 수가 없어요. 그녀는 자신이 사실은 벨벳이라는 사실을 말해 주려 해도, 그는 아무것도 이해할 수 없을 것임을 알고 있다. 그는 그녀가 겪었던 그 모든 일들에서 벗어나 있었다. 그의 넓고 매끈한 이마와 보들보들한 입은, 마치 늘 그의 몸을 따뜻하게 해 주었던, 역시 부드러운 양모 조끼를 광고하는 것만 같다. 교육에 대한 저만의 이론이 있는데요, 그가 말한다. 그녀는 자신이 정색을 하고 작은 목소리로 '아저씨, 아저씨 인생 실패했죠? 그렇죠?'라고 말할 때 일그러질 그의 얼굴을 쉽게 상상할 수 있다. 제 이론은, 그가 말한다, 아이들끼리 가르쳐야 한다는 겁니다. 열일곱 살이 열다섯 살을 가르치고, 열다섯 살은 열세 살을 가르치고, 그런 식으로 일곱 살 혹은 아홉 살이 유아들을 가르치는 단계까지 계속되는 거죠. 결국에는 아이들이 스스로를 교육하는 때가 반드시 올 거라고 확신합니다. 마른 입술을 살짝 벌리고 귀를 기울이는 동안, 그녀는 어떤 학생이라도 그에게 한두 가지 가르쳐 줄 게 있겠다고 생각한다, 학생들에게 입을 다물고 있으라고 하지 않고 말할 자유를 준다면 말이다. 난로 온도를 조금만 낮춰 주실 수 있을까요? 그녀가 묻는다. 물론입니다, 코커 씨가 말한다. 그가 몸을 숙이고 온도를 조절하는 동안 그녀는 그의 대머리 정수리 부분을 보며 한기를 느낀다. 두상은 대부분 비슷하다. 어떤 것이 다른 것과 다르다는 차이는 귀한 것이다! 그렇게 하면, 코커 씨가 미소를 지으며 말한다, 어떤 아이들도 지루해하지 않을 겁니다! 하지만 그렇게 해서 배우는 게 있을까요? 그녀가 묻는다. 한기 때문인지 어떤 예감이 든다. 그녀 안의 두려움이 그녀의 지성에게 묻는다. 사실이라고 하기엔 너무 좋은 조건 아닌가? 그녀는 다시 한번 그를 살핀다. 아이들은 빨리 배우니까요, 그가 말한다, 그리고 제 경험에 따르면 다른 사람에게 뭔가를 말해 줘야 하는 상황이 되면, 가르치는 사람도 가장 잘 배울 수 있습니다. 갑자기 농담처럼, 이 모든 일이 연막이고 사실은 그가 다른 누군가의 밑에서 일하고 있는 것일지도 모른다는 생각이 그녀의 머릿속에 스친다. 하지만 그의 미소에 그녀는 다시 확신한다. 너무 멍청하고, 너무 아저씨 같다.

코커의 자유

그런 생각이 든 것은 아니지만 나는 안다. 만약 내가 결혼을 했다면, 내가 되어야 했던 그런 남자가 되었더라면, 지금쯤은 내 앞에 당당하고 근사한 모습으로 앉아 있는 이 여성 같은 딸이 있었을 것임을.

코커 씨는 전에도 접수부 직원으로 일한 적이 있었는지, 그렇다면 어디에서 일했는지 묻는다. 그녀는 가능하면 이 답답하고 어질러진 사무실에서 최대한 멀리 떨어진 곳들을 댈 생각이다. 뱅고어에서요, 그녀가 말한다. 그리고 브리스톨이랑 더블린(안 될 것도 없다)이요. 코커 씨가 말한다. 여행 좋아하시나 봅니다. 저도 여행 아주 좋아합니다. 그러세요? 그녀가 말한다. 그리고 아주 짧은 시간 동안, 그녀는 자신의 거짓말을 믿는다. 자신은 뱅고어와 브리스톨과 더블린에서 일한 적이 있고, 그런 도시들 주변의 바다와 바람 때문에 머리칼이 엉키고, 이마가 햇볕에 타고, 눈에 눈물이 맺혔던 적이 있다. 그래서 지금 이 답답하고 어지럽고 작은 사무실에서, 금고에 불과한 통통한 구식 영감과 함께 있는 그녀는, 자신의 입술에 남은 소금기를 자랑스럽게 음미한다. 그녀가 말을 잇는다, 그럼 여러 나라에 가 보셨겠네요? 코커 씨가 손가락으로 나라들을 세기 시작한다. 제가 가 본데가 핀란드, 아이슬란드, 덴마크, 네덜란드, 벨기에, 프랑스(프랑스를 셀 때 접은 새끼손가락에 작은 밴드가 감겨 있다), 독일, 스페인, 오스트리아, 유고슬라비아, 그리스, 이렇게 열한 개 나라네요, 맞죠? 그녀는 사무실 내부를 머릿속에 담고 있다. 간단한 상황이어서, 그런 것까지 꼭 필요한 건 아니지만 자신을 위해, 나중에 울프가 이곳에 있는 모습을 더 잘 상상해 보기 위해서다. 올해는 칼라브리아 지방에 가 볼 예정입니다, 코커 씨가 말한다, 이제 막 노먼 더글러스(영국의 외교관이자 소설가. 「오래된 칼라브리아(Old Calabria)」라는 여행기를 썼다—옮긴이)의 책을 도서관에서 빌려온 참인데, 혹시 아시나요? 그녀는 고개를 저으며, 이미 아는 이야기지만 아저씨에게 한 번 더 듣고 싶어서 모르는 척하는 아이의 표정을 지어 보인다. 하지만 지금 그녀는 칼라브리아나 노먼 더글러스에 대해 들어 본 적 없는 척하는 것이 아니다. 제 생각엔 이 작가는 대단한 보헤미안이었던 것 같습니다, 코커 씨가 말한다, 대단한 보헤미안이었지만, 칼라브리아 지방에 대해 쓸 만한 단서들도 주고 있거든요. 칼라브리아가 어디죠? 그녀가 궁금해한다. 그 이름에선 책상 건너편의 이 아저씨가 떠오르지 않는다, 그곳에서 그가 유령을 본 어린이처럼 비명을 지르는 장면이나, 행복한 모습으로 셰리주를 마시며 베지크 카드놀이를 하는 장면을 그려 볼 수가 없다. 칼라브리아에 도착하고 나서도 그는 뭘 해야 할지 모를 것이다. 그때, 그 자리에 앉고 나서 처음으로, 행복한 생각이 그녀의 머릿속에 떠오른다. 어쩌면 이 아저씨 대신 그녀와 울프가 칼라브리아에 갈 수도 있을 것이다. 저는 해마다 여행에서 돌아오고 나면 바로 다음 해 계획을 세우기 시작합니다, 코커 씨가 말한다, 여행지에 대한 글을 모두 찾아 읽고 정확히 어디를 갈지 정하죠, 그리고 예약도 아주 일찍 합니다, 그런 일에 너무 이른 건 없으니까요. 올해는 언제 가실 거예요? 그녀가 묻는다. 구월에 날씨가 좀 선선해지면요, 하지만 예약이나 일정 조정은 이번 주에 모두 마쳤습니다. 그런 계획은 아무리 일찍 세워도 괜찮으니까요, 코커 씨가 말한다. 제 생각엔, 그녀가 말한다, 그 모든 걸 직접 진행하시는 걸 보면 아주 적극적인 분인 것 같아요, 일단 부딪혀 보시는 게요. 코커 씨는 자신의 볼을 문지르며 미소 짓는다. 벨벳에게 칼라브리아는 해변에 식당들이 있고, 나무 기둥을 박아 물 위에 지은 방에서 춤을 추고, 꽃이 활짝 핀 덤불들이 수없이 많고, 구릿빛 피부의 남자들이 카누를 타고, 열어 놓은 침실 창문에서 하얀 커튼이 바람에 흔들리는 그런 곳처럼 들린다. 추천서는 가지고 계십니까, 브라우닝 양? 이런 바보 같으니, 그런 게 필요한 줄 몰랐어요, 저는 그냥 호텔만 생각했는데요. 예상했던 질문이고, 그녀는 약간의 불안함이 섞인 목소리까지 연습했다. 전혀 상관없습니다, 코커 씨가 말한다, 그냥 형식적인 거죠, 순전히 형식적인 겁니다. 이제 원하는 조건을 알려 주시죠. '이런 세상에, 오 칼라브리아, 이렇게 다루기 쉬운 사람이었다니!' 그녀는 그가 가지고 있지 않은 일자리를 부탁해야 한다, 작고 답답한 고만고만한 회사들은 건너뛰어야 한다. 시골에 있는 자리면 좋겠어요, 그녀가 말한다, 서리주 정도면 괜찮겠습니다. 그녀는 마지막 말은, 부동산 중개인에게 주말 별장을 알아봐 달라고 지시하는 회사 임원의 젊은 아내처럼 말한다. 가격은 대충 만 파운드 정도 내외를 생각하는 것 같다. 서리주 정도면, 괜찮겠습니다. 한 번 더 말하지 않을 수 없다. 코커 씨가 반응을 보인다. 서리에 완벽하게 아름다운 곳들이 몇 군데 있죠, 그렇지 않습니까? 그가 말한다. 칼라브리아로 가야죠. 어디 봅시다, 코커 씨가 말한다, 어디 봅시다. 전화가 울린다. 그녀는 머뭇거린다. 코커 씨도 머뭇거린다. 앨릭이 전화를 받고, 바텐더를 구하는 문의 전화임을 확인한다. 코커 씨는 브라우닝 양 앞에서 연기를 하는데, 자신만의 행복을 세세하게 살피는 사람처럼 내내 미소를 짓고 있다. '호텔 직원 남성'이라고 적힌 문서철을 확인하고 메모지 두 장을 꺼낸다. '호텔 일자리 남성'이라고 적힌 문서철도 확인한다. 고유번호 HE3702/60을 고른다. 약속 시간을 정한다. 일이 끝난다. 코커 씨가 양손을 비빈다. 앨릭은 동의할 수 없다. 그는 브라우닝 양에게 청구할 비용을 계산하고 있었다. 그녀의 모자, 그녀의 목소리, 그녀가 말을 할 때 손으로 신호를 보내는 방식, 절대 진심이 아닌 것 같은 말투, 코커가 말을 할 때 진심으로 귀를 기울이지 않는 태도, 피가 묻은 것 같은 립스틱 색, 다리 사이에 뭔가 떨어질까 두려워하는 것 같은, 건방진 앉은 자세. 그는 중산모를 쓴 채 손을 축 늘어뜨린 그녀의 사업 동료를 그려 볼 수 있다. 그녀가 속한 계급은 섹스도 다른 식으로 할 거라고, 도구를 사용하며 할 거라고 생각한다. 대단한 일을 하시네요! 그녀가 말한다. 그 모든 걸 어떻게 그렇게 정확하게 찾아내세요. 코커 씨가 사무실의 분류체계를 그녀에게 설명한다.

나는 나의 재능이 낭비되었다는 것을 알지만, 달리 되었다면 어땠을지는 알 수 없다. 내 생각에 대해서만 말해 보자면, 나는 근사한 작은 사업체를 하나 세웠으며 미래에 대해 근사한 계획을 가지고 있다고 생각하고, 그렇게 말한다. 나는 이 사업체가 황금 거위처럼 아라비아를 건너 나를 다른 곳으로 데려다주는 상상을 한다. 내가 알게 된 것을 감안하면, 그 가능성을 완전히 지울 수는 없다. 내가 알게 된 것에 따르면 기적이란 실제로 존재하며, 한 인간의 삶은 완전히 달라질수 있다는 결론에 이르게 되는 것 같다. 어쩌면 운명은 하나의 사고(事故)에 불과한 것인지 모르지만, 중요한 점은 그것은 아무도 통제할 수 없는 사고라는 점이다. 운명은 그저 사람들에게 일어나는 것이다. 내게도 일어날 수 있다. 나의 운명이 아직 정해지지 않은 것일 수도 있다. 그러니 내 인생에서 행복한 결말을 읽어내는 즐거움을 가지지 않을 이유는 없지 않은가. 하지만 나의 재능이 낭비되었다는 것은 확실히 안다. 내가 그것들을 낭비한 게 아니다. 오히려 나는 나의 재능을 가능한 한 아주 조심스럽게, 아껴 가며 썼고, 그 재능들 덕분에 득을 볼 수 있었다. 작은 사업체를 세웠고, 직접 사장이 되어 생계를 이어 왔고, 꼭 필요한 것들이 부족했던 적은 한 번도 없었다. 그렇다,

나의 재능을 낭비한 것은 내가 아니고, 그 결과로 내가 고통받은 것도 아니다. 불만에 빠진 것은 나의 재능들 자체이며, 그것들을 소진시켜 버린 것은 삶이다. 그 점에 대해 후회하지는 않는다, 나와 재능들 중 어느 한 쪽이 굴복해야만 했음을 인정한다. 삶은 희생을 요구하고, 어떤 면에서는, 나는 나의 선택들에 자부심을 느낀다. 나는 그 자부심을 느끼는 한편, 나의 문서철들에 대해 설명하며 사무실의 체계를 이야기할 때는 나의 재능들이 서운해하는 것 같은 기분도 든다. 그 서른 권의 문서철은, 오래돼서 버린 것들은 말할 것도 없고, 일생의 작업이다. 내가 농담으로 자주 하는 말이다. 그 농담을 하고 나면, 꼭 틀린 말은 아니라는 생각이 들기도 한다. 하지만 내가 아는 것은 좀 다르다. 나는 그 문서철들이 일생의 작업이 아니라 작업의 일생임을 안다. 나의 삶은 거기에 포함되지 않는다. 그것들이 작업의 일생인 이유는, 내가, 오직 나만이 직접 손으로 써 가며 그 문서철을 채웠기 때문인데, 거기에는 오만 시간이 걸렸다. 그보다 나은 일을 할 수 있었다는 것을 알지만, 어떻게 했어야 하는지는 모른다. 나는 그 문서철에 십만 명의 정보가 있다고 설명하고, 그 작업을 위해서는 나름대로의 구성이 필요하다고 말하고, 내가 만들어낸 색인체계 같은 체계, 즉 코커 체계는 결코 아무나 만들 수 있는 것이 아니라고 주장한다. 하지만 나는 문서철이 채워지고 그 수가 늘어날수록, 점점 더 많은 정보들이, 깔끔하게 분류되고 정리된 그 정보들이 쓸모없는 것이 되어 간다는 것을 안다. 고용주들이 직원을 고용할 때마다 나는 수수료를 받는다. 일주일 중 최고의 순간은 실적을 계산할 때다. 수수료를 요청하고 그것들을 받을 때의 즐거움은 단 한 순간도 부정해 본 적이 없다. 하지만 고용주들이 직원을 고용할 때마다 나는 또한 그 사실까지 문서철에 기록해야 한다. 그것은 고용이 확정된 날짜와 채

용 관련 세부 사항 위에 채용 확정(Filled)이라는 고무인을 찍는 작업이다. 대문자 'F'를 새겨 주문 제작한 커다란 고무인이 있다. 그것까지도 내가 만든 체계의 일부이며, 나는 거기에 자부심을 느낀다. 하지만 그 고무인을 사용할 때마다, 나는 내 재능들의 불만이 늘어나고 있음을 안다. 가끔 그 도장을 필요 이상으로 요란하게 찍는 것도 그런 이유 때문이다. 나의 재능들은 자신들이 이미 해 온 것 위에 무언가를 계속 쌓아 가기를, 그래서 내가 나이를 먹을수록, 성과가 축적되기를 원한다. 나는 그 요구에 동의할 수 없다. 그건 금전등록기가 절대로 비워지는 일이 없기를, 잔고가 영이 되는 일이 없기를 바라는 것과 같다. 나는 그것이 숫자들이 커지는 것에 대한 매혹, 무한함에 이를 때까지 커지는 것에 대한 매혹임을 안다. 많은 사람들이 무한함이 주는 그 매혹 때문에 망가졌는데, 우선 나의 아버지가 그랬다. 사람은 자신의 형편에 맞게 살아야 할 뿐 아니라, 생각도 거기에 맞게 해야 한다는 것을 나는 안다. 그럼에도 나는 이제 나의 재능에 약간의 자유를 허락할 수 있는 단계에 이르렀다. 내 딸이 될 수도 있었을 법한 여성이 그 생각을 확인이라도 해 주는 것처럼 미소 짓는다. 나의 재능에는 사진을 찍어서 정리하거나, 사람들에게 강연을 하고, 혹은 클래펌의 역사를 보여줄 도표를 그리는 것들이 있을지도 모른다. 나의 재능은 그런 작업을 할 수 있는 암실과, 새로 채워 나갈 사진첩과, 도표를 실을 최고급 종이들을 갖게 될 것이다. 그리고 나는 어느 저녁에 이층의 이 사무실에 앉아 그 사진첩을 살피며, 그중 몇몇 장은, 비록 환상에 불과한 것일지라도, 부분적으로나마 나와 관련된 것이라고 상상할 것이다. 나는 더 이상 그런 생각을 스스로 검열하지 않을 것이다. 나는 사업과 관련한 문서철들이 내가 가진 수단과 방법에 대한 증거이며, 따라서 내가 조금은 더 나 자신이 될 수 있는 권리

코커의 자유

에 대한 증거임을 안다. 그것들은 내가 도전받을 때 보여줄 수 있는 것들이다. 하지만 나는 그렇게 생각하지는 않는다. 내 생각은 이렇다, 사업은 충분히 잘 되고 있고 그 덕분에 나는 변화를 시도할 여유가 있다.

벨벳은 이야기를 들으며 관찰한다. 그는 그녀가 사무실에 들어왔을 때 앉으라고 말해 준 작은 아저씨다. 그는 진주가 박힌 넥타이핀을 하고, 금줄이 달린 시계를 가지고 있고, 귀가 사제의 귀처럼 생긴 작은 아저씨다. 그는 지금 그녀가 알아야 할 문서철에 대한 정보를 모두 이야기해 주는 작은 아저씨다. 그 문서철은 이 어질러진 작은 사무실이 잘 돌아가게 하는 것이지만, 다른 종류의 사업에서 다른 용도로도 쓰일 수 있을 것이다. 그렇게 많은 줄은 몰랐네요, 그녀가 말한다. 그게, 저는 이런 말을 좋아합니다, 코커 씨가 말한다. '일의 계획을 세우고 계획대로 일하라.' 그렇게만 하면 아주 간단합니다. 정말로 아주 간단해요. 그가 간단함에 대해 이야기를 시작하자 그녀는 불안해진다. 마지막 순간이 오기 전에는 일은 늘 간단하다. 그는 작은 아저씨일 뿐이고, 아무것도 모르지만 보호를 받고 있기 때문에 생존하고 있다. 오직 울프만이 그녀가 고르지 않은 가능성들을 완전히 잊을 수 있게 해 준다. 종종, 밤에 홀로 있을 때, 그 가능성들에 그녀는 오싹함을 느끼곤 한다. 침대에 누운 그녀는 자신들의 시간이 끝날 것임을 안다. 모든 것이 거꾸로 되었다. 마치 그녀가 천장에 매달린 채 머리를 바닥으로 향하고 있는 것처럼, 발이 묶인 채 그렇게 매달려 있는 것 같다. 그럴 때면 모든 성공은 점점 끝을 향하고 있고, 모든 희망은 두려움이 되고, 모든 기회는 덫이 된다. 그런 순간에 그녀는 울프에 맞서는 자들에 대한 그녀의 증오가 정당한 것임을 확인한다.

오늘 오전에는 아직 오싹함을 느끼지 않는다. 하지만 절대 큰소리를 내지 않는 부드러운 입, 사무실의 체계를 설명할 때면 더 부드러워지는 눈, 책상 건너편에 앉은 그의 주위를 감싸고 있는 부드러운 구름 같은 분위기는 지금까지 그녀가 무시하고 있던 다른 의미를 띠고 있다. 그것은 무지함의 상징이지만, 또한 그것들은 살아남았다는 징표다. 그는 여전히 울프나 그녀보다는 칼라브리아에 갈 수 있는 확률이 높다. 이 일은 얼마나 하셨죠? 그녀가 말한다. 어디 봅시다, 코커 씨가 말한다, 여기서는 십칠 년 됐고, 그 전에 켄싱턴에서 오 년 있었으니까 모두 해서 이십이 년이네요, 네, 이십이 년입니다. 제 인생의 삼분의 이네요! 그녀가 그렇게 말한 것은, 자신들의 시간이 끝나는 것을 생각하고 있었기 때문이다. 그 사이에 당연히 규모는 커졌습니다, 코커 씨가 설명한다. 켄싱턴에서는 건물 안쪽의 작은 사무실이었는데, 지금은 일층, 이층을 통째로 쓰고 있으니까요. 이층이요? 그녀가 감탄한다. 네, 그렇습니다. 이층이요, 보시다시피 이층에도 공간이 있습니다. 왜, 이층에 사무실이 더 있나요? 아닙니다, 지금은 아니에요, 이층에는 비품을 넣어 두고 있지만, 그 공간에 대한 계획도 있습니다. 우리는 아주 계획이 많습니다. 유리한 위치에 있죠, 아주 유리합니다. 왜 코커는 이 여자에게 다 말하는 걸까? 앨릭은 궁금하다. 왜 그는 저자세일까? 그녀의 사업 동료는 비엔나에 대해 그만큼 모르고 있다. 예비 노친네가 저자세로 나갈 이유가 없다. 벨벳의 의심이, 핵심도 근거도 없지만, 커진다. 여기저기에 지점을 낼지도 모르겠네요, 코커 씨가 말한다. 이 작은 아저씨는 스스로를 방어할 이유가 없다. 늘 뭔가가 그를 방어해 줄 것이다. 하지만 우리는 절대 이곳을 떠나지 않을 겁니다, 코커 씨가 말을 잇는다, 절대로요. 보시다시피 우리는 여기에서 자리를 잡았고, 제가 외국으로 나간다고 해도

(그러니까 해외 지점 개척을 위해서요) 제 조수가 계속 여기서 영업을 할 겁니다. 코커 씨는 앨릭을 가리키며 미소를 짓는다. 앨릭은 그 모든 상황이 연기라고 확신한다. 예비 노친네가 또 연기를 하고 있고, 자신을 끌어들인 건 그들이 서로 돕기로 했기 때문이다. 상호 협조라고 코커는 말했고, 지금 그는 앨릭이 도와주겠다고 했을 때보다 훨씬 더 즐거워하고 있다. 앨릭은 못 들은 척한다, 왜냐하면 작은 모자를 쓴 미적거리는 여자에게 미소를 지어야만 하는 상황을 원치 않기 때문이다. 살아남은 자 뒤로, 벨벳은 조직적인 응징자 무리를 본다. 그에게는 수백만 개의 도와주는 손들이 있다. 그 손들은 서로 돈을 주고받는다. 하지만 침입자에게 위협을 받으면 그 손들이 모두 합류해서 하나의 원을 만들고, 침입자의 목을 조르기 위해 다가온다. 갑자기 그녀는 뭔가를 깨닫는다. 이 아저씨는 혼자가 아니다. 이 아저씨는 심지어 그 자신도 아니다. 이 사람은 아무것도 아니다라는 말이 떠오른다. 이 사람은 아무것도 아니다. 정말요? 그녀가 묻는다. 아주 중요합니다, 코커 씨가 말한다, 예를 하나 들어 드리죠, 사무실 바로 앞에 버스 정류장이 있는 거 보셨죠? 차장이 여기 정류장에 설 때 뭐라고 하는지 아십니까? '클래펌의 코커 직업소개소입니다'라고 외쳐요. 자리를 잡았다는 건 그런 뜻이죠! 모든 사람들이 우리가 있는 곳을 압니다. 이 늙은 멍청이가 사용하는 '우리'라는 말은 실제로는 하나의 위협이다. 이 남자는 아무것도 아니다. '우리'가 전부다. 그녀는 사무실 내부를 점점 더 완전히 파악하고 있다, 심지어 그녀 뒤에 있는 공간까지 알 것 같다. 가스난로가 쉭쉭 소리를 내고 있다. 양탄자는 낡고 곰팡이가 슬었다. 시계는 오십 파운드쯤 할 것 같다. 창문은 허술하고 짙은 색 탁자 두 개가 바닥에 놓여 있는데, 용골이 땅에 박혀서 선창(船倉)에 흙이 잔뜩 고인 배의 갑판처럼 꼼짝도 하지 않을

것 같다. 선반에는 쓸모없는 서류들이 있다. 벽에는 묘지 사진이 한 점 걸려 있다. 그녀는 영안실 같은 사무실에 있고, 무섭게도, 쥐 냄새가 나는 바닥에 그녀의 울프가 늘어져 있다. 차갑게 식어 가는 피에 잠긴 채, 그의 달콤한 숨결이 잦아들고 있다. 미소를 지으며 말하는 그녀는 괴롭다. 네, 단골이 최고의 자산이라고들 하잖아요, 그렇지 않나요? 그녀는 울프가 더 이상 울프가 아니게 되는 상황이 두렵다. 그들이, 이 노인이 말하는 '우리' '우리'가, 그를 가두고 박살낼 것이다. 거리와 사무실 들은 마치 울프의 계획과, 도약과, 모험이 전혀 없었던 것처럼, 심지어 그라는 존재가 없었던 것처럼 계속 존재할 것이다. 그리고 그들이, 이 노인이 말하는 '우리' '우리'가 울프를 무력하게 만들고, 꼼짝도 못하는 돌덩이처럼 계속 그렇게 무력한 상태로 유지할 것이다. 아무것도 하지 못한 채 한밤에 돌처럼 차갑게 식어 가는 일은 그에게 최악의 상황일 것이다. 그와 완전히 별도로, 그녀는 자신에게 닥쳐올 상실에 두려움을 느낀다. 그녀는 자신의 남자와 헤어지는 일에, 마치 마취가 되기도 전에 자신의 팔다리가 떨어져 나가는 것처럼 두려움을 느낀다. 물론 고객의 만족이 최고의 광고입니다, 제가 아는 한에서는요, 코커 씨가 선언하듯 말한다. 그녀는 정신을 차린다. 그녀는 자신을 짓누르는 건 어질러진 작은 사무실의 조잡하고 시시한 분위기일 뿐이라고 스스로에게 주입시킨다. 용감하고 아름다운 자들은, 칼라브리아가 아닌 곳에서는, 절대 그들이 받아 마땅한 환경을 얻지 못한다. 그들은 거기에 항의한다. 그녀의 울프는 한없이 영리하다. 이 작은 사무실에서 그들의 항의를 표현하는 일은 아주 쉬워서, 이십 분이면 충분할 것이다. 이제 그만해야겠습니다, 코커 씨가 말한다, 제가 말이 너무 많네요. 아주 재미있었어요, 그녀가 말한다. 그러니까 지방의 고급 호텔을 원한다고 하셨죠, 서리를 선호하시고요, 코커 씨가 말한다. 제가 무리한 부탁을 드리고 있네요, 그녀가 말한다. 안 됩니다, 브라우닝 양, 코커 씨가 말한다. 최고를 요구하셔야죠, 최고를 가지지 못할 이유가 없지 않습니까? 코커 씨가 문서철을 살핀다. 지금은 정말 일류라고 할 만한 자리가 없지만, 그런 자리는 꽤 자주 나옵니다. 많이 서두르지만 않으시면 분명 고객님 일자리를 찾을 수 있을 겁니다, 브라우닝 양. 불과 몇 주 전에 헤이즐미어의 블랙스완에서 최상급 접수부 직원을 찾았거든요. 고객님 같은 분께 이상적이었을 텐데요, 이상적이죠. 그리고 헤이즐미어는 당연히 아름다운 곳입니다. 고객님도 아시겠지요? 그럼요, 잘 알죠. 그녀는 거짓말을 한다. 이제 그녀는 그의 기분을 맞춰 주기 위해 거짓말을 한다. 이 작은 아저씨는 자신의 무지함과, 타고난 온화한 성품과, 수상쩍은 어리석음 때문에, 오직 거짓을 들을 때에만 실망하지 않고, 자신의 즐거움을 누릴 수 있다. 어린 여자아이들만 찾는 노인들이 있다, 그녀는 아주 잘 기억하고 있다, 열세 살 때 아버지의 오르간 연주자를 보며 알게 된 사실이다. '우리' '우리'와 함께하는 이 작은 아저씨처럼 그렇게 작은 거짓말들을 찾아다니는 사람들이 있다. 그녀가 이 남자를 행복하게 만들어 주면, 울프에게 운이 찾아올지도 모른다. 그럼 하인드헤드와 그곳 정상에서 보이는 예쁜 경치도 분명 아시겠네요, 코커 씨가 신이 나서 묻는다. 아주 잘 알아요, 그녀는 다시 거짓말을 한다, 지난달에도 거기 갔었거든요. 큰 소리를 내지 않는 입에 조용히 미소가 퍼진다. 재미있네요, 그가 말한다, 저도 갔습니다. 아주 잠깐 들렀죠, 네, 그러니까 그게, 네, 두번째 일요일이었습니다. 그럼 십이일쯤이었을까요? 그녀가 묻는다. 네, 확실합니다. 그가 말한다. 그럼 저랑 같은 날이에요, 그녀가 선언하듯 말한다. 아주 화려한 봄날이었죠! 그가 덧붙인다. 작은 아저씨는 이제 일지를 보며 자신들의 행운을 확인한다. 네, 일요일, 삼월 십삼일, 코커 씨가 말한다, 맞습니다. 우리 일행은 오후에 정상에 올랐습니다, 그가 기억을 떠올린다. 저희도요, 그녀가 말한다. 그런 다음엔 코퍼 케틀 찻집에서 스콘이랑 달콤한 크림티를 마셨죠. 저는 크림 안 먹어요, 그녀가 말한다, 살이 쪄서. 코커 씨가 그녀를 상냥한 눈빛으로 쳐다본다. 제가 한 말씀 드리자면, 브라우닝 양, 그건 걱정하지 않으셔도 될 것 같습니다. 그가 너무 즐거워하는 것 같아 그녀는 놀란다. 이제 두 사람은 사 주 전의 일이 아니라, 마치 다음 주말의 계획에 대해 이야기하는 것만 같다. 만약 그녀가 '하인드헤드에 데려다주세요'라고 말한다면, 돌아오는 일요일에 그녀가 그와 함께 빌어먹을 가시금작화길을 걸으며 언덕을 오르고, 지랄맞은 헤더를 꺾어 그의 옷 단춧구멍에 끼워 주고, 엄마처럼 차를 따라 주고, 그에게 작별 키스를 허락한다면, 그날 하루를 마칠 때쯤에 그는 지금보다 훨씬 더 기뻐할 거라고, 그녀는 상상한다. 세상 참 좁네요, 그녀가 말한다. 이상하지 않습니까? 그가 덧붙인다. 뭐가요? 그녀가 조금 불안해져 묻는다. 하인드헤드에는 정상까지 등산객들을 태워 주는 사람들이 있는데요, 도착한 후에 그 사람들은 차에 그대로 앉아서 신문만 보는 겁니다. 우리는 그런 사람들을 열 명도 넘게 봤어요. 한번 상상해 보세요. 벨벳은 그를 좀더 기쁘게 해 주기로 한다. 완전 시간 낭비예요! 그녀가 말한다. 그 정도가 아니죠, 코커 씨가 말한다, 그런 행동을 지칭하는 말은 하나뿐입니다, 미친 짓이요. 그가 마지막 말에 너무 힘을 줘서, 앨릭과 브라우닝 양은 인정할 수밖에 없다. 그건 마치 앵무새 울음소리처럼 들렸다. 저는 묻고 싶습니다, 사람들이 봐 주지 않는다면 아름다운 장소가 있는 이유가 뭘까요? 편안하게 앉아서 감상하라고 나무 벤치까지 만들어 줬는데 말입니다. 거기서 다섯 개 주를 한눈에

　　　　코커의 자유

볼 수 있는데, 거기까지 올라와서 신문을 읽다니요. 저는 도무지 이해할 수가 없습니다. 벨벳은 자신이 무슨 말을 해야 할지 알 것 같다. 대화는 점점 더 게임처럼 되어 가고 있고, 게임이 그렇듯이 언제든 의지로 그만둘 수 있지만, 그 순간만큼은 그녀도 거기에 빠져든다. 그녀 안의 소녀는 계속 게임을 이어 가는 일에, 다른 사람들이 그것을 뺏어 가지 못하게 하는 일에만 집중한다. 만약 실패하고 나중에 야단맞는 상황이 되면, 그녀는 '그냥 놀았던 것뿐이에요!'라고 말할 것이다. 그녀의 머릿속에 게임의 제목이 떠오른다. 도둑질이 아닌 공평한 거래. 코커 씨가 잃게 될 것에 대한 대가로 그녀는 비할 바 없는 즐거움을 그에게 줄 것이다. 모든 사람들이 그런 건 아니겠죠, 벨벳은 어느새 그렇게 말하고 있다, 모든 사람들이 선생님처럼 아름다움을 알아볼 수는 없을 거예요, 코커 씨. 그는 직접적인 언급 없이 칭찬을 받아들인다. 그의 눈가가 조금 촉촉해진다. 네, 제가 뭘 보는 걸 좋아하기는 합니다, 그가 설명하듯 말한다. 그리고 무엇보다 사진 찍는 걸 좋아하죠. 어느 나라를 가든 사진을 찍습니다. 그는 말을 멈추고 잠시 망설인다. 그는 확신이 안 선다는 눈길로 브라우닝 양을 쳐다본다. 저기 말입니다, 그가 말한다, 오늘 저녁에 제가 사진과 함께 하는 강연을 하는데 와 주시겠습니까? 어머 친절하셔라, 그녀가 말한다, 꼭 가 보고 싶어요, 몇 시에 하세요? 여덟시에 시작합니다. 그녀가 고개를 끄덕인다. 다른 재미있는 일들이 많으시겠지만요, 브라우닝 양. 강연 주제가 뭔지 여쭤봐도 될까요? '비엔나, 푸른 다뉴브 강의 도시'입니다. 어디서 하시죠? 성 토머스 교회 강당에서요. 사람들은 빅토리아 홀이라고 하는데, 빅토리아가의 소방서 옆에 있습니다. 여기 보시면, 뒤에 작은 지도가 있습니다. 앞면에 있는 공지사항 같은 건 신경 쓰지 마세요. 싸구려 잡화 판매 홍보입니다. 다른 재미

있는 일들이 없으면 오세요. 대단히 감사합니다, 그녀가 말한다, 강연은 시간이 얼마나 걸릴까요? 밤 열시 정도까지입니다, 하지만 중간에 차와 간식을 위한 쉬는 시간이 있으니까요. 다시 한번 감사해요, 그녀가 말한다, 확실히 갈게요. 칼라브리아의 주님이 도와주고 계셔, 벨벳은 생각한다. 그럼 제가 자리를 잡아 놓겠습니다, 브라우닝 양, 만약을 대비해서요. 그녀는 절대 강연장에 나타나지 않을 거라고, 앨릭은 확신한다. 저런 여자들은 빅토리아 홀에서 열리는 사진이 있는 강연회 따위에는 절대 가지 않는다. 그녀는 왜 그를 가지고 노는 걸까? 왜 예비 노친네는 그 장단에 놀아나는 걸까? 그가 비엔나에 대해서는 아는 게 좀 있을지 모르지만, 그녀 같은 여성에 대해서는 아무것도 모른다. 그는 어린아이처럼 순진하다. 갑자기 앨릭은 다른 책상에 앉은 저 노인과 자신이 한 몸이라는 감정을 강하게 느낀다. 둘 다 집을 옮기려 하기 때문에, 둘 다 자신들의 삶의 경계를 넓히려고 하고, 둘 다 자신들이 뭐든 하지 못할 이유가 없다고 생각하기 때문에 그렇다. 우리는 왜 안 돼?라는 질문이 둘을 하나로 묶어 주고 있다. 앨릭의 책상에 앉은 코커와, 역시 코커의 책상에 앉은 앨릭, 재키의 연인을 말이다. 코커는 영리할 수도 어리석을 수도 있다, 그에게 기회가 있을 수도 있고 희망이 없을 수도 있다, 그가 자신이 알고 있다고 하는 것보다 더 많은 것을 알 수도 있고, 아무것도 모를 수도 있다. 하지만 적어도 그는 노력하고 있다. 앨릭은 입을 꾹 다문 채속으로 브라우닝 양에게 말한다. 그렇게 서두르면 안 되지, 이 멋쟁이 쌍년아. 내 눈은 못 속이지. 그 사람에게서 떨어지지 않으면 얼굴을 완전 엉망으로 만들어 줄 테니까. 그나저나 네가 뭐라고 생각하는 거야? 너는 좀 똑똑해 보이고 택시를 타고 다니는 남자라면 그게 원숭이라도 올라탈 거잖아. '택시이, 택시이, 자기야 나 새 모자 사 주

코커의 자유

세요.' 너 같은 년은 남자랑 섹스를 하면서도 계산을 할 게 분명해. 그 사람에게 거짓말 그만 하라고. 그 사람이 봉일지는 모르지만 그래도 노력하고 있잖아. 그 사람은 네가 하는 짓 같은 건 하지 않아. 그 사람에게서 떨어지라고. 그는 노력하고 있으니까. 그 사람이 실망하는 건 보고 싶지 않아. 노력하고 있으니까, 떨어져. 정말 친절하시네요, 브라우닝 양이 말한다. 천만에요, 코커 씨가 말한다, 제가 기쁩니다. 요즘 같은 세상에 생각이 비슷한 사람을 만나기가 쉽지 않죠. 작은 아저씨가 그 말을 하는 것을 들으며 벨벳은 자신이 울프를 위해 할 수 있는 건 다 했음을 알아차린다. 확실히 그래요, 그렇죠? 그녀가 말한다. 주소만 알려 주십시오, 코커 씨가 말한다, 그러면 고객님 일자리가 나오자마자 저희가 알려 드리겠습니다. 그는 그녀가 내용을 기입할 수 있게 담황색 카드를 건넨다. 벨벳은 자신이 어떻게 해야 할지 즉시 깨닫는다. 어린 소녀는 자신은 그냥 놀았던 것뿐이라고 설명한다. 성인 여성은 자리에서 일어나며, 흰색 장갑과 가방과 담황색 카드를 집어 든다. 정말 감사합니다, 그녀가 말한다, 하지만 제가 선생님 시간을 너무 많이 뺏은 것 같네요. 카드는 작성해서 바로 우편으로 보내 드릴게요. 그녀는 악수를 위해 장갑 낀 손을 내민다. 코커 씨는 상냥하게 그 손을 잡는다. 오늘 밤에 뵐 수 있으면 좋겠어요, 그녀는 그렇게 말하고는 흰색 장갑을 낀 손을 가볍게 흔들어 보이며 사라진다. 마지막 손짓은 보기에 따라서는, 그리고 기대에 가득 찬 사람의 눈에는 키스를 날리는 동작으로 비칠 수도 있다. 건물 입구에 예일 사 자물쇠, 운모(雲母) 챙길 것. 사무실 입구에 다시 예일 사 자물쇠. 처브 사 금고. 열쇠는 커다란 책상 첫번째 서랍에 있을 것으로 예상. 혹은 휴대용 열쇠일 것임. 고용주 문서철 확인, 회전의자 오른쪽. 위층은 창고, 세입자 없음. 오늘 밤 일곱시 사십오분에서 열시 십오분까지 외출. 시계 챙길 것. 나이가 들어서 저항 어려움. 아버지뻘임. 울프는 괜찮을 것임. 모든 고객들이 저렇기만 하다면! 코커 씨가 말한다. 저 여자 오늘 밤에 안 와요, 앨릭이 말한다. 궁금해서 그러는데, 빅토리아 홀에서 저 여자 볼 수 있을 것 같으세요? 뭐, 그럼 알버트 홀이면 어떨까? 코커 씨가 가슴을 가볍게 두드리며 말한다. 그는 즐겁다는 듯 웃음을 터뜨린다.

방치된 사무실이라고, 나이 든 여인은 판단한다. 방치 자체는 딱히 싫어하지 않지만 그런 방치가 계속 이어지면 그녀는 두고 볼 수가 없다. 뭔가가 방치된 상태에서 종종 그녀의 일이 시작되기도 한다. 안녕하세요, 아마 아담에게서 제 이야기 못 들으셨을 것 같은데요, 선생님. 앨릭은 그녀가 '밴디 브랜디' 할머니임을 알아본다. 하지만 저는 선생님 잘 알거든요, 그녀가 말한다. 그녀는 검은색 옷에 검은색 모자, 끈이 달린 검은색 구두 차림이다. 얼굴은 작은 사냥개의 얼굴처럼 날카롭다. 그녀의 손은, 가늘고 날렵한 그 손은, 나이가 들면서 호기심을 불러일으키는 모호한 특징을 띠게 되었다. 어떤 면에서 보면 그 손은 약해서, 쥐고 있던 뭔가를 힘으로 뺏기는 장면을 쉽게 상상할 수 있고, 손가락이 부러지는 모습도 쉽게 상상할 수 있다. 하지만 다른 면에서 보면 똑같이 가는 그 손가락은 감정이 없는, 거의 무자비한 손놀림을 떠올리게 한다. 그 손은 닭의 목에 올가미를 걸면서 동시에 콩팥을 꺼낼 수 있는 손이다. 앨릭은 '밴디 브랜디를 흥분하게(randy)만든 건 뭐지? 사제님의 손재주지(handy)!'라는 말장난을 기억하고 있다. 제가 지금은 돌아가신 성 토머스 교회의 빈 신부님 밑에서 일했거든요, 그녀가 말한다, 언젠가 선생님이 저녁에 오셔서 식사한 적 있는데. 그녀는 '식사'라는 말을 할 때 꽤 요란하게 입을 삐죽거린다. 이제 기억이 나네요, 코커 씨가 말한다, 그 댁에 가정부셨지요? 십오 년 동안이요, 그녀가 현재의 쉬는 상태를 강조하려는 듯한 목소리로 말한다. 죄송하지만 제가 부인 성함이 기억이 안 나네요. 브랜드 양입니다, 그녀가 대답한다. 그녀는 자신이 버사 브랜드가 아니라 브랜드 양이라고 생각한다, 그렇게 했을 때 하인으로서 자신의 지위를 강조할 수 있기 때문이다. 브랜드 양은 이곳 지상에서 그녀의 일을 부르는 호칭이다. 아주 슬픈 일이었습니다, 코커 씨가 말한다. 그는 담황색 카드를 꺼내 그녀의 이름을 적는다. 그녀는 카드들을 보면 겸손해진다. 카드는 지배의 도구다. 마지막까지 제가 곁을 지켜 드렸어요, 그녀가 말한다, 고통 없이 가셨습니다. 코커 씨는 잠시 눈을 감았다가, 다시 담황색 카드에 뭔가를 적는다. 앨릭은 마지막이라는 말을 재키를 가지다 항목에 표시한다. 오직 독신 여성들만이 저렇게 한다. 그 말씀을 들으니 기쁘네요, 코커 씨가 말한다. 그의 말투 덕분에, 그녀는 그가 분명 자신과 잘 맞을 것 같다는 인상을 확인한다. 그는 온화하게 말한다. 그는 분명 정신에 문제가 있다. 그의 옷깃은 살짝 닳았고, 그의 손톱은 깨끗하다. 그녀를 불편하게 하는 건 창가에 앉은 청년이다. 다른 가정부 자리를 찾고 계신가요? 코커 씨가 묻는다. 저 청년은 제대로 된 존중을 모르는 모든 이들을 대변한다. 청년의 어머니는, 브랜드 양이 보기에, 자녀들에 대한 의무는 물론 교구에 대한 의무도 제대로 해내지 못했다. 그 어머니가 홀어미였다고 해서 그것이 실패에 대한 핑계가 될 수는 없다. 나이가 많은 남자들은 술을 너무 마시고 있고, 그렇기 때문에 철도 사고가 많이 나는 것이 브랜드 양에게는 전혀 놀라운 일이 아니다. 나이가 많은 남자들이 철도원이 되고, 이 청년은 교활하고, 생각이 많고, 늘 밖에 나와 있기 때문에, 결국 불량자가 된다고 해도 그 역시 놀랄 일은 아니다. 앨릭은 우리는 왜 안 돼?라는 질문은 '밴디 브랜디'와 정반대라고 확인한다. '밴디 브랜디'는 마지막이다. 우리는 왜 안 돼?는 시작이다. 모든 것이 달라질 것이다. 상당 부분은 이미 달라졌다. 그는 재키를 가지다이다(그 이름을 떠올리자 성기 끝이 움찔한다). 코커는 (어떤 식으로든) 자기 여동생에게서 벗어나서, 비엔나 기술로 근사한 삶을 살아 보려 하는 예비 노친네다. 이 사무실과 두 사람이 사무실에서 해야 하는 일들만 아직 달라지지 않았다. 하지만 그것도 곧 달라질 것이다. 지금 그들이 옛날 방식대로 일을 하는 이유는, 멈추라는 공식 명령을 받지 못했기 때문이다. 공식 명령은 오래지 않아 떨어질 것이다. 언제든 코커가 자신에게 한 번도 시킨 적이 없는 일을 시킬 거라고, 앨릭은 확신한다. 그 후에는 아무것도, 심지어 코커도 이전과 같지 않을 것이다. 머지않아 두 사람은 사무실 일과를 떠올리며 '어떻게 그렇게 할 수 있었던 걸까?'라고 자문할 것이다. 앨릭은 새로운 기획에서 자신의 위치가 정확히 어떻게 되는지 확신할 수 없지만, 그건 중요한 문제가 아니다. 무슨 일이든 벌어질 거라는 생각 자체가 지금 그를 흥분시킨다. 마치 미래가 현재가 된 것 같고, 마치 자신이, 일이 어떻게 되어야 한다는 계산이 아니라, 기회들과 함께 살고 있는 것만 같다. 창밖에서 들리는 자동차 소음마저 다르게 들린다. 앨릭은 종종 창밖의 차들은 그들을 지나치고 있다고 생각했고, 책상을 벗어나 그 흐름에 합류할 시간만을 기다리곤 했다. 그는 사무실 책상이 마치 학교의 책상 같다고 생각했다. 거기에 앉았던 학생들보다 오래 남는 책상. 수없이 많은 여행객들이 스쳐 지나가지만 정작 어디에 있든 늘 같은 모습인 기차의 좌석 같은 거라고 생각했다. 책상 앞에 앉아 있다는 건 그게 어디든 원하는 곳에서 벗어나 있다는 의미였다. 이제 사무실은 아래 거리에 딸린 객실에 불과하고,

책상도 그저 가구에 불과하다. 그리고 거리의 자동차들은 다른 사람들에게도 무슨 일인가 벌어지고 있다는 증거다. 그는 재키가 보고 싶어 견딜 수 없다. 평소보다 더 견딜 수 없지만, 그건 그녀에게 해 줄 이야기가 아주 많기 때문이고, 오늘 아주 많은 일이 있었기 때문이다. 어쩌면 앨릭은 사무실 일과에서 아무것도 달라지지 않았다고 해도 비슷한 기분이 들었을 것이다. 사랑을 나눈 후에는, 연인들이 이전에는 알아차리지 못했던 일들을 상대에게 다급하게 알리고 싶어하는 상황이 종종 있다. 하지만 지금으로서는, 앨릭은 사랑을 나눈 여파와 실제로 아침에 벌어지고 있는 상황을 구분할 필요가 없다. 그에게는 모든 것이, 심지어 코커의 미래마저도 재키를 가지다에 포함된다. 그렇기 때문에, 비록 그가 자신과 자신의 고용주가 다르다는 것을 잘 알고 있지만, 재키를 가지다 덕분에 생긴 어떤 따뜻함과 해방감이 새로운 코커에 대한 그의 생각에도 스며든다. 새로운 코커는 더 행복할 것이고, 새로운 코커는 소란을 덜 피울 것이고, 새로운 코커는 앨릭을 더 잘 도와줄 것이며, 새로운 코커는 하나의 변화가 될 것이다. 날씨가 달라졌네, 바다가 달라졌네, 앨릭은 흥얼거린다. 네, 그렇습니다. 브랜드 양이 대답한다. 하루에 몇 시간 일하실 수 있을까요? 코커 씨가 묻는다. 아니요, 브랜드 양이 말한다, 저는 파출부가 아니에요. 어디 나가서 일하는 건 안 합니다, 평생 나가서 일해 본 적은 없어요. 입주해서 하는 일이 아니면 전혀 생각하지 않고 있어요. 제가 집을 돌보면, 정말 제대로 돌보는 거예요, 감히 말씀드리자면 저는 석탄 난로의 화격자나 현관 앞의 마석, 그리고 진짜 은으로 만든 식기 같은 걸로 훈련된 사람이거든요. 요즘처럼 침대 시트를 세탁소에 보내는 건 상상도 못하던 시절예요, 요즘 사람들은 일의 의미를 전혀 모르죠, 네, 몰라요, 뼛속까지 게을러가지고서는. '뼛속까지'라는 말을 할 때 브랜드 양은 '식사'라는 말을 했을 때와 마찬가지로 입을 삐죽거린다. 열두 살 때 처음 일을 시작했거든요, 그녀가 말한다.

나는 그녀가 돌볼 수 있다고 생각하는 집을 안다. 리넨이 깔린 선반, 연통의 열기 때문에 숨이 막힐 것 같은 그 선반의 냄새도 안다. 빨간색 계단 카펫의 냄새, 벵골에서 사 왔다는 박제된 호랑이 냄새와 같은 그 냄새도 안다. 자극을 받은 피부를 진정시킬 때 바르는 칼라민 연고 냄새 같은, 방금 닦은 은 식기들의 냄새도 안다. 나는 다림질할 때 나는 타닥타닥거리는 작은 소리를 알고, 토스트에 잼을 바르는 소리를 알고, 욕조의 물이 빠지는 소리와 쟁반 위에 놓인 식기 소리, 현관문이 열리는 소리를 안다. 어머니라면, 이 여성을 고용하는 데 동의했을 거라는 것 역시 안다. 하지만 나는 그렇게 멀리까지는 생각하지 않는다. 나는 생각한다, 착하게 행동하자고.

올해 몇이시죠, 브랜드 양? 코커 씨가 묻는다. 정확히 예순넷이요. 예순넷, 그녀가 한 번 더 말한다, 그리고 같은 일을 오십 년 넘게 했습니다. 그 말은 불평이 아닌데, 왜냐하면 브랜드 양은 이제 더 이상 자신을 다른 여성과 비교하지 않기 때문이다. 실제로 그녀의 머릿속에 있는 어떤 감각들, 평생 고집해 온 대로 딱딱한 침대에서 잠이 들 때 종종 느끼는 그런 감각들 덕분에, 그녀는 자신이 다른 사람들보다는 자연 요소와 더 닮은 것 같다는 생각을 한다. 가끔씩 그녀는 자신이 물에 가까운 것 같다고 감정이입을 하는데, 그럴 때면 팔다리 무게가 몸통을 짓누르는 듯하고, 그것들이 마치 물보라처럼 귀찮게 하고, 그대로 떨어져 나가 물살에 휩쓸린 채 사람은 한 명도 없는 깨끗한 시냇물에 이르게 해 달라고 간청하는 것 같다. 또 다른 때, 두피가 건조해지고, 팔뚝 안쪽의 하얀 피부를 긁어서 자극을 받을 때, 혹은 이제 철조망처럼 느껴지는 스타킹에 쓸려 정맥이 부풀어 오를 때면, 그녀는 자신이 불과 자매가 된 것 같은 기분이 든다. 누구에게도 속하지 않은 채 재가 되는, 모든 것을 말려 버리고 태워 없애 버리는 불. 또 가끔은, 청소를 위해 어떤 방에 들어설 때면, 바람 또한 방을 청소하고 광을 내고 있음을 그녀는 안다. 자매 같은 그 자연 요소들과 자신의 차이, 브랜드 양이 한시도 잊은 적 없는 그 차이는, 자연 요소들은 별다른 노력 없이, 그저 존재하는 것만으로 그 역할을 해내는 반면, 그녀는 신발을 신은 발과, 점안액을 넣어 줘야 하는 눈과, 거칠어진 손으로 한다는 점이다. 그래도 여전히 집 안을 티 한 점 없이 돌볼 수 있어요, 그녀가 말한다. 당연히 그러시겠죠, 브랜드 양, 코커 씨가 말한다.

나는 착하게 행동하지 않았던 결과를 두려워하고 있음을 안다. 그 모든 결과들이 내게는 알려지지 않는다. 잘못했던 행동들과 그 결과들이 어떻게 이어지는지도 모른다. 또한 나는 잘못된 즐거움이 결국에는 실망스러운 것이 되고 마는 과정에 대해서도 모른다. 이 자리에 있던 떠돌이는, 최초에 무슨 짓을 해서 스스로 파멸의 길에 접어들었던 걸까? 그리고 그 첫걸음 후에, 그 잘못된 행동의 최종적인 결과를 피할 수 있는 방법은 없었던 걸까? 거짓말로 탈출하는 것도 가능하지 않을까? 나는 내가 할 수 있는 한 가장 확실하게, 최종적인 진실은 단 하나밖에 없음을 안다. 나머지 것들은 모두 피하거나 적당히 넘어갈 수 있다. 비행기에서 떨어지는 남자가 처한 것 같은 문제 상황이 아니다. 조정할 수 있는 시간이 분명 있을 것이다. 나의 어려움은 내가 무지하다는 것이고, 나의 어려움은 내가 하지 않았던 그 모든 일들이다.

나는 지금 내가 마치 두번째(혹은 세번째, 네번째, 다섯번째) 유아기에서 벗어나려 노력하는 것처럼, 결국 이 검은색 옷을 입고 나의 맞은편에 앉은 이 익숙한 여인, 쪼그라든 여인을 마주하고 있을 뿐임을 안다. 그녀가 익숙한 이유도 안다. 언젠가 사제관에서 식사를 한 번 했던 일과는 아무 상관이 없다. 이 여인은 내가 살았던 그 어떤 집의 하인이었을 수 있다. 그녀는 소위 말하는 착한 여인이다.

바로 생각나는 곳이 하나 있습니다, 코커 씨가 말한다, 엡섬에 있는 집인데요, 은퇴한 인쇄업자가 부인과 살고 있습니다. 이분이 뭘 인쇄했냐 하면…. 아니요, 선생님, 브랜드 양이 끼어든다, 그 일은 할 수 없습니다. 죽어도 안 돼요. 한 집에 여자는 한 명, 저는 늘 그렇게 말하고, 또 그 말을 지켜 왔거든요. 여자들은 싸워요, 어쩔 수가 없죠, 여자들 피가 그런걸요. 하지만 여자는 당신 한 명뿐입니다, 다른 직원은 없으니까요. 그 두 분이 부부라고 하셨죠, 선생님, 제가 잘못 들은 게 아니라면요, 브랜드 양이 말한다. 저는 항상 혼자 지내는 신사분만 모셨습니다, 선생님. 마지막 두 분은 성직자셨지만, 그분들만이 아니었어요. 할 수 있다면 바꾸고 싶지만, 선생님, 이젠 안 돼요, 너무 나이가 들어서. 제가 당황할 거예요. 그런 고백을 하는 동안 브랜드 양은 손을 무릎 위에 가지런히 모은 채 기도하듯 자신의 발만 쳐다본다. 앨릭은 그녀의 트레머리를 고정시켜 주는 구슬 크기의 검은색 모자 핀을 본다. 그녀의 뻣뻣한 두 다리가 그대로 앞으로 나와 있다. 사무실에 잠시 침묵이 흐른다. 나이가 든 것도 그녀의 잘못이라고, 앨릭은 생각한다. 그는 그게 변명이라고 생각하는데, 왜냐하면 그녀가 자신을 잘못된 위치에 두었기 때문이다. 그녀는 자신의 나이를 하나의 작대기처럼 만들었고, 그가 그 작대기로 그녀 자신을 때리도록 강요했다. 그가 그녀를 때리기 시작한 건 그녀 스스로 피해자가 되기를 원했기 때문이다. 씨발 나쁜 년, 앨릭은 생각한다. 그래서 어떤 자리를 원하시죠, 브랜드 양? 코커 씨가 묻는다. 돌아가신 빈 신부님은요, 그녀가 코커 씨의 질문을 무시한 채 말한다, 종종 저한테 이렇게 말씀하셨거든요. '브랜드 양, 당신이 없었으면 저는 어떻게 됐을까요?'라고요. 선생님은 신부님 친구시잖아요, 그녀가 말을 잇는다, 그러니까 늘 쉽지는 않았다는 이야기도 이렇게 할 수 있겠네요, 그래도 끝까지 제가 돌봐 드렸어요, 마치 친오빠 대하듯이 돌봐 드렸죠. 브랜드 양은 자신을 필요로 하는 사람들을 존경했는데, 그녀가 자신들을 돌보게 허락함으로써, 그들의 몸이 필요로 하는 것들을 보살피게 해 줌으로써, 그들은 그녀 본인은 상상도 할 수 없는 더 높은 무언가를, 그들의 정신이 자연스럽게 이끄는 무언가를 자유롭게 추구할 수 있었다. 제가 사제님 옷도 다 수선해 드리고, 빨래도 해 드리고, 마지막엔 면도도 해 드렸어요. 브랜드 양은 스스로도 자신을 가정부라고 칭하지만, 사실 본인이 몸을 돌보는 사람임을 알고 있다. 마지막 몇 달 동안, 사제관 높은 곳의 어두운 방은, 그녀의 관리하에, 지금은 고인이 된 사제님의 육체적 존재가 확장된 기관에 불과했을 것이다. 빈 신부님 몸 안의 각종 선(腺)들이 하는 일을, 브랜드 양은 그의 몸 밖에서 해내려고 애썼다. 그녀는 스스로에게 소심한 사람이었고, 그녀의 환상들은 그녀 안에만 머물렀을 것이다. 하지만 한 번, 병수발을 시작하고 두번째 아침에, 점점 더 자기 손을 통제할 수 없게 된 사제님이 커피를 엎지르고 그녀 자신이 공단으로 된 탁자보를 빨던 그때, 그녀는 자신의 머릿속에 있던 그 환상을 정면으로 마주했다. 그 환상의 의미는, 비록 그녀 스스로 입 밖에 내지는 않았지만, 분명했다. '주인이 먹는 것을, 내가 소화한다'는 의미였다. 빈 신부님은, 코커 씨가 말한다, 당신 같은 분이 옆에 계셔서 아주 운이 좋았던 겁니다. 그 칭찬이 그녀를 기쁘게 한다. 코커 씨도 자신이 어떤 일까지 할 준비가 되어 있는지 이해하고 있음을 암시하는 말이었기 때문이다. 그게 제 할 일인걸요, 그녀가 말한다, 제가 모시는 신사분들을 좀더 행복하게 해 드리고, 만일 가능하다면, 하나님 용서하세요, 때가 되면 좀더 편안히 보내 드리는 일이요. 우리 모두 뭔가 할 일이 있어 태어난 거니까요, 그렇지 않나요? 앨릭이 헛기침을 하고 브랜드 양과 코커 씨가 모두 그를 돌아본다. 앨릭은 이전에는 면담 중에 감히 그런 짓을 할 수 없었다. 그것은 새로운 코커를 축하하는, 그리고 나이 든 마녀의 마법을 물리치는 방법이다. 또한 헛기침을 함으로써 그녀를 다시 한번 마지막이라고 부르지 않아도 된다. 당연히 그렇죠, 코커 씨가 말한다.

나는 이제 맥브라이드 부인을 가정부로 쓸 수 있다는 것을, 지금껏 살아보지 못한 방식으로 살 수 있다는 것을 안다. 너무 늦은 것은 아니다. 하지만 한 번도 되어 보지 못한 모습이 되는 것, 나 자신이 되는 것이 나를 두렵게 한다. 돌아갈 수 없을 거라는 점도 안다, 나의 새로운 행동들(처음이기 때문에 어린이처럼 서투를 그 행동들)이 가지고 올 결과들이 내가 지나온 길을 닫아 버리고, 나는 지금 그토록 지긋지긋해하는 안전한 곳으로 절대 돌아오지 못할 것이다. 나는 위험 자체에는 끌리지 않는다, 전혀 아니다, 위험은 단 하나 남은 진실, 바로 내게 그런 일이 일어나고 있다는 진실에 대한 직접적인 위협이다. 나는 위험을 싫어한다, 그것은 일종의 모욕이며, 스스로를 즐길 능력이 있는 존재, 누구에게도 해를 끼치지 않고, 살고 싶은 대로 살고 배우고, 자신의 생각을 기꺼이 나누는 존재로서의 내 자격을 무시하는 것

코커의 자유

이다. 내가 안전한 나의 삶을 지긋지긋해하는 것은 그것이 안전하기 때문이 아니다. 내가 안전한 나의 삶을 지긋지긋해하는 것은 더 이상 거기서 아무런 확신도 얻을 수 없기 때문이다. 그 삶은 더 이상 나를 달래 주지 않는다. 그 삶은 더 이상 내가 어딘가에 속해 있다는 느낌을 주지 않는다. 나의 안전은(그것이 실제로 사실이라면) 사고와 혁명과 미치광이들과 침입자들을 차단했기 때문에 내 삶은 안전할 수밖에 없다고 스스로 믿도록 만드는 지경에 이르렀다. 내가 즐기는 안전함은 사방으로 뻗어 나가 평평한 공원이 된다. 놀라운 일은 하나도 없고, 어디에서든 내가 정기적으로 다니는 길들을 모두 볼 수 있다. 밴스테드의 박공지붕 집에서 에디와 자일스를 만나는 기차역까지, 클래펌 교차로에서 내가 다니는 은행을 지나 이 사무실까지, 프리메이슨 지부 모임이 있을 때면 이 사무실에서 주교관까지, 아이린에게 갖다 줄 고기를 사는 정육점에서 점심에 먹을 사과를 사는 청과물 상점까지, 공공도서관에서 시가 관리하는 화단을 지나 병원 대기실이나 보험사까지, 한 여인이 저녁 신문을 파는 모퉁이에서 사진 재료를 사는 도매상까지, 영화관에서 아크라이트가에 있는, 손을 들 때만 세워 주는 버스 정류장까지, 일요일이면 웨스트윈즈에서 골프 클럽까지, 그리고 다시 골프 클럽에서 자동차 전시장까지. 나는 나와 대화를 나누는 좋은 사람들 이름도 모두 댈 수 있다. 현관 앞의 아이린부터 해서, 기차역까지 가는 길에 늘 내 뒤에서 걷는 해리 굴드, 에디와 자일스, 은행의 로빈슨 씨, 프리메이슨 저녁 모임의 손더스 숙련공, 와섬 숙련공, 장인 크롤리, 신입 도제 글로버, 정육점의 보니스 씨, 청과물 상점에서는 늘 그 이름으로 통하는 엘시, 도서관의 티드마시 씨, 에쿼티 앤드 로의 브라운 박사와 덩커리 씨, 신문 판매상 매기, 사진가 존 아든, 오데온 영화관의 관리인 블리튼 부인, 골프 클럽의 메이저 소령, 뉴헤이븐 전시장의 관리인 E. 더필드와는 한 번도 이야기해 본 적은 없지만, 매주 신차들 사이에 세워 둔 이젤 위 반듯이 놓인 명함에서 그의 이름을 볼 수 있다. 신차들은 언제나 내가 감당할 수 없는 가격이다. 그런 것이 안전이고, 내가 살고 있는 평평한 공원이다. 얼마 전에 질문 하나가 떠올랐음을 나는 안다. 평평한 공원은 정말 그렇게 안전할까? 이 질문이 야기하는 근본적인 의심이 종종 내 머릿속에서 구체적으로 표현되기도 한다. 나는 생각한다, '이슬람 신자들이 아내를 여섯 명이나 두고도 자신이 잘못을 저지르지 않았다고 하는 것은 재미있다.' 나는 생각한다, '내가 중국에서 태어났더라면 지금쯤은 굶어 죽었을 거라고 생각하는 것은 재미있다.' 나는 생각한다, '돈이라는 것을 완전히 없애 버리면 세상이 좀더 단순해지지 않을까?' 나는 생각한다, '내가 로마인이었으면 좋겠다. 특히 그 사랑스러운 타일로 만든 목욕탕, 거의 방만 한 크기의 그 목욕탕에서, 뜨거운 물에 몸을 담그고 철학을 이야기하는 로마인들.' 나는 내가 평평한 공원을 두려워하기 시작했음을 안다. 그것은 안전에 대한 잘못된 감각을 불러일으킨다. 평평한 공원에서는 시간이 의미가 없다, 왜냐하면 그곳은 안전해 보이고, 거기 머무르는 좋은 사람들은 계속 좋은 사람들로 머무르기 때문이다. 하지만 위험은 내가 그것을 깨닫기 전에 내 삶이 끝나는 것, 그리고 내가 죽을 때까지도, 평평한 공원에서의 삶이 지닌 안전함에 대해 의문을 가지지 않는 것이다. 결국 안전한 삶, 모든 위험을 배제한 그 삶도 죽음으로 끝난다는 것은 이미 알려진 사실이기 때문이다. 내가 안전을 지긋지긋해하는 것은, 내가 더 이상 안전하지 않다는 것을 알기 시작했기 때문이며, 내가 지금 모습으로 죽고 싶지 않기 때문이며, 죽을 때는 다른 모습이기를 바라기 때문이다. 나는 착하지 않게 지낸 결과에 대해 덜 무지해지고 싶

코커의 자유

다. (나는 천당과 지옥이 있을 것 같지 않다는 것을 알지만, 운이 없을 경우를 대비해 그것들을 완전히 부정하지는 않는다. 지옥은 그때 내가 빠져들 위험에 대한 증거가 될 것이다.) 그 덫을 본 적이 있다. 아버지는 파산한 상태로 돌아가셨다. 하지만 나는 법을 어길 필요는 없다. 나는 정부와 프랑스로 비밀 여행을 갈 필요도 없고, 위스키를 상자째 마실 필요도 없고, 경마에 돈을 걸거나 여배우와 저녁을 먹을 필요도 없다. 내가 원하는 착하지 않은 짓이란 소박하고, 자연스러운 것이고(나는 감히 그것이 자연스러운 것이라고 할 수 있다), 거의 안전한 것이다. 어쩌면 그것이 평평한 공원에서의 삶보다 더 안전할 수도 있다. 나는 나를 속박하지 않는 여인을 원한다. 우리가 섹스를 할지는 그녀가 얼마나 엄격한지에 달렸다. 섹스 자체만 놓고 보면, 그게 꼭 필요한지는 모르겠다. 나는 맥브라이드 부인과 함께 지내기를 원한다. 친절한 사람, 귀를 기울이는 사람, 내게 보상을 해 주는 사람, 나의 안녕을 보살펴 주는 사람, 나를 약 올리는 사람, 내 목욕물을 받아 주는 사람, 너무 많이 웃는 사람, 손이 따뜻한 사람, 야위지 않은 사람, 그리고, 그녀가 착한 사람이기 때문이 아니라 그것이 그녀의 일이고, 우리가 작은 약속을 할 것이기 때문에, 그녀의 보살핌으로 나를 감싸서, 적어도 내가 아이린이나 해리 굴드, 에디, 자일스와 그밖에 내가 아는 착한 사람들로부터 잊히게 해 줄 수 있는 사람, 그녀와 함께 내가 사라질 수 있는 사람. 나는 나만의 집, 내가 혼자 있지 않고 또 뭐든 할 수 있는 집을 원한다. 나는 내가 자연스러운 사람임을 안다. 그건 안다. 하지만 이것들 중 단 하나도 내가 계획하거나 생각한 것은 아니다. 조심해야지, 나는 생각한다.

당연히 그렇죠, 코커 씨가 한 번 더 말한다. 그래서 급여는 어느 정도로 원하시나요, 브랜드 양? 삼 파운드 십에 숙식 제공이요, 그녀가 속삭인다. 브랜드 양은, 경력이 경력인 만큼, 그보다 두 배 정도를 요구할 수 있다는 것을 알고 있다. 하지만 브랜드 양에게는 한 가지 사라지지 않는 두려움이 있다. 그것은 죽음에 대한 두려움이 아니라, 자신을 고용할 신사분을 찾지 못하고 가정에 들어가지 못하는 상황에 대한 두려움이다. 비정상적으로 낮은 임금을 요구하면서 그녀는 특별히 분류된다. 그 덕분에 그녀는 일종의 봉사자가 되고, 스스로 봉사자가 됨으로써 자신이 봉사를 받게 되는 상황, 그녀가 두려워하는 그런 상황에 맞설 수 있게 된다. 양로원을 지날 때마다 고개를 돌려 버리는 그녀의 버릇, 심장 박동이 빨라지고 손바닥에 땀이 나는 것에는, 어린 소녀가 한밤에 공동묘지를 지날 때 두려움을 느끼는 것과 마찬가지로, 합리적인 이유가 없다. 합리적인 이유는 없지만 거기에는 대단한 고집이 있다. 고아원에서 자란 그녀는, 봉사가 어떤 것인지 평생 잊지 않았다. 그곳에서 청소와 바느질하는 법, 기도하는 법과 다른 여자들을 미워하는 법을 배웠다. 그리고 이제, 맨 처음 경험했던 것과 똑같은 식으로 자신의 삶을 마감하는 것에 대한 두려움, 눈멀고 귀먹은 그런 시설에 대한 두려움이, 본인 다리의 통증을 잊게 할 만큼, 쓰러질 때까지 일을 하겠다는 결심을 할 만큼 크다. 고아원에서 배운 교훈 중 하나는 하나님이 모든 것에 대한 이유를 마련하셨다는 것이었다. 지금 그녀는 자신이 다른 누군가를 돌본다면, 하나님에게는 그녀가 다른 사람의 돌봄을 받게 할 이유가 없어지는 거라는 생각으로 위안을 받는다. 그리고 그녀가 돌보는 신사분의 야심이 크면 클수록, 그의 주변 환경이 잘 정리될수록, 하나님이 그녀의 일이 지닌 특별한 가치를 못알아보거나, 그녀를 다른 사람으로 대체할 필요도 줄어든다. 그녀는 급여를 삼 파운드 십만 요구함으로써, 하나님도 그녀를 대체 불가능한 사람으로 여길 거라고 믿는다. 작업복이랑 앞치마도 제가 다 가지고 있습니다. 삼 파운드 십이라, 코커 씨가 지나치게 낮은 요구라는 것을 전혀 티내지 않는 목소리로 말한다. 마치 삼 파운드 십이 가정부에게 지급하기에는 그 누구에게도 큰 금액이었던 십오 년 전의 목소리를 다시 찾은 것만 같다. 일은 당장 시작하실 수 있습니까, 브랜드 양? 반쯤은 확정되었다는 속뜻이 그녀에게도 전해진다. 그녀는 스스로에게 코커 씨가 자신을 도와줄 신사라고 늘 생각하고 있었다고 말한다. 아, 그럼요, 그녀가 말한다, 내일부터 당장 할 수 있어요. 보시다시피 다른 일도 없고요. 지금은 어디서 지내시죠? 코커 씨가 묻는다. 사제관에 일주일 더 머무르고 있습니다. 새로 오신 사제님이, 선생님도 만나 보셨겠지만, 결혼하신 분이거든요, 다른 지낼 곳을 찾을 때까지 보름 정도 더 머물러도 좋다고 하셔서요. 그게 지난주였으니까, 제가 아직 일주일 정도는 다른 곳을 찾아볼 시간이 있습니다. 사제님 말씀을 듣고 언제든 나올 수 있게 짐은 싸 뒀으니까, 다른 곳이 정해지면 거기서는 단 일 분도 더 머무르지 않을 거예요. 새 사제님 말투가 전혀 마음에 들지 않거든요, 게다가 그분은 절차나 형식을 중시하지 않아요. '어디 봅시다,' 그분이 저한테 그렇게 말하더라고요, '봅시다, 브랜드 양, 당신을 여기 보름 더 머물게 하지 않을 이유가 없겠네요'라고요. 그게 십오 년 동안 일한 제가 받은 유일한 인사란 말이죠. 코커 씨가 끼어든다. 요리는 좋아하시나요? 그가 묻는다. 재미있는 질문이네요, 브랜드 양이 말한다, 모르겠어요, 확신할 순 없지만 꽤 괜찮은 요리들을 할 줄 압니다, 그런 말을 종종 들었어요. 치즈 수플레, 코커 씨가 말한다, 치즈 수플레는 어떠세요? 브랜드 양은 코커 씨가 무슨 유치한 두려움을 고백하기라도 한 것처럼 그를 바라본다. 그런 걸로 걱정하고 싶지 않으시겠죠, 그녀는 치즈 수플레가 무슨 마카로니 치즈라도 되는 것처럼 생각하고 말한다, 저는 항상 요리 칭찬을 받았습니다, 항상요. 코커 씨는 눈을 내리깔고 잉크병의 놋쇠 뚜껑 부분을 만지작거린다. 브랜드 양, 그가 말한다, 제가 아는 신사분 중에 관심을 가지실 만한 분이 있습니다, 혼자 지내는 분이고요. 브랜드 양은 미소를 지으며 손을 들어 자신의 검은색 모자가 바로 있는지 확인한다. 어디쯤 사시는 분일까요? 삼 파운드 십을 말할 때처럼 속삭이는 목소리다. 여기서 아주 가깝습니다, 코커 씨는 코끝을 만지며 말한다, 물론 정확한 위치를 말씀드릴 순 없지만요. 그가 어깨를 으쓱해 보인다. 이미 다른 분을 찾았을 수도 있고요. 제가 직접 가서 만나 뵐 수 있을까요? 브랜드 양이 묻는다, 보시다시피 다른 할 일도 없으니까요. 아쉽지만, 코커 씨가 말한다, 지금은 안 계실 겁니다. 그럼 온종일 밖에서 일하시는 분인가요? 브랜드 양이 묻는다. 코커 씨는 의자에 등을 기댄 채 손끝으로만 마호가니 책상의 경사진 모서리를 짚고 있다. 솔직히 말씀드리겠습니다, 브랜드 양, 어쩌면요, 확실하다고는 전혀 말씀드릴 수 없지만, 어쩌면 제가 가정부가 필요할지도 모르겠습니다. 선생님이요? 브랜드 양이 말한다. 네, 코커 씨가 말한다. 안 돼, 앨릭은 생각한다, 안 돼, 미쳤거나, 아니면 덫을 놓는 거야, 새로운 코커가 진심으로 여기서 이 마녀 같은 할머니와 살 생각은 아닐 거야. 그는 앞서 떠올렸던 말장난의 두번째 구절도 기억하고 있다. '밴디 브랜디를 울린(fiddle) 건 뭐지? 사제님의 몸통(middle)이지.' 아이들의 말장난도 더 이상 그를 웃게 하지 않는다, 웃음은커녕 미소 짓게 하지도 않는다. 이제 그에겐 그 말장난도 저속한 것으로, 그녀에게 이곳에 들어와 지내라고 하는 코커의 제안만큼이나 저속한 것으로 느껴진다. 차라리 사무실 일과가 더 나았다. 그는 코커가 새로운 계획을 세우지 않기를, 이전의 코커로 그대로 지내기를 진심으로 바라고 있다. 이 여자가 같은 공간에서 같은 사람을 위해 자신과 함께 일하는 것보다는, 아예 코커가 없는 편이 더 나을 것 같다. 댁이 여기서 먼가요? 브랜드 양이 묻는다. 일 미터 반 떨어진 곳에 회색 정장을 입고 있는 남자를 바라보며, 그녀는 그에게 익숙해지기까지 얼마나 걸릴지 계산해 본다. 그녀는 미래의 그의 모습을, 마치 기억 속에 자신이 돌봐 주었던 아기들을 떠올리는 늙은 간호사의 심정으로 그려 보고, 간호사와 똑같은 표현, '내 담당'이라는 표현을 떠올린다. 제가 아마 여기서 지낼 것 같습니다, 코커 씨가 말한다, 말씀드렸지만 확실하다고 할 수는 없습니다, 여러 가지 사정이 있어서요, 하지만 가정부가 필요해지면, 당신이 기꺼이 해 주실 수 있을 걸로 기대해도 될까요? 그러셔도 됩니다, 브랜드 양이 말한다. 그녀는 빈 신부님이 죽음을 앞두고 자신에게 유언장의 증인이 돼 주기를 부탁하면서, 오십 파운드밖에 남겨 주지 못해서 미안하다고 말했을 때 이후로, 지금이 가장 행복하다. 저희가 서로 모르는 사이도 아니니까요, 돌아가신 신부님 친구셨잖아요. 코커 씨는 서랍을 열었다가, 아무것도 하지 않고 다시 닫고는 말한다. 여쭤볼 게 있는데요, 브랜드 양, 걱정이 되시나요? 밤에 혼자 있는 상황도 괜찮으신가요? 그녀는 그 질문이 조금 부적절하다고 생각한다. 그건 아주 감상적인 소년이 주방 문앞을 기웃거리며 하녀에게나 물어볼 법한 질문이다. 그건 그녀에 대한 부적절한 관심을 드러내는 질문이다. 하지만 가정이라는 것이 원래 그런 질문보다는 천 배쯤 부적절한 곳이다. 전혀요, 그녀가 대답한다. 건강은 괜찮으시죠, 브랜드 양? 수면장애에 시달리시는 건 아니죠? 그게 뭐예요? 그녀가 말한다. 잠을 잘 못 주무시는 거 말입니다, 코커 씨가 설명한다. 아뇨, 아뇨, 그녀는 거짓말을 한다, 다리가 좀 불편하긴 하지만 그게 다예요, 익숙하기도 하고요. 좋습니다, 좋네요, 코커 씨가 말한다, 급여는 삼 파운드 십에, 일주일에 하루는 반일 근무입니다. 저는 절대, 브랜드 양이 말한다, 저녁에 외출하지 않습니다, 어두워지면 집 안에 있는 게 좋아요. 하지만 네, 선생님, 일주일에 하루는 오후에 쉬고, 물론 일요일에는 교회도 가고요. 코커 씨는 심문하는 사람처럼 몸을 앞으로 기울인다. 제가 잘못 안 게 아니라면, 그가 말한다, 돌아가신 빈 신부님은 술을 전혀 못하는 분이었습니다. 네, 그러셨죠, 그녀가 확인해 준다, 한 모금도 드시지 않았어요, 제가 있는 동안 집 안에 술은 한 방울도 없었습니다. 그건 맹세할 수 있어요. 당신은 어떠세요, 브랜드 양, 전혀 안 드십니까? 코커 씨는 입가에서 손가락을 까딱이며 묻는다. 저도 그다지 즐기지는 않습니다, 브랜드 양이 말한다. 그런 다음 코커 씨의 얼굴에 의심의 표정이 떠오르는 것을 보고는, 자신의 대답이 지나쳤는지 아니면 부족했는지 확신하지 못한 채, 틀에 박힌 대답을 한다. 모시는 신사분마다 각자 생각을 갖고 계실 테니까, 그건 제가 간섭할 게 아니죠. 절대요. 당연히 그렇죠, 브랜드 양, 그러니까 집 안에서 술을 마시는 것에 반대하는 것은 아니시죠? 그녀는 코가 크고 눈매가 부드럽고 분홍색 귀 옆의 회색 머리칼이 살짝 긴 듯한 얼굴을 바라보며, 그것이 술꾼의 얼굴인지 궁금해한다. 살짝 처진 부드러운 볼살이 걱정된다. 그녀는 도덕적으로 엄격한 사람은 아니다. 누구에게서나 약점은 질병처럼 갑자기 튀어나올 수 있는 거라고 생각한다. 약점으로부터 그를 구해 줘야죠, 하고 그녀는 말할 것이다. 혹은, 멈추게 할 순 없어요, 그게 그의 약점이고 결국 그 약점이 그를 죽이겠죠라고. 남자들의 약점은, 브랜드 양이 보기에는, 폐결핵 같은 것이다. 코커 씨의 볼살을 보며 그녀가 걱정하는 건, 거기서 암시되는 추상적인 도덕 기준이 아니라, 코커 씨가 술

코커의 자유

을 마신 결과, 높은 이상을 추구하기를 포기하고, 제대로 된 식사를 하는 주인이 아니라 그녀 자신과 같이 그저 배설하는 기계가 되는 상황이다. 그럴 생각은 전혀 없습니다, 그녀가 말한다. 좋습니다, 좋아요, 코커 씨가 말한다, 말씀드렸듯이 필요없을 수도 있습니다, 제가 가정부가 필요없게 될 수도 있지만, 분명 말씀드리지만 이틀 안에는 여부를 알려 드리겠습니다. 알겠습니다, 브랜드 양이 말한다, 보시다시피 제가 다른 할 일이 없으니까, 선생님이 좀 전에 말씀하신 다른 신사분을 뵐 수 있을 것 같은데요, 하루 종일 일하신다는 그분이요. 보통은 밤에 외출하는 건 좋아하지 않지만 오늘 저녁에라도 가서 뵐수 있습니다. 코커 씨는 웃음을 터뜨리며 귀 옆으로 머리칼을 쓸어내린다. 앨릭은 그의 뒤통수를 바라보며 바보라고 표시한다. 그건 농담이었습니다, 코커 씨가 말한다. 무슨 말씀이신지? 브랜드 양이 혼란스럽다는 듯이 말한다, 말씀하신 다른 신사분이 사실은 선생님이었다는 뜻인가요? 그렇습니다, 코커 씨가 말한다. 그러니까 연락 주신다는 거죠? 브랜드양이 말한다. 네, 그렇습니다, 코커 씨가 말한다. 여인은 엉거주춤 자리에서 일어난다. 그녀의 다리는 마치 그녀의 작업 도구인 삽처럼 느껴진다. 그녀는 주변을 둘러보고는 앨릭이 내내 듣고 있었음을 확인한다. 청소도 좀 해야 할 것 같네요, 그녀가 말한다, 괜찮으면 온 김에 다른 방들도 좀 둘러봐도 될까요? 그녀는 자신의 일이 얼마나 될지 파악하고, 건물 안의 다른 여자들을 피할 수 있는 자신만의 은신처를 알아보고 싶다. 그건 어렵겠습니다, 코커 씨가 말한다, 다음에 보시죠. 그가 그녀를 배웅한다. 그녀는 돌로 된 복도를 절뚝이며 걸어간다. 다리가 불편한 사람들의 걸음걸이가 그렇듯, 너무 천천히 움직여서 늘 발이 땅에 붙어 있는 것 같은 걸음걸이다. 코커 씨는 그녀를 잠시 지켜보다가 돌아온다. 그가 돌아오자마자 앨릭이 말한다. 저분은 어릴 때부터 아는데요. 응, 코커 씨가 애매하게 대답한다. 분명 말씀드리는데, 앨릭이 말한다, 미친 여자예요, 완전 또라이라고요. 좀 전에 다른 여자를 보고도 미쳤다고 했잖아, 빨간 머리 여자 말이야. 그 여자가 미친 정도라면 이 여자는 완전 깜짝 놀랄 정도라니까요, 저 여자가 밤에 뭐하는지 아세요? 양동이마다 찬물을 가득 받아 놓고, 창가에서 기다리다가 고양이들이 그 짓을 시작하면 그대로 뿌리는 거예요. 완전 미친 노처녀라고요, 어찌나 심술궂은지, 제가 두서없이 이야기하고 있는 건지도 모르고 제 일도 아니지만요, 꺼지라고 하면 그냥 나갈게요. 하지만 저 여자는 진짜 골칫거리고, 사장님이 여기서 지내면서 저 여자에 대한 이야기를 듣게 되면 아실 거예요, 여기저기 상점 돌아다니면서 공짜로 얻을 게 없나 살피고요, 또 일요일에 교회에서는요, 제 친구가 그러는데, 다른 사람들이 모두 무릎을 꿇을 때도 혼자 꼿꼿이 서 있대요. 저 여자에 대해 알고 나면 절대 쓰지 못할 거예요, 정말요, 그러시면 안 된다고요. 코커 씨가 대답한다, 아직 결정한 것도 아니잖아, 앨릭, 기다려 보자고. 하지만, 앨릭이 말한다, 하지만 왜 저 여자를 고용할 생각을 하셨는지 모르겠네요, 저 여자보다 나은 가정부가 백만 명은 있잖아요. 노처녀에 몸도 안 좋고, 머지않아 양로원에서 보살핌을 받아야 할 사람이에요. 삼 파운드 십만 달라는 가정부가 백만 명이나 있는 게 아니잖아, 코커 씨가 말한다.

제2부
랜슬럿 경 코커

1

같은 날 오후 두시, 한 소년과 노인이 코커의 사무실과 대기실 바로 위에 있는 방에 서 있다. 계단을 세 번 내려오면, 도로로 향한 건물 입구는 닫혀 있다. 지나가는 사람들은 아무도 입구에 붙은 안내 문구를 볼 수 없다. '일자리를 원하십니까? 여기 있습니다. 올라오세요.' 코커 씨는 오후에 사무실을 닫았고, 앨릭에게 가구 몇 점을 위층으로 올리는 것을 도와 달라고 했다. 천장까지 쌓인 가구들이 방의 사분의 삼을 채우고 있다. 코커 씨는 회색 트위드 재킷을 벗고, 이런 만약의 상태를 대비해 몇 년 동안 주방 장식장에 보관하고 있던 기다란 갈색 작업복을 입었다. 작업복 차림의 그는 작은 공구상 점원처럼 보인다. 애드버타이저 사에 들렀다가 점심을 먹고 막 돌아온 앨릭은 여전히 가죽 재킷을 입고 있다. 방은 춥고 차가운 냄새가 난다. 오랫동안 방치된 좀약과 목재, 천의 냄새다.

앨릭은 이제 막 꽃집에서 재키를 보고 온 참이다. 처음에는 그저 판유리 창문 너머로만 지켜보았는데, 주머니에 손을 넣은 상태에서 그의 가슴이 뛰었다. 그녀는 모피 모자를 쓴 몸집이 큰 여인을 위해 수선화 다발을 흰색 포장지로 싸고 있었다. 손님과 함께 있으니 재키는 아주 작아 보였지만, 앨릭의 눈에는 완벽해 보였다. 최근에 그녀는 자주 머리를 올리고 다녔다. 창을 통해서이긴 하지만 앨릭은 그녀의 뒷목을 볼 수 있었다. 가운데 부분을 따라 움푹 들어간 자리, 그의

113

혀와 모양과 크기가 거의 같은 그 자리다. 마치 그의 혀가, 그가 의식하지 못하는 어느 시점에, 바로 그 자리에 모래 속 거북이처럼 놓여 있었던 것만 같았다. 그가 그녀 목의 그 자리를 핥으면, 너무 짧아서 한데 모여 위로 쏠리지 못하고 말린 채 늘어져 있던 솜털들이, 곧게 펴지며 색깔도 짙어지고 피부에 밀착한다. 꽃집의 점원 세 명은 모두 군인들이 훈장을 거는 자리에 '립슨스'라는 글씨를 수놓은 녹색 원피스를 입어야 한다. 재키가 입고 있는 녹색 원피스의 '립슨스' 아래에 그녀의 왼쪽 가슴이 있다. 어젯밤 그녀는 브라를 마지막에 벗었다. 브라를 벗고 나자 그녀는 완성되었다. 하이스트리트에 그렇게 서 있던 앨릭은, 진열장 선반에 전시된 히아신스를 감상하는 것처럼 보였지만, 실제로 그는 자신의 비밀이 지닌 가치에 마음껏 놀라고 있었다. 그녀는 그 비밀 위에 '립슨스'라고 적힌 원피스를 입고 있고, 꽃집 여주인이나 다른 점원(안경을 쓴 중년 여성이다)은 물론, 거리를 지나는 그 누구도, 꽃집 옆 담배 가게의 뚱뚱한 주인도, 그때 그녀가 어떤 모습인지, 그녀가 브라를 벗고 나면 어떤 모습인지 알지도, 상상하지도 못한다. 그들의 무지와 그가 지닌 비밀 사이의 차이, 겉모습과 진실 사이의 차이가 이전에는 그에게 그 정도로 낯설게 느껴지지 않았다. 그건 일종의 무대의상 같은 거라고, 그는 생각했다, 그 의상을 입고 나면, 그것을 입고 있는 내내 연극을 하는 기분이지만, 재키와 그를 제외하곤 아무도 그것이 연극임을 알지 못한다. 대부분의 사람들은 늘 연기를 한다, 코커처럼 연기하고, 차를 마시고 있는 꽃집 여주인처럼 연기하고, 모피 모자를 쓴 여인처럼 연기한다. 앨릭은 꽃집 앞 거리를 내려다보고, 꽃집 간판을 쳐다보고, 쇼핑객들과 자신을 향해 다가오는 버스를 바라보고, 그의 손은, 오른손의 다섯 손가락은 확신을 얻고 싶어 했다, 그 연극은 다시 그녀의 가슴을 감싸 쥠

코커의 자유

으로써 연극이 될 수 있다는 확신을. 전날 밤 이전에도 블라우스 속으로 손을 넣어 그녀의 가슴을 만져 본 적은 있었지만, 그 가슴의 느낌은 달랐다. 전에는 뭔가 물 밑에 있는 것 같은 느낌이었고, 그의 손도 바닷속에 있는 것 같았다. 하지만 어젯밤 그녀의 가슴은 방 안에 놓인 화병이나 음반, 혹은 새 신발 같았다. 모피 모자를 쓴 여인이 꽃집을 나오고 앨릭이 들어갔다. 다른 점원, 안경을 쓴 나이 든 점원이 그에게 다가왔다. 재키가 몸을 돌려 그를 발견했다. 재키는 주인이 알면 소리 지르고 쫓아낼 거라며, 앨릭에게 절대 꽃집 안으로는 들어오지 말라고 했었다. 자기는 코커 씨 직업소개소에 아무 때나 와도 돼, 앨릭은 대답했다, 사장님이 말도 안 되는 소리를 하면 나는 안 듣거든. 하지만 그녀는 오지 않았다. 괜찮아요, 백스터 언니, 재키가 다정하게 말했다, 저는 점심 다 먹었어요. 백스터 양은 선인장과 고무나무 뒤로 돌아가 샌드위치를 집어 들었다. 주인은 침울한 표정으로 찻잔 너머 젊은 한 쌍을 노려보았다. 제비꽃 있을까요?라고 말을 하며 자신의 얼굴이 달아올라서 앨릭은 놀랐다. 재키는 표정으로 두 가지 뜻을 동시에 전하려 했고, 둘 다 제대로 전해지지 않았다. 그녀는 그를 보며 미소를 짓고 싶었고, 고개를 저으며 경솔한 말은 하지 말라고 경고를 주고 싶었다. 이쪽이요, 그녀는 그렇게 말하며 항공기 승무원처럼 반대편 창 쪽으로 움직였다. 그쪽에는 은색과 파란색으로 칠한 너도밤나무잎을 잔뜩 꽂은 화병이 있어서 주인의 눈을 피할 수 있었다. 재키는 이제 표정으로 세 가지 뜻을 한꺼번에 전했는데, 이번에는 눈길을 피할 수 있어서, 대놓고 부끄럼 없이 했다. 그녀는 그에게 키스하려는 마음과, 놀라서 숨을 내쉬려는 마음, 그리고 그에게 조용히 하라고 한 번 더 경고를 주려는 마음을 전하기 위해 눈을 반쯤 감은 채 입을 삐죽이 내밀었다. 앨릭은 '립슨스'를, 그녀의 가슴

곡선을 따라 흰 그 글씨를 내려다보았다. 그녀는 '립슨스' 바로 아래로 제비꽃 한 다발을 들어서 보여주었다. 예쁘네요, 얼마예요? 앨릭이 말했다. 자기 목소리가 연극 속의 목소리처럼 들렸다. 십팔 펜스요, 그녀가 말했다. 그제야 그는 꽃값에 대한 장난을 이해했다. 꽃값을 내려면 그는 그날 아침 여섯시에, 부족한 커피값에 보태라고 그녀가 준 반 크라운 동전을 써야만 했다. 그는 주머니에 들어 있는 반 크라운 동전을 쥐었다. 그는 얼른, 뭔가 큰 소리로 할 수 있는 말을 열심히 생각했다. 떠오르는 말은 '숲에서 자라는 건가요?'밖에 없었다. 하지만 그 말은 웃기고 자연스럽지 않게 들릴 것 같다고 판단했다. 그는 그냥 그 자리에 서서, 눈을 반쯤 감은 채 활짝 미소만 지었다. 재키는 그보다 훨씬 침착한 모습으로, 자신의 마음을 얼마나 드러낼지 정확하게 판단하는 것 같았다. 주인이 보는 곳에서 그녀는 그를 손님처럼 대했다. 주인이 볼 수 없는 곳에서는 어제 아침 비슷한 상황에서 했던 것처럼 행동했다. 그녀는 그를 은밀한 숭배자처럼 대했다. 하지만 가게에서 그녀는 어젯밤 자신들 두 사람에게 있었던 일과 그 변화에 담긴 비밀을, 어떤 일이 있어도(심지어 그에게도) 드러내지 않을 것이었다. 그녀에겐 명예가 걸린 문제였다. 어떤 의미에서 그건 지금까지 그녀 스스로 익혀 온, 그리고 거리에서, 영화관에서, 텔레비전에서, 친구들 사이에서 계속 배워온 처세술을 확인해 볼 최고의 시험대였다. 구 년 전, 그녀가 여덟 살 때부터였다. 곧장 물에 담가야 합니다, 재키가 말했다. 앨릭은 키스를 하는 시늉을 어색하게 입으로 해 보였다. 그는 가게에서 그녀가 인정하지 않으려고 마음먹은 것들을 모두 그녀에게 일깨워 주고 싶었다. 그녀는 기다리기를 원했다. 그는 바로 그때 그 자리에서 그녀를 끌어당겨 안고, 달콤한 진실을 다시 한번 증명해 보고 싶었다. 그 또한 스스로 준비해 온, 지

코커의 자유

난 십여 년 간 농담과 이야기들, 사진이 있는 책들, 허풍들, 공원에서의 멱살잡이들, 꿈들을 통해 준비해 온 진실이었다. 오늘 밤까지 계속 피어 있을까요? 그는 자신의 귀에도 너무 또렷하게 들리는 목소리로 물었다. 오래, 아주 오래 피어 있을 거예요, 그녀는 그가 가게에 들어온 후 처음으로 그의 눈을 똑바로 쳐다보며 대답했다, 제대로 돌봐 주기만 하면요. 그는 주머니에서 반 크라운 동전을 꺼냈다. 자기 거야, 그가 동전을 건네며 속삭였다. 두 사람은 어젯밤 두 시간밖에 자지 못했고, 그녀는 다섯시에 일어나 그에게 아침을 차려 주기 위해 주방으로 내려왔고, 그는 차와 계란을 먹으며 한 번 더 그녀의 가슴을 보기 위해 자꾸만 그녀의 흰 가운을 어깨까지 내렸고, 그가 막 나서려고 하고 그녀는 자전거가 놓인 현관 앞 복도에 추위를 느끼며 서 있을 때, 그는 자신이 돈이 없다는 것을 떠올렸고, 그녀는 다시 위층으로 달려 올라가 지갑에서 반 크라운 동전을 꺼내 왔고, 그는 그녀가 계단을 내려오던 모습을, 머리칼을 풀어헤친 채 벌어진 가운 사이로 다리가 보였다 말다 하는 모습과, 그에게 동전을 건네던 모습을 생생하게 기억하고 있었고, 그는 꽃집에서 녹색 원피스를 입고 올림머리를 한 채 '립슨스' 아래에 있는 아가씨가, 어젯밤 새로 발견된, 새롭게 완벽해진 그 아가씨, 자신의 재키와 같은 사람이라는 사실이 너무 기뻤고, 이제 그녀에게 그는 반 크라운 동전을 건넸고, 그녀가 금전등록기가 있는 쪽으로 가게를 반이나 가로질러 간 후에야 그는 그곳은 자신이 제비꽃을 사고 있는 가게이며, 자신과 재키가 실제로 십팔 펜스를 잃어버렸음을 깨달았다. 마치 축하라도 하듯 금전등록기가 띠링 울렸다. 그녀가 잔돈을 내줄 때, 그는 그녀의 손가락을 잡고 세게 쥐었다. 그녀가 어깨 너머로 뒤를 살폈다. 주인은 가게 뒤쪽으로 나가고 없었다. 백스터 양은 여전히 고무나무 뒤에서 샌드위치를 먹고 있었다. 그녀는 그에게 손을 맡긴 채 그대로 자신의 몸에, 아랫배 쪽에 가만히 갖다 댔다. 그의 다른 손에는 제비꽃이 들려 있었다. 하지만 일 초 만에, 그녀는 그에게서 벗어났다. 여자친구분이 좋아하셨으면 좋겠네요, 그녀는 큰 소리로, 그럴듯하게 들리도록 약간 비아냥거리는 투로 말했다. 마침내 앨릭은 무슨 말을 할지, 어떻게 말해야 할지 알았다. 뭐야, 우리 둘이서 누구든 속일 수 있는 거잖아, 그는 자랑스럽게 생각했다. 둘은 한 팀이었다, 그와 재키는. 문을 나서며 그가 말했다, 마음에 안 들어 하면 환불 요청하겠습니다! 그가 웃었다. 돌아보았을 때 재키는 그에게 등을 보인 채 백스터 양과 이야기를 나누고 있었다. 그는 그녀의 다리를 훔쳐보며 멀리서 감상했다. 그녀를 전혀 모르는 상태였다고 해도, 여전히 그녀와 자신은 백만 번에 한 번 나올 정도의 한 쌍이라고 생각했을 것이다.

이제 계획이 있어야겠는데, 코커 씨가 말한다. 계획이 필요하지 않을까? 그렇지?

이 방은 어디에 쓰시게요? 앨릭이 묻는다.

나나 가정부가 침실로 쓰겠지, 이 방이랑 저기 뒤에 있는 방 중에 선택하면 될 거야.

뒤에 있는 방이 더 조용할 것 같은데요, 그렇죠?

하지만 이 방이 더 크지. 코커 씨는 문 쪽으로 다가가 층계참을 지나 뒷방으로 간다. 그의 구두 소리가 카펫을 깔지 않은 잿빛 나무 바닥에 울린다. 두 사람은 문간에 서서, 창문 반대편 벽에 세워 둔 전신 거울을 제외하고는 아무것도 없는 방을 살펴본다. 창틀의 도르래 줄 하나가 망가진 채 늘어져 있다. 작은 벽난로의 화격자에 노랗게 색이 바랜 신문지가 들어 있다. 천장에는 등이 하나 달려 있다. 앨릭은 스위치를 올려 본다.

들어오네요, 그가 놀란 목소리로 말한다.

들어오는 거 알고 있었지, 코커 씨가 말한다, 물도 잘 나와. 그는 층계참에 있는 세번째 문을 열고 욕실에 들어가 욕조의 물을 틀어서 앨릭에게 보여준다. 욕조는 갈라졌고 바닥의 검은 얼룩은 나방처럼 보인다. 수도꼭지 하나에서 나오는 물은 녹이 섞인 갈색이다. 나방들은 물에 젖어도 움직이지 않는다.

그리고 보일러도, 코커 씨가 말한다.

네? 앨릭이 말한다.

이 주 전 일요일에 내가 와서 틀어 봤어, 그냥 확인해 보려고. 변화를 시도할 때는 우선 모든 것이 준비되어 있는지 알고 싶으니까. 그게 비밀이야. 할 수 있으면 가구도 들여놓으려고 했는데, 그건 못했네.

수도꼭지에서 흘러내린 물이 욕조 끝까지 흐르다가, 거기서 방향을 바꾼 다음 소용돌이를 일으키며 배수구로 흘러들어 사라진다.

재키의 꽃집에서 사무실로 돌아오는 길에 앨릭은 빵집을 지났다. 그는 재키에게 코커 씨의 오늘 아침 모습에 대해 이야기하고 싶었다. 그것이 말해지는 것을 듣기를 원했고, 그것이 이야기가 되기를, 그래서 과장되고 달라질 수 있기를 원했다. 그는 코커를 가망 없고 미친 사람처럼 묘사하기를 원했다. 이야기 안에서 코커는 농담거리가 되었고, 심지어 그의 이름마저 이야기에선 농담거리가 되었다. 코커가 화난 표정으로 앨릭을 돌아봤던 일, 앨릭은 그 이야기를 하면서 자신이 코커의 그런 모습에 얼마나 개의치 않는지 보여줄 수 있다. 코커가 비엔나로 가고 앨릭을 매니저로 두겠다고 했던 일, 그는 그 부분이 얼마나 웃긴 이야기인지 보여줄 수 있다. 코커의 여동생이 나를 죽이는 거야, 오빠라고 소리 질렀던 일, 그는 그 부분을 등골이 오싹한 이야기로 만들 수 있다. 코커가 밴디 브랜디를 가정부로 쓸 생각이라고 했던 일, 그는 정말 그런 일이 일어날 것처럼 암시할 수 있다. 이야기에서 코커는 노친네가 되고, 예비는 필요 없다. 빵집 앞에 케이크와 번이 실린 승합차가 서 있었다. 두 남자가 그것들을 내리고, 머리에 쟁반을 인 채 옮기고 있었다. 앨릭은 걸음을 멈추고 지켜봤다. 그를 감탄하게 한 건, 두 남자가 어깨만 조금씩 움직이면서 그렇게 넓은 쟁반을 좁은 문 사이로 밀어 넣는 모습이었다. 코커의 사무실에 오기 전에 그는 빵집 배달원 자리를 제안받았고, 회사에서는 운전을 가르쳐 주겠다고 했다. 결국에는 그의 형 친구들 중 한 명이 건축자재상의 야적장에서 트랙터로 가르쳐 주었다. 거기 서 있는 동안, 우편함에 기대서서 쟁반을 든 채 빵집으로 들어가는 두 남자와 왔다 갔다 하는 쇼핑객들을 지켜보며, 꿈같은 생각이 앨릭에게 떠올랐다. 그는 방금 들렀던 재키의 가게를 떠올렸다. 그의 옆에 서면 아주 작은 재키를 떠올렸다. 그는 재키와 꽃집을 더 작게 만들었다. 장난감처럼 작게 만든 다음, 사람들이 있는 꽃집과 그 앞의 거리를 통째로 빵 쟁반에 올리고 본인이 그 쟁반을 들고, 바로 지금처럼, 거리를 걸어가는 모습을 상상했다. 그 상상에 미소가 지어졌다. 그 상상에서 마음에 들었던 건, 재키를 늘 자신과 함께 데리고 다닐 수 있다는 것이었다. 사무실로 돌아오는 길에, 그는 재키가 여전히 자신과 함께 있으면서 동시에 꽃집 손님들을 상대하는 모습을 상상했다. 그는 이제 그녀를 이미 일어난 새로운 일이 아니라, 앞으로 일어날 새로운 일로 생각했다. 하루의 절반이 이미 지나갔다. 그녀의 어머니가 집에 돌아왔을 것이고, 침실도 정리를 했을 것이다. 곧 저녁이 되고 두 사람은 함께 간단한 식사를 하고, 그는 코커에 대한 이야기로 그녀를 웃게 하고, 그런 다음 두 사람은 강연회에 가서 실제 코커가 어떤 사람인지 확인할 것이다. 그의 성기에 남아 있던 상처 같은 느낌이 사라졌다. 그 상처는 또 한 번 커질 것이고, 그리고 머지않아, 어떻게든, 어디에서든 두 사람은 다시 한번 섹스를 할 것이다. 그 모든 것을 앨릭은 우리가 좋아하는 곳이라고 정리를 하고 재키를 가지다에 표시했다. 그 단어를 떠올리며 그는 머리 위에 있는 양로원 정원의 나뭇가지를 움켜쥐려고 뛰어올랐다. 가지를 잡을 수 없었던 그는 웃음을 터뜨렸다. 다시 사무실에 돌아왔을 때, 우리가 좋아하는 곳을 위해 코커를 다르게 보려고 시도했다. 그는 이미 재키에게 코커 이야기를 하고 있는 것처럼 행동했다. 재키가 사무실 어딘가에 숨어 두 사람을 지켜보고 있는 것처럼 행동했다. 그는 코커를 이용하고, 그를 원하는 모습으로 만들어내고 싶은 마음이 들기 시작했다.

질문에 담긴 무례함을 목소리로 상쇄시키려고 애쓰며, 앨릭이 묻는다, 왜 못하셨어요?

코커 씨가 수도꼭지를 잠그고 미소를 지어 보인다. 생쥐와 인간의 심사숙고한 계획도 잘못될 때가 있는 법이지. 그가 말한다, 한때 잘 팔리던 책인데 말이야, 그걸 쓴 사람은 떼돈을 벌었을 거야.('생쥐와 인간의 심사숙고한 계획'은 스코틀랜드 시인 로버트 번스의 시 「생쥐에게(To a Mouse)」에 나오는 표현. 존 스타인벡의 소설 『생쥐와 인간(Of Mice and Men)』의 제목도 여기에서 따왔다.—옮긴이)

앨릭은 다시 한번 찔러본다, 뭐가 잘못됐는데요?

코커 씨는 등을 욕조에 기댄 채, 마치 수단을 입은 신부처럼 자신의 갈색 작업복 옷깃을 만지작거리며 꽤 근엄한 표정으로 앨릭을 쳐다본다. 자네는 아직 많이 어리니까, 그가 말한다, 어디까지 알고 있는지 모르겠네. 내가 어디까지 이야기를 해 줘야 할지도 모르겠고 말이야. 하지만 한 가지는 분명히 말해 두지, 나도 꽤 참고 있는 거야.

죄송합니다, 앨릭이 말한다, 이미 자신의 질문을 창피해하던 참이었다.

이제 충분히 갖춰졌으니까, 코커 씨가 말한다, 더 이상은 기다리지 않을 거야.

언제 집에서 완전히 나오실 거예요? 알렉이 묻는다.

이미 나왔지, 코커 씨가 말한다.

네, 그러니까 언제부터 여기서 지내실 거냐고요.

지금도 여기 머무르고 있어.

진지하게요, 사장님.

나 진지해.

언제부터 여기서 사실 거냐고요. 언제부터 여기서 주무실 거예요?

지금부터.

오늘 밤이요?

당연하지, 코커 씨가 말한다.

하지만 어디서요? 앨릭이 말한다.

평소처럼, 코커 씨가 말한다, 자네가 자는 곳에서, 평소처럼, 그러니까 침대에서.

코커 씨는 다시 앞쪽 방으로 이동해서는 거기 보이는 침대 스프링 몇 개를 가리키며 말한다, 저게 내 침대야.

알겠습니다, 앨릭은, 그날 오후에 그들이 해야 할 일을 상상하며 놀란 듯이 말한다.

코커 씨는 서랍장을 덮고 있던 천을 살핀다. 완벽한 상태야, 그가 말한다, 나방도 하나도 없고 말이야, 자네랑 작은 내기 하나 할까? 여기 나방은 한 마리도 없을 거야.

온갖 곳에서 좀약 냄새가 나는데요, 앨릭이 말한다.

그동안 내가 제대로 관리를 했으니까, 코커 씨가 말한다. 보통 창고에서 관리하는 것보다 더 잘했어. 여동생이 피아노를 창고에 맡겼는데 말이야, 다시 꺼냈을 때 완전히 망가져 있었거든, 완전히 방치한 거지, 그 정도면 거의 범죄에 가까운 방치야, 그런데도 그 사람들이 보상을 해 줄 것 같나? 결국에는 이것들을 직접 관리하는 게 더 싸겠다고 판단했지.

마루에 꽤 부담이 되겠는데요, 앨릭이 신발 굽으로 바닥을 구르며 말한다.

마루는 잘 모르겠네, 코커 씨가 말한다. 그는 창 쪽으로 다가가 밖을 내다본다. 버스 지붕보다 한참 높은 곳이다. 길을 건너는 사람들이 아주 작아 보이면서, 동시에 자신들이 뭘 하고 있는지 확신하고 있는 것처럼 보인다. 바닥과 같은 높이에 '클래펌의 코커 직업소개소'라는 간판이 걸려 있다. 카키색 바탕에 검은색 글씨다. 그 간판이 바람에 가볍게 흔들린다. 런던! 코커 씨가 말한다, 런던!

앨릭은 뒤집어서 쌓은 탁자와 의자들 다리가 총구처럼 사방을 향하고 있는, 마호가니색 바리케이드처럼 보이는 가구 더미를 지그시 바라본다. 아주 귀한 것들이죠? 그가 묻는다.

코커 씨는 돌아서며 안경 너머로 바리케이드를 노려본다. 마치 앨릭의 질문 때문에 빠진 것이 없는지 다시 한번 확인해야겠다고 마음먹은 것처럼 보인다. 값나가는 것도 한두 개는 있겠지만, 코커 씨가 말한다, 감정적인 가치가 있지. 모두 내가 자랄 때 쓰던 것들이니까. 감정적인 가치가 있어.

아래층 사무실에서 전화가 울린다. 내버려 둬, 코커 씨가 날카로운 목소리로 말한다, 울리게 내버려 둬. 그는 자신의 외투 옷깃을 바로 잡는다. 오후에는 영업 안 해, 방해받으면 안 되니까.

앨릭은 식탁 의자 두 개를, 한 손에 다리 하나씩을 잡고 집어 든다.

이것부터 뒤쪽 방에 갖다 놓고 청소 좀 하시죠. 의자 등받이에는 그림이 수놓인 천이 씌워져 있다. 뒤쪽 방으로 옮기는 동안 앨릭은 숲속에 사슴과 함께 있는 소녀를 그린 그림을 쳐다본다. 그림에서 좀약 냄새, 화장실에서 쓰는 소독제와 비슷한 냄새가 난다. 그림 속 소녀는 마치 도자기로 만든 것 같다고, 앨릭은 생각한다. 돌아온 앨릭은 의자 두 개를 더 집어 든다. 거기서도 같은 냄새가 난다.

자네가 위험한 일은 하지 않았으면 좋겠는데, 코커 씨가 말한다, 너무 힘쓰지 말고. 옮길 수 없는 건 그냥 두면 돼.

앨릭은 웃음을 터뜨리고는 의자 등이 천장에 닿을 때까지 번쩍 들어올린다. 코커 씨는 걱정스러운 표정을 짓는다. 위험하다니까, 그가 한 번 더 말한다.

의자 일곱 개, 앨릭이 마지막 의자를 집어 들며 말한다.

하나가 없어진 모양이야, 코커 씨가 말한다.

식탁도 옮길까요? 앨릭이 묻는다.

문을 통과할 수 있을까?

옆으로 눕히면요.

두 사람은 식탁을 들 준비를 한다. 식탁은 원형이다.

긁히지 않게 조심해, 코커 씨가 말한다.

이미 좀 긁혔는데요.

오래된 거야, 이 식탁.

그러네요, 앨릭이 말한다.

뭐, 우리 아버지도 새걸로 산 건 아니니까. 백 년은 됐을 거야, 적어도.

아주 오래된 건 아니네요, 앨릭이 말한다.

뭐, 나보다는 오래됐지, 코커 씨가 말한다, 그리고 앞으로도 계속

나보다 오래됐을 거야, 희망이지만 말이야.

제가 아는 프랑스 출신 가구 수선공이 있는데요, 앨릭이 말한다, 제가 부탁하면 아마 비싸게 안 받을 거예요, 그 사람이 새것처럼 만들어 줄 거예요.

친절한 말이네, 앨릭.

두 사람은 식탁을 옆으로 눕히고 문 쪽으로 움직인다. 힘쓰는 일은 앨릭 혼자 한다. 문을 나선 둘은 계단 꼭대기에서 탁자를 돌린다. 뒤쪽 방에 들어선 둘은 식탁을 다시 세우고 코커 씨가 식탁 주위에 의자를 배치한다. 앨릭이 의자들을 두 개씩, 하나 위에 하나를 뒤집어서 쌓아 놓았다.

아서 왕 있잖아, 코커 씨가 말한다, 학교에서 아서 왕에 대해서 배웠나?

이름만 기억나네요, 그게 다예요.

그리고 엑스칼리버 검도 있지, 코커 씨가 일곱번째 의자를 밀어 넣으며 말한다.

그게 뭐예요?

일종의 마법의 검이지, 진정한 왕만이 손에 넣을 수 있는. 원래는 교회 옆 바위에 꽂혀 있었는데, 아무도 뽑을 수가 없었어. 그런데 아서가 거기 도착했을 때 그걸 뽑아 버린 거야, 그게 무슨 의미인지도 모른 채 말이야. 그는 그 사건 덕분에 자신이 잉글랜드의 진정한 왕이 될 것임을 몰랐던 거야. 그는 알려지지 않은 젊은 기사에 불과했지. 그리고 나중에 잉글랜드의 왕이 되고 나서 그는 원탁(圓卓)의 기사를 만들었지. 코커 씨는 식탁에 놓인 자신의 손을 내려다본다. 어렸을 때 우리는 이 식탁을 원탁이라고 불렀고, 나는 랜슬럿 경이었다네.

그 사람은 뭘 했는데요?

랜슬럿 경은 말이지, 코커 씨는 노래하는 듯한 목소리로 말한다, 아서가 가장 아꼈던 랜슬럿 경은, 아주 용감했지. 랜슬럿 경! 가슴속에 고귀한 뜻을 가득 품고, 모든 것이 바르게 되기를 원했지. 그의 가장 큰 소망은 진정한 기사가 되는 것이었지만, 그도 한 인간이었고, 그 말은 그 역시 환경의 제물이 될 수밖에 없었다는 뜻이지. 그는 절대 자신이 초래한 고통을 의도했던 것이 아니야. 코커 씨가 안경 너머로 눈을 껌뻑인다.

그 사람이 무슨 나쁜 짓을 했는데요? 앨릭이 묻는다.

원탁의 기사를 해체하고 아서를 죽였지.

그 검으로 죽인 거네요! 앨릭이 말한다.

이런, 아니야, 코커 씨가 말한다. 직접 죽였다는 게 아니라, 그의 죽음에 책임이 있다는 뜻이야. 아서를 죽인 건 그의 부하였지. 긴, 아주 긴 이야기야.

무슨 일이 있었는데요? 앨릭이 묻는다. 코커와 살인자의 후회 사이의 관련성이, 여전히 그의 흥미를 끌고 있다.

코커 씨는 등받이에 그림을 수놓은 의자에 앉아, 자신이 기억하고 있는 이야기는 감당하기 어렵다는 듯, 식탁에 느긋하게 손을 내려놓는다. 가끔씩 그는 벽에 세워 놓은 반짝이는 거울을 쳐다본다. 거울 속에서 창 너머 하늘이 보인다. 랜슬럿 경은, 그가 말한다, 일종의 주운 아이였지. 그의 부모는 왕과 왕비였는데, 본인들의 나라에서 도망쳐야만 했거든. 우리가 어릴 때에는 최근처럼 난민들이 수백만 명씩 오고 이런 일이 없어서, 당시에는 난민을 보는 게 아주 드물었는데, 나는 집을 떠나는 일, 재산이나 친구들을 모두 버리고 떠나고, 밤낮으로 쫓기면서 숲과 벌판을 지나서, 아는 사람이 한 명도 없는 다른 나라에 가는 일이 얼마나 끔찍한 일일까 생각했지. 그리고 그 나라에서는 모든 사람들이 생김새 때문에 나를 의심하고, 한때 왕이었다면 특히 더 그럴 거야. 어쨌든 상심한 왕은 길에서 죽어 버렸지. 그의 어머니에게 무슨 일이 있었는지는 나도 잊어버렸는데, 아무튼 왕비도 사라졌어. 그 사이에 호수의 정령들이 랜슬럿을 훔쳐서 아이를 아름다운 '호수의 여인'에게 데리고 갔고, 그녀가 키웠지. 그는 자신의 부모가 누구인지 죽을 때까지 몰랐어. 근사한 생각 아닌가? '호수의 여인'이라니! 나는 여행을 할 때면 종종 그 모습을 그려 보기도 하거든, 코모 호수의 여인이나 윈더미어 호수의 여인 말이야, 스위스에서 가까운 프랑스에 아주 아름다운 호수가 하나 있는데, 거기서는 숲과 안개 너머로 정말 '호수의 여인'이 보이는 것만 같거든. 아주 근사한 생각이야. 코커 씨가 잠시 말을 멈춘다.

앨릭은 오래된 신문이 든 벽난로 옆에 기대어 서 있다. 코커 씨는 여전히 얼룩이 많이 묻은, 검은 체리색 식탁에 손을 올리고 있다. 방은 춥지만 코커 씨는 알아채지 못하는 것 같다. 「호수의 여인」이란 영화가 있었어요, 앨릭이 말한다, 보가트가 나왔던 것 같은데.

아서 왕 이야기는 절대 영화로 만들 수 없지, 코커 씨가 말한다, 그건 못 해. 감정이 너무 많아서 말이야, 모르겠나? 일어난 일들만 주욱 보여주면, 그건 원작이랑은 다른 거야. 그러니까 랜슬럿 경이 성배를 보고 나서 황홀경에 빠지는 장면을 어떻게 보여줄 수 있을까. 그는 황홀경에 빠져 며칠을 보냈고, 나중에는 죄에 빠져 몇 년을 보내게 되는데, 그게 이야기의 핵심이거든.

그 사람이 무슨 짓을 했는데요? 앨릭이 한 번 더 묻는다, 무슨 짓을 했어요? 그게 다 아서를 죽인 것 때문이에요?

그는 왕비의 애인이기도 했지, 코커 씨가 근엄한 목소리로 말한다.

그래서요? 앨릭이 말한다.

자네는 상상도 못 할 거야, 코커 씨가 말한다. 우리가 어릴 때는 달랐지. 랜슬럿 경은 왕비를 사랑했어, 정말 사랑했지. 단지 그녀의 미소를 보는 것만으로 그의 하루는 뿌듯했던 거야. 그는 그녀를 위해 순례에 나서고 무술 시합에 나갔지. 코커 씨는 마치 다른 사람이 이야기하는 것을 듣고 있는 것처럼, 감탄하는 소리를 낸다. 우리도 종종 무술 시합을 열고 막대기를 창 삼아서 결투를 벌이곤 했거든. 버나드는 갤러해드 경 역을 맡는 걸 좋아했는데, 지금도 전원주택에서 니커보커스 차림으로 지내고 있지. 그 친구는 늘 부상 입는 걸 즐겼어, 버나드 말이야. 모두 네 번 부상을 입었는데, 그러다가 일차대전에서 전사했지. 종종 그런 생각을 한다네, 아이 때 놀이와, 성인이 된 후에 우리에게 생기는 일 사이에 관련이 있을지도 모르겠다는 생각 말이야. 우리 여동생도 마찬가지거든. 동생은 일레인 역 맡는 걸 좋아했지. '구출받고 싶어요, 저는 요새에 갇혔어요, 아, 나의 진정한 기사님은 어디로 가 버린 걸까요?' 같은 대사를 달고 살았어. 그러다가 구출되지 못하면 울기 시작했지. 머리를 두 갈래로 땋고 다녔는데, 아이린 말이야, 우리가 자꾸 잡아당기면서 괴롭힌다고 했어. 생각하면 재밌지. 당시에는 아주 달랐거든, 요즘 아이들은 안 믿으려고 할 거야. 집에 손님이 오면, 요즘 아이들처럼 쪼르르 달려와서는 가구에 드러누워 질문을 던지거나 하지 않았지. 각자 맡은 역할이 있었어. 나는 피아노를 쳤지. 동생은 좋아하던 테니슨의 시를 암송하고 말이야, 어떻게 시작하는 시더라? 일레인에 관한 시였는데. 뭐더라, 뭐더라,

작고 무력한 죄 없는 새 한 마리
몇 개의 음으로 단조로운 울음밖에 내지 못하는 그 새가

노래하고 또 노래하네
사월의 아침 내내 너무 지쳐
들을 수 없는 귀에 닿을 때까지, 그리하여 천진한 하녀는
밤이 절반 지날 때까지 되풀이하지, 내가 죽은 건가?

시를 암송하며 코커 씨는 두번째 손가락을 들어서, 마치 옛날 음악 선생님처럼 애매하게 박자를 맞춘다.

그리고 그녀는 오른쪽 이어서 왼쪽을 살피네
뭔가 뭔가 뭔가가
그분일까 죽음일까 그녀가 중얼거리네 죽음일까 그분일까.
(영국 시인 앨프리드 테니슨의 시 「랜슬럿과
일레인(Lancelot and Elaine)」 중 일부.—옮긴이)

지금도 그때 동생 모습이 보이는 것 같아, 머리를 이쪽저쪽으로 기울이면서, 지금처럼 높은 목소리였지, 찢어지는 듯한 목소리. 코커 씨는 말을 멈추고 앨릭을 쳐다본다. 그런데 내가 무슨 이야기를 하던 중인지 잊어버렸네, 무슨 이야기 하고 있었지? 아, 그렇지. 우리가 했던 놀이. 내가 만든 작은 이론이 하나 있는데, 내 이론에 따르면 놀이는 훗날 살게 될 삶에 대한 연습이라는 거야, 충분히 영리한 사람이라면 아이들이 노는 걸 잘 보면, 그 아이가 자라서 어떤 일을 겪게 될지 알 수 있거든. 우리 동생은, 자네도 알겠지만, 심지어 어릴 때부터 비극을 좋아했단 말이야. 좀 전에도 말했지만, '그분일까 죽음일까'라고 중얼거렸다니까, '죽음일까 그분일까'라고. 무슨 말인지 알겠지? 코커 씨가 다시 한번 앨릭을 쳐다본다. 그게 다 연습이었던 거야.

사장님은 무슨 연습 하셨어요? 앨릭이 묻는다. 욕조의 물이 빠지며 물탱크가 다시 채워지는 소리가 들린다. 물탱크는 그들이 이야기를 나누는 방 바로 위에 있다.

내가 무슨 연습을 했냐고? 잘 모르겠네, 확실히. 내가 맏이라서 좀 달랐을 거야. 나는 언제나 책임을 져야 하는 자리였으니까.

랜슬럿의 결말은 힘들었나요?

결국 그는 수도사가 된 걸로 기억하는데, 그리고 여왕, 그의 귀네비어는 수녀원에 들어갔지. 그런데 그건 모두 아서 왕이 죽은 후의 일이야.

왕비의 연인이었다는 건 들켰나요, 그러니까 그 전에, 아서가 알아차렸어요?

그랬지, 코커 씨가 말한다, 들켰어. 그 일이 아서 왕에게는 큰 타격이었어, 왕은 오랫동안 그 사실 자체를 믿지 못했지. 랜슬럿은 그가 가장 아끼는 기사였으니까.

사장님이 랜슬럿 역을 맡았다면 여왕은 누구였어요? 앨릭이, 이제는 치밀한 특별검사처럼 말한다.

코커 씨는 오래된, 자신이 좋아하는 농담에 미소를 짓는다. 그건 비밀이었지, 결국은 그 점이 이 이야기의 핵심이야. 그녀는 비밀이었다는 거. 랜슬럿 경이 사랑에 빠진 여인이 누구인지는 아무도 몰랐지. 그는 기사로서 공적을 쌓았는데 당시에는 마상 창 시합이라고 했지, 자네도 알다시피 그 모든 건 사실이거든, 아서 왕 이야기 말이야. 그 일들이 벌어졌던 글래스턴버리나 맘즈버리, 틴태절 등에 가 볼 수도 있어. 그렇게 마상 창 시합을 하고, 거인들을 무찌르고, 아가씨들을 구출하고, 왕의 적들과 싸우면서도 그러는 내내 마음 깊은 곳에서는 은밀하게 귀네비어를 생각하고 있었던 거야. 하지만 아무도 몰랐지. 그래서 내가 여동생을 절대 나의 귀네비어로 인정할 수 없는 거야. 귀네비어는 비밀이어야 했으니까. 오직 나만이 그 여인이 누군지 알았고, 나는 절대, 절대 그녀를 배신하지 않을 거야. 절대.

이야기 안에서요, 그녀가 아기를 가지나요? 앨릭이 묻는다.

아니, 그런 식이면 안 되지, 코커 씨가 말한다, 기사도의 시대였으니까, 명심하게, 당시 우리는 아주 순진했어. 예를 하나 들어 주지. 프라이어리가 구번지, 당시 우리 가족이 살던 커다란 집의 욕실에 커다란 순간온수기가 있었는데 말이야, 어느 날 밤 하녀 한 명이 목욕을 하던 중에 그게 터져 버린 거야. 폭발음 때문에 나도 얼른 달려갔지. 아버지가 이미 욕실 문 앞에 서 계셨는데, 아버지 다리 사이로 하녀가 바닥에 쓰러져 있는 게 보였거든. 하녀는 실오라기 하나 걸치지 않은 모습이었고, 나는 그때 처음으로 남녀의 차이를 알았지. 코커 씨가 희미하게 미소를 짓는다.

하녀가 죽었어요?

아니었을 거야, 피는 흘리지 않았으니까. 하지만 그 하녀가 어떻게 됐는지 어른들이 나한테는 이야기를 안 해 줬어. 어디론가 보냈겠지. 그리고 아버지가 더 이상 지진을 감당할 수 없을 것 같다고 하시더라고. 아버지는 종종 그런 말씀을 하셨는데, 어린 우리는 이해할 수 없었지. 아버지가 이 식탁에 앉아 식사를 하시는 동안 우리는 쥐 죽은 듯 앉아 있던 모습이 보이는 것 같네. 아버지가 말을 할 때는 아주 크게 말씀하셨거든. '그런데 리셸, 다른 사람 아이들 돌보는 게 지긋지긋하지 않아요?' 코커 씨는 좀더 걸걸한 아버지 목소리를 흉내내고, 동시에 의식적인지 무의식적인지 모르지만, 입술을 살짝 안으로 말아 이가 없는 모습을 암시한다. 우리 놀이를 전혀 이해하지 못했던 아버지는 원탁에 대해 농담을 하시곤 했지만, 마찬가지로 당시 우리는 그게 농담인지 아닌지 알 수 없었지. '성배 좀 주시겠어요, 어머니?' 아버지는 음식 접시를 달라고 할 때도 그렇게 소리치셨지. 식사를 마치고는 의자에 등을 기댄 채, 여기 이 의자들 중 하나야, 이것들은 그대로니까, 접시를 물리고 담배에 불을 붙이며 이렇게 말씀하셨어, '그래 랜슬럿, 자네 말은 어디 있나?'라고 말이야. 나는 어떻게 대답해야 할지 몰랐지. 아버지는 이어서 '오늘은 나도 말 한번 타야겠네'라고 말씀하셨지. 어머니는 도박을 싫어했기 때문에 그대로 자리에서 일어나셨고 말이야. 식사 후에 어머니는 우리 방에서 책을 읽어 주곤 하셨고, 리셀도 그 옆에서 우리 옷을 꿰매거나 다른 바느질을 했지. 코커 씨는 말을 멈추고, 손으로 식탁을 짚어 의자를 뒤로 민 다음 이전보다 큰 소리로 이렇게 덧붙인다, 내 생각엔 그때 우리가 요즘 아이들보다 더 행복했던 것 같아. 우리는 가진 것에 만족했거든. 이거 가지고 싶어, 저거 가지고 싶어 같은 말을 늘 입에 달고 지내지는 않았지.

저희도 뭘 많이 가졌던 건 아니에요, 앨릭이 말한다. 그는 전쟁 직후, 아버지가 전철수로 일하던 시절을 떠올린다.

하지만 기대가 훨씬 크잖아, 코커 씨가 말한다. 그게 다른 점이야. 자네들은 우리가 어렸을 때보다 훨씬 많은 걸 원하지. 자네들은….

다시 전화가 울린다. 내버려 둬, 오후에는 영업 안 해. 코커 씨가 다시 말한다. 그는 자리에서 일어나 앨릭을 향해 미소를 지어 보이며 다시 일해야지라고 말하고, 세대 간의 비교는 그걸로 끝이다.

다음으로 옮길 가구는, 침대로 향하는 길을 막고 있는 서랍장이다. 붉은색 목재로 된 크고 무거운 가구다. 서랍장 위에는 여기저기 찢어진 실크 전등갓이 있고, 그 옆에 도자기 접시들이 몇 개 있다.

세상에! 이게 뭐예요? 앨릭이 말한다, 이게 그 성배예요?

채소 접시, 코커 씨가 말한다.

안에 들어가서 씻을 수도 있겠네요! 앨릭이 접시를 살피며 말한다.

그건 고기용.

다들 점보 사이즈네요, 앨릭이 말한다.

점보?

네, 점보, 큰, 아주 큰! 옛날에는 이런 것들 옮기느라 엄청 힘들었겠어요! 그러니까 이 서랍장만 해도, 안에 들어가서 살 수도 있을 것 같아요, 무슨 씨발(bloody), 헛간만 하네!

앨릭은 일부러 '씨발'이란 말을 한다. 코커 씨를 자극하려는 것은 아니다. 반대로 그는 그렇게 말함으로써 코커 씨를 안심시키고 그의 기운을 북돋우면서, 사무실 일과가 끝났고, 이제 둘은 동등한 관계임을 강조하고 싶은 것이다.

씨발, 헛간이라, 코커 씨가 장난스러운 목소리로 따라 한다, 무슨 도살장 같겠네(앨릭이 말한 'bloody'를 말 그대로 '피투성이의'로 해석한 코커의 농담─옮긴이). 코커 씨가 실크 전등갓을 들어 머리 위에 대본다. 옛날에는 여자들이 이렇게 생긴 모자를 쓰고 다닌 적도 있었지. 모자를 쓰지 않은 여성들은 존중받지 못했으니까. 그냥 그랬던 거야.

둘은 접시들을 책장으로 옮겨 놓고, 힘겹게 서랍장을 문 쪽으로 몇 인치 밀어낸다. 들어야겠는데요, 앨릭이 말한다.

코커 씨는 서랍장을 열어 본다. 비었네, 그가 말한다, 비었어. 그는 한 칸을 먼저 열어 본 후 아무 말 없이 서둘러 닫고는, 다른 칸들은 열어 볼 생각도 하지 않는다.

바닥을 잡고 들면 제일 쉬워요, 앨릭이 말한다. 두 사람은 서로의 모습이 보이지 않을 때까지 몸을 숙인다. 코커 씨가 조심스럽게 손을 서랍장 아래로 넣는다. 준비됐어, 그가 소리친다. 둘은 등 뛰어넘기 놀이를 할 때처럼 완전히 몸을 접은 채 서랍장을 천천히 문 쪽으로 옮긴다.

너무 무겁지 않으세요? 앨릭이 말한다.

괜찮아, 코커 씨가 한 숨 쉬고 대답한다.

좀 높이 들면 더 쉬울 것 같아요, 앨릭이 말한다.

잠깐 멈춰 봐, 코커 씨가 말한다.

둘은 허리를 펴고 서로를 바라본다. 앨릭은 코커의 얼굴이 상기되었음을 알아차린다. 허리를 펴고 옮길 수 있으면 더 쉬울 것 같은데요.

코커 씨는 자신의 손을 아주 가까이 들여다보며 물집이 생기지 않았는지 살핀다.

문제 있어요?

아니, 코커 씨가 말한다, 하지만 모서리가 아주 예리하니까, 긁히지 않게 조심해야 해.

두 사람은 다시 몸을 숙인다.

높이, 앨릭이 소리친다, 더 높이!

서랍장이 불안하게 떠오른다. 코커 씨는 코끝을 한쪽 면에 대고 있다. 휘청거리며 몇 걸음 옮긴다. 코커 씨가 앞서고 앨릭이 뒤를 따르면서.

됐어요, 앨릭이 말한다.

그때 서랍장이 왼쪽으로 쏠리며 기울어진다. 코커 씨의 손가락이 미끄러진다. 미끄러져, 그가 소리친다, 미끄러져! 조심해! 코커 씨가 뒤로 물러나고 서랍장은 마치 천장에서 떨어진 것처럼 쿵 하고 바닥에 떨어진다.

이런! 앨릭이 말한다.

두 사람 모두 서랍장을 바라본다. 단단한 서랍장은 부서지지는 않았다. 하지만 서랍 하나가 삐져나와 옆으로 세워진 채 떨어졌다. 서랍에 들어 있던 여우 시체가 광을 내지 않은 잿빛 마룻바닥으로 튀어나왔다. 여기저기에 갈색 털들이 뭉치고 축 늘어져 가죽에 붙어 버린 것처럼 보이는데, 원래 짐승의 털이란 것이 젖거나, 뭔가에 잡히거나, 물리면 그렇게 된다. 지저분한 여우 시체이고, 만약 그렇게 낡고 닳은 잿빛 마룻바닥에, 솜털처럼 일어난 잿빛 가시들로 뒤덮인 그 바닥에 떨어지지 않았다면, 시체의 털은, 여기저기 얼룩이 생긴 부분이 아니라고 해도, 전혀 윤기가 느껴지지 않았을 것이다. 축 늘어진 뒷다리 한쪽이 떨어져 나온 서랍장에 걸려 있다. 두 앞다리는 덫사냥꾼들이 녀석들의 가죽을 말리기 위해 벽에 못질을 해 놓을 때처럼 양옆으로 펼쳐져 있다. 눈은, 갈색 홍채가 활짝 열린 채 고정된 그 눈은 녀석이 순식간에 사망했음을 암시하고, 그 시선은 죽음 직후에 찾아왔을 침묵만큼이나 고요하다, 그리고 지금, 그 침묵은 서랍장이 바닥에 떨어졌을 때의 소리와 충격을 떠올리게 한다. 여우의 주둥이 아래쪽으로, 식도 길이만큼의 피부 바깥쪽에 검붉은 피가 말라붙어 있다. 끈적끈적하게 마른 그 핏자국은 아주 진해서 구운 사과의 가운데 부분에 보이는 짙은 설탕 자국 같다.

내 잘못이야, 코커 씨가 말한다, 내 잘못이야! 그는 한쪽 손이 다치기라도 한 것처럼 다른 손으로 그 손을 쥐고 있다.

다치셨어요? 앨릭이 묻는다.

손이 좀 긁혔네. 코커 씨는 여전히 부자연스럽게 큰 소리로 외친다. 앨릭은 코커 씨의 넓고 평평한 이마에 땀이 맺힌 것을 본다.

어디 봐요, 앨릭이 말한다.

살짝 스친 거야, 코커 씨는 그렇게 말하고는 다치지 않은 손을 뒤로 뻗어 가죽의자 팔걸이를 찾아서 앉는다. 앨릭은 다친 손을 살핀다. 손가락 마디에 사과씨만 한 살점이 삼각형 모양으로 떨어져 나갔다.

우리 어머니 모피야, 코커 씨가 말한다. 거기 있는 줄도 몰랐네, 전혀 몰랐어. 그의 목소리가 조금씩 차분해진다. 자네는 괜찮은 거지? 그가 말을 잇는다, 대단하네! 끔찍한 사고가 될 수도 있었어, 자네가 죽거나 우리 둘 다 깔리는, 무시무시한 사고. 코커 씨의 목소리가 차분해질수록, 그가 하는 말의 의미가 거칠어진다. 우리 둘 다 끝장날 뻔했는데, 내 실수였어, 내 실수. 다친 손은 계속 입 주위에 있다. 대기실 천장이 뚫릴 뻔했어. 이런 세상에. 이런 한심한 물건 같으니. 괜찮은지 한번 봐 줄래, 앨릭?

앨릭은 서랍장을 세운 다음 서랍을 끼워 넣는다. 여우털 모피는 서랍장 위에 놓는다. 핏자국처럼 보였던 건 클립이었다. 그런 다음 앨릭은 아래층 천장을 살피기 위해 내려간다.

조명이 달린 자리에서 창문 위까지 천장에 금이 가 있었지만, 앨릭은 이전부터 있던 금이라고 믿고 싶다. 실제로 이전에 대기실 천장을 유심히 바라본 적이 있었는지 기억나지 않는다. 바닥은 자신이 매일 쓸기 때문에 훨씬 잘 안다. 리놀륨 바닥 한쪽에 동그란 마맛자국 같은 얼룩이 흩어져 있다. 얼룩 하나하나는 공기총 총알 알갱이만 하다. 그는 그 얼룩들이 어떻게 생겼는지 종종 생각해 보았고, 뜨거운 액체나 녹은 쇳물이 떨어져서 그런 것 아닐까 추측해 본 적도 있다. 여드름 흉터지 화상이 아니야라고 그는 의자 밑을 쓸며 흥얼거리곤 했다. 그렇지만, 천장의 금이 이전부터 있던 것인지 아닌지 상관없이, 그는 코커에게 그것이 오래된 것이라고 말할 것이다. 앨릭은 잠시나마 혼자 있을 수 있어서 기쁘다. 코커가 슬슬 문제가 되고 있다. 그 문제란

해야 할 일들이 물리적으로 힘든 일이라는 사실과는 아무 관련이 없다. 앨릭은 이미 코커의 침대를 끌어낼 때까지 모든 짐을 자신이 혼자 옮길 생각을 하고 있다. 코커 자체가 걱정이다. 대조적으로 오늘 아침엔 훨씬 간단했다. 그러다가 코커가 자신이 보는 앞에서 예비 노친네가 되어 버렸다. 앨릭은 최초의 놀라움을 극복하고, 코커도 다른 사람들과 같다는 것을 인정해야만 했다. 물론 코커는 통통하고, 근시이고, 다른 계급에서 자랐고, 잘 속고, 여행을 다니고 책을 많이 읽었고, 비엔나를 잘 알고, 나이가 들었고, 아마 직접 독살할지도 모르는 여동생에게 꽉 잡혀서 지냈고, 외국어를 할 수 있고, 어쩌면 숫총각일지도 모르고, 숫총각이 아닐 가능성이 더 크지만 어쨌든 늘 쑥스러워했고, 대부분의 사람들을 의심하고 치사하게 대했으며, 몽상가처럼 이야기했고, 속물이었고, 재키 이야기를 들으면 어떤 반응을 보일지 알 수가 없었다. 그리고 코커는 그를, 앨릭을 좋아했다. 하지만 오늘 아침 코커는 다른 사람들과 다르지 않았고, 앨릭이 그를 응원해 주고 싶은 순간도 있었고 불편했던 순간도 있었다. 우리는 왜 안 돼라는 생각을 할 때 그를 응원해 주고 싶었고, 마지막 생각을 할 때는 불편했다. 지금, 코커는 다른 사람들과 비슷하지 않다. 그는 앨릭이 도와주고 있는 사람이다. 눈에 띄지 않는 사이에, 하지만 멈추지 않고 서서히, 앨릭은 공범이 되어 가고 있다. 앨릭은 그 때문에 코커를 탓할 수는 없다는 것을 안다. 지금까지 코커가 이야기하는 것을 많이 들었지만, 그런 것들은 전혀 고백처럼 들리지 않았다. 그는 코커를 위해 사무실 종업원의 일과는 아무 관련이 없는 일들을 많이 해 왔지만, 그런 일들은 코커를 돕는 것이라고는 할 수 없었다. 코커가 새로운 것을 요구한 적은 없었다. 차이는 그 일이 다른 날이 아니라 바로 오늘 벌어졌다는 점이다. 코커의 오늘이 뭔가를 요구하고 있다. 코커 본인은 무력해 보이고, 그것이 앨릭이 그를 도와주지 않을 수 없는 이유이기도 하다. 그를 도와주었던 일이 화가 나는 것은 아니다. 그가 화가 나는 이유는 코커가 실수를 하지 않을 거라고 확신할 수 없기 때문이다. 코커는, 그가 알기로는, 당연히 무지하거나 어리석은 짓을 할 수 있다. 오늘 아침에 밴디 브랜디를 가정부로 들일 것을 진지하게 고려했듯이 말이다. 그리고 지금과 오늘 아침의 다른 점은, 코커가 앨릭에게 영향을 미치는 방식이 달라졌다는 점이다. 오늘 아침에 그는 코커를 도와주지 않았다. 오늘 아침에 코커는 그 어떤 식으로도, 아무리 작은 것이라고 하더라도, 앨릭을 자신의 패배에 끌어들일 수 없었다. 지금은 그렇게 할 수 있다. 하지만 대기실 의자에 늘어진 채 여전히 천장의 금을 바라보는 앨릭은, 그런 가능성을 걱정하지는 않는다. 그는 잠시나마 혼자 있을 수 있어서 기쁠 뿐이다. 그렇게 혼자서 코커가 랜슬럿 이야기를 꺼낸 후에 떠오른 희미한 예감을 생각하고 있다. 그 예감은 **도움**이라는 단어에 모두 담겨 있고, 앨릭은 천장을 바라보며 천천히 그 단어를 반복한다. 코커의 얼굴을 떠올려 본다. 넓고 평평한 이마, 큰 코, 촉촉한 눈, 귀를 덮은 회색 머리, 잼 한 술을 떠먹기 직전의 아이 입 같은 입. 그런 표정으로, 그는 코커가 실수를 했음을 알 수 있다. 서랍장이 쓰러졌을 때의 표정과 비슷한 표정이었고, 의미들이 교차하면서 그 상상의 표정은 앨릭의 머릿속에 서랍장이 떨어질 때의 소리와도 관련 있다. 코커의 그런 표정을 떠올리자 앨릭은 코커의 안전이 걱정되고, 도와주세요라고 소리내 말한다. 도와주세요라는 말을 내뱉자마자, 그것이 코커가 아니라 자신을 도와 달라는 뜻임을 깨닫는다.

앨릭, 괜찮아? 코커 씨가 계단 위에서 외친다.

완벽해요! 앨릭이 외친다.

천장 말이야! 코커 씨가 외친다.

금 하나도 없어요! 앨릭이 외친다.

구급약 상자 좀 가지고 와 줄래? 코커 씨가 외친다.

어디 있는데요? 앨릭이 외친다.

카드 놓인 탁자 왼쪽 서랍에, 코커 씨가 외친다.

그 지시는 고용주의 지시 같다. 앨릭은 의자에서 일어나 창으로 가서 밖을 내다본다. 고용인으로서 그는 이제 서두를 필요가 없다. 그는 한 여성이 길을 건너는 모습을 바라본다. 얼굴은 보이지 않지만, 짧은 보폭으로 빨리 걷는 것을 봐서 아가씨라는 것을 알 수 있다. 그는 우리가 좋아하는 곳에 표시하고, 이내 우리가 씨발 진짜 좋아하는 곳이라고 수정한다. 오늘 오후에 그것이 간절히 필요하다. 사무실에 들어가자 서랍은 잠겨 있다. 사무실에 아무도 없을 때는 모든 서랍을 잠근다는 것이 사무실 일과의 규칙이었다.

잠겼어요! 그는 못마땅하다는 듯 외치고는, 어쩔 수 없다는 듯 위층으로 올라간다. 코커 씨가 한 손에 등을 들고, 다친 손에는 손수건을 감고 있다. 바닥에 작은 핏자국들이 불규칙적으로 떨어져 있다. 여우는 사라지고 없다.

거 참 운이 좋았네! 코커 씨가 말한다. 끝이 좋으면 다 좋은 거지, 그렇겠지? 그의 얼굴에 화색이 돌아왔다. 구급약 상자는 갖고 왔나?

아니요, 잠겨 있어서요. 제가 소리쳤는데.

내가 바보지, 코커 씨가 말한다, 당연히 잠겼겠지. 그는 등을 내려놓고 주머니를 뒤져 열쇠 뭉치를 찾는다. 이거 아니면 이건데, 그가 말한다. 왼쪽 서랍에, 빨간 십자가가 그려진 낡은 담뱃갑이야. 일차 대전 당시에 나눠준 보급품. 자네도 본 적 있지?

아니요, 앨릭이 말한다.

그럼 이번이 자네가 우리랑 일하면서 처음 생긴 사고네! 코커가 말한다.

사장님이랑 일하면서요, 앨릭이 코커 한 명을 지칭하려는 의도를 담아서 말한다.

늘 구급약을 준비해 놓고 있었지, 만약을 대비해서 말이야, 코커 씨가 말한다.

코커 씨는 손수건을 풀며 다시 한번 살짝 스친 거야라고 말한다. 다시 한번 앨릭은 살점이 삼각형 모양으로 떨어져 나간 손가락 마디를 쳐다본다. 상처는 사과씨만 하다. 마디 아래위로, 손가락의 검은색 털이 아무렇게나 자라 있다. 아이오딘액 한 방울이랑 연고 조금 바르면 괜찮을 거야, 코커 씨가 안락의자 팔걸이에 앉으며 말한다.

아이오딘액은 냄새 나요, 앨릭이 말한다.

그건 아무것도 아니야, 코커 씨가 말한다. 내가 총으로 자기 손가락을 날려 버린 사람 본 적 있다는 거 알아? 수십 명 봤지.

그냥 냄새가 난다고요, 앨릭은 그렇게 말하고는 열쇠를 쥔 채 아래층으로 내려간다. 열쇠 뭉치에는 서로 다른 모양과 크기의 열쇠가 열 개 남짓 있다. 앨릭은 코커가 골라 준 열쇠 두 개를 따로 쥐고 있다. 두 열쇠는 아주 작은데, 옛날에 동물 장난감 태엽을 돌리던 열쇠만 하다. 첫번째 열쇠는 구멍에는 맞았지만 돌아가지가 않는다. 그는 코커가 왼쪽 서랍이라고 했던 것을 똑똑히 기억하고 있다. 그럼에도 그는 두번째 열쇠를 꺼내는 대신 같은 열쇠를 들고, 오른쪽 서랍에 넣어 본다. 그런 행동을 하는 그의 동기는 모호하고 혼란스럽다. 거의 기계적인 충동이라서 동기라고 부르기도 애매하지만, 그것은 뭔가 반응이 있기를 바라는 게으른, 물리적인 희망에서 비롯된 것이다. 열쇠는 첫번째 서랍에 맞지 않았지만, 그 열쇠가 여전히 그의 손에 쥐어져 있기 때문에 그리고 그저 손을 보폭만큼 오른쪽으로 이동시키면 되는 문제이기 때문에, 두번째 서랍에 꽂아 보지 않을 이유가 없다. 만약 열쇠가 거기에 맞다면, 무슨 일인가 벌어질 것이고, 열쇠를 바꾸는 수고를 하지 않고도 뭔가 반응을 얻을 수 있지 않을까? 그것이 가장 나태한 동기라고 할 수 있다. 가장 의식적인 동기라면, 그 행동이 소심한 반항이기 때문이다. 앨릭은 코커의 믿을 수 없는 태도가 싫고, 지금 자신이 믿는 바로는, 자신들 둘을 모두 바보로 만들어 버릴 것 같은 남자를 도와야 한다는 사실이 싫고, 그런 원망은, 명목상 코커가 여전히 그에게 지시를 내릴 수 있다는 사실 때문에 더 커진다. 왼쪽 서랍을 보라고, 코커는 지시를 내린다. 거기에 앨릭은 대답한다, 내가 원하면 오른쪽 서랍도 열어 볼 수 있다고. 아마 가장 근본적인 동기라면 그의 호기심일 것이다. 코커는 어떤 사람일까? 그의 호기심은 알고 싶어 한다. 지금까지 그런 질문은 떠오르지 않았다. 지금까지 코커는 사무실 일과 항목에 표시되는 것들의 총합이었고, 이미 확인된 것들이 충분히 많고, 지루할 정도로 반복적으로 쌓여 있는 상태에서, 더 많은 것을 찾아서 확인하는 일은 시간 낭비처럼 보였다. 이제 사무실 일과를 제쳐 놓고 앨릭이 코커를 도와야만 하는 상황에서, 그는 낯선 사람이 되었다. 앨릭의 호기심에는 자신과 관련한 이해관계도 포함되어 있다. 코커는 어떤 사람인가? 앨릭은 알아야 한다. 열쇠가 돌아가고 앨릭은 서랍을 반쯤 연다. 서랍 앞쪽에 오래된 영수증철들이 있다. 앨릭은 머뭇거리지 않는다. 그는 영수증철을 하나 꺼내서 훑어본다. 1948년도 영수증들이다. 당시에는 등록비가 단돈 반 크라운이었다. 코커의 손글씨는 똑같다. 서랍 안쪽에는 한 번 사용한 흑청색 먹지 뭉치가 있다. 앨릭은 다른 것들도 있는지 손으로 먹지 밑을 뒤져 본다. 뭔가 단단한 것이 있다. 그는 먹지를 앞으로 당겨 서랍을 조금 더 연다. 그는 권총 한 자루를 물끄러미 내려다본다. 총은 검은색이고, 킹딕 사의 스패너만 하다. 총을 집어 들자 놀랄 만큼 무겁다. 총열에 '웨블리 앤드 스콧'이라고 적혀 있고 이어서 번호 647925가 찍혀 있다. 보이는 탄창 다섯 개는 모두 장전되어 있다. 마지막 여섯번째 구멍을 확인하기 위해 회전형 탄창을 돌려본다. 탄창은 돌아가지 않는다. 그는 총을 먹지 위에 내려놓고, 서랍 안쪽을 다시 한번 더듬는다. 드레스케 사의 낡은 담배 케이스가 보인다. 그는 케이스를 연다. 그 안에 열한 개의 총알이 작은 오르간의 파이프처럼 가지런히 놓여 있다. 도와주세요라고 앨릭은 생각한다. 그는 권총을 들고 마치 문간에 서 있는 누군가를 쏠 것처럼 팔을 뻗어 겨눈다. 하지만 손가락을 방아쇠가 아니라 방아쇠 보호대에 대고 당기도록 주의한다. 도와주세요, 그는 생각한다. 팔을 뻗어 다시 한번 손가락에 힘을 주며 한쪽 눈을 감는다. 그는 총을 쏴 본 적이 한 번도 없다. 손가락을 풀고 쭉 편 다음, 다시 한번 당긴다. 그는 작은 삼각형 모양으로 살점이 떨어져 나간 코커의 손가락을 떠올린다, 마디 부분에 생긴 사과씨만 한 상처를. 도와주세요, 그는 또 한번 생각한다. 그리고 생각한다. 내가 들고 있는 건 살인도구다. 위층에서 소리가 난다. 그는 코커가 왜 그 물건을 가지고 있는지, 왜 장전까지 한 상태로 가지고 있는지 이유를 생각해 본다. 코커가 일차대전 이후로 주욱 그것을 가지고 있었고, 사무실에 강도가 들 때를 대비해 가지고 있는 것이라고 스스로 대답한다. 하지만 그 총은 앨릭이 쥐고 있는 동안은 그의 손안에 있는 것이고, 만약 여섯번째 탄창에도 장전이 되어 있다면, 그리고 그의 손가락이 미끄러져 방아쇠를 당기고, 그때 코커가 문간에 나타난다면, 코커는 죽을 것이다. 도와주세요, 앨릭은 생각한다. 그리고 그는 코커의 얼굴을 다시 떠올린다. 조금 전과 같은 얼굴이다. 그것은 총을 맞은 코커의 얼굴이 아니다. 그것은 손에 총을 든 코커의 얼굴이다. 강도가 들면 코커는 총을 쏠 것이다. 그것이 그가 살인도구를 보관하고 있는 이유이다. 앨릭은 손가락을 안으로 넣어 방아쇠를 건드려 본다. 그가 코커의 권총을 들고 팔을 뻗은 채 서 있는 조용한 사무실과, 앞에 있는 건 뭐든 죽여 버리는 살인도구 사이에는 휴지 한 장만큼의 틈밖에 없다. 그는 이제 손가락을 스치는 정도가 아니라 실제로 방아쇠에 대고 움직여 본다. 코커가 나타날 것이다. 누군가 사무실 문을 두드릴 것이다. 방 안에 냄새가 심하게 날 것이다. 비밀이 새 나갈까? 도와주세요, 앨릭은 생각한다.

뭐 하는 거야? 코커 씨가 외친다.

그 친숙한 목소리, 예상치 못했던 그 목소리에 놀란 앨릭이 갑자기 손가락에 힘을 주고 방아쇠를 당긴다. 빛의 속도로 그는 자신이 무슨 짓을 했는지 깨닫고, 그럴 의도가 전혀 없었기 때문에 질겁한다. 그런 다음에야 그는 총이 발사되지 않았음을 깨닫는다. 심지어 찰칵 소리도 나지 않았다.

아무것도 아니에요, 앨릭이 외친다.

내가 내려가서 직접 챙길게, 코커 씨가 외친다.

찾았어요! 찾았어요! 앨릭이 외친다.

(다음은 앨릭이 구급약 상자를 가지러 두번째로 내려간 후, 위층의 앞쪽 방에서 기다리는 동안의 코커에 대한 글이다. 코커 씨는 안락의자 팔걸이에서 미끄러져 내려와, 한쪽 팔걸이에 다리를 걸친 채 다른 쪽 팔걸이에 머리를 대고 있다. 의자 앞부분이 여전히 찬장에 막혀 있기 때문에 제대로 된 자세로는 앉을 수 없다. 그는 눈을 감고 있다.)

코커는 생각한다: 내 말 중 어떤 부분에 앨릭이 반발했다. 내가 부상병들 이야기를 할 때 대단히 무례하게 반응했다. 늘 똑같다. 내가 일 센티미터 양보하면, 그는 일 킬로미터를 치고 들어온다.

코커는 안다: 계속 앨릭에게 거짓말을 하고 있다. 점심 식사 이후로 줄곧 그에게 거짓말을 했다. 그 거짓말이 모두 내 탓만은 아니다. 나의 기억이 거짓인 것이다. 하지만 그것들이, 그 모든 것에도 불구하고, 나의 기억이다. 그러므로 나는 과거에 대해 이야기하며 거짓말을 하지 않을 수 없다는 것을 안다. 앨릭에게 뭔가 인상적인 이야기를 해 주고 싶다는 것은 사실이고, 따라서 나는 거짓인 나의 기억을 과장하기도 한다. 예를 들어, 전쟁에서 많은 이들이 자기 손가락을 총으로 쏴서 날렸다는 말이 그렇다. 나는 자기 손가락을 쏴서 날리는 병사를 한 명 봤다. 앨릭에게는 그런 사람들을 많이 봤다고 했고, 그건 내 손가락 부상이 대단하지 않다고 생각하게 만들고 싶었기 때문이다. 나는 특히 오늘 내가 앨릭에게 인상적인 이야기를 해 주고 싶어 하고 있음을 안다.

코커는 생각한다: 그가 나를 이용하고 있다.

코커는 가정한다: 그는 하필 오늘 내게서 떠나려 한다. 지금 아래층 입구에 있다. 그는 나를 버리려 한다.

어떤 목소리가 소리친다: 또 버림받는 거야! 또!

코커는 가정한다: 랜슬럿 경은 자신이 저지른 죄 때문에 수치심을 느꼈고, 패배한 채 숲속에 쓰러진다. 땅에 누운 그가 신음하지만 아무도 관심을 보이지 않는다. 그는 사람들이 하는 말을 들었다. 이게 랜슬럿의 최후로다, 사람들은 말했다.

코커는 생각한다: 사람들이 하는 말이 들리는 듯하다. 그 사람은 망

가진 거야, 알다시피 늙었으니까, 여동생이랑 헤어진 후에 말이야….

코커는 가정한다: 사람들의 말은 랜슬럿 경에게만 상처가 된다, 특히 그날 아침, 그가 서둘러 길을 나서며 떠올렸던 높은 희망과 고귀한 노력을 생각하면 더욱 그랬다.

코커는 안다: 여기에 누운 나는 늙었다. 오늘 하루 중 지금이 최악의 순간이다. 어쩌면 계획을 완수할 수 없을지도 모른다. 아직 처리할 일이 많은데, 내게 그걸 할 수 있는 힘이 없을 수도 있다. 내가 나이가 들면서 주변에도 늘 나이 든 사람들이 있다. 나는 아직 늙은이가 아니지만, 하던 일을 멈추고 매우 자주 그것들을 돌봐야 하고, 그 일이 귀한 시간을 모두 잡아먹으면서 당장 해야 할 중요한 일들이 피해를 입는다. 나는 늙은이들을 그것이라고 칭하는데, 왜냐하면 아직 내가 늙은이가 아니기 때문이고, 그래서 늙은이를 그로 칭하는 것은 견딜 수 없기 때문이다. 나는 다른 늙은이와 그렇게 친밀한 사이가 되는 것이 싫고, 결국, 이 늙은이, 그것은, 언제나 있다. 나도 안다. 나는 또한 그 점 때문에 내가 앨릭에게 의존하게 될 것임을 안다. 그가 모든 가구를 옮기고, 지금도 구급약 상자를 가지러 아래층에 내려가 있기 때문만은 아니다. 그뿐 아니라 앨릭이 젊기 때문이다. 늙은이는 그의 젊음에 압도당하고 그렇기 때문에 나만 홀로 남겨진다.

코커는 가정한다: 랜슬럿 경은 상처 때문에 점점 쇠약해졌고, 자신의 종자(從者)에게 명령했다. 원컨대, 당장 물과 연고를 가지고 오라, 내가 피를 흘리고 있다.

코커는 생각한다: 모든 것이 한순간 무너진다면!

코커는 가정한다: 종자는 출발하지만 어두워지는 숲속에 누운 랜슬

럿 경이 보기에 그는, 몸놀림에서 짐작하건대, 자신이 부탁받은 일을 정말로 하기 싫어하는 것 같다. 저 친구는 분발하기보다는 내가 죽는 편을 더 반가워할 것 같군!이라고 기사는 탄식한다. 그러자 커다란 슬픔이 그를 엄습한다.

코커는 안다: 어떤 어리석은 짓이나 피할 수 없는 실수들은, 중력의 법칙만큼 의심의 여지가 없는 것으로 인정해야 한다. 내가 창밖으로 몸을 던지면, 거리에 떨어질 것이다. 실수들을 피할 수 있을 것으로 생각하고 행동해도, 어리석은 짓은 하지 않겠다고 마음먹어도, 여전히 창밖으로 떨어진다는 건 확실하다. 그건 바닥에 닿을 때까지 어둠을 통과해 완전한 암흑으로 추락하는 것일 뿐이다. 추락이 시작되고 나면, 모든 것이 어리석음의 결과였다고 불평해도 소용없다. 추락이 시작되면, 바닥을 제외하고는 그 무엇도 나를 멈출 수 없다. 이 점이 삶이 그토록 위험한 이유이다. 우리는 마치 당연한 것처럼 여겨지는 어리석음과, 늘 진행 중인 것처럼 여겨지는 실수들에 둘러싸여 지낸다. 정의나 진실에 호소하는 것은 절대 추락하는 이를 구원할 수 없다. 그를 구원하는 것은 미리 주어지는 경고뿐이다. 그는 어리석음은 확실히 존재한다는 사실, 부당함은 발생할 수밖에 없고, 진실은 뒤집어지길 기다린다는 사실을 알아야 한다. 그런 이유들 때문에 남자들은 아내에게 자신의 수입을 말하지 않는다. 자신들의 은밀한 욕망에(그것이 무엇이든) 저항할 수 없다고 솔직히 이야기하는 바보는 흔치 않다. 죽음이란 단어는 실제로 장례식장에서도 말해지지 않는다. 자신이 받아 마땅한 돈을 요구할 수 있는 사람은 없다. 그리고 내가 앨릭에게 자 우리 솔직해지자고, 자네는 젊고 이제 막 인생을 시작했지, 나는 늙었고 다시 시작

하려는 거야, 우리가 서로의 경험을 공유하면 둘 다 이득일 거야, 지난 이 년 동안 우리는 그 어떤 사람들보다 서로와 시간을 많이 보냈는데, 아직 서로를 모른다는 건 참 유감이네, 나한테는 오늘이 아주 특별한 날이고, 내 인생에서 가장 힘든 날들 중 하나야라고 말하는 것은 불가능하다.

코커는 생각한다: 앨릭은 왜 이렇게 오래 걸리는 거야? 정말 우리를 버리고 나가 버린 거야?

코커는 가정한다: 랜슬럿 경은 많은 사람들이 상처 때문에 죽어 간 숲에 누워 자신의 고독함을 알아본다. 자신이 너무 잘 알고 있는 그런 상태였다.

코커는 생각한다: 오늘 밤 나는 혼자일 거야.

어떤 목소리가 소리친다: 사라지고 싶어!

코커는 안다: 오늘 밤 나는 내가 이곳으로 들어오기로 선택했다는 사실을 마주해야 한다. 온기도 없고, 조리된 식사도 없고, 이곳에 있을 때면 늘 함께했던 어떤 목소리나 앨릭도 없을 것이다. 앨릭은 자신의 집에 있거나 여자친구와 함께 있을 것이다. 나는 내가 그 두 사람이 섹스를 할지 궁금해한다는 것을 안다. 그는 다 큰 어른이다. 이곳은 고요할 것이다. 들리는 소리라고는 나 자신이 부스럭거리는 소리밖에 없을 것이다. 오늘 오후에 욕조의 물을 틀었을 때, 아무도 없는 시간에, 나 홀로 있는 시간에 그 물소리가 어떻게 들릴지 알 것 같았다. 내가 선택했다. 나는 잊히기를 원한다, 잊히는 것은 두번째 기회를 얻는 것과 같기 때문이다. 오직 앨릭만이 먼저 나를 잊지 않고도 자신의 생각을 바꿀 수 있을 만큼 젊다. 그 점은 나도 안다. 하지만 내가 원하는 식으로 그의 생각을 바꾸려면 어떻게 해야 할지는 알 수 없다.

코커는 생각한다: 이것들이 나의 역사다, 이 가구들. 역사적인 물건들이다.

코커는 가정한다: 보라, 랜슬럿 경은 환상을 보았다. 훌륭한 안장과 마구를 채운 갈색 말에 올라탄 젊은 종자가, 랜슬럿 경이 슬퍼해 주는 사람 하나 없이 피 흘리며 누워 있는 숲에 나타난다. 젊음이 넘치고 아직 미숙한 종자가 말에서 내려 랜슬럿 경에게 이런 식으로 말한다. 주인님, 저를 기사로 만들어 주시기를 간청합니다. 그동안 주인님을 잘 모셔 왔고, 이렇게 제 온몸으로 맹세컨대, 저의 충성심을 확인하실 수 있을 것입니다. 이 모든 환상을 랜슬럿 경은 어두워지는 숲에 누워 떠올린다.

코커는 생각한다: 언젠가 사업의 지분을 떼어 주겠다고 약속하자, 안될 것도 없지. 앨릭에게는 자극이, 일을 하고 뭔가를 준비할 수 있는 계기가 될 테니까. 내가 일을 그만둘 때 물려받을 수도 있고.

어떤 목소리가 소리친다: 내 아들! 내 아들!

코커는 생각한다: 지점을 내는 것보다는 좋은 생각인 것 같다. 앨릭이 진심으로 그걸 목표로 일을 하는 경우에 말이다. 그는 아직 배워야 할 것이 많다. 하지만 내가 가르쳐 주면 되고, 그가 여기서 할 수 있는 일은 아직 많다. 당연히 그는 여전히 아주 젊으니까.

코커는 안다: 앨릭도 나이를 먹고 있다. 우리는 함께 나이를 먹어 간다. 앨릭은 종업원이고, 나는 내가 일으킨 이 사업체에서 그의 고용주다. 앨릭이 나이를 먹으면 그의 나이는 점점 덜 중요해질 것이다. 내가 나이를 먹으면 나라는 존재가 점점 덜 중요해질 것이다. 그가 더 어렸을 때, 학교를 막 졸업하고 곧장 여기로 왔을 때, 그는 좀더 내 말에 귀를 기울였다. 그가 나이를 먹으면서 나의 영향력은 줄어들었다. 머지않아 우리는 동등한 입장에서

서로를 대할 것이다, 그와 내가. 하지만 나는 내가 그런 일이 벌어지는 상황을 두려워하고 있음을 안다. 그건 작별의 말을 하는 순간이 될 것이다.

코커는 가정한다: 랜슬럿 경은 자신이 본 환상의 의미를 생각해 보지만, 적절한 답을 찾을 수 없다. 그리고 잠시 후 한 노인이 어두운 숲을 지났다. 노인은 세상사에 대한 지혜를 가진 은둔자였다. 랜슬럿 경이 말했다. 청컨대, 오늘 제가 본 환상을 해석해 주십시오. 말해 보시오, 은둔자가 말했다. 랜슬럿 경은 종자가 갈색 말을 탄 채 자신을 기사로 만들어 달라고 간청했다고 이야기했다. 경이시여, 은둔자가 말했다, 이 자리에서 의미의 일부를 말씀드리고 나머지는 다음에 알려 드리겠습니다. 갈색 말을 탄 종자는 그가 만족하고 있지 않으며, 더 위대한 영광에 목말라하고 있음을 뜻합니다. 그러자 랜슬럿 경은 은둔자의 대답을 더욱 갈망하게 되었다. 자, 랜슬럿 경이여, 선인(善人)이 말했다, 그 종자에게 허락하소서….

코커는 생각한다: 주급을 십 실링 올려 주자.

코커는 가정한다: 그 말을 남기고 은둔자는 떠나려 한다.

코커는 생각한다: 너무 많은가?

코커는 안다: 앨릭에게 돈을 더 준다고 그와 가까워지는 것은 아니다.

코커는 생각한다: 감사를 바랄 수도 없다, 하지만 그는 좋은 대우를 받으면 그걸 알아차릴 만큼 영리하다.

코커는 가정한다: 랜슬럿 경은 은둔자에게 외쳤다. 괜찮으시다면, 아무것도 숨기지 말고 제게 모든 것을 말해 주십시오. 아, 선인이 말했다, 듣기에 즐겁지 않을 것입니다. 진실을 들어야 할 필요가 있습니다, 랜슬럿 경이 선언하듯 말했다, 말해 주십시오. 그

러자 검은 옷을 입은 은둔자가 말했다, 기사로 만들어 달라는 종자의 요청은 자신의 때가 도래했고, 당신의 때는 끝났다는 것을 의미합니다.

어떤 목소리가 소리친다: 나를 버리지 마.

코커는 생각한다: 잠깐 졸았던 게 틀림없어. 어쩌면 십 실링은 너무 적을지도 모르지만, 지금은 더 이상 줄 여유가 없지.

코커는 큰 소리로 외친다: 뭐 하고 있는 거야?

코커는 안다: 앨릭은 사무실에서 빈둥거리고 있다. 내가 오랫동안 수집하고 보관해 온 물건들을 건드리고 있다. 그는 늘 침입자처럼 행동하고, 그 점이 내가 그를 많이 좋아하는 이유이기도 하다. 그는 문을 열어 둔 채로 지내고 창문도 휙 열어 놓는다(정말로 그렇다는 것이 아니라, 내가 아는 의미에서, 그가 지금까지는 이곳에서 자신이 발견한 것들과 아무 관련이 없었다는 의미에서 그렇다). 그는 파리나 비엔나에서 온 사람보다도 더 이곳이 낯선 사람이다. 이곳, 아래층에서 벌어지는 일이나, 그동안 내게 일어났던 일이나 나를 둘러싼 것들이 그에게는 낯설었다. 그에게는 여우 목도리가 내가 애도하는 어머니의 장례식을 떠올리게 하지 않았다. 그에게는 아래층의 램프가 리셀의 것이 아니다. 만일 그의 나이가 적당하고 그가 리셀과 사랑에 빠진 적이 있더라면, 그는 이 모든 것에서 그녀의 흔적을 지워 버렸을 것이다. 심지어 지금도 그와 내가 같은 여인을 두고 사랑에 빠지는 일이 전혀 불가능한 것은 아니라고 상상하는 것은 웃기면서도 위안이 된다. 물론 그녀가 나와 사랑에 빠지는 일은 없겠지만 말이다. 하지만 적어도 그녀 앞에서 우리 둘이 나란히 설 수는 있다.

코커의 자유

코커는 생각한다: 가정부는 앨릭이 고르게 하자, 그럼 그는 남을 것이다.

코커는 안다: 나를 둘러싼 이 물건들이 싫다. 감옥의 가구나 다름없다. 나는 그것들을 바꿀 것이다. 하지만 지금으로서는, 나 혼자 그 일을 할 수는 없다는 것을 안다.

코커는 생각한다: 그는 그저 어린아이일 뿐이며, 현실적이지 않다.

코커는 안다: 나는 그저 늙은이일 뿐이고 현실적이지 않다.

아무것도 아니에요, 앨릭이 사무실에서 외친다.

코커는 생각한다: 이 친구는 바보다.

코커는 큰 소리로 외친다: 내가 내려가서 직접 챙길게.

찾았어요, 찾았어요, 앨릭이 외친다.

코커는 가정한다: 랜슬럿 경은 자신의 종자가 상처를 치유해 줄 연고를 들고 돌아와 주기를 기다렸다. 마침내 종자가 다가오는 소리를 들었을 때, 그는 더 이상 혼자가 아니라는 생각에 너무 기뻤다.

2

전화가 다섯번째로 울린다. 내버려 둬, 코커 씨가 외친다, 오후에는 영업 안 해. 코커 씨는 전화가 울릴 때마다 같은 말을 했다. 매번, 마치 앨릭이 막 수화기를 들기라도 할 것처럼 말했다. 하지만, 실제로는, 앨릭은 서랍을 옮기거나, 코커의 말을 듣고 있거나, 탁자 위로 몸을 숙이고 있을 뿐이었다. 그것은 코커 씨가 미신적인 이유로, 내려야만 할 것 같다고 스스로 느끼는 어떤 금지 명령이다. 이번에 앨릭은 커다란 옷장 위에 앉아 있고, 머리는 거의 천장에 닿을 것 같다. 코커 씨는 바닥에서 바퀴 달린 차(茶) 운반대를 뒤쪽 방으로 옮기고 있다.

뒤쪽 방은 이제 가구로 가득하다. 접은 커튼은 원탁 위에 올려놓았고, 램프는 쿠션 위에 눕혀 놓았다. 그림들은 굽도리널에 기대어 세워져 있다. 안락의자는 뒤집어 포개 놓아서 회전바퀴가 허공에 있다. 유리문이 달린 책장도 누운 채 유리문이 천장을 향하고 있다. 바닥의 빈 공간은 일 제곱미터도 남지 않았다. 코커 씨는 앞쪽 방을 자신의 방으로 쓰기로 결정했는데, 그 덕분에 집기들을 쌓는 번거로운 과정을 피할 수 있었고, 앨릭은 그 방을 비우기 위해 최대한 많은 물건들을 뒤쪽 방으로 옮겼다. 코커 씨는 손가락을 감쌌던 손수건을 풀고, 이제 반창고만 붙이고 있다.

전화가 계속 울리고 코커 씨는, 차 운반대를 그대로 둔 채, 황급히 돌아온다. 그가 다시 한번 말한다, 내버려 둬.

안 받을 건데요, 앨릭이 말한다.

방해만 될 뿐이야, 코커 씨가 말한다, 일이 잘 진행되고 있을 때 말이야. 저 위에 파란색 카펫 보이지?

네, 잡았어요.

착하지, 코커 씨가 말한다, 일이 아주 술술 진행되고 있네, 정말이야.

이거 좀 받아 주실래요? 앨릭이 말한다.

코커 씨가 옷장 옆에 선다. 옷장은 족히 삼 미터는 될 높이다. 옷장 위에 무릎을 꿇고 앉은 앨릭이, 두툼하게 말린 카펫을 모서리 끝으로 밀어, 팔을 뻗은 채 기다리고 있는 코커 씨에게 내려뜨린다. 앨릭은 카펫이 코커 씨를 덮치지 않게 한쪽 끝을 단단히 쥐고 있다. 카펫은 코커 씨가 받아들자마자 미끄러져 그의 팔과 몸통 사이로 떨어진다. 카펫이 바닥에 닿자 앨릭은 쥐고 있던 손을 놓는다. 말린 카펫은 삼 미터 반 높이다. 코커 씨는 여전히 말린 카펫을 세워서 들고 있다. 그의 자세는 마치 나무를 안을 수 있는지 시험해 보는 아이의 동작 같다.

눕힐 수 있겠어요? 앨릭이 말한다.

코커 씨가 어설프게 한쪽으로 움직인다. 여전히 카펫을 안고 있는데, 이제는 기운 없는 사람을 바닥에 놓인 들것에 눕힐 때처럼 카펫을 받치고 있다. 그는 카펫을 육십 도 정도 기울인 채 잡고 있다. 얼마 후 둥글게 말린 카펫이 쓰러지고, 코커 씨의 콧등이 카펫에 긁힌다. 바닥에 떨어진 카펫은 캥거루 꼬리처럼 가운데 부분이 휘어 있다.

아주 술술 진행 중이야! 코커 씨가 당황하지 않은 채 말한다. 앨릭은 옷장 옆으로 양말을 신은 발을 달랑거리다가 바닥으로 가볍게 뛰어내린다. 그는 넥타이와 가죽 재킷을 벗은 상태이고, 바지는 지저분하고, 커다란 손은 먼지가 묻어 짙은 회색으로 보인다.

자네가 다 했어, 코커 씨가 말한다. 그는 손과 무릎을 써 가며 둥글게 말린 카펫을 묶은 끈을 풀고, 고개를 들어 미소를 띤 채 앨릭을 쳐다본다.

별거 아니에요, 앨릭이 말한다.

구급약 상자를 가지고 온 후로 앨릭은 모든 질문에 유쾌하지만 짧게 대답했다. 자신의 생각은 말하지 않았다. 처리해야 할 일들이 위안이 되었는데, 그건 코커 씨에 대해 고민하는 대신 눈앞의 일들만 생각했다는 뜻이다. 손가락에 반창고를 붙이자마자, 코커 씨가 몸을 돌리고 말했다. 자네가 여기서 일하는 게 행복했으면 좋겠는데 말이야, 앨릭. 앨릭은 무슨 말을 해야 할지 알 수 없었다. 마침내, 그가 말한다. 뭐, 오늘은 휴무일 같은 거 아닐까요? 그러자 코커 씨가 말했다. 앨릭, 조만간 장래에 대해서 이야기를 나눠야 해. 자네 계획이 뭔지도 이야기해 주고 말이야. 여러 가지 면에서 변해야 할 거야, 더 나아지기 위한 변화지, 자네도 알겠지? 예를 들어서 첫번째 변화는 우선 자네 주급을 십 실링 올려 줄 거야. 처음에 앨릭은 농담인 줄 알고 예의상 웃음을 터뜨렸다. 진심이야, 코커 씨가 말한다. 그런데 왜요? 앨릭이 말했다. 자네가 원하지 않는다면, 코커 씨가, 보통은 까다로운 고객을 상대할 때 쓰는 목소리로 말했다. 귀가 조금 먹은 기자가 받아 적고 있기라도 한 것처럼 또박또박 말하는 목소리였다. 당연히 원하죠, 앨릭이 말했다, 그냥 좀 웃게 들렸던 것뿐이에요. 자네가 여기서 행복했으면 좋겠어, 코커 씨가 말했다, 행복한 게 핵심이야. 도와주세요! 앨릭이 생각했다.

전화가 여섯번째로 울린다. 내버려 둬, 코커 씨가 외친다. 앨릭도 엎드린 채 카펫 펴는 것을 돕는다. 머리가 바닥에 가까워지자 아래층에서 울리는 전화 소리가 전보다 더 생생하고 다급하게 들린다. 일분 넘게 울리던 전화는 울리는 도중에 갑자기 멈춘다.

그거 아나, 코커 씨가 말한다, 나는 최초의 전화도 기억이 나.

누가 진짜로 원하나 봐요, 앨릭은 거의 사장님을이라고 덧붙일 뻔했지만, 코커의 알 수 없는 감정을 고려해서, 우리를이라고 말한다.

카펫에서는 장뇌(樟腦) 냄새가 나고, 신문지 같은 종이들을 잔뜩 끼워 말아 놓은 상태다. 벨이라는 사람이 발명했지, 이상하지 않나? 코커 씨가 말한다.

가로로 깔아야 할 것 같아요, 앨릭이 말한다, 그런 다음 그 위에 침대를 놓고 발 쪽을 창을 향해 두면 되겠어요.

코커 씨는, 무릎을 꿇은 채, 방을 둘러본다. 좋아, 그가 말한다, 자네가 대장이야. 코커 씨의 말투에서 앨릭은 그가 맥브라이드 부인에게 '그런 짓은 못합니다'라고 했을 때의 말투를 떠올린다, 마치 자신이 아닌 누군가를 연기하려 하지만 아주 서투른 모습. 마치 장전된 총을 지니고 있는 척하는 것 같다고, 앨릭은 생각한다.

두 사람이 카펫을 다 펴자, 모서리가 말려 올라가며 아래쪽의 캔 버스 같은 면이 드러난다. 십 년쯤 말려 있던 거야, 코커 씨가 말한다. 다 펴지려면 시간이 좀 걸리겠지. 그래도 상태는 좋네, 그렇지 않아? 느껴 봐, 소위 직물이라는 거 말이야. 코커 씨는 옛날 신문지들을 집어서 구긴 다음 문밖, 돌로 된 층계참까지 던진다. 그는 몸을 굽힌 채, 조금은 과장된 열정을 보이며 행동한다. 앨릭은 만약 여전히 사무실 일과였다면 코커는 신문지를 한 장 한 장 따로 접었을 거라고 생각한다.

마지막 신문지까지 치운 코커 씨는, 방구석으로 한참 물러나 고개를 살짝 기울이고 눈을 가늘게 뜬 채 카펫을 내려다본다. 박물관에서 그림을 볼 때의 전형적인 표정이다. 방은 대부분 치워졌고, 옷장과 찬장, 침대가 있는 곳만 장벽처럼 남아 있다. 카펫은 거의 방의 절반을 차지한다. 커튼도 없고 지저분한 창을 통해 들어오는 희미한 빛을 받은 잿빛 바닥과 대조적으로, 카펫의 풍성한 파란색은 상당히 갑작스러운데, 마치 방치된 겨울나무 관목 사이에 핀 야생 히아신스의 파랑 같다. 제대로 된 침실 카펫이야, 이건, 코커 씨가 말한다, 자네도 알겠지만 모든 방마다 적절한 카펫과 적절하지 않은 카펫이 있거든. 주방을 예로 들자면, 이건 주방에는 깔 수가 없거든, 주방 카펫은 더 어둡고 더 정교하고, 덜 파란색으로 해야 해. 주방에는 빨간색, 거실에는 녹색, 침실은 파란색, 이건 제대로 된 침실 카펫이야. 일이 아주 술술 진행되고 있네, 정말이야.

앨릭은 이미 옷장 옆에 놓인 무거운 철제 침대 받침대를 살피며, 그것들을 어떻게 조립하면 좋을지 생각하고 있다. 이거까지 완성하고 나면, 알렉이 말한다, 좀더 침실처럼 보일 것 같네요.

침대의 머리와 발 부분은 거대한 회전바퀴가 달린 철제 다리와 열 개 남짓한 황동색 막대로 이루어져 있는데, 그중 큰 것은 꽃 장식을 그린 도자기 손잡이가 붙어 있다. 막대들을 서로 지지해서 조립하면, 옆에서 본 바퀴 달린 철제 우리처럼 보인다. 침대 뼈대의 스프링은 길었는데, 굵고 투박한 철사로 만들어진 그것들은 사악하고 녹슨 금속 여자 거인의 곱슬머리 같다. 비단처럼 부드러운 재키, 씨발, 우리가 좋아하는 곳이라고 앨릭은 생각한다.

로열 블루라는 색이야, 코커 씨가 말한다, 양말 장사를 할 때 파란색만 서른네 가지가 있었는데, 하나하나 구분해야 했거든. 잠시 후, 코커 씨가 자신의 젊은 시절을 떠올린 것인지, 아니면 앨릭이 아무 반응을 보이지 않는 걸 알아차린 것인지 알 수 없지만, 그는 주제를 바꿔 이렇게 묻는다. 자네 여자친구 말이야, 앨릭, 무슨 일 한다고 했지?

가게에서 일해요, 앨릭이 말한다.

미용실에서 일한다고, 그 친구가?

그냥 평범한 상점 점원이에요, 앨릭은 그렇게 대답하며 주먹으로 스프링을 내려친다. 계속 할까요? 그가 덧붙인다.

지쳤나, 앨릭?

전혀요.

언제 한번 데리고 와, 여기 근사하게 꾸민 다음에 말이야, 코커 씨가 말한다. 이제 이곳을 집으로 개조할 거니까, 자네도 여기서 편하게 지냈으면 해.

감사합니다, 앨릭이 말한다.

두 층 아래 출입구에서 문을 두드리는 소리가 들린다.

가서 창밖으로 한번 봐봐, 코커 씨가 다급히 말한다, 자네 참 착해.

앨릭이 창 쪽으로 다가간다.

자네 모습은 들키지 말고, 코커 씨가 말한다.

앨릭은 코커 씨의 목소리에서 초조함을 감지한다.

코커의 자유

문 닫았는데, 코커 씨가 말한다, 누굴까?

여잔데요.

누구?

제가 어떻게 알겠어요?

지팡이 짚고 있나?

제가 보기엔 아닌데요.

올려다보고 있어?

네.

그럼 그냥 둬.

지금이, 앨릭은 생각한다, 코커가 모른 척했던 총을 장전할 때인가?

그 여자가 올려다보지 않으면 얘기해 줘, 코커 씨가 말한다.

종이에 뭔가 적고 있어요.

코커 씨는 발끝으로 걸어 창 쪽으로 가서는 조심스럽게 밖을 내다본다. 좋았어, 그가 말한다, 손님이 틀림없어.

앨릭은 코커가 스스로도 자신의 본모습을 드러내고 있음을 알고 있는 거라고 판단한다. 도와주세요!라는 표현을 불쌍한 노친네 항목에 표시한다, 이제 예비는 더 이상 없다.

공연한 소란은 싫어서 말이야, 자네도 알겠지만, 코커 씨가 말한다.

당연하죠, 앨릭이 말한다. 그리고, 좀더 다정한 목소리로 덧붙인다. 이 침대부터 해결하죠. 그는 침대 머리 부분을 파란색 카펫과 맞닿은 벽으로 가지고 가 세운 다음, 아주 낮게, 마치 코커 씨가 듣지 않았으면 좋겠다는 듯이 덧붙인다, 이제 적어도 누울 자리는 있는 셈이네.

갔어, 코커 씨가 여전히 창가에 선 채 말한다.

스프링 옮기는 거 좀 도와주실래요? 앨릭이 말한다.

그래, 그래, 뭘 도와줄까?

사장님이 그쪽을 잡으시고 같이 창 쪽으로 옮겨서 카펫 위에 놓으면 될 것 같아요, 꽤 무거우니까 아래쪽으로 잡으세요.

두 사람은 침대 뼈대를 카펫 위에 부드럽게 내려놓는다. 스프링 사이로 보이는 파란색이 조금 볼품없어 보인다.

이제 뼈대를 저기 머리 부분에 끼워야 해요, 끝쪽만 들어서, 사장님은 도자기 부분을 구멍에 끼우세요. 둘이서 동시에 하지 않으면 맞출 수 없을 거예요.

두 사람은 침대를 든다. 코커 씨는 양손으로 들고, 앨릭은 머리 부분을 기울이느라 한 손만 사용한다.

끼웠어요? 앨릭이 힘을 쓰며 말한다.

거의 됐어.

어서요.

끼웠어! 끼웠어!

좋아요.

두 사람은 한 발 물러나 자신들이 한 일을 감상한다. 머리 부분이 침대 뼈대에 제대로 끼워졌고, 벽에서 앞쪽으로 살짝 기울어져 있다.

다음은 발 쪽이요, 앨릭이 말한다.

그는 철제 우리의 두번째 옆면을 옷장에서 끌고 온다.

이건 좀더 복잡할 거예요, 그가 말한다, 끼우는 동안 발 쪽을 들고 있어야 하니까.

어디 기대 놓고 하면 안 될까? 코커 씨가 묻는다.

안 돼요, 앨릭이 말한다, 제일 좋은 방법은 제가 밑에서 들어 올리고 있는 동안 사장님이 다리를 잡고 도자기 부분을 끼우는 거예요.

코커 씨는 옆에서 침대 발 쪽을, 마치 여성이 지나갈 수 있게 문을 열어 주는 사람처럼 들고 있다.

세상에! 앨릭이 신음한다, 정면으로 오셔야죠.

코커 씨는, 여전히 양손으로 막대 맨 윗부분을 잡은 채, 침대를 돌아 발 쪽 가운데 부분으로 온다. 앨릭이 반대편을 통해 침대 바닥으로 들어가 등으로 밀어올린다. 그는 엎드린 자세로 코커 씨의 발치에 자리를 잡는다.

끼울 수 있겠어요?

거의 됐어.

코커 씨는 막대 꼭대기 너머로 목을 빼고 살피며 작업을 계속한다.

똑바르지가 않아요! 앨릭이 외친다.

어떻게 해? 코커 씨가 속삭인다.

오른쪽으로 오 센티 정도 가세요, 앨릭이 말한다.

자네 오른쪽으로? 코커 씨가 묻는다.

씨발, 제 오른쪽이요! 앨릭이 말한다. 스프링이 그의 어깨를 짓누르고 있다.

좀 가까워졌나? 코커 씨가 말한다.

더 나빠졌어요, 앨릭이 말한다.

미안, 코커 씨가 말한다.

그냥 두세요, 앨릭이 말한다, 저도 내려놓을게요.

그는 침대 반대편으로 나온다. 사장님이 밑으로 가실래요? 그가 말한다.

해 볼게, 코커 씨가 여전히 막대를 쥔 채 말한다.

제가 들어 드릴게요, 앨릭이 말한다.

앨릭은 뒤쪽 방으로 갔다가 어깨에 무거운 녹색 커튼을 두른 채 돌아온다. 이걸 대면 등이 다치지 않을 거예요. 다리 내려놓으시고,

바닥에 눕혀서요, 사장님이 그 아래쪽으로 엎드리시면 밑으로 들어
가실 수 있게 제가 끝을 들게요.

앨릭이 코커 씨의 등에 커튼을 둘러 준 다음 침대를 들어 올린다.
됐어요, 그가 말한다.

코커 씨가 기어서 들어간다.

아주 천천히 내릴게요, 앨릭이 말한다, 너무 무거우면 소리치세요.
그래도 고개는 숙이시고, 내립니다.

그가 침대 받침대를 내린다. 무거워요? 그가 말한다.

커튼의 일부가 흘러내려 코커 씨의 머리와 얼굴을 덮었다. 그 때
문에 그의 목소리가 커튼에 막혀 답답하게 들린다.

할 수 있어, 그 목소리가 다급하게 말한다. 코커 씨는 이제 등으로
침대를 받치고 있다.

일 초도 안 걸릴 거예요, 앨릭이 말한다.

전화가 울린다.

영업 안 해, 녹색 덮개에서 그 목소리가 다급하게 말한다.

끝났어요! 앨릭은 그렇게 외치고 침대 발 쪽 부분 전체를 들어올
린다.

코커 씨가 움직이지 않는다.

전화 소리가 멈춘다.

나오셔도 돼요! 앨릭이 말한다.

코커 씨가 옆으로 기어 나온다, 여전히 머리에 커튼을 뒤집어쓰고
있어 자신의 머리 위에 빈 공간이 있다는 것을 모른다. 코커 씨가 완
전히 나오자 앨릭은 침대를 내린다.

괜찮아? 코커 씨가 묻는다. 이제 괜찮아?

앨릭이 커튼을 걷어 준다.

코커 씨가 고개를 너무 숙이고 있어 마치 바닥에 입을 맞추고 있는 것 같다. 바지 한쪽이 올라가서 새하얗고 부드러운 장딴지가 드러나 있다. 목 뒤쪽 머리칼 바로 아래에는 긁힌 상처에 피가 묻어 있다. 앨릭은 남은 평생 내내 그때 스치듯 본 코커의 모습을 잊지 못할 것이다. 또한 그 기억이 왜 그렇게 아픈지를, 심지어 재키에게도, 설명하지 못할 것이다.

코커 씨는 얼른 고개를 들고는, 엉거주춤하게 일어난다. 그는 손으로 뒷목을 잡으며 말한다. 욥(Job)이 어떤 기분이었을지 이제 알겠네. 욥은 『구약성서』에 나오는 이름인데, 자네도 알지? 철자는 잡(Job)이랑 똑같아, 제이(J) 오(O) 비(B). 그가 웃음을 터뜨린다. '제이오비'가 아주 술술 진행되고 있네(온갖 고난을 견뎌내는 인물인 욥과 '일'을 뜻하는 영어 'job'을 연결해 이야기하고 있다―옮긴이), 정말이야. 내 목이 긁혔나?

즉시 '네'라고 대답하는 대신, 앨릭은 마치 코커가 엎드리고 있을 때는 못 봤다는 듯이 그의 목을 다시 한번 살핀다. 앨릭은 이미 그 광경을 잊으려고 애쓰고 있다. 조금요, 그가 말한다.

신경 쓰지 마! 코커 씨가 말한다, 자 이제 매트리스!

매트리스는 못 봤는데요, 앨릭이 말한다.

봤을 리가 없지, 코커 씨가 말한다, 그건 아래층 대기실에 있으니까. 그는 갑자기 뭔가 생각이 난 듯, 침대를 한번 둘러본다. 그런데 말이야, 내가 그 침대에서 태어났거든, 그가 말한다, 정말이야.

앨릭은 황동 막대와 사악한 스프링과 채색한 도자기 장식을 쳐다본다.

매트리스 보여줄게, 코커 씨가 말한다.

코커 씨가 계단을 앞장서서 내려가고, 앨릭이 뒤를 따르며 그의 목에 긁힌 상처를 세번째로 바라본다. 그는 코커가 목의 상처에 대해 왜 소란을 피우지 않는지, 그러니까 왜 손가락의 상처와 달리 소란을 피우지 않는지 안다. 불쌍한 노친네는 점점 더 신이 나고 있다. 사무실 일과는 점점 더 멀어지고 있다. 실상은 그가 재키에게 해 줄 수 있는 그 어떤 이야기보다 통제가 안 되고 있다. 그는, 앨릭은, 자제하고 있다, 코커는 제정신이 아니다.

매트리스는 대기실 책꽂이에 기대 세워져 있다. 새것이고, 아주 크고 두꺼운 파란색 매트리스이고, 폴리에틸렌 재질이다. 저거야! 코커 씨가 말한다.

사장님이 앞쪽 잡으세요, 앨릭이 말한다.

둘은 복도를 힘겹게 지나 좁고 가파른 계단이 시작되는 위치에 도착한다.

이제 등반! 코커 씨가 말한다, 얼굴이 붉고 머리는 헝클어졌다.

사장님이 잡고 끌면, 앨릭이 말한다, 제가 아래에서 올릴게요.

안나푸르나 등반! 코커 씨가 말한다. 여자 이름 같지, 그렇지 않아? 에베레스트나 마터호른은 남자 이름 같잖아. 그치? 융프라우는 또 다른 여자 같고 말이야. 융프라우가 독일어로 무슨 뜻인지 알아? '처녀'라는 뜻이야.

코커 씨는 매트리스를 당기며 뒷걸음으로 계단을 오른다. 매트리스를 얼굴 가까이 당길 때도 있고 다리 사이로 내릴 때도 있다. 세게 쥐면 삑삑 소리가 나는 폴리에틸렌 때문에 매트리스는 단단히 잡고 있기가 어렵다. 뒤에서 앨릭은, 팔을 뻗은 자세로 밀어 올리고 있다.

영차, 올리고! 코커 씨가 내뱉는다, 이제 자신이 노 젓는 바닷사람이라고 믿는 것 같다. 얼굴 쪽으로 너무 세게 당겨서 매트리스가 실제로 그의 얼굴에 부딪히며 입을 짓누른다.

　　　　코커의 자유

이제 입으로 물었어! 그가 말한다.

앨릭은 아래에서 매트리스를 세게 밀어 올린다. 그는 **불쌍한 노친네**가 다음에 어떤 행동을 하는지 보고 싶다. 그에게 더 큰 모욕을 주고 싶다. 앨릭은 그렇게 더 심한 것을 원하지 않으면, 아무것도 할 수 없다는 무력감을 느낄 수밖에 없다. 그래서 그는 더 심한 것을 원한다.

매트리스가 코커 씨의 얼굴을 친다.

그녀가 올라간다! 그가 말한다.

앨릭이 더 밀어 올린다.

코커 씨가 계단을 하나 더 올라가고, 이제 뒤로 넘어지지 않게 매트리스를 붙잡고 있는 형국이다. 잠시 후 그가 갑자기 주저앉는다. 매트리스가 소리를 내며 그의 어깨에 떨어진다. 잠시 쉬자, 그가 말한다.

뚱뚱한 여자랑 춤추는 것 같아요, 앨릭이 말한다.

술 취한 여자를 침대로 데리고 가는 거랑 더 비슷하지, 코커 씨가 말한다.

앨릭이 웃는다. 두 사람은 난간 너머 출입구 앞의 돌바닥을 내려다본다. 뱀처럼 휜 난간이 아래로 이어진다.

좆나 무거운 여자야. 그 말을 한 건 코커 씨다. 그는 또박또박, 마치 앨릭의 웃음소리에 맞추려는 듯이 높은 목소리로 말한다. 그의 입에서 나온 말은, 마치 계단통을 따라 출입구의 돌바닥으로 펄럭이며 떨어지는 종잇장처럼 침묵 속으로 날아간다. 코커 씨는 매트리스가 얼굴을 덮쳤을 때 자신도 모르게 입술을 깨물지 않았는지 확인하기 위해 손으로 부드럽게 입술을 매만진다. 잠시 후 앨릭이 말한다, 거의 다 왔네요.

평상시 목소리를 되찾은 코커 씨가 말한다, 일이 아주 술술 진행

되고 있네. 정말이야.

다시 움직이기 시작했을 때 앨릭은 더 이상 매트리스를 코커의 얼굴에 밀어붙이지 않는다. 반대로, 코커는 방향만 잡으면 되도록, 자신이 있는 힘을 다해 매트리스의 무게를 받치려고 애쓴다. 앨릭은 매트리스를 들어 올리면서, 오늘 두번째로, 자신이 뭔가 평범하지 않는 짐을 나르고 있다고 상상한다. 이번에는 엄청나게 큰 폴리에틸렌 쿠션이고(그는 폴리에틸렌의 텁텁한 단내를 맡을 수 있다) 그 위에 힘차게 버둥거리는 아기 한 명이 앉아 있다. 하지만 이 아기는 다초점 렌즈 안경을 쓰고 있고, 머리가 회색이고, 머리가 벗겨지고 있으며, 갈색 작업복을 긴 덧옷처럼 입고 있다. 앨릭은 쿠션에 올라탄 아기를 들고 계단을 오르고 있다. 이제 아기를 떨어뜨리지 않고 모퉁이를 돌아야 한다, 모퉁이 부분의 계단 하나하나는 케이크 조각 같은 삼각형 모양이다. 만약 거기서 떨어지면 아기는 곧장 구 미터 아래 출입구 앞 돌바닥에 떨어질 것이다.

매트리스가 모퉁이 난간과 벽 사이에 끼어 움직이지 않는다. 아기가 사라지고 코커 씨가 다시 나타난다. 앨릭이 밀어 보지만 매트리스는 휘기만 할 뿐이다. 코커 씨가 계단 꼭대기에 걸터앉아 위로 끌어당긴다. 마침내 매트리스가 모퉁이를 벗어나고, 코커 씨가 본인 위로 매트리스를 당겨 바닥에 내려놓는다. 해냈어, 그가 말한다, 해냈다고.

매트리스를 침대에 올리고 나서, 코커 씨는 급히 뒤쪽 방에 갔다가, 작은 침대 옆 탁자를 들고 다시 나타났다. 그런 다음 쿠션 두 개와 램프도 가지고 온다. 그는 베개가 있어야 할 침대 머리 부분에 쿠션들을 놓고, 램프는 탁자에 내려놓은 후, 벽 아래쪽에 있는 전원에 연결하고 켠다. 불을 켜고 조명의 효과를 살핀다. 방 한쪽 구석에 쌓아 두었던 가구들 중 남은 것들이 있다. 파란색 카펫 위에 파란색 매트리스의 더블 사이즈 침대가 있다. 침대 옆에는 핑크빛 램프가 있다. 다른 경우였다면 방은 비었고, 불빛도 이내 희미해졌을 것이다. 카펫의 파란색은 이제 파란색 페인트처럼 보인다. 커튼을 치지 않은 창으로 빨간색 네온 불빛이 보인다. 물이라고 적혀 있다. 핑크빛 램프의 반사된 모습도 창에 비친다. 자, 코커 씨가 말한다, 오늘 밤 잠자리는 마련했으니까, 이제 그만하지.

담요는 갖고 계세요? 앨릭이 묻는다.

담요랑 시트, 베갯잇 모두 주방 장식장 안에 있지, 코커 씨가 말한다.

가서 차 끓일게요, 앨릭이 말한다.

자네가 없으면 뭘 해야 할지도 모를 거야, 코커 씨는 그렇게 말하고는, 침대에 앉았다가 서서히 몸을 눕힌다. 나도 옛날처럼 젊지는 않아, 앨릭. 그가 말한다. 갈색 작업복이 그의 몸 양쪽으로 퍼지고, 앨릭은 멜빵 때문에 바지가 가슴까지 올라간 모습을 지켜본다. 전에도 종종 그런 모습을 본 적이 있다. 그래서 앨릭의 눈에는, 코커의 이전 모습 중 남은 것은 그렇게 바지를 그렇게 반쯤 올려 입는 습관밖에 없는 것처럼 보인다.

코커는 생각한다: 이게 나야, 성공했어. 아무도 막지 못해.

코커는 안다: 한 번도 경험해 보지 못한 상황에 놓여 있다. 되돌릴 수 없는 일을 저질렀고 이제 결과를 기다리는 수밖에 없다. 나이를 먹는 것을 일시적으로나마 멈추게 하는 것은 절박함이다. 나는 계속 절박할 것이다.

어떤 목소리가 소리친다: 되돌려! 되돌려!

코커는 생각한다: 하나씩 하나씩 이곳을 내가 원하는 모습으로 만들어 갈 것이다. 저쪽 벽난로 앞에는 긴 거울을 놓고 싶네. 정부의

모습을 더 잘 보기 위해 침대 주위를 온통 거울로 둘러 버린 황제가 있었다지. 당시에는 거울용 유리가 아주 귀했다는 것이, 문제였다. 너무 귀해서 감히 쳐다볼 수가 없다는 점, 이걸로 농담도 만들 수 있을 것 같다. 요즘은 거울이 너무 비싸서 남자들은 감히 자신의 모습을 쳐다볼 여유가 없다. 이런 추세라면 자동판매기에서 거울을 봐야 할 것이다. 동전을 넣으면 십 초 동안 보는 것으로. 동전을 두 개 넣으면 최고로 근사한 자기 모습을 볼 수 있다. 다섯 개를 넣으면, 다시 젊어진 자신을 볼 수 있다. 강연에서 이 생각을 써먹을 수도 있겠네. 거울 보기, 벽에 걸린 거울 보기. 세상에서 제일 예쁜 사람이 누구지?

코커는 가정한다: 맥브라이드.

코커는 생각한다: 그 모든 걸 찾아낸 게 재미있다. 카펫, 침대, 식기 같은 것들.

코커는 가정한다: 문을 지나면 주황색 커튼이 있다. 그 커튼을 열고 들어간다. 아름다운 여인이 마치 나를 기다리고 있었던 것처럼 거기 서 있다. 그녀는 거의 흰색에 가까운 은팔찌를 차고, 팔을 뻗은 채 나를 향해 다가온다. 어서 와요, 그녀가 말한다, 천 일하고도 하루 동안 우리는 당신을 기다리고 있었어요. 먼 길을 오셨으니 휴식이 필요하겠죠. 당신을 위한 침대가 마련되었고, 당신을 모실 하녀도 골라 두었고, 목욕물도 준비해 뒀어요. 우리가 처음 당신을 기다리기 시작한 이후로, 많은 밤과 낮을 허비하지는 않았어요. 이 장식장에는 당신을 위해 짜 놓은 여러 색의 옷들이 있어요. 서랍마다 우리가 수를 놓은 속옷들이 들어 있고요. 저 선반 위에는 우리가 장식한 접시와 그릇들이 있어요.

어떤 목소리가 소리친다: 되돌려! 되돌려! 되돌려!

코커의 자유

코커는 가정한다: 주인님, 이제 무엇을 원하시나요? 그게 무엇이든, 허락해 드리겠습니다. 나는 나를 위해 마련된 이 방의 침대에 누워 또렷한 목소리로 대답한다. 다시 시작하고 싶어.

코커는 생각한다: 만약 처음에 성공하지 못하면….

코커는 가정한다: 그가 아주 흥미로운 수집품들을 좀 가지고 있는 것을 알겠지, 코커 말이야. 언제 그의 집에 들러서 그가 가진 지도와 실크 제품들을 보여 달라고 해, 그리고 그의 사진들도, 알겠지만, 그는 세계의 절반을 돌아다녔으니까. 그는 이야기하기에 즐거운 사람이야, 그런 사람이지, 클래펌에서 눈에 띄는 인물들 중 하나지. 아주 안락한 작은 집에서 가정부와 함께 지내고 있어.

코커는 생각한다: 브랜드 양을 어떻게 할지 결정해야만 해.

코커는 가정한다: 오빠가 집을 나갔는데, 이후로 한 번도 보지를 못했어요. 집을 나간 건 월요일 아침이었죠. 그 충격 때문에 저는 거의 죽을 뻔했습니다. 저는 윌리엄을 위해 모든 것을 바쳤는데, 그런 다음 낡은 코트처럼 버려지다니, 그건 세상에서 가장 불친절한 행동이었어요. 의사 선생님이 제게 말씀하셨어요, 선생님 말이, 아주 힘든 시기를 지나셨군요, 코커 양, 당신처럼 용기 있는 여성이 아니었더라면….

코커는 생각한다: 동생이 병원에 간다면, 동생이랑 마주칠 일 없이 웨스트윈즈에 있는 내 물건들을 가지고 올 수 있을 텐데.

전화가 울린다.

코커는 가정한다: 여보세요, 클래펌의 코커 씨 되십니까? 윌리엄 코커 씨? 여기는 버러 히스 병원입니다. 여동생께서요, 그러니까 코커 양께서 아주 위독한 상황인데, 선생님을 찾고 계십니다. 여동생분이 처한 상태의 위중함을 고려할 때, 즉시 와 주셔야

할 것 같습니다.

코커는 외친다: 영업 안 해!

코커는 가정한다: 안타깝지만 제가 운영하는 사업체가 있어서요, 갈 수 없을 것 같습니다.

코커는 생각한다: 여동생은 늘 병 핑계를 댔지.

코커는 가정한다: 여동생분이 돌아가셨습니다, 코커 씨.

어떤 목소리가 소리친다: 되돌려! 되돌려!

코커는 가정한다: 그는 온종일 신나 했습니다, 여동생이 죽던 날 말이에요. 그런 모습은 처음 봤어요, 막 뭔가에서 벗어난 사람 같았습니다. 침대에 들어갈 때는, 무슨 술 취한 사람처럼 털썩 쓰러졌다니까요. 정말 술이 취했다고 해도 믿었을 겁니다.

코커는 생각한다: 다섯시가 넘은 것이 분명해. 어두워지고 있잖아. 정원용 수반(水盤) 그림은 저쪽 벽에 걸면 되겠네. 여기 새들이 있을지 모르겠지만, 양고기 비계로 한번 불러 봐야겠네.

코커는 가정한다: 신사 숙녀 여러분, 버러 히스 병원에서 오신 신사분들이나 아이린 코커 양, 그리고 앨릭 구치 씨도 오셨기를 바랍니다. 신사 숙녀 여러분, 오늘 강연의 제목은 '안 될 것도 없지'입니다. 몇몇 소재는 제가 바로 이곳에서 했던 다른 강연, '나는 왜 그렇게 했는가'라는 제목의 강연에서도 이야기했던 것들입니다. 저는 제가 영국인이라는 사실이 자랑스럽고, (환호) 제 조국이 자랑스럽습니다. 영국인이 된다는 건 자유로워진다는 의미입니다. 여행을 다녀 보면, 오늘 저녁 우리는 함께 비엔나로 여행을 떠날 것입니다, 외국인들이 영국인의 자유를 얼마나 우러러보는지 알 수 있죠. 영국은 자유국가입니다. 그래서 저는 저의 가장 기본적인 권리를 주장하는 바입니다. 그건 바로 내가

코커의 자유

선택한 곳에서 살 수 있는 권리입니다. 저는 평생을 일했습니다. 처음엔 양말 장사를 했고, 나중에 작은 개인 사업을 시작했는데, 그것이 지금의 클래펌의 코커 직업소개소입니다. 그 정도면 제가 저만의 침대에서 잠이 들고, 그 침대를 제가 바라는 곳에 둘 자격이 있는 것 아닐까요? 다시 한번 말합니다, 그럴 자격이 있는 것 아닐까요?

코커는 생각한다: 폴리에틸렌이 건강에 안 좋을지도 몰라.

코커는 가정한다: 저는 여동생을 버렸다는 비난과, 그녀가 장애로 힘들어하는 것을 외면했다는 비난을 받았습니다. 하지만 여러분께 묻고 싶습니다, 친구 여러분, 세상에 여동생을 버리지 않는 오빠가 얼마나 될까요? 오히려 저는, 대부분의 오빠들과 달리 너무 오랫동안 여동생을 버리는 일을 피해 왔습니다. 저는 여동생의 끔찍한 집에서 십이 년을 살았습니다. 십이 년 동안, 밤마다 잔소리 외에는 아무 소리도 듣지 못했습니다. 동생의 고통을 외면하지도 않았습니다, 저 자신이 고통받았으니까요. 자기 자신으로 살 수 있는 권리, 고통에서 벗어나는 길을 찾을 권리, 자신이 바라는 곳에서 바라는 대로, 열정적으로, 호기심 가득하게, 희망을 가지고, 이런저런 시도를 하며 살 권리, 다시 시작하고 싶다고 말할 수 있는 권리인 것입니다. (긴 환호.)

코커는 생각한다: 브라우닝 양이 오늘 밤에 와 줬으면 좋겠네.

코커는 가정한다: 신사 숙녀 여러분, 감사합니다, 이제 제가 발표를 하나 하겠습니다. 브라우닝 양과 제가 삼촌과 조카가 되기로 했습니다.

코커는 안다: 나는 절박해.

코커는 가정한다: 신이시여, 제가 누운 이 침대를 축복하소서.

주방에서 앨릭이 처음 발견한 것은 창턱의 커다란 컵에 담긴 제비꽃이었다. 그는 가스 조리기를 켰다. 그 가스 조리기는 오래된 것이었다. 각각의 화구는 구멍을 낸 구멍띠를 축소해 놓은 것 같다. 녹슨 주철 가루가 철판 아래 받침대로 떨어졌다. 지난 십 년 동안 이 조리기는 주전자에 물을 끓이거나, 냄비에 계란을 익힐 때만 쓰였다. 신기하게도, 이 주방에서 채소를 조리한 적은 한 번도 없었지만, 양배추 익힌 물 냄새가 벽과 장식장의 나무 문에 배어 있다. 천장에는 갓 없는 알전구가 매달려 있고, 천장의 네 모서리에는 거미줄이 있다. 한 시간 후면 앨릭은 제비꽃을 다시 재키에게 가져다줄 것이고, 한 시간 후면 그는 이 지옥 같은 곳에서 벗어날 것이다. 주급을 십 실링 올려 주겠다는 말을 진짜로 믿지는 않았다. 만약 사무실 일과를 다시 시작하려면 코커와 그가, 코커가 바닥에 고꾸라졌던 일은 없었던 셈 쳐야 한다는 것을 알고 있었다. 그리고 그런 일을 없었던 셈 치려면, 봉급 인상 이야기도 마찬가지로 없었던 셈 쳐야 했다. 그는 방을 가로질러 낡은 갈색 찻주전자가 늘 뒤집힌 채 놓여 있는 삐걱대는 건조대로 갔다. 거기서 그는 주급을 십 실링 인상해 주겠다는 코커 씨의 말을 믿을 수 없는 또 다른 이유를 생각하기 시작했다. '나는 이 불쌍한 노친네를 안쓰럽게 여기지 않을 수 없었다.' 그는 뜨거운 물을 부어 주전자를 데웠다. 코커를 안쓰럽게 여긴 건, 점심 식사 후에 그가 갑자기 나이 들고 무능력한 사람이 되어 버렸기 때문이다. 내일 아침 코커가 잠옷 차림으로 이곳에서 아침을 준비하는 장면을 상상했다(이제 앨릭은 찻주전자에 차를 두 스푼 넣고 있다). 이 불쌍한 노친네는 자주 아침을 거르게 될 것이다. 하지만 무엇보다도, 코커가 안쓰럽게 여겨졌던 것은 앞으로 닥칠 일을 예측할 수 없고, 알 수도 없으며, 누가 이야기해 주지도 않기 때문이다. 앨릭은 코커가 왜 그렇게 서둘러

코커의 자유

동생 집을 나왔는지 확실히 알 수 없고, 왜 그 동생이 죽어 가고 있는지, 왜 코커가 '좆나 무거운' 같은 말을 했는지, 왜 서랍 안에 장전된 총을 보관하고 있는지, 왜 밴디 브랜디를 가정부로 쓰겠다는 말을 했는지, 왜 위층에서 술 취한 사람처럼 행동했는지 그 이유도 확신할 수 없다. 하지만 코커 본인도 그 이유를 설명할 수 없을 거라고 확신한다. 앨릭이 보기에 코커는 뒤에서 시속 백육십 킬로미터 강풍이 몰려오는 것처럼 서두르고 있다. 인간이 만들어낸 강풍이 이제 막 터널에 밀려들었고, 코커는 지하 묘지를 이리저리 오가며 서두르고 있다. 주전자에, 물이 끓으면서, 소리가 난다. 앨릭은 지하 묘지를 한 번도 본 적이 없지만, 주전자에서 차를 따르는 동안 그 소리와 느낌으로 주전자에 몇 년 된 물때가 끼었음을 알아차리고는(주전자를 기울일 때 물때도 한쪽으로 쏠리면서 뭔가 울리는 소리가 났다) 짐작할 수 있었다. 살덩이가 모두 사라지고, 바스러진, 광물적인 지하 세계, 그는 지금 코커가 겪고 있는 고통을 상상하기 위해 그런 세계를 떠올렸다. 그는 장식장 쪽으로 다가갔다. 선반 위에 컵과 컵받침, 접시들이 몇 개 있었다. 다른 선반에는 소금 한 봉지, 차, 비스킷 통, 그리고 거의 비어 있는 이스트 스프레드 통이 하나 있었다. 아래쪽 선반에 코커가 말했던 침대 시트와 베갯잇이 있다. 앨릭은 컵을 스프레드 통이 있는 선반에 올려놓고 몸을 숙여 시트를 살핀다. 코커가 말해 주지 않았더라도 앨릭 혼자서 찾을 수 있었을 것이다. 이불은 새것처럼 보이지는 않는다. 짐작건대 코커가 웨스트윈즈에서 몰래 가지고 왔을 것이다. 거기서도 그는 더블 사이즈 침대를 썼던 걸까? 시트 뒤로 상자 두 개가 보인다. 첫번째 상자는 흰색 판지 상자인데 겉에는 아무것도 씌어져 있지 않다. 그는 상자를 열어 본다. 안에 진 술병만 한 병이 하나 있다. 따지 않은 병이다. 외국어로 된 상표가 붙어 있는

데 앨릭은 '퀴멜'이란 단어를 발견하고는 그게 코커가 비엔나 이야기를 할 때 말했던 술이겠거니 생각한다. 두번째 상자는 황금색이고 기울어진 검은색 양각으로 '얼루어'라고 적혀 있다. 앨릭은 이 상자도 열 수 있을지 조심스럽게 살펴본다. 열 수 있다. 안에는 서로 다른 모양의 초콜릿들이 서로 다른 색깔의 은박지에 싸인 채 트레이에 놓여 있다. 몇몇 초콜릿은 이미 먹어 버린 듯 짙은 색 컵만 덩그러니 남아 있다. 초콜릿 위로 뚜껑에 비스듬히 걸친 채 커다란 담배 카드만한 그림이 그려져 있다. 벌거벗은 여자가 침대에 등을 대고 누운 모습을 그린 그림이다. 짙은 머리칼에 눈이 큰데, 다리 사이에 털이 없는 것을 보니 거기는 면도를 한 모양이다. 몸집이 자그마한 것이 재키랑 비슷할 것 같다. 피부색이, 심지어 발바닥까지, 아주 하얀 여자다. 사진 같기도 한데, 색이 입혀진 것을 보니 그림이 맞는 것 같다. 그림 아래 '벌거벗은 마하'라고 적혀 있다. 앨릭은 다시 초콜릿을 쳐다보며 아무 생각 없이 몇 개나 먹었는지 세어 본다. 일곱 개. 코커가 침대에 누워 초콜릿을 먹는 장면을 그려 본다. 그리고 초콜릿을 먹는 동안 그 여자를 바라보는 광경도 그려 본다. 도와주세요! 그는 그런 생각을 하며, 상자를 닫고는 두 상자 모두 다림질로 반들반들해진 시트 뒤에 다시 밀어 넣는다. 컵 두 개를 가스 조리기 옆 탁자에 놓는다. 우유는 차갑게 보관하기 위해 늘 싱크대 아래 나무 장식장에 두고 있다. 싱크대 위 창턱에 제비꽃이 놓여 있다. 납으로 만든 U자 모양의 배수관이 장식장을 통과해서 지나간다. 병에 담기는 우유와 배수관을 지나는 구정물 사이의 차이가, 자신의 성기와 코커의 성기가 지나온 역사의 차이일 거라고 생각한다. 그는 한숨을 쉬며 문을 발로 차 닫는다. 다시 한번 제비꽃을 쳐다보며, 두 사람의 서로 다른 역사에 대해서 되짚어 본다. 코커 씨는 왜 다른 사람들처럼 될 수 없을까,

다른 사람들과 비슷하지만 나이만 좀더 먹은 사람이 될 수 없을까 궁금하다. 파란색 쿠션 위에서 보았던 아기 같은 코커의 모습을 떠올린다. 퀴멜은 아주 독한 술이라고 말할 때의 코커의 모습을 떠올린다. 술병을 따고 코커가 마실 차에 술을 조금만 타 줄까 하는 생각이 든다. 마하의 사랑이 담긴 겁니다라고 말하며 컵을 건네는 것이다. 그러면 노인네는 술에 취해 '마하! 마하! 내 사랑!'이라고 중얼거리다이내 잠이 들겠지. 멍청한 노인네, 앨릭은 생각한다, 무릎 꿇고 바닥이나 핥는 술 취한 멍청이 노인네 같으니라고. 앨릭은 우유를 두 컵에 따른다. 하나는 살짝 금이 가 있다. 엄청 큰 채소용 접시는 있지만 제대로 된 컵은 없다. 우유에 차를 따르자 친숙한 엷은 갈색이 나타나고, 그는 아침에 재키가 차를 끓이던 모습을 떠올린다. 차, 차, 차, 차, 그는 차를 떠올리고, '차'라고 말할 때마다 익숙한 갈색 음료를 한 컵 원하는 사람들이 생각난다. 재키 어머니의 주방에서 차를 마시는 앨릭 자신, 어머니, 보온병에 차를 담아 직장으로 향하는 형들, 비가 와서 카페 앞에 자전거를 세우고 들어온 자전거 모임의 사람들, 새벽 두시에 기차역의 차 노점 앞에 모여드는 소년들. 코커도 차를 좋아하지만 그는 좀 다르다. 초콜릿 상자와 원탁과 환상을 좋아하는 코커, 차 한 잔을 들이켤 때면 그런 모습들이 한꺼번에 끌려나오고, 앨릭은 가만히 앉아 귀를 기울여야 한다. 코커가 그런 사람으로 태어난 것을 비난할 수는 없다. 하지만 자신이 왜 십 실링의 주급 인상을 받을 수 없는지 또 다른 이유를 따져 보고 나니, 결론을 내릴 수 있었다. 이 불쌍한 노친네한테 안쓰러운 마음이 드는 것은 어쩔 수 없지만, 그렇다고 영원히 이 사람과 함께 지낼 수는 없어, 음, 그렇지 않나?

차가 맛있네 앨릭, 코커 씨가 말한다. 시계를 아래층에 두고 오기는
했지만 거의 여섯시가 다 된 것 같은데, 자네 퇴근할 시간이지? 오늘
밤 내 작은 강연에 올 건가? 내가 잘못 들은 게 아니면 자네 여자친
구도 데리고 올 거라고 했지?

애써 볼게요, 앨릭이 말한다.

내가 꼭 만나 보고 싶어서 그래. 아주 매력적인 아가씨일 거야.

사장님이 아까 아이스크림 가게에서 파는 퀴멜 이야기를 하셨잖
아요. 그건 뭘로 만드는 거예요?

아이스크림 가게?

네, 비엔나에 있는 거요.

퀴멜, 코커 씨가 말한다. 발음은 '키멜'에 가까워. 열매로 만들지,
아마, 캐러웨이 열매일 거야, 자네도 케이크에 들어가는 작은 갈색
열매 알지? 아주 향이 강한 거 말이야. 퀴멜은 그 열매로 만드는 건
데, 중부 유럽에선 어디를 가도 맛볼 수 있어. 장담은 못하지만 아래
층에도 조금 있는 것 같은데, 퇴근 전에 한잔 할래? 우리끼리 집들이
축하주로 말이야, 어때?

저를 위해서 특별히 새 병을 따실 필요는 없어요, 앨릭이 말한다.

따 놓은 병일 것 같은데, 코커 씨가 말한다.

그렇군요, 앨릭이 말한다, 하마터면 코커에게 넘어갈 뻔했다고 생
각한다.

열심히 일했잖아, 코커 씨가 말한다, 한잔할 자격이 충분하지.

괜찮으시면, 오늘은 좀 서둘러서 가 볼게요.

아무렴, 코커 씨가 말한다, 당장 가 봐도 돼, 그래도 한 잔만 하고
가라고. 아래층에 가서 퀴멜 찾아보자.

문 앞에서 코커 씨는 자신의 침실을 돌아본다. 우린 진짜 근사한 곳으로 만들 거야, 그가 말한다, 하지만 시간이 걸리는 건 어쩔 수 없겠지.

앨릭은 생각한다, 저는 여기서 자지 않을 거예요, 돈을 준다고 해도 안 할 거라고요. 여기서 자지 않을 거예요, 재키를 데리고 올 수 있다고 해도 자지는 않을 거라고요.

두 사람이 층계에 이르렀을 때 전화가 울리기 시작한다.

업무 시간 지났어, 코커 씨가 말한다, 문 닫았다고. 그 술이 분명 주방에 있을 텐데.

앨릭은 컵을 싱크대에 담근다. 거의 흰색에 가까운 제비꽃 줄기는 조금 휘었고, 보라색 꽃송이는 아래쪽으로 쏟아질 듯하다. 전화가 계속 울린다.

안정되고 나면 아주 달라질 거야, 코커 씨가 목소리를 높여 말한다. 영업장에서 사는 게 엄청난 장점이 되겠지. 적어도 전화와 관련해서는 그렇다는 거야, 내 말은. 일을 더 많이 받을 수 있겠지.

코커 씨가 장식장 아래쪽 선반을 살핀다. 앨릭은 컵을 씻는다. 전화는 울리고 또 울린다.

여기 있네, 코커 씨가 말한다. 그는 앨릭이 발견했던 흰색 상자를 연다. 퀴멜! 자네는 한 번도 마셔 본 적 없지?

없어요.

전에 땄던 거라고 생각했는데, 코커 씨가 말한다, 암튼 신경 쓰지 마. 오늘은 특별한 날이니까. 그는 전화벨 소리보다 크게, 어쩌면 필요 이상으로 큰 목소리로 말한다.

이건 말이야, 알겠지만, 바바리아 지역에서 만든 거야. 코커 씨가 반창고를 붙인 손가락으로 상표를 가리키며 말한다. 아주 독한 거야,

미리 말하지만. 굳이 아주 많이 마실 필요는 없어.

앨릭은 코커가 초콜릿도 함께 건네고 마하 그림까지 보여줄지 궁금하다. 전화는 끝없이 울리고 있다.

내가 뭘 할 거냐 하면, 코커 씨가 말한다, 위층에 가서 잔을 두 개 가지고 올 건데, 어디 있는지 알 것 같아. 자네는 가서 그냥 수화기만 한 번 들었다 내려놔, 그러고 나면 우리 둘이서 평화롭게 건배를 할 수 있어.

코커 씨는 다시 한번 계단을 오른다. 그는 지쳐 보인다. 앨릭은 돌로 된 층계참을 지나, 대기실을 통과하고 사무실까지 간다. 사무실에 들어서는 순간, 그는 조금 전 권총을 들고 문간을 겨누며 우연히 방아쇠를 당겼을 때 상상의 침입자가 서 있던 바로 그 위치에 자신이 서 있음을 깨닫는다. 사무실은 어둡지만 그는 책상들 사이를 지나갈 수 있고, 일부러 불은 켜지 않는다. 그의 행동은 비밀이어야 한다. 작은 사무실에 전화벨 소리가 가득하다. 앨릭에게 그 소리는 평소보다 더 크게 들리는 것 같은데, 마치 처음 울린 후로 점점 소음이 커지는 것만 같다. 그가 수화기를 든다. 잠시 완벽한 정적이 흐른다. 그리고 수화기 건너편에서 목소리가 들린다. 사무실에 들어설 때부터 앨릭은 수화기에서 무슨 말이 나오든 자신이 거기에 귀 기울일 것임을 알고 있었다.

여보세요, 여보세요, 윌리엄. 대답해, 오빠. 오후 내내 전화했잖아. 오빠라는 거 알아, 사무실은 이제 닫았을 테니까. 내가 죽고 나면 곤란해질 거야, 오빠. 오빠한테 할 말이 더 있단 말이야. 오빠는 한 푼도 못 받을 거야. 머지않아 아주, 정말 아주 아주 곤란해질 거야, 우리 오빠. 불쌍한 엄마는 제대로 알지도 못하고 돌아가셨지만, 나는 늘 오빠의 진짜 모습을 알고 있었어, 오빠는 개새끼야, 치사한 개새

코커의 자유

끼…. 앨릭은 수화기를 압지 위에 부드럽게 내려놓고, 뒤꿈치를 든 채 사무실을 나온다. 권총이 든 서랍을 지날 때, 그는 주머니에서 손을 빼고 서랍 손잡이를 만져 본다. 수화기에서는 여전히 목소리가 흘러나오지만 이제 윙윙 울릴 뿐이다. 나한테서 빼앗아 간 거야, 오빠. 앨릭은 사무실 문을 조용히 닫는다. 조용히, 아기가 잠든 방을 나서는 어른처럼 닫는다.

코커 씨는 주방으로 이어지는 복도에서 작은 유리잔을, 백합처럼 생긴 유리잔을 양손에 들고 있다. 잔에는 투명한 퀴멜이 가득 따라져 있다. 코커 씨는 아직 갈색 작업복을 벗지 않고 있다. 수화기 내려놨나? 그가 속삭인다.

앨릭이 고개를 끄덕인다.

그랬더니?

앨릭이 그를 쳐다본다. 코커 씨의 얼굴은 앨릭이 맨 처음 도와주세요!라고 생각했을 때 예상했던 바로 그 표정을 짓고 있다. 앨릭은 아무 말도 하지 않는다.

그랬더니(코커 씨는 순간 자신의 볼을 살짝 만지작거린다) 별 문제는 없었고?

앨릭은 고개를 젓는다. 좋아, 좋아, 좋았어, 코커 씨가 말한다. 자네는 한잔 마실 자격이 있어.

아니에요, 앨릭이 말한다, 저 가 봐야 해요. 그는 가죽 재킷을 챙기러 계단을 한 번에 세 개씩 오른다. 다시 내려왔을 때, 코커 씨는 여전히 양손에 잔을 든 채 문 앞에 서 있다. 잔에 술이 가득 차서 조금만 기울여도 흐를 태세여서, 아주 조심스럽게 들고 있다.

죄송합니다, 사장님, 앨릭은 그렇게 말하고는 나머지 계단을 내려가 입구의 돌바닥까지 내려간다. 그는 위를 올려다보지만 제비꽃을 두고 왔다는 말은 하지 않는다. 앨릭이 손을 흔들며 인사한다.

코커 씨는 퀴멜 두 잔을 든 채, 응접실로 간다. 다시 병에 따르기는 너무 어려워서 두 잔 다 마신다. 너무 빨리 마셔서인지 세번째 잔을 마시고 싶다는 상상을(평소에는 상상도 못할 일이었다) 해 본다. 세 번째 잔을 마시면 네번째 잔도 마실 것 같다.

코커는 안다: 게으름에 빠지는 순간은 얼마나 혼란스러운지! 게으름의 순간엔 모든 의지가 유령에게 굴복하고, 일종의 슬픈 차분함만이 찾아오는 것을. 술을 마시면 그 순간이 연장된다. 나는 내 정신이 아니다. 게으름의 순간에 나는 단지 내가 아는 수백만 명의 사람들 중 하나일 뿐이다. 그 순간에 찾아오는 이들이 그들이다. 나머지 사람들은 내가 아니다. 내가 나 자신이기를 주장하는 한, 게으름의 순간을 거부하는 한 그들이 되지 않을 수 있다. 그런 순간들은 혼란스럽지만, 그런 순간들 속 어딘가에 내가 절대 찾을 수 없는 약속이 숨어 있다. 그 약속을 찾으려는 희망에 나는 한 잔 더 마신다. 이제 나는 혼자이기 때문에 그 약속이 필요하다. 그 어느 때보다 지금 그것이 절실히 필요하다. 나의 생각은 절대 내게 공정하지 않다. 나의 생각은 내가 어쩌다 입게 된 정장 같다. 바로 이 순간, 나 윌리엄 코커에게 나의 생각보다 큰 뭔가가 있음을 유난히 분명하게 알 수 있다. 술기운 때문에 극단적이 된 것일 수도 있지만, 그런 까닭에 더욱더, 나는 나의 미천한 생각들에서 보이는 것보다 더 큰 존재이다. 그리고 나의 행동들에서 보이는 것보다도 더 큰 존재이다. 해방을 기다리는 어떤 내가 있다. 사랑받을 수 있는 어떤 내

가 있다. 세상을 포용할 수 있는 어떤 내가 있다. 종종 거리에서 누군가와 부딪히고 나서, 순간적으로 나와는 다르게 살아온 삶의 온기와 향을 알아차릴 때가 있다. 기차를 타고 가다, 자리에서 일어나 창밖으로 새로운 하루를 시작하는 시골 풍경을 볼 때가 있다. 이미 지나가 버린 우리는 그 새로운 하루에 없다. 크리스마스 무렵 대형 상점에서 수백 명의 사람들이 자신들이 감당할 수 있는 선물들을 계산하는 모습을 볼 때가 있다. 이곳 사무실에서 종종 면담을 하는 중에, 마치 내가 자신들의 시야를 막고 있다는 듯이 멍한 눈으로 나를 쳐다보는 사람들의 눈빛을 볼 때가 있다. 그 모든 순간들에서, 나는 세상을 흘긋 엿보았다. 이제, 퀴멜 덕분에, 그저 흘긋 엿본 것 이상의 무언가를 얻었다. 모두 내 주변에 있다.

코커는 생각한다: 앨릭이 갔다. 황급히 걸음을 옮기며, 빛과 함께 사라졌다. 어둠 속에 앉아 있는 상태에 대한 말이 있다, 어둠은 충분한 빛이라는 말이. 어쨌든, 그건 어둠과 관련한 문제이다. 어떤 물고기는 그 자체로 빛이 난다고, 사람들은 말한다.

코커는 안다: 수백만 명의 사람들이 있다, 저기에. 게으른 시기라면 알아보았어야 할 그 숫자가 지금은, 오히려 이 순간을 더 혼란스럽게 만들고 있다. 수백만 명, 다시 수백만 명. 모두들 뭔가를 하고 있다. 그들은 움직이고, 무언가를 전하고, 한데 모이고, 방향을 틀고, 해체하고, 파내고, 묻고, 벗겨내고, 입히고, 짜내고, 못질하고, 짓고, 채굴한다. 그들은 에너지와 정력을 지니고 있다. 그들의 욕망이 연료를 원하는 것처럼 보인다. 하지만 그런 활동에도 불구하고, 그리고 비록 그들이 길게 말하지는 않지만, 그들끼리 알아보는 은밀한 이해가 있는 것처럼 보인다. 각자가

자신의 길을 알고, 다른 이들은 그 길을 따른다. 그들이 따르는 규칙들이 내게는 신비롭기만 하다. 한 남자가 맨팔을 들어 보이면 겨드랑이에 땀이 차 있는데, 그런 동작을 하는 이유는 여전히 내게는 수수께끼다. 서로 다른 사람의 몸에 붙은 두 개의 손이 갑자기 악수를 한다. 두 사람은 자신들이 무엇을 하고 있는지 알지만 나는 모른다. 내게는 그들이 모두 지옥에 있는 것처럼 보인다. 그들은 너무 많이 지니고 있고 그들이 내는 소음은 조화를 이루지 못한다. 하지만 그들은 지옥에 있는 것이 아니다. 그들이 있는 곳은 이곳 지상이다. 그들의 규칙이 더 이상 내게 수수께끼가 아니기만 하면, 나는 그들 사이에 섞여들 것이다. 죽음을 앞두고 한가한 나는 그들에게 합류해야만 한다. 밖으로 나가야만 한다.

코커는 가정한다: 우리는 취했다.

제3부

코커의 비상

(앨릭은 코커에게 재키를 소개하기 위해 그녀를 강연에 데리고 왔다. 낮 시간에 있었던 일들을 대부분 그녀에게 이야기해 주었고, 계속 코커와 일을 할 것인지 마음을 정하지 못하고 있다고 솔직히 말했다.

브라우닝 양은 울프를 만났다. 사무실 급습은 아홉시 십오분으로 예정되어 있었다. 브라우닝 양이 강연에 온 것은 코커 씨가 계획을 변경해 버릴 경우, 그를 붙잡아 둘 필요가 있기 때문이었다. 적어도 그녀가 스스로를 납득시킨 이유는 그랬다. 하지만 추궁을 당한다면 그녀는 코커를 자신의 시야 안에 둠으로써 안심하고 싶었던 것이라고 인정할 것이다. 그녀는 여전히 설명할 수 없는 이유로 불안했다.

브랜드 양이 강연에 온 것은 사제관이 강연장에서 불과 네 집 떨어진 곳이었기 때문에, 그리고 그녀는, 운이 없었던 면접에도 불구하고, 여전히 코커 씨가 자기가 원하는 부류의 신사분일 거라는 희망을 지니고 있기 때문이다. 그녀에게는 너무 귀중한 희망이기 때문에 그녀는 많은 것을 무시할 준비가 되어 있다.)

신사 숙녀 여러분, 여기 성 토머스 사교 모임에 오신 분들께 윌리엄 코커 씨를 새로 소개해 드릴 필요는 없을 거라 믿습니다. 심지어 오늘 처음 참석한 저 같은 사람도 코커 씨의 유명한 여행과 아름다운 슬라이드 사진들에 대해서 들어 본 적이 있을 정도니까요. 다시 모실 수 있어서 정말 행복합니다, 윌리엄 코커 씨.

새로운 사제는 초대 연사에게 뭐라고 귓속말을 한 후 들고 있던 메모지를 바라본다.

오늘 코커 씨의 강연 제목은 '푸른 다뉴브강'입니다.

초대 연사가 고개를 저으며 새로운 사제에게 뭐라고 귓속말을 한다.

실례했습니다. 오늘 밤 코커 씨의 강연 제목은 '비엔나, 푸른 다뉴브강의 도시'입니다.

빅토리아 홀의 내부는 목재로 되어 있다. 외부는 짙은 녹색으로 칠한 골함석으로 만들어졌다. 비품실과 여성 화장실, 창고와 분리된 강연장은 빽빽하게 채우면 여든 명까지 수용할 수 있다. 오늘 밤 청중은 사제를 제외하고 모두 열네 명이다. 앉는 부분이 딱딱한 등나무 의자가 네 줄 놓여 있다. 청중들은 대부분 첫 두 줄에 앉아 있다.

사제가 자리에 앉고 약한 박수 소리가 이어진다. 사제는 맨 앞줄에 앉아 등을 기댄 채, 즐거운 놀이를 하는 시늉을 해 보인다. 바다에 나갔다가 집으로 돌아온 여행객의 이야기를 듣는 일이 기대된다는 듯한 모습이다. 브랜드 양도 첫 줄에 앉아 있지만 그와 사제 사이에는 빈 의자가 몇 개 놓여 있다. 사제 옆에는 연례 무도회와 모임의 기타 굵직한 행사들을 기획하는 젊은 휘틀리 씨 부부가 앉았다. 빈 신부가 활기 넘치는 사람들이라고 불렀던 부부다. 남편 데즈먼드는 음반 가게에서 일하고 아내 바버라는 유치원 선생님이다. 두번째 줄에는 할아버지 두 명이 나란히 앉아 있고, 거기서 몇 자리 떨어진 곳에 할머니 세 명이, 마지막으로 사전트 박사가 앉아 있다. 사전트 박사는 코커 씨의 강연에 빠지지 않고 참석한다. 아무도 그의 전공이 뭔지 모르지만, 다들 그가 한때 중국에 선교사로 다녀왔다는 것은 알고 있다. 사전트 박사 옆에서, 그와 이야기를 나누는 여성, 강연장에서 가장 좋은 옷을 입은 여성이 브라우닝 양이다. 그녀는 열에서 벗어나서, 출구로 이어지는 복도 가까이에 앉아 있다. 세번째 줄에는 앨릭과 재키가, 그녀의 무릎 안쪽으로 손을 잡은 채 앉아 있다. 빨간 머리의 중년 여성도 있는데, 코커 씨는 그녀를 보며 맥브라이드 부인을 떠올렸지만 사실 그녀는 더 나이가 들었고 뚱뚱하다. 네번째 줄에는 아주 뚱뚱한 여인이 앉아 있다. 성 토머스 사교 모임에서 열리는 모든 강연에 참석해 샌드위치 만드는 일을 돕는 여인이다.

친구 여러분, 코커 씨가 말한다….

늘 저렇게 시작해, 앨릭이 재키에게 속삭인다. 앨릭은 그녀의 가터벨트에 달린 클립을 느낄 수 있다.

오늘 밤, 친구 여러분께서, 저와 함께 한때 신성로마제국의 수도였던 곳으로 떠나 보셨으면 합니다…. 음악과 와인의 도시 그리고, 사제님 용서하시길 바랍니다, 아름다운 여인들이 있는 도시입니다.

친애하는 회원님, 사제가 분위기를 띄운다, 당연히 괜찮습니다, 회원님.

브랜드 양은 새 사제가 괴물 같은 인간들 중 하나라고 해도 놀라지 않을 것 같다. 결혼을 했다고 해도 마찬가지다.

제가 완전히 마음을 빼앗겨 버린 도시입니다….

맛이 갔어, 앨릭이 말한다, 취한 거야.

앨릭! 재키가 속삭인다.

그리고 제가 언젠가 분명히 돌아갈 도시….

코커 씨는 같은 회색 트위드 재킷을 입고 있지만, 머리는 새로 빗었다. 빗질을 하고 나면 그의 머리는, 종종 사자 갈기처럼 양옆으로 자리를 잡는다. 따라서 지금, 안경과 넓은 이마, 그리고 양옆으로 흘러내린 갈기 같은 머리 덕분에, 그는 청중들의 눈에는 진짜 전문가처럼 보인다. 그는 다친 손으로 노트를 들고 있다.

비엔나는 다뉴브강에 안긴 형국의 도시입니다. 위대한 다뉴브강이요! 인구는 백오십만 명이 넘고 도시 안에는 거의 팔만 개의 건물이 있습니다.

사전트 박사는 중국 도시들의 이름을 세고 있다. 청두, 난창, 난징, 한커우….

코커 씨는 청중들이 숫자의 무게를 느낄 수 있게 잠시 말을 멈춘다.

비엔나는, 혹은 빈이라고도 하지요, 숲과 언덕으로 둘러싸여 있고, 그 언덕에는 포도밭들이 있습니다. 포도밭(vine)과 빈(Wien)이라는 이름 사이에 연관이 있는지는 모르겠습니다. 아마 있을 것 같습니다.

완전 긴장했네, 앨릭이 말한다, 추잡한 노친네.

재키는 불만의 뜻으로 앨릭의 손을 자신의 무릎에서 빼서 그의 무릎에 올려놓는다. 조용히 해, 좀, 그녀가 말한다.

이제 오백 년 전에 이 빈이 어떻게 교황의 마음을 사로잡았는지 여러분께 말씀드리겠습니다. 당시 교황은 비오 2세였는데요, 이분이 지인들에게 다음과 같은 편지를 씁니다. '시민들이 거주하는 집은 크고, 장식이 화려하고 잘 지어졌다. 어디에서든 유리로 된 창과 강철로 된 문이 있고, 집 안에 명금(鳴禽)과 아름다운 세간들을 두고 있는 것을 자주 볼 수 있다….' 그 편지를 읽는 동안 코커 씨는 한 손을 들고, 교황의 편지에 나오는 비엔나의 대상들을 허공에 그려 보인다. 그의 말이 제대로 들리지 않는 청중은 코커 씨가 한 손으로 보이지 않는 커다란 풍선을 가지고 노는 것 같은 느낌이 든다…. '누군가의 집에 들어갈 때마다, 왕자의 거처에 발을 들이는 기분이다. 와인 저장고가 너무 깊고 넓어서, 아마 사람들은 지하에 또 다른 비엔나가 있을 거라고 이야기하기도 한다.' 코커 씨가 고개를 들고 말한다. 하지만 비엔나에는 지하철도 없답니다!

휘틀리 씨는 웃음을 터뜨리고, 아내 바버라도 즐거워하는지 곁눈으로 살핀다.

'얼마나 많은 식료품이 매일 도심으로 들어오는지, 믿지 못할 것이다.' 코커 씨는 계속 교황의 목소리를 흉내내 말한다, '계란과 가재를 가득 실은 마차들이 도착한다. 고급 포도주를 만드는 데 사십 일이 걸리는데, 포도를 실은 마차가 삼백 대씩, 그것도 하루에 두 번 혹은 세 번씩 드나든다.' 상상해 보세요! 코커 씨가 본인의 목소리로 그렇게 말했다가, 다시 교황의 목소리로 돌아간다. '젊은 여성들은 아버지가 전혀 모르는 남자들을 만난다. 과부들은 애도의 기간이 일 년이 되기도 전에 다시 결혼을 한다.' 그만! 코커 씨는 그렇게 말하며 휴대용 영사막 앞에 놓인 탁자를 내려친다. 코커 씨는 늘 강연에 자신의 영사막을 가지고 다닌다. 탁자를 내려친 소리가 골함석 창고 안에 울린다. 교황님의 이야기를 계속 듣다 보면, 빈이 비도덕적인 도시라고 생각하시겠지요, 하지만 그건 진실과는 아주 거리가 먼 이야기입니다. 아주요! 코커 씨는 자신의 재킷 옷깃을 움켜쥔다. 아주!

사전트 박사는 또 다른 목록을 적고 있다. 소돔, 고모라, 상하이, 비엔나….

빈은 쾌락과 예술의 도시입니다. 하지만 그 쾌락은, 로마 사람들이 말했던 것처럼, 그 자체로 비도덕적인 것이 아닙니다. 만약 쾌락이 비도덕적인 것이라면, 천국은 곧 지옥일 겁니다! 코커 씨는 눈에 띌 정도로 딸꾹질을 한다. 죄송합니다, 사제님.

사제가 아는 척을 한다. 제 선배께서 아주 느슨하셨죠, 아주요. 네, 회원님! 그가 큰 소리로 말한다.

뒷줄에 앉은 뚱뚱한 여인은 코커 씨가 얼른 사진들을 보여주기를 기다린다. 그녀는 어둠 속에 앉아 있는 것이 편하다.

코커 씨가 노트를 내려놓고 즉흥적으로 말한다. 빈은 쾌락을 양식에 접목시켰습니다, 양식을 품격과 접목시키고, 품격은 편안함과 접목시켰죠. 행복의 도시입니다, 빈은 말이죠. 빈 사람들은 사는 법을 이해합니다. 그들이 뭐라고 하는지 아세요? 그들은, 다른 나라 사람들이 싸움을 통해 얻는 것을 빈 사람들은 결혼을 통해 얻는다고 말합니다. 그는 다시 노트를 들고 이야기를 계속한다. 비엔나의 시 경계에서 육십 퍼센트가 숲이고, 십삼 퍼센트가 정원 혹은 공원입니다. 자, 프랑스인들 표현대로, 하던 이야기로 돌아가자면, 로마시대에 빈은 빈도보나(Vindobona)로 불렸습니다. 지금의 현대적인 도시는 1221년에 만들어지기 시작했죠. 기억하기 쉬운 숫자입니다, 일, 이, 이, 일.

저분 좀 마음에 들어, 재키가 속삭인다, 재밌잖아.

합스부르크가(家), 빈의 귀족 가문이자 오스트리아-헝가리 제국의 건설자인 그 가문은 1282년에 처음 왕좌에 올랐습니다. 그리고 1918년까지 유지되었고요. 현재 합스부르크가의 후손이 한 명 남아 있지만, 더 이상 왕은 아니죠. 오스트리아는 현재 공화국입니다. 합스부르크가 최후의 인물. 이름이 뭐더라? 잠시만 기다려 주세요. 합스부르크가 최후의 인물이라. 다시 딸꾹질이 났지만 이번에는 잘 숨길 수 있다. 딸꾹질을 하려는 순간 그의 이름이 떠올랐고, **욥토!**라고 외치면서 딸꾹질을 숨길 수 있었다. 네, 그겁니다, 오토. 이 이름도 기억하기 쉽죠? 오(O), 티(T), 티(T), 오(O)입니다. 일, 이, 이, 일처럼요.

사전트 박사는 아직까지 남아 있는 왕족의 목록을 적는다. 영국, 네덜란드, 스웨덴, 벨기에. 더 적을 왕족이 없어서 손톱을 만지작거린다.

비엔나까지 철도 요금은 왕복 요금으로 삼십팔 파운드입니다, 코커 씨가 말한다, 하지만 이제 꿈의 마법 양탄자를 타고 함께 떠나 보시겠습니다. 공짜로요.

그는 고개를 숙여 인사하고 당당하게 걸어서 청중들 뒤쪽으로 이동한다. 거기 탁자 위에 영사기가 놓여 있다.

어둠 속에 있으니 본인 모습은 덜 보이겠네, 사제는 생각한다.

몇몇 사진은 컬러고, 코커 씨가 말한다, 몇몇은 아닙니다. 그가 영사기의 등을 켜고 위치가 제대로 됐는지 확인한다. 위치가 맞지 않다. 영사된 직사각형 이미지의 절반이 영사막을 벗어나 뒤쪽 벽에 떨어진다. 그는 탁자를 좀더 앞으로 옮긴다. 영사기에 연결된 전선이 팽팽해진다. 탁자를 조금 더 앞으로 옮긴다. 덜그럭거리며 전선이 영사기를 당겨 한쪽으로 넘어뜨린다. 강연장에 있던 사람들이 모두 뒤돌아본다.

영사기 위치를 사전에 확인했어야지, 휘틀리 씨가 생각한다, 조직적이지 못하네. 휘틀리 씨는 성 토머스 사교 모임 위원회의 구호를 급조한다. '하나님은 우리가 효율적이기를 바라신다.'

렌즈가 빠지지 않아야 할 텐데, 코커 씨가 혼잣말처럼 중얼거린다.

도와드릴까요? 사제가 그렇게 말하며 자리에서 일어난다, 위기 상황에서의 지도자 모습이다.

제가 할 수 있습니다, 감사합니다, 신부님. 코커 씨는 그렇게 말하고 다시 혼잣말을 한다, 렌즈만 망가지지 않았다면. 그가 영사기를 바로 세우고, 전선을 확인한다. 작동한다. 여전히 이미지의 절반이 영사막을 벗어나 벽에 떨어진다.

코커 씨가 다시 청중들 앞으로 나온다. 산이 마호메트에게 올 수 없다면 마호메트가 산으로 가야죠. 그는 그렇게 말하고는, 삼각대에 걸린 영사막 뒤로 사라진다. 영사막 아래로 그의 구두가 보인다. 영사막이 위로 덜컥거리며 올라가면서, 직사각형 이미지를 조금씩 더 받아들인다. 코커 씨는 모퉁이에서 엿보며 영사막 높이가 적당한지 확인한다. 그가 움직이면서 영사막도 따라서 기운다. 그가 영사막을 좀더 위로 확 잡아당긴다. 이제 영사막 아래로 그의 바지가 대부분 보인다.

이제 됐어요, 할머니들 중 한 명이 말한다.

사제는 인상을 찌푸리며 같은 말을 반복한다, 죄다 아주 느슨해.

코커 씨가 삼각대를 고정시킨 후 영사막 뒤에서 나온다. 그는 인사를 하고 마치 청중들이 잠이 들기라도 한 것처럼 뒤꿈치를 들고 조심스럽게 뒤로 이동한다. 그가 모든 불을 끈다. 영사막의 은빛 직사각형만 남는다. 거울처럼 보이지만, 아무도 그 화면에 자신의 모습을 비춰 볼 수는 없다.

모차르트의 「마술피리」 동상

코커 씨는 말하고 싶다: 광고에서 이 병을 보셨을 겁니다. 왼쪽에 있는 집이 제가 늘 머무르는 하르팅거 부인의 집입니다. 자동차 뒤로 걸어가는 부부도 보이실 겁니다. 매일 저 길을 걸었죠, 벽보들을 지나서, 하르팅거 부인의 집을 나서거나 그리로 돌아가면서 말입니다. 밤이면 작은 광장은 아주 조용합니다. 들리는 소리라고는 분수의 물소리뿐이죠. 하르팅거 부인은 비엔나의 물이 전 세계 최고라고 말합니다. 저는 종종 이 분수 가장자리에 혼자 앉아 있곤 했죠. 아주 더운 여름 몇 주 동안, 밤이면 빈 전체에서 먼지 냄새가 납니다. 바깥에 있으면 이런 거리의 돌가루 냄새가 나지요. 하르팅거 부인의 집 안에서는 오드콜로뉴 향기와 터키식 커피 냄새가 납니다. 저기 분수대에 앉아서, 저는 끝없이 이어지는 아파트들의 불 밝힌 창들을 올려다보곤 했지요. 이따금씩, 사람들이 신선한 공기를 쐬려고 창밖으로 고개를 내밀었습니다. 셔츠 차림의 남자, 목욕을 마친 여자. 건물들 위로는 별들이 보이는데, 그 별들이 낮에도 그 자리에 있었다는 걸 믿을 수가 없죠. 그게 무언가에 대한 비유가 아닐까 궁금했습니다. 친구 여러분, 그리고 특히 오늘 환영해 드리고 싶은 브라우닝 양, 우리가 한 행동들은 말입니다, 일단 저지르고 나면 잊히기 마련이죠. 우리는 그 행동들의 결과가 영향을 미칠 때쯤에야, 흔적을 남기지 않고 사라지는 것은 아무것도 없음을 깨닫게 됩니다. 사람들이 한 짓은 늘 거기에 있고, 별들처럼 지울 수가 없는 것입니다. 저기 분수대에 앉아서 저는 그런 느낌이 들었습니다. 그래서 속으로 생각했죠, 오 세상이여! 나중에 하르팅거 부인에게 그런 느낌을 말로 전해 보려고 했습니다. 하르팅거 부인은 이렇게 대답하더군요. '당신네 영국 남자들은 다 똑같아요, 당신네랑 그 별들 말이에요.'

코커 씨는 실제로 말한다: 빈은 위대한 작곡가이자 천재 소년이었던 모차르트를 위해 두 개의 동상을 세웠습니다. 하나는 황실 정원에 있는 것으로 잠시 후 살펴볼 예정이고요, 나머지 하나가 바로 이것입니다. 모차르트는 여섯 살에 이미 황제 앞에서 연주를 했습니다. 어느 날 황실의 윤이 나는 바닥에서 미끄러졌을 때 훗날 프랑스의 왕비가 되는 마리 앙투아네트가 그를 일으켜 주었죠. 꼬마 모차르트가 이렇게 말했습니다. '아주 친절하시네요. 제가 자라면 부인과 결혼하겠습니다'라고요. 저기 뒤쪽에 붙어 있는 벽보는 과일 농축액을 선전하는 겁니다.

사전트 박사는 브라우닝 양을 동상 가까이 데리고 가 리전트 파크의

피터 팬 동상이랑 비슷하지 않나요?라고 말한다. 사전트 박사가 마음대로 자신을 상상하고 있다는 것을 알지도 못하는 브라우닝 양은, 뒤쪽에 주차된 자동차에 타고 있다. 울프는 지금쯤 코커의 사무실을 빠져나오기 시작할 것이다. 브랜드 양은 동상은 쳐다보지도 않는다. 여자아이가 소년을 뒤에서 안고 있는 게 마음에 들지 않기 때문이다. 그 대신 그녀는 사진 뒤쪽에 있는 과일 농축액의 병 모양을 살핀다. 재키는 자신이 동상의 여자아이가 된 상상을 한다, 피리를 부는 소년은 앨릭이 된다. 동상이라면, 공공장소에서 어떤 행동을 해도 괜찮을 거라고, 그녀는 생각한다.

코커 씨는 말한다: 「마술피리」는 모차르트의 유명한 오페라 작품들 중 하나입니다. 「마술피리」의 줄거리는 옛날, 오르페우스의 옛날 이야기와 비슷합니다. 오르페우스는 하프를 발명했는데, 그가 연주하는 하프 소리가 어찌나 아름다운지, 신과 동물 들이 거기에 매혹되었고, 심지어 나무나 바위도 그가 어디를 가든 따라다녔고, 그가 강을 건널 때면 강물도 멈췄다고 합니다. 마술피리도 그것과 비슷한 물건입니다.

휘틀리 씨는 「마술피리」야말로 모차르트의 오페라 가운데 가장 완벽한 작품이라고 늘 주장해 왔다. 앨릭은 빈의 다른 점이 뭔지 찾고 있지만 보이지 않는다. 도시 자체는 다른 곳과 같아 보인다. 가능한 일이나 불가능한 일 들도 똑같을 것 같다. 그는 다시 한번 동상을 올려다본다. 한 쌍의 남녀는 움직이지 않는다. 두 사람은 그렇게 하늘을 향해 거리 위로 솟아올라 있다. 똑같은 일이 그와 재키에게도 일어났다. 그의 자지가 커지고 그녀가 그 위에 올라탔을 때, 두 사람은 자신들의 선택과 무관하게 하늘로 치솟았다. 두 사람은 저 동상만큼이나 분명하게, 모든 것을 빨아들이는 듯한 주변 도심의 잿빛 위로, 단단하고 확실한 존재였다. 두 사람도 그 어디서든 저렇게 고정될 수 있을 것 같았다. 앨릭이 재키의 손가락을 꽉 쥔다. 아야! 그녀가 속삭인다. 앨릭은 두 사람의 모습, 동상처럼 깨끗하고 단단한 그 모습을 둘러싼 주변 환경이 어째서 지금 같은 모습이어야 하는지 궁금하다. 왜, 그들은 다른 어딘가에, 가능하거나 불가능한 일들이 이곳과 같지 않은 어딘가에 있을 수 없는 걸까?

국립오페라하우스

코커 씨는 말한다: 자, 1869년에 지어진 건물입니다. 짓는 데 팔 년이 걸렸죠. 제가 모차르트의 다른 오페라 작품을 직접 관람했던 곳이기도 합니다. 「돈 조반니」라는 작품이었죠, 그 유명한 스페인의 여자 사냥꾼에 대한 이야기입니다.

큰 건물처럼 보인다. 다른 큰 건물들과 다를 것 없지만 런던 남부에 있는 그 어떤 건물보다 크다. 사전트 박사는 모차르트의 오페라 작품들을 세 본다. 휘틀리 씨는 「돈 조반니」를 순수하게 음악적으로만 생각한다. 브라우닝 양은 칼라브리아에 대한 자신의 생각을 바꿨다. 비엔나가 더 좋을 것 같다. 이브닝드레스를 입고 극장 좌석에 앉은 자신의 모습을 그려 본다. 울프는 턱시도 차림이다.

코커 씨는 말한다: 이 모든 것이 단지 몇 사람이 노래하려고 만들어졌다고 생각하면 재미있지 않습니까? 그렇죠?

실러 동상

하늘을 배경으로 그림자로만 비치는 동상의 모습은, 마치 뒤쪽 건물들의 지붕 위를 걷고 있는 거인처럼 보인다.

코커 씨는 말한다: 저는 실러의 책을 한 권도 읽어 본 적이 없지만, 독일에서는 아주 유명한 시인이라고 합니다. 1759년에 태어나서 1805년에 사망했습니다.

코커 씨는 말하고 싶다: 역시 하늘을 배경으로 그림자로 비치는 저 나뭇잎들을 보면, 제가 프라이어리가에 살 때, 보관철 사이에 끼워 두곤 했던 나뭇잎들이 생각납니다. 나뭇잎들을 끼울 수 있게 제작된 보관철이어서 일종의 압지들로 만들었죠. 저는 종종 꽃들도 끼워서 말렸는데, 리셀은 집 안에 있던 꽃들에 대해 이야기해 주었습니다. 야생 시클라멘이나 용담 같은 꽃들 말입니다. 리셀이 해질녘에 바로 이 광장에 서서, 아마도 바로 이 동상을 올려다보는 모습을 상상하면 기분이 이상합니다. 리셀에 대해서는 여러분에게 많이 이야기하지 않았는데요(심지어 하르팅거 부인 얘기보다도 적게 이야기했군요), 하지만 그녀에 대해 몰라도 제가 하려는 이야기를 이해하실 수는 있을 겁니다. 일단 잃고 나면, 모든 사랑은 똑같은 방식으로 우리를 사로잡기 마련이고, 우리는, 저기 지붕 위의 실러처럼, 우리를 갈라놓고 있는 그 먼 거리와 시간을 거슬러서, 모든 세부 사항들이 중요했던 그곳으로 돌아가기를 갈망합니다. 리셀의 목소리에 대해서, 그녀의 허리 선에 대해서, 그녀가 저와 함께 기분이 좋아져서 윌리라고 말할 때의 그 특별한 발음에 대해서, 그녀가 손을 씻는 모습에 대해서 이야기하지 않으면 여러분은 아무것도 이해할 수 없습니다. 사람들을 갈라놓는 건 뭘까요? 어두워지는 시간에 외투 차림으로 서 있는 실러. 당신에게 묻고 싶습니다. 뭘까요?

근사한 사진이네, 앨릭이 재키에게 말한다. 뒤에 보이는 화재용 비상구가 재밌어, 재키가 말한다. 브랜드 양은 그림자진 인물의 모습이, 돌아가신 빈 신부님이 예배를 마치고 제단에서 내려와 통로를 걸어가는 모습과 놀랄 만큼 닮았다고 생각한다. 만약 신부님을 기리기 위해 동상을 세운다면 꼭 저런 모습일 것 같다. 신의 말씀을 위대한 미지의 땅으로 전하러 가는 것 같다고, 사전트 박사는 생각한다. 실러가 숲을 향해 걸음을 옮기면, 몇 초 만에 그의 모습이 사라질 것 같다. 브라우닝 양은, 등이 파인 이브닝드레스 생각을 접은 지 꽤 지났지만, 그럼에도 몸을 떨고 있다. 동상은 그녀가 상상하는 쓰러지기 직전의 남자 모습이다.

코커 씨는 말한다: 이 실러의 동상을 제작한 사람 이름은 실링이었습니다. 우연의 일치겠죠? 실러와 실링 말입니다.

해질녘의 황실 정원

코커 씨는 말한다: 여기 화단에 둘러싸인 또 하나의 예쁘고 작은 분수가 있습니다. 빈에는 분수가 많이 있지만, 그렇다고 로마만큼 많지는 않습니다. 저 아가씨들은 파리에서 온 학생들이에요. 다들 프랑스어로 이야기했습니다. 늦은 시간이어서 사진에 푸른 빛이 많이 돌고 있습니다.

코커 씨는 말하고 싶다: 저는 저 정원에 앉아 나무 그늘 아래서 오후 내내 구경했습니다. 점심을 가볍게 먹은 후에, 시원함을 느끼기 위해 알파카 재킷을 입고 갔죠. 화단 위로 뜨거운 공기가 맴돌았고, 마치 휘발유가 탈 때처럼, 눈에 보이는 것들이 모두 흔들리며 흐릿해지는 것 같았습니다. 아마도 더위와, 제가 점심 때 마신 백포도주 때문이었겠죠. 잠시 낮잠이 들었고, 제 휴가가 더위처럼 끝없이 이어지는 꿈을 꾸었습니다. 하지만 대부분은 주변을 관찰했습니다. 먼지를 뒤집어쓴 제비들을 보았습니다. 샌들을 신은 아이들은 마치 해변에서처럼 새하얀 보도 위를 달렸습니다. 거기서 바다는 정원 건너편의 궁전이었겠죠…. 궁전 안은 시원하고, 어둡고, 신기한 구경거리가 있었습니다. 아기를 안은 여성들이 정원에 앉아 있었죠. 저는 주변에 울려 퍼지는, 제가 이해할 수 없는 고함소리와 말소리에 귀를 기울였습니다. 대부분의 말소리는 은밀하게, 오랫동안 아무런 방해를 받지 않고 이어졌죠, 삶의 이야기들이라고, 저는 생각했습니다. 그러는 내내 나무 냄새가 나고, 분수와, 아이들과, 시내로 차를 몰고 나가는 사람들과, 어디선가 일을 하고 있는 사람들을 제외하곤 아무것도 움직이지 않았습니다. 바로 그때 저는 자문했습니다, 우리는 왜 고통받는 걸까?라고요. 그리고 대답했죠, 아무 의미도 없는 거라고.

코커 씨는 말한다: 저는 공공 정원을 좋아합니다…. 거기서 사람 구경하는 걸 좋아하죠. 신선한 공기를 쐬면서 눈앞에서 공짜로 공연을 볼 수 있는데, 극장을 왜 가느냐고, 저는 늘 말하죠. 아무 의미도 없는 겁니다.

　　　　　코커의 자유

브랜드 양 역시 공공 정원을 좋아한다. 꽃을 좋아하기 때문인데, 자신의 정원이라고 부를 만한 것은 한 번도 가져 보지 못했음에도 종자 상점의 목록을 모으고 있다. 마음 깊은 곳에서 그녀는 천국은 꽃으로 뒤덮인 곳이라고, 지상의 꽃들은 천국을 만들고 남은 것들이라고 믿고 있다. 황실 정원을 거니는 동안 그녀는 자신의 불편한 다리도 잊고, 코커 씨의 부족한 점들도 모두 용서한다. 그녀는 주변의 정원이 코커 씨의 것이라고 생각하고, 비록 직업소개소 사무실 위의 살림집에는 정원이 없지만, 자신은 그곳에서 행복할 거라고 확신한다. 씨앗에서 꽃이 자라나는 것과 똑같이, 지금 그녀를 둘러싸고 있는 정원은 코커 씨가 보여준 작은 사진들 중 한 장에서 자라난 것이다. 그 살림집에서 그녀는 사진들을 통해 외국의 정원들을 찾아가는 자신만의 방법을 알아낼 것이다. 자신이 해야 할 일을 마치고, 주인의 몸이 편안해지면, 그녀는 그중 한 정원으로 빠져들 것이다. 사제는 가톨릭 국가에서 왔다는 다섯 명의 프랑스인 아가씨들을 슬쩍 쳐다본다. 아마도 성직자들이 견진성사를 해 주었고, 나중에, 우아하고, 성스러운 어머니가 될 사람들이다. 그들이 입고 있는 무늬가 있는 원피스는 그 자체로 꽃 같고, 그런 생각에 이르자, 사제의 머릿속에 향기라는 단어가 느닷없이 떠오른다.

괴테 동상

코커 씨는 말한다: 자, 이 동상은 황실 정원의 입구에 있는데요. 괴테는 세계에서 가장 뛰어난 열두 명의 지성 중 한 명입니다.

사전트 박사는 그런 쉬운 힌트가 주어져서 기쁘다. 그가 코커 씨의 강연에 정기적으로 오는 것은, 그 강연들이 이런 식으로 자극이 되어 주기 때문이다. 그가 목록을 만들기 시작한다. 플라톤, 아퀴나스, 단테….

코커 씨는 말한다: 괴테는 시인이고, 철학자이고, 극작가이고, 사상가였습니다. 그는 1749년에 태어나 1832년에 사망했는데요. 하르팅거 부인은, 그러니까 저의 매력적인 빈 안주인 말입니다, '괴테는 모든 것으로 이어 주는 안내자예요. 그분이 하지 않은 이야기가 없어요!'라고 말하곤 하죠. 당연히 그녀의 말뜻은 그게 아니었겠지만, 흥분을 하면 부인의 영어 실력이 나빠집니다. 그녀의 말뜻은, 괴테가 다루지 않은 소재가 거의 없다는 의미일 것입니다. 그녀는 늘 괴테를 인용하는데요. 지금도 그 목소리가 들리는 것 같습니다. '코커 선생님(코커가 그녀의 목소리를 흉내낸다), 코커 선생님, 괴테를 읽으면 우리를 훨씬 잘 이해하실 거예요! 우리가 얼마나 큰 고통을 겪었는지도 아시게 될 거예요. 전쟁 중에 러시아 군이 들어왔을 때 말이에요. 전혀 모르시죠? 하지만 너무 오랫동안 기다리다 보면, 정작 기다리던 것이 왔을 때도 생각했던 것과는 다르죠. 괴테가 한 말이에요.'(코커 씨가 다시 자신의 목소리로 돌아온다.) 이탈리아에는 단테, 영국에는 셰익스피어, 독일에는 괴테입니다, 그런 거죠.

코커 씨는 말하고 싶다: 하르팅거 부인은 그리고 제 코가 괴테처럼 생겼다고도 했습니다. 그래서 이 동상을 보면서 닮은 곳이 있나, 하고 살펴봤는데요. 여러분은 닮은 점을 찾으셨나요? 솔직히 말씀드리면 저는 못 찾았습니다. 하지만 이 동상을 바라보며 제 코에 대해 생각하는 동안, 저는 우리 두 사람을 그토록 다르게 만드는 것이 무엇일까 자문해 봤습니다. 사람들 각각이 성취하는 바가 그렇게까지 달라지는 건 왜일까요? 그러니까 괴테와 저 사이에는, 커피를 가지러 가는 저와 움직이지 않는 이 동상만큼이나 큰 차이가 있으니까요. 하지만 제가 괴테가 될 수 없는 것이 상상력이 부족해서는 아닙니다. 단지 제게는 수단이 허락되지 않았을 뿐입니다.

코커 씨는 말한다: 빈은 사상가의 도시입니다. 늘 서두르고, 서두르고, 서두르고, 서두르는 런던과는 다르죠. 빈에서는, 여기 나무 아래 있는 괴테처럼, 생각을 해 볼 기회가 있습니다.

브라우닝 양은 하급법원의 판사 같은 얼굴을 한 괴테 동상 아래에서 기다린다. 그는 등을 기대고 앉아, 사건을 요약하고, 형을 선고한다. 코트에 새똥을 잔뜩 묻힌 모습이지만, 그럼에도 그는 여전히 재산가이다. 그 어떤 것도 그가 누리고 있는 특권을 지울 수 없다. 그가 '우리'라고 말할 때, 그건 승자들끼리의 '우리'이다. '기념상 옆에서 만나'라고 울프가 말했고, 그래서 그녀는 기다린다. 그녀는 굽이 뾰족한 구두를 신고 이리저리 오간다. 판사 각하 오른쪽으로 열두 걸음, 판사 각하 왼쪽으로 열두 걸음. 남자들이 그녀를 쳐다보고, 그녀는 그들을 지나 먼 곳을 바라본다. 브라우닝 양이 사전트 박사에게 담배를 권한다. 그가 고개를 젓고, 그녀는 담배에 불을 붙인다. 한쪽 방향으로 걸어가며 그녀는, 고개를 돌리면 통행로 끝에 있는 관목들 옆 모퉁이를 돌아오는 울프를 볼 수 있을 거라고 상상한다. 그가 오고 있는 거라고, 그녀는 혼잣말을 하고, 아직 고개를 돌릴 때가 아니기 때문에, 그는 그대로 잔디밭 모퉁이를 지나고 그녀는 그의 입 표정까지 볼 수 있을 테지만, 정작 고개를 돌렸을 때 울프는 보이지 않고, 방수 외투를 입은 바보 같은 남자만이 그녀를 향해 다가온다. 그녀는 즉시, 울프는 반대 방향에서 오는 거라고 상상하고, 과연 그는 차 노점을 지나 그녀 뒤에서 다가오고 있을 테지만, 그녀는 열 걸음을 더 옮기기 전에는 뒤돌아보지 않겠다고 마음을 다잡고, 그런 다음에는 자신의 직감이 옳다고, 굳이 마음을 다잡을 필요는 없었다고, 그가 이제 차 노점을 지나 그녀에게 더욱 가까이 다가와 있는 거라고 생각하지만, 자신의 직감이 확실하다는 것을 증명해 보이기 위해, 걸음을 모두 마치기 전까지는 돌아보지 않으려 하고, 마침내 걸음을 모두 마치고 뒤돌아보면 울프는 없고 유모차를 밀고 있는 바보 같은 여자만 보인다. 그러니까, 그녀는 상상한다. 결국 자신이 옳았고 그는 첫번째 방향에서, 다시 그녀의 뒤쪽이 된, 관목들 옆 모퉁이를 돌아서 올 것이고, 이제 곧 그는 잔디밭 가장자리를 지날 테고, 그녀가 고개를 돌리면… 돌같이 굳은 승자의 표정은 여전히 그대로다. 그 얼굴이 그녀의 머리 위로, 아무런 감흥도 없이, 건너편의 공허한 나무들을 바라본다. 브라우닝 양은, 승자의 얼굴을 바라보며 생각한다. 그는 절대로 오지 않을 거라고, 절대로. 사전트 박사는 니체와 루터를 놓고 고민한다. 앨릭은 동상의 얼굴을 보며 하르팅거 부인에 대해 더 잘 알 수 있기를 희망한다. 마하의 친구였던 여성에게는 이런 얼굴이 먹히는 걸까?

호어마르크트

코커 씨는 말한다: 역사! 이제 훨씬 오래전, 모차르트나 괴테가 있기 훨씬 이전으로 가 보겠습니다. 빈이 담장과 해자로 둘러싸인 한 뭉치의 작은 마을에 불과했던 중세시대로 거슬러 올라갑니다.

우리가 아는 그 어떤 것도 아직 나타나지 않았죠. 여러분이 상상력을 발휘해 주셔야 합니다. 제가 보여드리는 이 호어마르크트 사진은 오늘날의 사진인데, 오늘날 이곳은 미용실과 향수 가게, 사무실이 가득한 세련된 곳이니까요. 하지만 중세시대에 이곳은 빈의 중심이었습니다. 그 이전에는 빈도보나의 로마인 정착지 내 중심이었고요. 로마의 위대한 철학자이자 황제였던 마르쿠스 아우렐리우스가 여기에서 사망했습니다. 어쩌면 그는 지금 앵커 보험사 건물이 있는 바로 이 광장에서 사망했을지도 모릅니다. 그리고 광장에서 벗어난 앵커 시계 아래에서 로마인들이 목욕을 즐겼을 수도 있죠. 오늘날 우리가 칵테일 파티를 하듯이, 로마 사람들은 목욕 파티를 했습니다.

사제는 자신이 연사의 말을 짧게 끊어야 하는 상황이 생길 수도 있겠다고, 처음으로 생각한다.

코커 씨는 말하고 싶다: 제가, 저기 앉아 계신 맥브라이드 양과 함께, 온수 목욕 파티를 열어서 여러분 모두를 초대하겠습니다. 옷은 입지 않고요! 하! 하! 옷을 하나도 입지 않고 말입니다. 당연히 브라우닝 양과 함께라면 더 좋겠지만, 브라우닝 양이 바쁘다는 걸 잘 아니까요.

코커 씨는 말한다: 말씀드렸듯이, 지금 우리는 소위 암흑시대라고 불리던 시절, 약 육칠백 년 전 빈의 중심지에 있습니다. 광장에는 여러 상점들이 있었고, 여기서는 물건을 사고파는 일 외에 죄인들에 대한 심판과 처형도 이루어졌습니다. 상상해 보세요! 고기와 커다란 병에 담긴 와인, 술에 취한 채 말을 타고 다니는 살찐

수도사가 있는 반면, 우리에 갇힌 채 교수대로 끌려가는 사람들도 있는 겁니다. 당시에는 사과 몇 개를 훔쳤다는 이유로 사형을 당할 수도 있었고, 그저 남자를 쳐다봤다는 이유로 마녀로 몰려 화형을 당할 수도 있었습니다. 목숨이 아주 값싼 시대였습니다. 그러니까, 보시다시피….

사전트 박사를 제외한 모든 청중에게 호어마르크트는 웨스트민스터 지역의 일부처럼 보인다. 할아버지들 중 한 명은 아내가 오늘날의 마녀처럼 화형에 처해지기를, 문자 그대로, 그러니까 상징적인 의미로서가 아니라 말 그대로 그렇게 되기를 바란다. 재키는 등줄기에 전율을 느낀다. 그녀는 암흑시대의 시장에 있다. 너무 순식간이어서, 그것을 상상하거나 생각하고 그렇게 느낀 것이 아니다. 그녀의 정신이 그대로 전율하는 것만 같다. 지붕이 덮인 시장에는 사람들이 가득하고, 동물원의 사자 우리 같은 냄새가 난다. 소음 역시 이와 비슷하다. 지붕 때문에 조금씩 울리는 사람들의 목소리, 군중들이 움직이는 발소리, 서로 부딪히거나 덜컹거리는 쇠막대와 나무막대 소리, 동물들의 울음소리 같은 것들, 하지만 중요한 차이가 있다. 동물들이 내는 것 같은 울음소리가 사실은 사람들이 내는 소리이기 때문이다. 우리에 갇힌 사람들과 사슬에 묶인 채 교수형을 당하는 사람들이 내는 소리. 거기에 코커가 있다. 그는 불이 꺼지기 전 재키가 보았던 것과 같은 얼굴이지만, 다른 옷을 입고 있다. 시장 안은 뜨겁다. 그녀의 손 위에 놓인 앨릭의 손만큼 뜨겁다. 더 좋은 곳으로 들어오고 싶어 안달인 그 손을 그녀는 자신의 손으로 밀어내고 있다. 이 시장에서 뭔가를 사면 돈을 지불하는 것이 아니라, 역사라는 병에서 한 방울씩 내야 한다. 코커는 불쏘시개를 팔지만, 다른 상인들과 달리 조곤조곤, 빅토리아 홀에서 강연할 때와 같은 목소리로 고급스럽게 말한다. 그가 파는 불쏘시개는 종이로 되어 있고, 그는 그 종이를 마치 짚단처럼 한 손에 들고 있다. 사람들은 그에게서 불쏘시개를 사서 불을 붙인다. 코커가 파는 불쏘시개는(시장에 불쏘시개를 파는 다른 사람은 없다) 사람들의 목숨이다. 모든 남자와 여자들은 머리와 다리와 몸과 성격이 있는 것처럼 목숨 역시 가지고 있다. 코커는 그것을 판다. 물건을 팔며 그는 아주 조용히 이렇게 말한다, 일 페니에 목숨 두 개입니다, 일 페니에 목숨 두 개입니다. 그가 역사라고 하지 않고 페니라고 말하기 때문에, 재키는 갑자기 자신의 실수를 깨닫는다. 그런 일은 오늘날에도 벌어지고 있다. 시장은 한 번도 닫히지 않았다. 그건 늘 열려 있다. 그녀에게 벌어질 수 있는 두려운 일들은 모두 거기에서 나온다. 앨릭이 사고로 다칠 수도 있고, 전쟁이 일어나 둘 다 죽어 버릴 수도 있다. 달콤한 기대를 영원히 날려 버릴 그 모든 알 수 없는 힘이다.

코커 씨는 말한다: …진보 같은 것들이죠.

추워, 자기야? 앨릭이 속삭인다. 아니, 아니야. 재키는 그렇게 대답하며 재키는 그의 손 아래에 있던 자신의 손을 들어 올리고, 그의 손을 자신의 허벅지 사이에서 꼭 누른다.

코커는 말한다: 우리가 좀더 인간적으로 된 겁니다.

재키는 어둠 속의 코커를 보기 위해 의자에 앉은 채 몸을 돌린다. 영사기에서 나온 빛이 노트를 읽기 위해 고개를 숙이고 있는 그의 안경

에 반사된다. 그의 매끈한 이마도 보인다. 이제 더 이상 그가 재미있
지 않다.

슈토크 임 아이젠

코커 씨는 말한다: 이제 아주 재미있는 대상인데요, 옛 시장 근처에
있는 것입니다, 여전히 중세시대 구역 안입니다. 보시다시피 수
천 개의 못이 박힌 나무토막입니다. 사진 상태가 썩 좋지 않아
서 유감이네요. 하지만 여기엔 사연이 있습니다. 중세시대에
는 이 교차로 모퉁이에 나무가 한 그루 있었고, 그 나무의 몸통
이 바로 보고 계신 이 부분입니다. 이 못들은 이동 중이던 도제
들이 박은 것이죠, 네, 목수들의 도제였습니다. 당시에 도제들
은, 제 구실을 하는 장인이 되기 전까지는, 스승들을 찾아 옮겨
다니며 지냈죠. 이야기에 따르면 한 작업장을 떠나 다른 작업
장으로 이동하던 중에, 비엔나를 지나던 목수 도제들이 행운을
빌며 이 나무에 못을 박았다고 합니다. 결국 나무가 죽고 말았
죠. 하지만 여전히 구경거리로 남아 있습니다. '슈토크 임 아이
젠(Stock Im Eisen)'은, '못으로 뒤덮인 나무'라는 뜻입니다. 상
상력이 풍부한 사람이라면, 나무가 갑옷을 입고 있다고 할 수도
있겠죠, 갑옷을 입은 원탁의 기사처럼요!

사제는 지금 강연장의 어두운 곳에서 코커가 술을 마시고 있는지도
모른다고 불현듯 생각한다.

코커 씨는 말하고 싶다: 랜슬럿 경은 자신의 귀네비어의 명예를 위해

갑옷을 입고 전투에 나섰습니다.

앨릭은 자신의 못을 박기 위해 망치를 빌린다. 긴 못이고, 그는 망치를 크게 휘둘러 내리친다. 그는 어디론가 가는 중이다.

그라벤 거리

화면은 상점가를 보여준다. 클래펌의 어떤 길보다 넓고 햇빛도 더 환하다. 사전트 박사가 잘못 안 게 아니라면, 코커는 '슈토크(Stock)'라는 단어를 잘못 해석했다. '슈토크'는 확실히 '나무'가 아니라 '막대기'라는 뜻이다. 등산지팡이(alpenstock)에서처럼 말이다. 앨릭은 재키에게 뭔가 특별한 것, 런던에서는 구할 수 없는 것을 주고 싶다. 구체적인 물건이 떠오르기 전에, 그는 코커에게 다음 출장에서 재키에게 줄 뭔가를 구해 달라고 부탁해도 괜찮겠다고 생각한다. 그런 다음, 그는 다시 자신이 못을 박는 광경을 떠올린다. 브라우닝 양은 그라벤 거리의 시계 두 개를 확인한다. 둘 다 세시 이십분을 가리키고 있다. 그녀가 차고 있는 시계는 여덟시 사십분이다. 빨간 머리 여성, 코커 씨가 맥브라이드 부인을 떠올리도록 했던 그 여성은 코커 씨가 선생님이 되었더라면 아주 잘 했을 거라고 생각한다. 휘틀리 부인은 짙은 감청색과 흰색이 섞인 봄옷을 사고 싶다는 생각을 한다.

코커 씨가 말한다: 그라벤(Graben)은 '해자(垓子)'라는 뜻입니다. 로마시대와 중세시대에 이곳을 따라 해자가 있었습니다. 이 지역은 도심의 가장자리였습니다. 도시를 둘러싼 성벽이 있었고, 그 밖으로 적이 접근할 수 없게 해자를 팠던 거죠. 그리고 해자

위로는 도개교가 있었습니다, 모형 성곽이랑 같습니다. 어디선가 오스트리아(Austria)는 '동쪽의 전초기지'라는 뜻이라고 읽은 적이 있습니다. 오스트리아 동부에 자리잡은 빈을 넘어가면, 인스부르크에서 기차로 열두 시간 걸리는데, 거기서부터 이교도들의 땅이 시작됩니다. 빈은 기독교 세계의 종착지였습니다.

저분이 외출했다가 돌아오면, 집 안의 모든 것을 완벽하게 준비해 두어야지, 브랜드 양은 그렇게 되뇐다.

코커 씨는 말한다: 하지만, 일찍부터 도시는 점점 더 확장되었고, 해자를 메우고 그 위에 집들을 지었습니다. 그 공사를 진행한 인물은 영광왕 레오폴트 6세였습니다.

대단한 사람이네! 앨릭이 재키에게 말한다, 저 해자를 다 메우다니! 재키는 햇빛 아래에서 함께 걷기 위해 앨릭을 상상 안으로 끌어들인다.

코커 씨는 말한다: 그리고 오늘날 그라벤 거리는 빈의 구도심에서 가장 아름다운 구역입니다.
코커 씨는 말하고 싶다: 이곳에서 저는 문명 속에 있다고 느꼈습니다. 역사에 대한 감각과, 미래에 대한 감각을 느낄 수 있었습니다. 인간들이 삶을 살 만한 가치가 있는 것으로 만드는 방법을 감지했습니다. 제가 좀 전에 마셨던 퀴멜도 여기서 샀습니다. 하지만 여기선 술뿐만 아니라 뭐든 살 수 있습니다. 눈에 띄고 싶은 우리 모두의 욕망을 충족시켜 줄 수 있는 옷, 제가 가진 것과는 비교할 수 없을 정도로 훌륭한 사진집, 우리가 어떻게 살

면 될지, 교수형 장면과, 꽃과 과일과, 정원의 공작들과, 새하얀 리넨과 대리석과 아름다운 기둥과 항아리와, 알바 공작부인과 함께 어떻게 살아가면 될지를 알려 주는 위대한 회화 작품의 복제품들, 사람들의 문서를 영원히 안전하게 지켜 줄 가죽 서류가방, 빈 사람들만 아는 비법으로 만든 아이스크림, 모형 궁전처럼 아름다운 가구 같은 것들을 살 수 있죠.

코커 씨는 말한다: 전 세계의 모든 물건들 중, 이 부근 상점에서 살 수 없는 것은 거의 없습니다. 저는 이 중 몇몇은 세계에서 가장 멋진 상점이라고 감히 말하고 싶습니다. 게다가 가격도 싸죠. 그것이 빈의 아름다운 점들 중 하나입니다. 싸다는 점이요.

코커 씨는 말하고 싶다: 친구 여러분, 저는 이 모든 것들이 배타적으로 되는 것은 원하지 않습니다. 모든 사람들이 같은 것을 좋아할 수는 없겠지요. 모차르트를 선호하는 사람들이 있으면 빙 크로즈비를 선호하는 사람도 있는 것입니다. 겨울에 아스트라한 옷깃이 달린 코트를 입고 싶어 하지 않는 사람도 있습니다. 대신 스키 재킷을 입으면 되니까요. 자네가 아마 그럴 거야, 앨릭. 나라면 아스트라한 옷깃 코트가 마음에 들겠지. 회화보다 아이스크림을 더 좋아할 수도 있겠죠. 거기 맥브라이드 양은, 구석에 숨어 있는 당신이요, 아이스크림을 더 좋아하겠죠, 죽을 때까지 매일 드실 수 있습니다. 사제님은, 회화 쪽을 더 좋아하시겠네요. 앨릭, 자네 여자친구가 꽃집에서 일한다고 하지 않았나? 빈의 꽃들! 거기서 만든 결혼식 화환! 두 사람이 결혼하면, 신부는 꼭 비엔나풍으로 차려입어야 해! 모두들 각자 원하는 것을 얻으시기를 바랍니다!

코커 씨는 말한다: 심지어 아주 값비싼 상점들도 창밖에서 들여다보

는 재미가 있습니다.

코커 씨는 말하고 싶다: 브라우닝 양, 결국 빈에 와서 제게 큰 즐거움을 주셨으니, 저도 제가 할 수 있는 방식으로 감사를 표하고 싶습니다. 우리 둘의 취향이 비슷함을 감안하면, 당신도 저의 그런 방식에 동의할 것입니다. 우선 그라벤 거리를 길게, 그늘을 따라서 걸을 텐데, 괜찮으시면 제가 당신의 팔을 잡겠습니다. 우리는 우리를 둘러싼 문명의 일부가 되는 겁니다. 만약 우리가 그리스인이었다면, 조각가가 우리 둘을 함께 프리즈에 장식해 주었을 겁니다. 우리는 이곳에 있는 것이 자랑스럽습니다. 모퉁이에 보석 가게가 있는데, 원하는 게 있으면 당신은 가질 수 있습니다. 우리의 진정한 문명에서는 화폐는 사라지고 없으니까요. 돈은 모든 사악함의 뿌리입니다. 그리고 사악함은 문명을 파괴하는 모든 것이죠. 보석 가게에서 원하는 것을 찾지 못하면, 모퉁이를 돌아서 계속 갑니다. 거기 향수 가게가 있습니다, 제가 성 버나드 산길 꼭대기에 향수 가게를 열어서 돈을 벌 계획을 세운 적이 있다고 이야기했던가요?, 사람은 산 정상에서는 늘 돈을 쓰니까요. 향수 가게 옆은 악기점입니다. 연주할 수 있는 악기가 있으신가요, 브라우닝 양? 무슨 악기를 연주하든, 그 악기를 가질 수 있습니다. 스트라디바리우스를 원하시면, 제가 구해 드리겠습니다. 우리의 진정한 문명에서는 누구나 필요로 하는 것을 가져야 하고, 화폐는 과거의 유물이니까요. 저로 말하자면, 저는 원하는 게 거의 없습니다. 홀짝홀짝 마실 술 한 잔, 바라볼 수 있는 아름다운 것, 그리고 이야기를 나눌 당신 같은 분이면 됩니다, 브라우닝 양. 이제 햇빛 아래 산책로를 걸으시죠. 양산이 없다고요? 그렇다면 여기서 하나 구할 수 있습니

　　　　　코커의 자유

다. 브라우닝 양, 한순간도 저를 오해하시면 안 됩니다. 제 마음은 순전히 명예심입니다. 저는 당신을 아주 순수한 마음으로 생각합니다. 저의 유일한 욕망은 당신이 당신만의 차별성과 취향에 어울리는 삶을 사는 모습을 지켜보는 것입니다. 그라벤 거리에서 우리는 적합한 배경을 구할 수 있습니다. 여기에선 주변의 모든 이들이 원하는 것을 가지고 있는 모습을 볼 수 있으니까요. 당신이 구경하는 동안, 저는 잠시 사라졌다가 세계 최고의 초콜릿을 사 오겠습니다.

코커 씨는 말한다: 세계 최고의 초콜릿도 살 수 있습니다.

재키는 혼잡한 시장을 잊지 못한다. 그녀는 지금부터 점점 더 위험을 감지하게 될 것임을 느낀다. 어젯밤에 있었던 일의 결과로 그렇게 되었다. 열일곱 살의 그녀는, 자신이 홀어미가 될 수도 있음을 깨닫는다. '일 페니에 목숨 두 개입니다!'라고 코커 씨는 속삭였다. 세계 최고의 초콜릿. 거리의 다른 사람들에게, 그리고 어디에나 있는, 그녀에게 이런저런 지시를 내릴 수 있는 사람들에게 앞으로 영원히, 앨릭이 죽고 사는 문제는 전혀 관심사가 아닐 것이다. 알리바바! 그녀가 낮게 되뇐다.

흑사병 기념탑

브랜드 양은 자신의 모습을 본다. 그녀의 취향인 이 신사분이, 자신의 역할을 하고 있는 브랜드 양 본인의 모습을 사진으로 보여준다. 가슴이 쪼그라들고 이가 다 빠져 버린 노파 쪽이 자신의 모습에 더 가깝다는 생각은 그녀에게 들지 않는다. 브랜드 양은 그 노파는 죄인임을, 그래서 신의 분노를 받아 추락하고 있음을 확신하기 때문이다. 브랜드 양 자신은 젊은 여인, 눈을 들어 천상을 올려다보며, 도움의 손길을 뻗고 있는 젊은 여인이다. 브랜드 양은, 이 아름다운 사진을 보여줌으로써, 코커 씨가 외양 너머의 모습까지 볼 수 있는 사람임을 그녀에게 증명해 보인 거라고 생각한다.

코커 씨는 말하고 싶다: 왜 지금 이 슬라이드지? 햇빛 아래의, 죽음. 세계에서 가장 멋진 상점들과, 죽음. 심지어 브라우닝 양과 나 사이의, 죽음. 왜 아무도 죽음을 피할 수 없는 걸까?

코커 씨는 말한다: 이것은 빈에서 가장 유명한 기념탑입니다, 랜드마크라고도 할 수 있죠.

코커 씨는 말하고 싶다: 친구 여러분, 저는 예순네 살입니다. 그라벤 거리를 거닐다 이 기념탑을 보면, 마치 이 탑이 1679년의 역병을 기념하는 것이 아니라 1979년 이전에 닥쳐올 저의 죽음을 기념하는 것처럼 보입니다. 앨릭, 자네는 그때에도 여전히 젊을 테고, 이곳저곳을 처음으로 다녀 보겠지만, 나는 어디에도 없겠지. 찾아가 만날 수 없는, 사라진 사람일 테지. 나는 벌써부터 나를 애도할 수도 있어, 하지만 이상하게도, 그 애도의 대상은 더 이상 내가 아닐 거야. 왜냐하면 죽은 이들은 개별성을 잃어버리고, 살아 있는 이들은 아주 잠깐 동안만 그들을 구분할 수 있으니까 말이야. 따라서 내가 애도하는 대상은 그 누구든 될 수 있는 거지, 나보다 훨씬 재주있는 사람, 옷을 형편없이 입고 눈길을 걸어가는, 미끄러지지 않는 데만 온 신경을 집중하고 있는 노인 말일세. 앨릭, 자네의 때가 되어서 그라벤 거리를 거니는 순간이 오면, 이 기념탑의 돌들이 바람과 추위에 갈라지고, 거기 먼지가 앉은 모습을 한번 봐 주게. 이 기념탑을 알고 있었던, 내가 아직 프라이어리가의 어린이였을 때 이미 노인이었을 그들부터 아직 태어나지 않은 사람들까지, 내가 만났거나, 알았거나, 상상할 수 있는 그 모든 사람들, 내 머릿속 어딘가에 있을 그 모든 사람들을 나는 애도한다네. 나는 되돌릴 수 없고 만회할 수 없는 모든 것들을 바꾸고 싶은 거야. 상실이라는 게 얼마나 절대적인지 아니까.

코커 씨는 말한다: 빈의 중심부에서 누군가를 만나기로 했다면, 흑사병 기념탑 앞에서 만나면 됩니다. 마치 피커딜리의 스완 앤드 에드거 빌딩 앞에서 만나듯이 말입니다.

코커 씨는 말하고 싶다: 하지만 친구 여러분, 작은 사업체와 약간의 사진 찍는 재주밖에 없는 제가 뭘 할 수 있을까요? 제가 뭘 할 수 있는지, 우리 중 그 누가 뭘 할 수 있는지 묻고 싶습니다. 하나님이 있습니다. 여러분이 계시고, 제가 있고, 그라벤 거리에는 우리의 유한함을 상징하는 이 기념탑이 있습니다. 우리는 어떤 합의를, 아니, 그게 아니라, 결국 모든 것은 무덤에서 끝나기 마련이라는 사실을 받아들일 방법을 찾아야만 합니다. 하나님이 내리시는 해결책이 있습니다. 인정합니다. 사제님, 당신 앞에서는, 그 해결책을 받아들이는 척할 수 있습니다. 하지만 저는 받아들일 수가 없습니다. 저는 너무 복잡한 사람이어서 어떤 하나님도 이해할 수 없을 것임을 알고 있으니까요.

코커 씨는 말한다: 이 탑은 1693년 레오폴트 1세가 세운 것입니다. 1679년에 빈을 휩쓸었던 흑사병에서 살아남으면, 신의 영광을 기리는 기념탑을 세우기로 맹세를 했으니까요. 하나님이 이 기념탑을 마음에 들어 하셨는지 어쨌는지는 알 수 없습니다.

키득키득 웃는 소리가 들린다. 사제는 의자 좌석을 꽉 쥔다. 이런! 그가 큰 소리로 말한다. 그는 중간 휴식 시간에 코커 씨와 이야기를 나눌 생각이다. 만약 그가 제정신을 차리지 못한다면, 강연을 일찍 마칠 생각이다. 그뿐만 아니라 필요하다면, 강연 중간에 끼어들 수 있는 말들도 이것저것 연습해 보았다. 휘틀리 부인은 적합한 단어가 생각났다. '신성모독이에요.' 그리고 그것은 지저분한 삶을 살아온 결과고, 나이 든 여인의 가슴을 드러낸 이런 동상을 사진으로 찍은 결과다. 그건 젊은 여성의 가슴을 보여주는 것보다 더 나쁜 행동이다. 그녀는 정말 나이 든 여인이 조각을 위해 모델을 섰는지 궁금하다. 그런 짓을 하느니 차라리 죽는 것이 나을 것 같다. 브랜드 양은 코커 씨의 발언이 하나님 앞에서 무한한 겸손을 표현한 것이라고 생각한다. 뒷줄의 뚱뚱한 여인은 그의 말에는 전혀 관심을 기울이지 않는다. 그녀는 그저 사진이 마음에 들 뿐이고, 자신이 사진 속의 나이 든 여인만큼 마를 수 있을지 궁금하다.

코커 씨는 말하고 싶다: 그러니까, 길을 찾는 건 우리의 몫입니다. 여러분은 찾으셨나요? 그 과정은 우리 모두가 서로 힘을 합쳐야 하는 일입니다. 하지만 저는 아직 들어 본 적이 없습니다. 제가 중요하다고 생각하는 대부분의 문제에 대해 사람들은 말하지 않습니다.

코커 씨는 말한다: 어쩌면 이 이야기는 하지 않아야 하는 것인지도 모르겠습니다. 흑사병으로 만오천 명의 사람이 죽었습니다. 그들은 파리 목숨이었습니다.

파리 목숨, 재키는 두렵다, 일 페니에 목숨 두 개.

코커 씨는 말한다: 흑사병이 지나가고 사 년 후에 터키인들이 왔습니다. 터키의 불신자들이 이 도시를 육 개월 동안 침략했죠. 레오폴트 1세가 마침내 그들을 몰아냈습니다. 제대로 몰아내고 제국을 발칸 지역까지 확장했죠. 하르팅거 부인이 제게 이렇게 말하곤 했습니다. '코커 씨, 우리의 위대한 시인들 중 한 분이 이렇게 말했죠, 죽음은 이슬람교도라고요, 만약 이슬람교도가 아니라면 슬라브족이라고요.' 그게 하르팅거 부인이 죽음에 대해 했던 유일한 말입니다.

사제는 신발로 바닥을 긁는다. 휘틀리 부인은, 그렇다면 동상의 나이든 여인이 터키인임을 알아차린다.

코커 씨는 말한다: 저 자신은, 죽음이란 얼굴이 전혀 없는 사람일 거라고 생각해 왔습니다.

저분은 늘 저렇게 섬뜩해? 재키가 속삭인다. 바보 같은 소리 하지 마, 앨릭이 말한다, 제정신이 아니라고 계속 말했잖아. 불쌍한 노친네가 제정신이 아니야.

코커 씨는 말하고 싶다: 제 방식을 말씀드리겠습니다. 저는 그동안, 일어날 수 있는 최악의 일은 죽음이라고 생각했습니다. 하지만 지금은 최악의 일은 아예 태어나지 않는 상황이었을 거라고 생각합니다. 상상해 보세요, 아닙니다 신부님, 아니에요 브라우닝 양, 아닙니다 맥브라이드 부인. 지금 이렇게 강연장에 앉아 있는 우리들, 그런 우리들이 존재할 가능성이 조금도 없는 상황입니다. 조금도 없는, 무(無)입니다. 무덤 앞의 비석이라도 있는 것이 그보다는 낫지 않겠습니까? 윌리엄 코커, 1897년생, 1979년 이전 사망. 몇몇 친구들에게는 '여행자 및 사색가'로 알려짐. 이게 낫지 않겠습니까? 하지만 우리가 죽는다고 가정을 해 봅시다, 그건 우리가 아예 태어나지 않았던 상황과 비슷하지 않을까요? 자신이 삶을 낭비해 버렸음을 우리가 알게 된다면요, 그게 가장 나쁜 것 아닐까요? 무언가를 가지고 있었지만 그걸 내던져 버렸음을 알게 된 상황이요. 그것이 터키인들의 가장 악마 같은 고문 아니었을까요? 그렇지 않나요? 그러니 그런 일은 막아야만 합니다. 얼른, 얼른이요. 그래야만 하지 않겠습니까? 산장이나 호텔에서 노인들을 보면 말입니다, 바지의 주름을 칼같이 다리고, 신발을 광이 나게 닦고, 바지 멜빵을 제대로 차고 있는 노인들, 더 이상 맞지도 않는 옷을 입은, 이제 기력이 없어 옷에 주름이 질 일도 없는 노인들, 마치 큰형의 정장을 빌려 입은 막냇동생처럼 보이는 노인들을 보면, 저는 그런 상황은 얼른 막아야 한다고 생각합니다. 터키인들의 고문을 말입니다. 심지어 앨릭, 자네도 서둘러야 해. 허비할 시간이 없으니까 말이야. 여러분, 원하는 대로 사십시오. 아내가 미우면 아내를 떠나세요! 사람들이 뭐라고 하든 여러분의 쾌락을 즐기십시오! 재능을 활용하세요! 여러분이 할 수 있는 일을 절대 부끄러워하지 마세요! 당하고만 살지 마십시오. 당하고만 살지 마세요. 그렇게 하면 이런 문제에 봉착하게 됩니다. 터키인의 고문만큼 나쁜 것도 없습니다, 여러분 저를 믿으세요. 브라우닝 양, 제가 조금 더 안내를 해 드리겠습니다, 약속했던 초콜릿도 드릴게요, 그리고 브라우닝 양, 당신도, 제 말을 명심하세요. 원하는 걸 가지세요, 브라우닝 양, 가질 수 있을 때 가지세요.

코커 씨는 말한다: 제가 찍은 사진을 보면 나이 든 여인의 얼굴에 햇빛이 떨어지고 있습니다. 저는 그 점이 상징적이라고 생각합니다. 말하자면, 희망의 조짐이랄까요.

투광조명을 받은 슈테판 대성당

브랜드 양은 서쪽 출입구로 나가 자신의 새로운 고용주를 위해 주님에게 기도한다. 새로운 고용주가 가진 희망의 조짐이란 하나님의 사랑과도 같다. 그녀의 새 고용주는 그 사실을 알고 있지만 수줍어서 말을 못할 뿐이다. 그녀가 주님의 도움으로 그를 구원하고, 그에게 힘을 줄 것이다. 그녀가 주님의 도움으로 이 선한 남자의 숨어 있는 모습을 모두 풀어 줄 것이다. 코커가 맥브라이드 부인으로 착각했던 빨간 머리의 여인은 슈테판 성당을 자신의 무릎 위에 펼쳐 본다. 성당 지붕의 타일을 붙인 패턴이 그녀가 조카에게 떠 주고 싶은 적갈색 스웨터의 패턴과 똑같기 때문이다. 그녀의 아들은 죽었다. 사전트 박사는 독일의 고딕 양식 성당들 목록을 만들어 본다. 비엔나, 쾰른, 뮌스터, 그리고 스트라스부르를 포함시켜야 할지 고민한다. 브라우닝 양은 술집에 가서 위스키를 한 잔 마시고 싶다. 울프는 이동 중일 것이다. 그녀는 울프가 첨탑을 오르는 모습을 그려 본다. 그녀는 자신이 유난히 초조한 건, 생리가 늦어지고 있기 때문이라고 스스로에게 말한다. 버스 투어에 나선 할머니들 중 한 명이 버스에 오르고 있다. 투어는 라인강을 따라 이동하는 상품이다.

코커 씨는 말한다: 아시는지 모르겠지만, 이 성당은 몇 세대에 걸쳐

지어진 것입니다. 맨 처음 건설을 시작한 사람은 완성되는 걸 보지 못하고 죽었죠. 여기 보이는 첨탑 윗부분은 1359년에 짓기 시작해서 1433년까지도 완성되지 못했습니다. 반대편, 그러니까 북쪽 면의 탑은 영원히 완성되지 못했습니다.

강연장 뒤쪽의 문이 열린다. 거리로부터 희미한 빛이 새어든다. 브라우닝 양이 급히 고개를 돌리고 문 앞에 선, 약한 불빛을 받아 어두운 형체만 보이는 인물을 바라본다. 걱정할 만한 사람은 아닌 것 같다, 지팡이를 짚은 여인이다. 그녀는 절뚝거리며 가까이 있는 의자에 다가가 앉는다. 아이린이다.

(아이린 코커 양은 예순두 살이다. 십이 년 전 삼십 년 동안 일했던 영국 중앙은행에서 퇴직하며 연금을 받고 있다. 류머티즘 관절염 때문에 일찍 은퇴했는데, 당시에도 이미 힘들어하고 있었고 이후로 상태는 점점 더 악화되었다. 은퇴를 하며 그녀는 웨스트윈즈에 있는 집을 샀다. 그 집을 살 수 있었던 건 어느 정도는 평생 저축을 해 왔기 때문이지만, 한편으로는 스물다섯 살에 만 파운드를 상속받았기 때문이기도 하다. 어린 시절 코커 남매는 각각 특정한 삼촌 혹은 고모를 '그들 몫'으로 지정받았다. 아이린 몫은 스티븐 삼촌이었다. 종이 상인이었던 그 삼촌은 형제자매들 중 유일하게 부자가 되었고, 계속 부자였다. 1923년 사망한 그는 재산의 절반을 아이린에게, 나머지 절반은 도일리 카트 오페라단에 물려주었다. 스티븐 삼촌은 결혼은 하지 않았고 열성적인 경가극 애호가였다.)

코커 씨는 말한다: 영원히 완성되지 못한 이 탑에 대한 이야기가 있

습니다. 제가 빈의 와인에 대해 이야기했던 것 기억하시죠? 그 와인들이 얼마나 품질이 좋은지도요. 비엔나 음악에 비견할 만큼 좋습니다! 그리고 비엔나 여성들이요!

앨릭은 무슨 일이 있는지 살피려고 고개를 돌린다. 코커의 목소리가 갑자기 거칠어지고 '음악!'과 '여성들!'이라고 말할 때는, 연병장에 모인 부대에 명령을 내리는 것처럼 소리를 질렀기 때문이다.

코커 씨가 말한다: 십오세기 중반의 어느 해에 와인이 좋지 않았습니다. 햇빛이 충분하지 않았죠. 우리 모두 햇빛과 평화를 필요로 하니까요!('평화'라는 단어도 명령처럼 외친다.) 그해에는 포도들이 햇빛을 받지 못했던 겁니다. 그래서 포도에서 신맛이 났고, 와인 맛은 **형편없었습니다**!(다시 명령.) 너무 **형편없어서** 포도 재배 농가에서는 와인을 거리에 그냥 버릴 참이었죠. 그때 프리드리히 황제가 그 사태를 전해 듣고는, 와인을 버리는 대신, 그것들을 북쪽 탑을 지을 모르타르에 섞으라고 명령했습니다. 어쩌면 그 때문에 북쪽 탑이 영원히 완성되지 못한 것인지도 모릅니다! 와인은 다시는 **형편없을** 정도로 맛이 없지 않았고, 와인으로 시작한 작업을 물로 대체할 수도 없으니까요. 그렇지 않겠습니까?

아이린 양은 **형편없는**이라는 단어는 자신을 의식한 표현이지만, 그가 말하는 방식 또한 형편없기는 마찬가지라고 생각한다. 그녀는 슈테판 대성당이 스티븐 삼촌의 수호성인에게 바쳐진 것임에도, 그 성당을 쳐다보지 않는다. 그녀가 보는 것은 소위 사진이라는 것, 그의 오빠가 찍었다는 검은색과 회색과 흰색이 뒤섞인 것, 역시 그의 오빠가 살았다고 하는 영사막 위에 비친 그 이미지일 뿐이다. 그와 관련한 유일한 진실이라면, 그가 이십 년 동안 그녀를 뜯어먹고, 그녀의 재산을 갈취했다는 것뿐이다. 그는 이제 막 그녀를 내버린 참이다. 돌아오라고 그녀가 설득했음에도, 그는 지금까지 그녀가 보아 온 그 누구보다 잔인했다. 그녀가 그를 가만히 쳐다본다. 그는 영사기 위로 몸을 숙이고 있다. 불빛을 받은 커다란 코가 번쩍번쩍 빛나고, 강연장의 어둠은 그의 진실을 숨기는 주머니 같다. 지금 그는 한 여인의 손아귀에서 놀고 있고, 대담하게도 아이린 양을, 자신의 누이를 죽이려고 한다. 새로운 정부와 웨스트윙스에서 지내기 위해서 말이다. 저코는 사악한 코다. 그의 손이 떨리는 것도 그가 유혹을 받고 타락했기 때문이다. 하지만 그녀가 그의 음모를 좌절시킬 것이다.

> 한 남자가 있었지 다른 마을에, 다른 마을, 다른 마을
> 한 남자가 있었지 다른 마을에
> 그 이름은 윌리 우드였지
> 그가 좋은 크림치즈를 모두 먹어 버렸지, 좋은 크림치즈,
> 좋은 크림치즈,
> 그가 좋은 크림치즈를 모두 먹어 버렸지
> 그 이름은 윌리 우드였지
> (위 노래는 스코틀랜드 동요의 일부로,
> 조금씩 다른 버전의 가사로 전해진다.—옮긴이)

이 가사를 떠올리며 그녀는 지팡이의 고무 끝으로 바닥을 두드린다. 그녀는 스스로에게 말한다, 이번에는 윌리도 그럴 수 없을 거야.

코커 씨는 말하고 싶다: 친구 여러분, 제 말을 크게 따라해 주세요. 괜찮으시다면, 제가 평범한 사람임을 분명히 합시다. 브라우닝 양, 제가 계속 안내해 드리겠습니다, 그 무엇도 저를 막을 수가 없습니다.

코커 씨는 말한다: 앞쪽에 보이는 두 개의 탑은 성당의 나머지 부분보다 훨씬 일찍 지어졌습니다. 이교도 탑이라고 불리는데, 십삼 세기 중엽 보헤미아 왕이 세운 것이죠. 당시에 보헤미아 왕이 빈에 머물고 있었거든요. 이교도란, 신을 믿지 않는 사람들을 뜻합니다.

스페인승마학교

코커 씨는 말한다: 이건 빈에서 가장 유명한 관광지 중 한 곳입니다. 왜 스페인이라고 할까요? 그건 제 이름이 코커인 것과 같은 이유입니다. 제가 저의 아버지의 아들(다시 연병장의 명령)인 것처럼, 이 말들의 조상이 스페인에서 건너왔기 때문입니다. 아주 특별한 말들이죠, 이제 곧 보시게 될 겁니다. 아주 특별하게 길러야 했는데, 왜냐하면 자연에서는 열등한 변종들이 나오기 마련이고, 최고를 위해서는 그런 변종들을 제거해야만 하니까요. 이 말들은 스페인, 나폴리, 아랍 등의 혈통을 이어받았고, 각각의 혈통에서 좋은 점을 결합했지만, 최초의 종마들은 1560년경 스페인에서 들여왔습니다. 그로부터 이십여 년 후에, 트리에스테 근처의 리피차라는 곳에 왕실 종마 사육장이 세워지게 되죠. 그곳에서 몇 세기에 걸쳐 종마들을 키우고 있는데, 지금 보고 계신 이 녀석이 가장 멋진 녀석입니다. 이름은 마에스토소 메르쿠리오!

마지막 두 단어는 승리자가 내뱉는 저주의 주문 마지막 부분처럼 울린다. 아이린 양은 자신은 오빠가 하는 말을 다 이해한다고 믿고 있고, 이제 눈이 어둠에 익숙해지면서 강연장 안의 여자들도 알아볼 수 있다. 브라우닝 양이 한 번 더 뒤돌아보며 새로 들어온 사람을 확인한다. 잠시 두 사람은 어둠 속에서 서로를 쳐다보지만, 아이린 양은 브라우닝 양이 아주 좋은 집안에서 자란 것 같아 그녀를 무시한다. 브라우닝 양은 아이린 양이 다리를 절기 때문에, 그래서 자연스럽게 빅토리아 홀에서 열리는 이런 강연에나 참석하는 거라고 생각하고는, 그녀를 무시한다.

코커 씨는 말한다: 이 훌륭한 종마들은 팔십 마리 정도인데, 모두 아주 긴 이름을 가지고 있습니다. 플루토 테오도로스타! 페이버리 키티! 꼭 무슨 배 이름 같지 않습니까? 나폴리타노 데플로라타!

브랜드 양은 자신의 새로운 고용주가 성스러운 명령을 받은 것이라고 생각한다, 목소리도 좋고, 외국 이름을 말하는 걸 들으니 미사에서도 아주 근사하게 말을 할 것 같기 때문이다. 노래도 잘할 것이 확실하다. 어둠 속에 앉은 그녀는, 언젠가는 그가 피아노 반주에 맞춰 노래하는 것을 들을 수 있을 거라고 대담하게 믿어 본다. 그의 노래를 방해하는, 극복할 수 없는 장애물이 없기를 그녀는 희망한다. 근시인 사전트 박사는 의자에 앉은 채로 몸을 앞으로 숙여, 사진 속의 말들이 모두 종마가 맞는지 확인한다. 브라우닝 양은, 순간 만족감을 느끼며, 기수들 한 명이 하고 있는 삼각모와 긴 옷을 빌려 입고, 승리를 상징하는 붉은색 장식을 단 채 말을 타고 집으로 돌아가는 상상을 한다. 그녀는 열세 살이다. 바로 그 순간, 그녀는 마술 경연 대회와,

자신이 오늘 밤 강연장에 있는 목적의 차이를 또렷이 인식한다.

코커 씨는 말한다: 빈에서는, 믿으실지 모르겠지만, 광장들은 집 안의 방 같고, 실내가 오히려 광장 같습니다. 밤이면 머리 위로 별자리 같은 샹들리에들이 반짝이는 방들을 옮겨 다니죠. 그리고 보시는 사진처럼 말을 탄 채 연회장을 돌아다니기도 합니다. 이 건물은 위대한 건축가 피셔 폰 에를라흐(J. B. Fischer von Erlach)가 지은 것입니다. 소위 말하는 바로크 건축양식이죠, 네 그렇습니다.

도약 자세의 리피자너 종마

흔적을 따라 발길질을 하는 거라고, 사제는 생각한다, 하지만 발길질의 주체는 코커 씨면서 동시에 바뀐 사진 속의 말이기도 해서 혼란스럽다. 앞다리를 굽히고, 뒷다리를 쭉 뻗은 채 뛰어오르는 말의 모습(기수도 없이 허공을 가로지르는 하얀 백조 같다) 덕분에, 코커가 하는 말의 어색함이 줄어든다. 그 결과 사제는, 걱정거리를 어떻게든 피하고 싶은 마음에, 중요한 건 사진들일 뿐, 코커 씨의 강연에 귀를 기울이는 사람은 아무도 없을 거라고 생각해 버린다. 그는 휘틀리 부인 쪽으로 몸을 기울이며, 정말 놀라운 사진 아닙니까? 그렇죠?라고 말한다. 휘틀리 씨가 아내 뒤에서 고개를 내밀며 사제에게 말한다, 아주 고감도의 필름이 필요합니다. 아마 코닥 트라이엑스를 썼을 겁니다.

코커 씨는 말한다: 사백 년 동안 이어진 기술이 이런 도약을 가능하게 합니다. 말을 기르는 기술, 말을 길들이는 기술 말입니다. 스

페인 승마학교의 모든 기수들은 자신의 말을 길들여야만 하고, 훈련 기술을 익혀야만 합니다. 통제력, 그게 필요한 거죠. 통제력과 엄격함 말입니다.

아이린 양은 머리에 둘렀던 스카프를 푼다. 그녀는 파마를 했고, 흰머리가 하나도 보이지 않게 섬세하게 다듬었다. 스카프를 푼 모습을 뒤에서 보면, 그녀는 사십대 여성처럼 보인다. 오빠는 절대 말 못 탈 거야, 그녀는 생각한다, 물러 터졌으니까. 그녀 본인은 다리를 절고, 그는 물러 터졌다. 둘은 같은 부류에 속한다. 다른 이들이 안쓰러워하는 그런 부류의 사람들. 두 사람이 다른 이들의 동정심을 필요로 한다는 뜻은 아니다. 그보다는 죄나 어리석음의 결과로, 무절제함이나 자기 탐닉에 빠진 사람들의 입장에서, 두 사람이 그런 식으로 비칠 수 있다는 의미이다. '언젠가는 안타까운 상황이 될 거야'라고 사람들은 말한다. 그런 이유로, 그녀와 윌리엄은 다른 사람들에게 안쓰러운 마음이 들게 한다. 차이라면 그녀는 그 점을 받아들이고, 삶이 비극임을 완전히 이해한 다음, 품위있게 행동하려 애쓰는 반면, 그는 자신들이 태어날 때부터 속하게 된 부류, 그러한 부류를 인정할 용기가 없기 때문에, 늘 운명을 뒤틀고 거기에서 벗어날 시도를 하고 있다는 점이다. 그는 자신이 근사한 남자일 거라고 상상한다. 그러니 저 나이에도 통제력과 엄격함에 대해 이야기하는 것이다. 오랜 시간 살아온 아이린 양에게는 자신만의 웃는 방식이 있다. 소리는 하나도 내지 않고, 입 가장자리만 살짝 움직이면, 그녀로서는 통제할 수 없는 어떤 즐거운 떨림이 느껴진다. 지금 그녀의 오빠가 하고 있는 말도 안 되는 발표를 보며, 그녀는 바로 그 떨림을 느낄 수 있다. 저 새하얀 말의 굴 같은 눈과 잔디밭을 달릴 때면 팔백 미터 떨어진 곳에서도 들릴 것 같은 발소리를 낼 네 개의 발굽, 커튼 레일 덮개의 비단 술 같은 갈기, 매끄럽고 오만해 보이는 콧등, 절대 다물 일이 없는 입처럼 보이는 콧구멍, 골격에 딱 붙어 있는 피부와, 몸 안에 묶어 둔 가는 끈 같은 기관(氣管)까지, 그건 근사한 생명체, 완전히 다른 부류에 속한 생명체다. 그런 말들은 지금까지 그녀나, 그녀와 같은 부류에 속한 사람들을 뛰어넘으며 지내 왔던 것만 같다. 그녀는 판석처럼 바닥에 붙은 자신 같은 사람이 올려다볼 때, 그 말들의 갈비뼈와 배가 어떻게 보이는지 안다. 비록 장애가 천천히 그녀의 몸을 갉아먹고 있지만, 시간을 벗어나 상상해 보자면, 아이린 양은 자신이 차마 맞이할 준비도 되어 있지 않는 행복을 쫓는 과정에서, 그런 새하얀 종마의 발굽에 차이는 것이 어떤 느낌일지, 직접 차여 보지 않고도 충분히 알 수 있을 것 같다.

코커 씨는 말한다: 도약을 할 때조차 이 말은 통제를 받고 있습니다, 기수가 쥐고 있는 고삐가 보이실 겁니다. 기수는 사진 왼쪽에 서 있습니다, 그리고 이 말은, 아마 짐작하시겠지만, 기수를 중심으로 원을 그리며 돌고 있습니다! 그렇죠?

윌리엄은 약하고, 신을 믿지 않으며 무슨 일이든 저지를 만큼 비굴하다. 그는 통제와 관리에 대해서 이야기하며, 자신이 전혀 모르는 것에 대해서 전문가인 척한다. 그가 말하는 건 그의 지식을 넘어선 것이다. 그가 할 수 있는 일은 기껏해야 근사한 말이 싸 놓은 똥 앞에서 개처럼 킁킁대는 것뿐이다. 아이린 양은 다시 한번 강연장을 둘러보며 몸이 달아오른 암캐 같은 여자를 찾는다.

코커 씨는 말하고 싶다: 좀 전에 들어온, 다리가 불편한 숙녀분은 제 동생입니다. 부탁건대, 우리 두 사람에 대해 판단해 주시기 바랍니다. 제가 괴물이 아니라는 것을 그녀가 믿을 수 있게 해 주세요. 여러분이 제가 찍은 사진들을 즐기고 있다고 말해 주십시오. 제가 스스로 생각할 줄 아는 사람이라고 말해 주십시오. 제가 삶에서 무언가를 보았다고 말해 주십시오. 동생에게 제가 1979년이 되기 전에 죽을 거라고 말해 주십시오.

내가 없으면 오빠는 산산조각 날 거야, 산산조각.

양쪽으로 늘어선 여덟 명의 기수들

두 개의 커다란 촛대가 불을 밝히고 있고, 그 아래로 말발굽에 파도 모양으로 헝클어진 붉은색 모래가 깔려 있다. 전시실 주변의 관람객들은 엷은 녹색 벽 앞에서 짙은 그림자 형상으로만 보인다, 벽의 위쪽과 아래쪽은 어둠이다. 말들이 방금 지나친 문에는 문장이 새겨진 검은색 명판이 붙어 있다. 여덟 마리 말은 모두 백마고, 기수들은 검은색 긴 부츠를 신고 있다.

코커 씨는 생각한다: 이건 내가 직접 찍은 사진이 아니다. 내가 구매한 컬러 슬라이드다.

코커 씨는 안다: 내가 직접 찍은 사진이 아니라는 것을 인정하지 않으면, 사람들이 내가 직접 찍은 사진이라고 생각하면 내 자존감이 더 높아질 것이다.

코커 씨는 말한다: 이건 말들이 보여주는 군무입니다.

코커 씨의 목소리가 차분하고 좀더 규칙적으로 바뀐다. 하지만 그의 목소리에 익숙한 앨릭이 듣기에는 여전히 평소보다는 더 거칠다. 컬러 사진은 멋진 호텔의 라운지에서 열리는 배드럼 밀스 서커스단의 어전(御前) 공연처럼 보인다. 앨릭은 코커가 이층의 방에서 침대 밑에 깔려 엎드렸던 모습을 떠올린다. 그 장면은 영사기에 끼워지지 않았고, 화면에 보이지도 않는다. 따라서, 코커가 바닥에 엎드려 있던 모습은 아무도 볼 수 없다.

코커 씨는 말한다: 동작들이 완벽하게 일치합니다.

재키는 만약 코커 씨가 미친 거라면, 앨릭이 그것을 알아차리지 못하는 것이 가능했는지 궁금하다. 그녀는 광기란 일반적으로 사람들이 인식하는 것보다는 훨씬 일상적인 것이고, 특히 노인들 사이에서는 더 그렇다고 믿는다. 정장 단춧구멍에 꽂을 꽃을 사러 정기적으로 가게에 들르는 손님들 중 많은 사람들이 그녀를 만진다. 자신을 만지고 싶어 하기 때문에 미쳤다는 뜻이 아니다(그 점에서는 그들이 안쓰럽기까지 하다). 그들의 광기는 매번 가게에 들를 때마다 단조로움을 피하기 위해 그들이 고안해내는 그 모든 잔머리와, 농담, 그리고 허세와 관련이 있다. 그것도 가게 창문 밖에서 그녀를 십 분 정도 물끄러미 바라본 후에 말이다.

코커 씨는 말한다: 이 말들이 태어날 때부터 백마였던 것은 아닙니다. 물론 아시겠지만, 영국에서는 회색 말을 예외없이 백마라고 칭하기는 하지만요. 어쨌든 이 말들은 심지어 태어날 때 털 색깔이 회색도 아니었어요, 태어날 때는 모두 검은색이었습니다.

하지만 코커는 그 누구보다도 더 미쳤다, 아직 그녀에게 손을 대려는 시도는 하지 않았지만 그렇다. 코커는 미치광이다. 그는 미쳤어, 알리바바, 그녀가 속삭인다. 소란 떨지 마, 앨릭이 대답한다, 제정신이 아니라고 내가 계속 이야기했잖아. 맛이 갔다고, 재키가 다시 말한다. 쉿! 사장님이 듣겠어, 앨릭이 말한다.

코커 씨는 말한다: 말들이 네 살이 될 때까지는 훈련을 시작하지 않습니다. 그리고 대부분은 서른 살이 될 때까지 살죠.

샌드위치를 만드는 뚱뚱한 여인은 사 세기라는 시간을 건너와, 자신이 자랐던 링컨셔의 백마 사육장에서 그 말들을 기른다. 그녀의 교복에는 말들의 갈기에서 빠진 흰색 털이 잔뜩 묻어 있었다. 얼마 후 그녀의 아버지는 말과 목장을 팔고 버밍엄으로 이사했다. 그곳에서 그는 제빵사로 일했고, 밀가루가 잔뜩 묻은 낡은 작업모를 썼다.

코커 씨는 말한다: 스페인승마학교는, 표현을 빌리자면, 혁명들과 두 차례 세계대전과, 제국의 해체와, 러시아 점령기를 뛰어넘었고, 오늘날 다시 한번 승마술의 독보적인 중심지로 여겨지고 있습니다.

코커 씨는 코를 푼 다음 여동생을 똑바로 쳐다본다.

코커 씨는 말한다: 제가 스페인승마학교에 관한 신기한 이야기를 하나 해 드리겠습니다. 제가 직접 겪은 일이니까 실화라고 할 수 있습니다.

코커의 자유

코커 씨는 생각한다: 아이린은 내게 있었던 일들은 모두, 내게 일어
　　났다는 바로 그 이유 때문에 진실이 아닐 거라고 여긴다.

코커 씨는 동생이 앉은 자리에서 물러나 앞줄의 청중들을 지나고, 영
사막 옆에 와서 선다. 영사막에는 여전히 여덟 명의 기수들 모습이
비치고 있다. 그는 어둠 속에서 이야기를 하지만, 영사막을 벗어난
빛이 종종 그의 하얀 셔츠와 창백한 손이나 이마를 비춘다. 그 덕분
에 청중들은 그의 이야기에 귀를 기울이고, 그를 볼 수도 있지만, 정
확히 그의 모습을 분간할 수는 없다.

코커 씨는 말한다: 하루는 제가 직접 가서 말들을 한번 보기로 마음
　　먹었습니다. 승마학교에 입장을 하려면 요제프 광장에 줄을 서
야 합니다. 그렇게 해서 일종의 매표소에서 표를 산 다음에 들
어가는 거죠. 그런데, 줄을 서 기다리던 중에 제 앞에 있던 아
는 사람을 만난 겁니다. 처음에는 그가 피우는 담배 냄새 때문
에 알아차렸습니다. 그는 사십대 남성이었고, 거의 흰색에 가까
운 실크 여름 정장을 입고 있었죠. 덩치도 컸습니다, 저보다 훨
씬 컸어요. 관람석에 들어섰을 때, 여기 사진에 보이는 곳인데,
그 남자는 다시 제 옆에 있었습니다. 목에 두른 리본에 외알 안
경을 달고 있더군요. 그는 그 외알 안경을 눈에 맞춘 다음 난간
너머, 붉은색 모래가 깔린 훈련장을 내려다봤습니다. 그런 다음
그가 저를 돌아보며 미소를 지어 보였죠. 전형적인 비엔나 미소
였습니다. '영국분이신가요? 아닙니까?' 그가 아주 좋은 발음
으로 말했습니다. 매표소에서 제가 말하는 것을 들었던 게 분명
합니다. 저는 네, 그렇습니다라고 대답했죠. '공연단장님처럼

보이시네요'라고 그가 말했습니다. 이게 빈의 근사한 점 중에 하나인데요, 사람들이 훨씬 잘 섞여 지내고, 자신들의 직업이라는 좁은 영역에 머물러 있지 않아요. 모든 이들은 우선은 세계인이고, 그다음에 두번째로, 의사이거나 은행원이거나, 뭐 그런 겁니다. 저는 아쉽지만 공연단장은 아니라고 했죠. 사람들에게 일자리를 찾아주는 일을 하고 있기는 하지만요. 저는 그 남자를 좀 안내할 수 있겠다고 생각했습니다. '그러면 유흥 쪽에서 일하시나요?' 그가 물었습니다. 저는 미소만 지었죠. '유흥 좋아하십니까?' 그가 또 물었죠. 싫어하는 사람 있겠습니까?라고 제가 대답했습니다. '알았습니다,' 그가 말했습니다, '서커스 일을 하시는군요, 그래서 말에 관심이 있으신 거네요.' 저는 그만하면 충분하다고 생각하고, 제가 유흥과는 전혀 관련이 없는 일을 하고 있고, 그냥 리피자너 종마가 워낙 유명해서 구경하러 온 것일 뿐이라고 말했습니다. '그렇다면,' 남자가 말했습니다, '제대로 찾아오신 겁니다.' 그는 자신이 기수들 몇 명을 잘 알고 있다고, 만일 다음 날 아침에 다시 시간을 내주면 훈련장 안쪽의 마구간으로 데려다주겠다고 했습니다.

코커 씨가 어디 있는지는 알지만 그의 모습은 볼 수 없는 청중들은, 순간 코커 씨의 젊어진 모습을 허용한다. 빈에 있는 그는, 청중들 생각에는, 활기차고 밝다. 심지어 브랜드 양마저도 그가 공연단장으로 오인을 받았다는 사실을 인정해 주기로 한다.

코커 씨는 말한다: 다음 날 아침 그 친구를 요제프 광장에서 만났습니다. 저는 오히려 그 친구가 지휘자처럼 보인다고 생각했지만,

외알 안경을 보면 그가 군인 집안 출신임을 짐작할 수 있었죠. 빈 사람들은 여기 영국보다 외알 안경을 훨씬 많이 쓰고 다닙니다. 이곳 사람들은 외알 안경이 웃기다고 생각하죠. 하지만 저는 만약 한쪽 눈만 나쁜 경우에는 외알 안경을 쓰는 게 꽤 합리적이라고 생각합니다.

코커 씨는 말하고 싶다: 저는 아이린의 무지와 편견에 맞서 싸우는 이성적인 사람입니다.

코커 씨는 말한다: 어쨌든 우리는 함께 옆문으로 들어갔습니다. 수위 같은 사람이 한 명 있었는데 제 친구는 그와 농담을 아주 길게 하며 담배를 권했습니다. 빈에서는 모든 사람들이 농담을 할 시간이 있으니까요. 그런 다음 우리는 구경을 했죠, 기차의 짐꾼처럼 보이는 말 사육사와 함께요. 그것도 빈 사람들이 아주 좋아하는 겁니다, 챙 있는 모자요! 제 친구가 통역 역할을 해 주었습니다, 제가 혼자 길은 찾을 수 있지만 다른 사람들이 말을 할 때는 못 알아들으니까요. 저 말들이 어떻게 지내고 있는지, 여러분은 믿지 못하실 겁니다! 무슨 영화배우들처럼 지내거든요.

코커 씨는 말하고 싶다: 우리는 우리의 권리를 요구해야만 합니다!

코커 씨는 말한다: 저는 서슴없이 말할 수 있습니다. 환생 같은 것이 있다면 리피자너 종마로 태어나는 것도 괜찮을 것 같습니다. 녀석들이 오래 살지 못하는 건 사실이지만, 신경 쓰지 마세요, 달콤하고 짧은 삶입니다, 달콤하고 짧은.

코커 씨는 마지막 말을 반복하면서, 가볍게 발을 구른다. 제대로 보살핌을 받아 본 적이 없는 사람이라고, 브랜드 양은 생각한다. 브라우닝 양은 이미 비엔나 친구라는 사람은 가공의 인물일 거라고 의심하고 있다. 하지만 그런 사실 덕분에 그녀는, 나머지 청중들과 마찬가지로, 빈에서 코커 씨는 좀더 본래의 모습에 가까워진다고, 다른 사람이 되어, 자신이 겪어 온 세월을 벗어던지는 거라고 상상한다.

외국 도시에 있는 세계인 코커 씨

새로운 슬라이드는 없다, 하지만 승마학교 맨 끝에 있는 문 뒤로, 문장이 새겨진 검은색 명판 밑에서, 코커 씨의 경험이 펼쳐진다.

코커 씨는 말한다: 말 사육사가 축사에서 종마 한 마리의 꼬리를 빗질해 주는 광경을 구경하는데, 갑자기 반대편에서 소란스러운 소리가 들렸습니다. 고함 소리와 문이 거칠게 닫히는 소리가 들리고, 기차 짐꾼 같은 사육사들이 모두 뛰어나와 그 자리에 굳어 버렸죠. 우리가 있던 자리에서는 소동의 원인을 알아볼 수가 없었습니다. 하지만 말의 꼬리를 빗질해 주던 사육사도 똑같이, 축사 입구로 나와 차렷 자세로 섰어요, 기둥처럼 꼼짝도 하지 않았죠. 저는 친구에게 무슨 일이냐고 물었습니다. 그는 놀란 표정을 지으며 눈짓으로 자기를 따라오라고 했습니다. 우리는 발소리를 내지 않은 채 마구간의 끝, 소동이 벌어진 반대편으로 이동해서, 문을 열려고 했죠. 잠겨 있었습니다. 그때 제 친구가 독일어로 뭐라고 중얼거렸는데, 저는 알아들을 수 없었습니다. 그는 외알 안경을 쓰고 미소를 지어 보인 후, 마구간의 복도를 성큼성큼 걸어갔죠. 반대편에 어떤 남자가 나타났습니다. 저는 사진을 찍고 싶다고 생각했어요, 왜냐하면 그 남자가 바로 다름 아닌 황실스페인승마학교의 총책임자, 독일에서는 '최고 영예

의 기수'였으니까요. 그는 키가 아주, 아주 크고, 정식 기수 복장을 제대로 갖춰 입고 있었습니다. 여기 사진에 보이는 복장인데, 차이점이라면 그의 옷은 진홍색이고 두 개의 장식, 두 개의 커다란 금 장식을 달고 있었다는 점입니다. 장식은 태양 모양을 하고 있습니다, 옛날 지도에서 볼 수 있는 그런 태양인데, 금으로 만든 게 틀림없습니다. 햇빛을 받으면 아주 반짝거리는 것은 물론, 그 자체로도 빛을 뿜어내는 것 같았으니까요. 감히 말하자면 우리 영국의 왕실 가터 훈장과 비슷한데, 나중에 알게 된 사실이지만, 그 남자도 작위를 받은 사람이라고 하더군요. 그는 일종의 삼각모를 쓰고 흰색 장갑을 끼고 있었습니다. 여러분들이 이 책에서 읽었던 모든 군주들의 모습을 상상해 보십시오, 있을 법하지 않은 전투를 치렀던 모든 승리자들, 몸을 사리지 않는 사람들, 자신의 상처를 숨기고, 무자비하고 동정심이 없어서 사람들을 지옥으로 이끌기도 하고 다시 데리고 오기도 하는 사람들 말입니다. 이들에게는 아내에 대한 사랑보다는 명예에 대한 사랑이 더 크기 때문입니다. 어떤 남자에게도 그보다 큰 사랑은 없는 것입니다.

청중들 중 그 누구도 마지막 문장의 혼란스러움을 알아차리지 못한다. 갑자기 깨어 있는 그 누구도 코커 씨의 이야기를 단어 하나하나 생각하며 듣지 않는다. 그들은 자신들이 뭔가 비정상적인 것을 목격하고 있음을 깨닫는다. 그런 대조를 돋보이게 하는, 당연한 질문들이 떠오른다. 그는 자신이 하던 이야기를 잊어버린 걸까? 얼마나 더 계속할까? 그는 뭔가에 씌인 걸까? 하지만, 아이린을 제외하고는, 그런 비정상적인 상황이 전혀 괴상하게 느껴지지 않는다. 그들은 거리의 악사를 구경하는 군중들처럼 상황을 지켜보고 있고, 청중 한 명한 명은, 자신들은 백 파운드를 준다고 해도 저런 짓을 할 수 없을 거라고 믿는다. 그들은 어둠 속에서 움직이는 코커의 손을 지켜보고, 영사막에 뜬 움직이지 않는 말들을 지켜보고, 공연 전체를 판단할 때를 기다리며, 순간적인 판단은 보류하고 있다. 몇 초 동안, 깨어 있는 이들은 코커 씨를 마치 예술가 보듯 지켜본다.

코커 씨는 말한다: …한마디로 영웅이죠, 말하자면 그에 대해 나쁜 소식을 듣고 싶지 않은 사람, 잘못이 있어도 그라면 용서해 줄 수 있는 사람, 꼭 승리할 필요는 없지만 무언가를 헤치고 나가는 사람, 다른 사람들보다 스스로에게 엄격한 사람, 그리고 가장 중요하면서, 제가 하고 있는 이야기, 어쨌든 제가 하려는 이야기와도 상관이 있는 특징으로는, 용감하게 죽는 사람, 영웅의 자세로 죽음을 맞이하는 사람입니다. 한마디로, 친구 여러분, 그것이 제가 생각하는 영웅이고, '최고 영예의 기수'는 영웅이었습니다. 그의 파란 눈은 대상을 꿰뚫을 것 같았고, 볼과 턱에 난 흉터는 절대 굴복하지 않는 인상을 주었습니다. 저는 그와 대화를 나누며 그것들을 알아보았죠. 그런 사람이 저와 이야기를 나누었다는 사실에 여러분 중 누군가는 놀라실지도 모르겠습니다. 그의 나라에서는 예언자라고 불리기도 합니다, 왜 아니겠습니까….

코커 씨는 생각한다: 본론으로 돌아가지 않으면 늦겠어.

코커 씨는 말한다: 공교롭게도 우리는 아주 잘 맞았습니다. 제 친구가 기수에게 다가가 독일어로 몇 마디를 주고받았고, 잠시 후 저도 소개를 받았습니다. '최고 영예의 기수'는 영어를 몰라서

제 친구가 통역을 했죠. '최고 영예의 기수'는 제게 경례를 하고 빈에 오신 것을 환영한다고 말했습니다. 저는 그에게 감사를 표했고, '최고 영예의 기수'가 우리 나라를 방문할 일이 생겨서 제 안내를 받을 수 있다면 영광으로 생각하겠다는 말을 했다고, 제 친구가 전했습니다. 그럴 수 있으면 저도 매우 기쁘겠다고 친구에게 말했는데, 기수의 말은 무슨 뜻이었을까요? 알고 보니 제 친구가 저를 대신해서, 제가 기수의 환대에 보답을 하고 싶어한다는 이야기를 한 것이었습니다. 이분한테 전해 주세요, 제가 말했습니다, 우리 나라에 모실 수 있다면 저로서는 기쁜 일이지만, 웅장한 것을 기대하시면 안 됩니다. 통역으로 그 말을 들은 기수는 사실이 아니라는 듯 흰색 장갑을 낀 손을 들어올리며 시선을 내렸습니다. '기수님 말이 선생님이 지나치게 겸손하시답니다.' 제 친구가 말했습니다. 그때 진정한 고귀함을 보았습니다! '최고 영예의 기수'는 클래펌에 있는 제 사무실이 그 자신보다 미천한 것이라고 생각하지 않았던 겁니다! 전혀요! 그는 관심을 보였고, 우리 정부에 대한 저의 생각에 대해 온갖 질문을 했습니다. 친구가 통역을 잘 했을 거예요. 이야기를 나누는 내내 우리는 마구간의 통로를 따라 걸었습니다. 그는 태양 장식이 달린 박차를 착용하고 있었는데, 가슴에 단 장식과 같은 축소된 태양 모형이지만, 박차 장식은 금이 아니라 은이었고, 그가 방향을 바꿀 때마다 서로 부딪히며 쨍그랑 소리가 났습니다. 우리가 지날 때마다 사육사들은 요란하게 차렷 자세를 취하면서 정면을 응시했습니다. '최고 영예의 기수'가 편하게 쉬라는 말이나 그 비슷한 말을 건넬 때까지 그 자세를 유지하더군요. 아주 사소한 일이 하나 생각나는데요, 뭐 점잔 뺄 이유는 없으니까

요. 우리가 어느 말을 지날 때, 갑자기 자연의 섭리가 작동을 해
서….

친애하는 회원님, 사제가, 준비했던 표현을 섞어서 말을 한다. 매혹
적인 이야기를 중간에 끊는 것은 너무 싫지만, 조금 서두르지 않으면
시간 압박을 약간 받을 것 같습니다.

코커 씨는 생각한다: 사제는 내가 두려운 거야.

코커 씨는 말한다: 네, 신부님, 그럼 긴 이야기지만 짧게 하겠습니다.
우리는 잠시 이야기를 나눈 후 작별 인사를 하고 헤어졌습니다.
'최고 영예의 기수'는 런던을 방문하면 꼭 저를 찾아오겠다고
약속했죠. 제가 명함을 건네려고 했지만, 친구가 가로막으며 거
의 빼앗듯이 명함을 낚아챈 거예요. 밖으로 나왔을 때 왜 그랬
냐고 제가 물었습니다. '아주 별난 사람입니다,' 친구가 설명을
했죠, '저 사람은 조심해야 합니다. 짐작도 못하셨겠지만,' 그가
말했습니다, '저 사람은 전 세계에서 가장 거친 도박사입니다.
카드 도박에서 말을 몇 백 마리나 잃었어요. 그래서 제가 선생
님을 반대쪽으로 데리고 나오려고 했던 겁니다,' 제 친구가 말
했습니다. '사실 저 사람은 저한테도 돈을 좀 빌려 갔는데, 저 사
람에게 일부러 이야기를 꺼내지 않았어요.' 믿을 수가 없네요,
저 정도 지위의 인물이! 제가 말했습니다. '빈을 모르시는군요!'
제 친구가 말했습니다. '빈에서는 위대한 기수에게는 많은 것을
용서해 줍니다!' 얼마나 오래 알고 지내셨습니까? 제가 물었죠.
'오래됐습니다,' 제 친구가 말했습니다, '옛날에 제 사촌과 결혼
도 했어요. 자 이제,' 그가 말했습니다, '선생님께 제 여동생을

소개시켜 드리고 싶은데요. 동생은, 그 뭐라고 하죠, 연예계에서 일합니다.'

코커 씨는 다시 한번 코를 푼다.

코커 씨는 말한다: 자 이제, 신기한 일이 벌어집니다. 우리는 그가 여동생을 만나기로 한 요제프 광장 바로 앞의 식당에 들어갔습니다. 하지만 여동생은 없었죠. 식전 반주를 마시고 나서, 친구는 여동생에게 전화를 한번 해 보겠다며, 다녀와서 함께 식사를 주문하자고 하더군요. 그런데 이 친구가 돌아오지 않는 거예요. 공기처럼 사라져 버린 겁니다. 다시는 그를 볼 수 없었죠.

코커 씨는 영사기를 향해 걸음을 옮기며 다시 한번 청중들의 시야에서 사라진다. 청중들은, 아이린 양을 제외하면, 그의 이야기보다, 그의 행동에 더 많이 놀란다. 코커 씨가 빅토리아 홀에서 오늘 밤 저런 식으로 이야기하고 있다는 사실 자체가, 빈에서 그에게 벌어진 그 어떤 일들보다 놀랍다. 그들이 알고 있던 코커 씨 이면에, 지금 그들이 보고 있는 바로 그 남자, 즉 자신의 고국에서 외국인처럼 지내는 남자가 늘 웅크리고 있었던 셈이다. 아이린 양은 아무런 주저 없이, 그리고 득의양양하게 그를 비난하는 유일한 사람이다. 오빠는 말뚱 앞에서 쿵쿵대는 개나 다름없다는 그녀의 판단이 옳았다.

코커 씨가 말한다: 어떻게 설명해야 할까요? 저는 그 일을 여러 번 곰곰이 생각해 보았습니다. 어쩌면 그가 정말로 저를 공연단장으로 생각했다가, 그렇지 않다는 것을 알았기 때문일 수도 있습

코커의 비상   233

니다, 그렇다고 해도 그건 이상한 행동이었지만요. 어쩌면 그가 사고를 당했을 수도 있습니다. 어느 쪽으로 보든, 의아한 일이죠. 식당 종업원에게도 물어보았지만, 그는 고개를 저으며 '이히 바이스 니히츠(Ich weiss nichts)'라는 말만 했습니다.

이히 바이스 니히츠, 코커 씨는 독일어 문장을 다시 한번 말하고, 영사막에 새로운 사진을 띄운 후 그 뜻을 알려 준다. '저는 아무것도 모릅니다.' 그런 다음 그는 말없이 잠시 쉰다. 이 사진은 그가 좋아하는 사진들 중 한 장이다. 은빛 영사막에 비친 교회 성벽은, 이마에 외눈이 박힌 거대한 돔 모양의 얼굴 같다.

코커 씨는 생각한다: 사제는 무시하자, 빌어먹을 사제는 무시하는 거야. 아무 말도 하지 말자. 보란 듯이 천천히 진행해야지.

나는 성 카를로 성당입니다, 성 카를로 성당이 말한다. 내가 당신의 사진을 찍었습니다, 코커 씨가 대답한다. 청중들은 고요한 교회 안에서 똑같은 새하얀 돔 지붕을 쳐다본다. 코커 씨 안에 있는 외국인이 그들을 신비함으로 이끌었고, 그 덕분에 그들은 사색적이 되었다. 고요한 어둠 속에서 그들은 새하얀 돔 지붕이 자신들을 면밀히 관찰하고 있는 듯한 인상을 받는다.

나는 대공습입니다, 성 카를로 성당이 할머니 한 명에게 말한다.
우리는 하루에 두 번씩 폭격을 받았지, 여인이 말한다.
온 하늘이 화가 난 듯 빛나며, 모든 것이 불타올랐습니다, 성 카를로 성당이 말한다.

그 독일놈들! 여인이 말한다.

그 후에는, 성 카를로 성당이 말한다, 모든 것이 재로 변했습니다.

우리 남편도 대피소에서 죽었지, 할머니가 말한다.

나는 당신의 소명이 내는 광채입니다, 성 카를로 성당이 사제에게 말한다. 하지만, 사제가 대답한다, 당신은 성 토머스 교회와, 이 강연장과, 코커 씨의 이 강연과 얼마나 다른지요. 이것들은 너무 추합니다. 하나님의 눈에는, 성 카를로 성당이 말한다, 모든 것은 하나이고, 성 토머스 교회와 나 사이에는 진실로 어떤 차이도 없습니다. 아멘, 더욱 슬퍼진 사제가 말한다.

코커 씨는 천천히 말한다: 이 성당은 황실 승마학교를 지은 사람과 같은 사람이 만들었습니다. 피셔 폰 에를라흐죠. 양쪽에 있는 두 기둥은 헤라클레스의 기둥을 상징합니다.

나는 하나님의 집입니다, 성 카를로 성당이 브랜드 양에게 말한다.

하늘에 계신 아버지, 그녀가 속삭인다.

당신의 이름이 거룩히 빛나게 하소서! 성 카를로 성당의 목소리가 울려 퍼진다.

나는 그저 호박같이 생겼을 뿐입니다, 성 카를로 성당이 휘틀리 부인에게 말한다.

당신은 아름다운 교회입니다, 휘틀리 부인이 말한다.

양쪽에 당근 두 개를 꽂고 있습니다, 성 카를로 성당이 말한다.

오스트리아 요리라면 훌륭하겠지요, 휘틀리 부인이 말한다.

코커의 비상   235

나는 코커입니다, 성 카를로 성당이 앨릭에게 말한다.

당신은 비엔나의 교회입니다.

나는 코커가 본 것입니다.

내게도 당신이 보입니다.

나는 코커가 당신보다 더 잘 아는 것입니다, 성 카를로 성당이 말한다.

유감이네요, 앨릭이 말한다.

나는 세상의 신비로운 것들 중 하나입니다.

다른 것들도 있겠지요, 앨릭이 말한다.

당신은 어리석은 사람입니다. 나 같은 것은 한 번도 본 적이 없겠지요.

옷을 벗은 재키가 훨씬 나아요.

둘이서 함께 와도 좋습니다, 성 카를로 성당이 말한다.

원하지 않습니다, 앨릭이 강하게 말한다, 우리는 원하지 않아요.

저는 방금 밝힌 빛입니다, 성 카를로 성당이 브라우닝 양에게 말한다.

너무 뾰족하네요, 그녀가 말한다.

미련한 벨벳 같으니, 성 카를로 성당이 말한다, 사람들은 밝은 빛을 보는 데 익숙합니다.

사무실 문을 닫은 후에는 아니죠, 브라우닝 양이 말한다, 이런 제발, 그 점을 기억해야죠.

저는 왕실 교회입니다, 성 카를로 성당이 아이린 양에게 말한다.

불행하게도 입에 담을 수도 없는 제 오빠 사진에 찍혔네요, 그녀가 말한다.

저는 거리의 하수구 위로 솟아 있습니다, 성 카를로 성당이 말한다, 그리고 정의로운 이들이 볼 수 있게 천국을 향해 촛불을 들고 있습니다.

코커의 자유

내가 어쨌기에 이런 대접을 받는 거죠? 아이린 양이 따진다.

당신은 지나치게 친절했어요.

그만두겠습니다, 그녀가 말한다, 그만두겠어요. 나는 어둠의 나방처럼 오빠를 몰아낼 겁니다, 죽지 않는 거리에 있는 어둠의 나방처럼, 나는 당신이 천국을 위해 들고 있는 촛불 사이로 오빠를 몰아낼 겁니다.

코커 씨가 말한다: 아름다운 광경입니다.

그런 다음 그는 슬라이드를 꺼내고, 다른 슬라이드는 넣지 않는다. 빅토리아 홀이 갑자기 못 쓰게 된 것처럼 영사막이 하얗게 텅 빈다.

코커 씨가 말한다: 잠시 차나 한잔 하시죠.

식료품 저장실로 이어지는 문 앞에 임시 테이블이 마련되었다. 그 위에 컵과 접시 들이 놓여 있고, 아주 큰, 밝은 파란색의 금속 찻주전자와, 케이크나 샌드위치가 담긴 큰 접시들이 있다. 테이블 뒤에서 뚱뚱한 여인이, 역시 뚱뚱한 여덟 살 된 딸의 도움을 받아 가며 음식을 내준다. 딸은 재킷 주머니에 서명을 받기 위한 사인북을 꽂은 채, 코커 씨에게 다가가 뭔가 한마디 적어 달라고 부탁할 기회를 기다리고 있다.

아이린 양을 제외하고는 모두들 테이블 주위에 서서 차를 마신다. 아이린 양은, 다른 사람이 갖다 준 컵과 접시를 든 채 자리를 지키고 있다. 그녀에게 음식을 갖다주고 대화에 동참시켜 보려던 사람은 휘틀리 부인이었다. 아이린 양은, 이제 돌아가서 일 보세요, 저는 그냥 구경만 할게요라는 말로 대화를 끝냈다.

과연 그녀는 구경만 하고 있다. 실내에 불이 들어오자마자 그녀의 오빠는 모자를 쓴 젊은 여자에게 곧장 다가갔다. 아이린 양은 없는 사람처럼 행동할 생각이었지만, 윌리엄이 뻔뻔하게 젊은 여자 옆에서 추근덕대는 모습을 지켜보고 있으려니, 그 젊은 여자가 좋은 집안 출신일 거라는 이전의 생각에 의심이 들기 시작했다. 그런 여자들 중 상당수가 자신이 좋은 집안 출신이라고 했던 말이 생각났다. 아이린 양이 굳이 어떤 단어를 사용해야 한다면, 그녀는 거리의 여자들이라는 표현을 택하고 싶었다. 그녀는 매춘부라는 단어는 뭔가 너그러운 표현이라고 믿고 있다.

휘틀리 씨는 앨릭, 재키와 이야기를 나누고 있다. 두 분은 우리 무도회에 꼭 오셔야 합니다.

어디서 열리는데요? 재키가 묻는다.

여깁니다, 휘틀리 씨가 말한다, 바로 여기 강연장이요.

재키는 거친 바닥을 내려다보며 신발 끝으로 한번 문질러본다. 그녀의 발은 작은 신발 앞부분에, 조그만 모자가 머리 옆부분에 살짝 걸친 것과 마찬가지로, 아슬아슬하게 들어가 있다. 여자들은 물건들이 막 떨어질 것처럼 걸치고 다닌다고, 앨릭은 생각한다.

로진을 좀 발라야겠죠, 휘틀리 씨가 말한다.

무도장만이라도요, 그래야겠네요, 재키가 말한다.

컨트리 댄싱도 있습니다, 휘틀리 씨가 말한다.

록은 없죠?

무슨 말씀이신지?

아니에요, 재키가 말한다, 올 수 있으면 올게요, 안 될 이유가 없죠, 알리바바?

앨릭은, 아이린 양과 마찬가지로, 브라우닝 양을 지켜보고 있다. 그녀가 왜 왔는지 그는 도무지 이해할 수가 없다.

휘틀리 씨가 물러나자 앨릭은 재키에게 속삭인다. 코커 씨랑 이야기하고 있는 저기 모자 쓴 여자 있잖아, 오늘 아침에 사무실에 왔던 여자야.

진짜 섹시하다, 재키가 말한다.

대체 무슨 이유로 왔을까?

안 올 이유가 있나?

이런 데 오는 종류의 사람이 아니야, 앨릭이 말한다, 여기 나머지 사람들하고 비슷한 점이 있어 보여?

나랑 비슷해! 재키가 퉁명스럽게 말한다.

무슨 소리야! 앨릭이 말한다, 저 여자 다리를 봐봐.

쫓아왔나 보지.

누구를?

자기네 미친 사장님.

코커?

재키가 고개를 끄덕인다.

미친 사람 아니야, 앨릭이 말한다.

술에 취한 것도 아니지, 재키가 말한다.

술기운이 가시고 있기는 하지, 앨릭이 말한다, 하지만 분명 취했었어.

자기가 짐작하는 것보다 더 부자일지도 몰라, 그녀가 말한다.

그래서 뭐?

그래서 저 여자가 따라다니는 거라고.

전 세계 어느 도시든 말씀만 하세요, 코커 씨가 브라우닝 양에게 말한다.

그래도 그중에 하나만 고르라면요? 그녀가 재촉하듯 말한다.

코커 씨는 잠시 멈췄다가, 대답한다. 헬싱키, 네, 헬싱키입니다.

사제가 코커 씨의 팔을 잡고 아는 척을 한다. 코커 씨는 몸을 돌려 잠시 브라우닝 양을 향해 미리 계산된 알 수 없는 눈짓을 해 보이고는, 말한다. 그만하면 충분히 짧았을까요, 사제님?

잠깐 저랑 이야기 좀 하실까요? 사제가 말한다.

아이린 양은 사제님이 자신의 오빠를 여자에게서 떼내서, 강연장 건너편으로 데리고 가는 모습을 지켜본다. 사제는 윌리엄의 팔을 잡고 있고, 말도 대부분은 사제님이 하고 있다. 그녀는 희망에 들떠, 사제님이 저런 여자를 이런 모임에 데리고 온 것에 대해 오빠를 추궁하고 있는 거라고 상상한다.

앨릭이 브라우닝 양에게 다가가 말한다, 진짜로 오셨네요.

늘 진심이니까요, 그녀가 말한다.

강연에 자주 다니시나요? 앨릭이 묻는다.

가끔씩요. 코커 선생님은 대단한 연사시네요.

앨릭이 말한다. 이쪽은 재키 암스트롱이에요, 죄송하지만 그쪽 성함을 잊어버렸네요.

그녀 또한 자신의 이름을 잊어버렸다. 맞은편 청년이 씨익 웃음을 지어 보이고, 그 옆에 선 여자가 내민 손을 그녀는 잡아야 한다. 돌아서서 이 음침한 곳에서 나가면, 이 안에서 계속 웅얼웅얼 떠드는 사람들을 떠나면 모든 것이 아주 간단할 것 같은 생각이 든다. 바로 그 순간, 자비롭게도, 자신의 이름이 다시 생각난다, 브라우닝.

제 입장도 이해하시는 거죠? 사제가 말한다.

제가 강연만 십 년째 하고 있습니다, 코커 씨가 말한다.

청중들 중에는 이런저런 사람들이 섞여 있으니까요, 사제가 그의 말을 끊는다.

섞여 있다! 코커 씨가 말한다, 섞여 있는 방식도 여러 가지가 있죠! 그는 빈정거리는 듯한 웃음을 일부러 지어 보이며 사제의 말을 막는다.

전에는, 코커 씨가 말을 잇는다, 아무도 불평하지 않았습니다.

제발 이해해 주세요, 친애하는 회원님, 지금 불평하는 게 아닙니다. 저도 이런저런 사정들은 들어서 아는 편입니다, 그런데 제가 뭘 불평하겠습니까? 다만 제안을 드리자면….

제가 제안드리겠습니다, 코커 씨가 목소리를 높여 말한다, 이런 강연은 젠장 그만두겠습니다. 사제님이 직접 마무리하세요! 그리고 사람들한테 이유도 설명해 주시고요. 하나 더 말씀드리자면 제가 크로이던 담당 주교님을 잘 아는데, 그분께 편지를 써서 제가 어떤 취급을 받았는지 소상히 전하겠습니다.

사제는, 재키와 마찬가지로, 코커 씨가 더 이상 술에 취한 게 아니라고 생각을 바꾼다.

아이린 양은 오빠가 사제님을 버려둔 채 다시 여인에게 다가가는 모습을 지켜본다.

사제는 그 자리에서 머뭇거린다. 사전트 박사가, 샌드위치를 우물우물 씹으며, 다가온다.

그런데 사제님, 사전트 박사가 말한다, 제가 들어 본 강연 중에 기억에 남을 만한 명강입니다. 대단히 멋지네요, 그렇지 않습니까?

이분 강연을 전에도 들어 본 적이 있으신가요? 사제가 묻는다.

아무렴요, 네. 이분 강연은 가능하면 매번 참석하려고 합니다. 사실, 또 사실, 이분은 사실에 아주 충실하시거든요. 그 사실들이 이분 손끝에서 모두 정리가 돼서 전달이 되니까요. 성지(聖地)에 대해서 했던 눈부신 강연도 기억납니다, 사실들로 가득한 강연이었죠!

이분은 늘, 뭐랄까 오늘 밤처럼 이러신가요?

늘 똑같습니다, 사전트 박사가 말한다, 조금도 변화가 없어요. 물론 사실 자체는 새로운 것이죠. 이분이 같은 사실을 두 번 이야기 하는 걸 본 적이 없고, 지난 오 년 동안 사실관계가 잘못된 건 여덟 번 밖에 없었습니다. 정말 놀라운 분이에요! 사람들 말을 들어 보면 사진도 아주 잘 찍는다고 하더군요. 저는 그 부분은 알 수 없는데, 이미 들으셨겠지만, 사막에 다녀온 후로 제 눈이 이전 같지 않아서요.

오늘 밤에 이분이 특이한 점은 없었을까요?

강연에 매력을 못 느끼셨나요, 사제님? 흔치 않은 일이네요! 네, 강연 방식이 좀 다르기는 했습니다. 이렇게 좋은 강연을 듣는 것 자체가 흔치 않은 일이죠. 이쪽 지역에는 처음 부임하셨나 보지요? 그러신가요?

네, 마지막 부임지는 요크 지방이었습니다.

네, 네, 이쪽은 완전히 변방입니다. 여기는 성직자고 뭐고 없어요, 하! 그저 우리끼리 힘을 합쳐서 할 수 있는 걸 해야 합니다.

아이린 양은 지팡이에 의지해, 영사막을 보는 것뿐 아니라 강연을 들을 수도 있는 앞자리로 이동한다. 코커 씨는 여전히 단호하게 그녀에게 등을 보이고 있다. 사실 그는 그녀가 움직이는 동안에도 정면을 보이지 않으려고 몸을 계속 움직였다. 사제가 그녀 옆에 앉는다.

교구 소속이신가요, 부인? 그가 묻는다.

아닙니다.

그래도 클래펌에 사시는 거죠?

아니에요.

그럼 특별히 강연을 들으러 오신 건가요?

아닙니다.

그럼 제가 도와드릴 게 없을까요?

없습니다.

　사제는 자리에서 일어나, 자신이 아직도 기독교를 믿는 나라에 살고 있는 것인지 믿을 수 없다고 생각한다.

　아이린 양은 앞에서 벌어지는 대화를 듣기 위해 몸을 기울인다.

앨릭: 계속하세요, 사장님, 사제님은 바보예요.

코커: 아무튼, 말도 배설을 한다는 건 다 아시잖아요! 그게 충격적입
　　니까? 물어봅시다, 그게 충격적이에요?

브라우닝 양: 당연히 충격적이지 않죠! 그래도 천사처럼 너그러운
　　마음으로 계속해 주세요. 제발요. 제가 이렇게 일부러 들으러
　　왔잖아요.

재키: 그나저나 말 관련해서 무슨 이야기 하시려던 거였어요?

코커: 아니, 이제 이야기 안 할 겁니다. 이 건물 안에서는 안 할 거예요.

브라우닝 양: 그래도 강연은 계속 하실 거죠?

코커: 그럴 수 없습니다.

브라우닝 양: 제가 어떻게 해 드리면 계속 하실 거예요? 뭐든 말씀하
　　세요. 제발요, 제발 계속해 주세요.

앨릭: 재키 데려오라고 하셨잖아요, 기억하시죠? 이렇게 데려왔잖
　　아요.

코커: 이렇게 만나서 너무 반가워요, 재키.

앨릭: 끝까지 듣게 해 주세요, 사장님. 특별히 재키도 데리고 오라고
　　하셨잖아요. 그리고 여기 브라우닝 양도 런던을 가로질러서 오
　　셨고요. 두 여성분을 이렇게 실망시키시면 안 되죠.

코커: 조건이 있어. 사제가 사과를 해야 계속할 거야.

브라우닝 양: 멋지셔요!

아이린 양의 의심은 확신을 얻었다. 끔찍한 혐오감이 그녀를 사로잡는다. 오빠가 그녀를 버릴 거라는 점에 대해서는 이제 아무 의심이 없다. 그리고 그러한 사태의 원흉이 그녀에게서 세 걸음 떨어진 곳에 역겹게 멋을 부린 모자를 쓴 채 서 있다. 혐오감이 너무 커서 그녀는 자신이 부당한 일을 당했다는 사실도 잊어버린다. 그녀는 더 이상 버림받은 기분이 들지 않는다. 새로 생겨난 열정 덕분에 윌리엄이나 그가 했던 지저분한 농담 따위는 모두 시시하게 느껴진다. 그녀의 열정은 브라우닝 양을 파멸시키고 싶어 한다. 아이린 양은 브라우닝 양이 무리에서 떨어져 사제님께 다가가는 모습을 지켜본다.

브랜드 양은 임시 테이블 옆 찻주전자 가까이에 서 있다. 그녀는 가진 것 중 가장 좋은, 크림색 레이스 달린 갈색 벨벳 원피스를 입고 왔다. 그런 원피스에 비해 마디가 굵은 그녀의 손은, 마치 잃어버린 뭔가를 찾아 방금 전까지 차가운 눈 속을 뒤진 것처럼 푸르스름하다. 그녀는 얼른 코커 씨가 자신을 봐 주기를 바라고 있다. 그의 강연을 얼마나 재미있게 들었는지 말해 주고 싶지만, 그 말이 너무 부담스럽게 들리지 않을까 걱정된다. 그래서, 그녀는 서명받을 책을 들고 있는 여자아이를 응원하며 자신의 용기를 다시 한번 추스른 다음, 그에게 다가간다.

코커 씨가 맥브라이드 부인과 혼동했던 빨간 머리 여인이 채소와 어육 페이스트 샌드위치가 담긴 큰 쟁반을 한 번 더 사람들에게 돌린다. 코커 씨에게 샌드위치를 건네며, 그녀가 말한다. 선생님이 사진으로 보여주신 정원들은 참 예쁘네요.

황실 정원입니다! 코커 씨가 말한다.

프랑스 아가씨들을 만나셨다는 그곳이죠, 그녀가 말한다.

그나저나 맥브라이드 부인과는 아무 관련이 없으시죠? 코커 씨가 묻는다.

맥브라이드라, 아니요. 관련 없어요. 결혼 후에 메이슨으로 이름이 바뀐 사촌은 있지만, 맥브라이드는 없네요.

그런 걸 여쭤봐서 죄송합니다, 코커 씨가 말한다.

괜찮아요, 그녀가 말한다.

제가 아는 맥브라이드 부인이라는 분과 너무 닮으셨어요.

그분도 빨간 머리인가요?

네, 실은 그렇습니다.

빨간 머리 사람들은 다 성격이 지랄맞아요, 그러니까 원래 머리색이 그런 사람들이요, 염색한 사람들 말고.

그녀는 웃으며 샌드위치 쟁반을 들고 자리를 옮긴다.

아이린 양은 속지 않는다. 다른 여자에 대한 이야기는 그녀를 의식한 것이었다. 윌리엄은 자신이 여러 여자들 중에서 선택할 수 있음을 과시하려고 한다. 또한 그는 자신이 진심으로 이곳에 데리고 오려 했던 여자가 누군지 아이린이 짐작할 수 없게 만들려고 한다. 아이린 양은 남자를 기다리는 여자들이 끊임없이 오가며 만들어 놓은 진창에 자신이 이렇게 깊이 발을 들여놓을 거라고는 짐작하지 못했다. 그녀는 자신의 지팡이가 곧 무기라고 생각한다.

브라우닝 양은 사제에게 포츠머스 근처 자기 아버지의 교구에 대한 이야기를 한다. 사제는 안심하기 시작한다. 그녀는 성 토머스 교회의 사교 모임에서 그가 만나기를 희망했던, 그런 여성이다.

그럼 배리 주교님 기억하시겠네요, 사제가 말한다, 프레더릭 배리 주교요, 뉴포레스트의 링우드에 계셨는데.

죄송하지만, 기억이 안 나네요.

아니면 영 대주교는요, 그분은 웨이머스에 계셨는데.

그분도 모르겠어요, 브라우닝 양은 말한다, 포츠머스 교구 주교님은 당연히 기억나요. 저희 아버지가 그분이랑 체스도 두고 그러셨거든요.

정말요? 사제가 말한다.

브라우닝 양은 자신이 사제의 기운을 충분히 북돋아 준 것인지 살핀다. 아버지는 늘 외부 연사들 때문에 머리 아파하셨어요, 그 사람들 때문에 힘들다고요. 오늘 밤 이 영감님이 딱 그러네요.

방금 제가 몇 마디 했습니다, 사제가 말한다.

지금 굉장히 흥분하신 상태예요, 그녀가 말한다, 거의 눈물을 터뜨리기 직전이네요.

아이고 저런, 사제가 말한다, 저는 그저 청중들의 수준을 잊지 말아 달라고 제안했을 뿐인데요. 직접 말한 것도 아니고, 슬쩍 암시했을 뿐인데. 아주 예민하신 분이네요, 아주 예민해.

아, 저도 알죠, 그녀가 말한다, 끔찍해요. 저도 조금 기운 차릴 수 있게 도와주려고 했는데. 사제님이 더 잘 하실 것 같아요. 저분이 사제님 말씀을 무겁게 받아들이는 것 같아요.

지금은 좀 안정됐습니까? 사제가 묻는다, 그러니까 제 말은 이제 좀 제정신으로 돌아오셨는지요.

제가 보기엔 그냥 나이가 많으신 거예요, 그녀가 말한다, 제가 함께 가 드릴까요?

브라우닝 양, 교회 일에 아주 경험이 많으시군요, 척 보니 알겠습니다. 이곳에서 자주 뵙기를 바랍니다.

감사합니다, 사제님, 그녀가 말한다.

할아버지 한 명이 발작하듯 기침을 한다.

씹는 담배 때문이야, 그것 때문에 미치겠다니까, 휘틀리 부인은 남편에게 불평하듯 말하고 나서 노인을 식료품 저장실 쪽으로 안내한다.

감사합니다, 선생님! 사전트 박사가 코커 씨에게 악수를 청하며 말한다. 코커 씨는 눈앞에 와인병이 놓인 것처럼 미소를 지어 보인다.

아이린 양은 사제님께 여자들을 조심하라고 경고하는 건 아무 소용이 없을 것 같다고 생각한다. 너무 무능한 사람이다.

사제와 브라우닝 양이 코커 씨에게 다가간다.

존경하는 회원님, 사제가 말한다, 후반부에는 어떤 것들을 볼 영광을 맛보게 해 주실 건가요?

후반부가 있는 겁니까? 코커 씨가 최대한 냉소적인 어조로 말한다.

당연히 있죠, 브라우닝 양이 한껏 밝은 목소리로 말한다. 훌륭한 강연이 그렇듯 뒤로 갈수록 더 좋아질 거예요, 훨씬 더, 제가 알아요.

코커 씨는 기쁜 듯이 큭큭 웃는다.

존경하는 회원님, 사제가 말한다. 오해가 있었다면 제가 사과드리겠습니다. 저도 회원님이 우리에게 해 줄 남은 이야기를 애타게 기다리고 있습니다.

쇤브룬 궁으로 가시죠. 코커가 배를 두드리며 말한다. 거기 뭐 볼만한 게 있을지는 모르겠지만요.

감사합니다, 사제가 말한다.

좋아요, 앨릭이 말한다.

네, 재키가 말한다.

윌리엄! 아이린 양이 부른다. 그녀가 지팡이를 짚고 일어나 있다.

코커 씨는 돌아보지 않을 수 없다. 어, 아이린, 그가 말한다, 와 있는 줄 몰랐네.

오빠, 친구들한테 나 소개 안 시켜 줄 거야?

코커는 여동생을 앨릭과 재키, 사제와 브라우닝 양에게 소개한다.

용서해 주세요, 아이린이 악수를 하지 않고 말한다, 제가 이 바보 같은 지팡이 때문에 양손을 다 쓸 수가 없어서요.

의자 가져다드리겠습니다, 코커 양, 사제가 말한다.

필요 없어요, 그녀가 말한다, 제 발로 설 수 있습니다. 그냥 나가기 전에 여러분들께 인사를 드려야 할 것 같아서요.

나를 죽이는 거야, 오빠라는 말은 사실이 아니었다고, 앨릭은 판단한다, 그 누구도 이 여인을 죽일 수는 없다.

여러분들 중 몇몇은 오빠의 다른 면을 저보다 잘 아시겠죠, 아이린 양이 말한다, 그녀는 말을 하는 동안 브라우닝 양을 향해 고개를 자꾸만 기울인다. 하지만 오빠를 저보다 오랫동안 알아 온 분은 안 계실 거예요. 저는 남자이자, 소년이었을 때부터 오빠를 봐 왔으니까요, 그렇지, 오빠?

코커 씨는 자신의 커다랗고 나이 든 얼굴을 작은 찻잔으로 가려 보려 애쓴다.

앨릭은 '그럼 오빠 딱한 처지가 될 거야, 딱한 처지가 될 거라고'라고 말하던 그녀의 목소리를 떠올린다.

오빠가 지금까지도 저한테 얼마나 의지하고 있는지 알면 놀라실 거예요. 저는 젊었을 때 운이 좋았어요. 윌리엄은 늘 운이 좋지 않았죠. 우리가 얼마나 많은 것을 나누며 지냈는지 믿지 못하실 거예요. 제 것이 곧 오빠 거였으니까요! (이 마지막 말은 거의 브라우닝 양의 코앞으로 내뱉었다. 이 나이 든 여인은 지팡이에 의지한 채 거의 브라우닝 양의 가슴을 들이받을 만큼 몸을 기울이고 있다.) 여기 계신 분들 중 한두 분은 나중에 또 뵐 것 같네요, 그런 느낌이 들어요, 그리고 오빠, 오빠 친구분들을 이렇게 만날 수 있어서 너무 기뻐.

정말 먼저 가게? 코커 씨가 말한다.

가서 기다리고 있을게, 그녀가 말한다.

하지만 오늘 밤은 웨스트윈즈에 못 가, 코커 씨가 말한다, 말했잖아. 오늘은 사무실에 머물 거라고.

앨릭은 아이린 양의 표정을 살핀다. 그녀는 아주 가볍게 미소를 지어 보이는데, 앨릭이 보기에는 아주 무자비한 사람의 미소처럼 보인다.

알아, 오빠. 그래도 기다릴게. 그럼 계세요, 사제님. 안녕히 계세요, 모두들. 저기, 오빠가 브라우닝 양이라고 하던데, 제가 이름을 잘 기억 못해서요. 그래도 얼굴은 절대 잊어먹지 않아요, 그게 친절한 건지 모욕하는 건지 모르겠지만 아무튼. (다시 한번 마지막 말을 내뱉듯이 말한다.) 안녕히 계세요, 브라우닝 양.

그녀가 문을 향해 걸어간다. 사제가, 해야 할 일을 하기 위해, 하지만 제지당하지 않기 위해 조심하면서, 뒤를 따른다. 그는 경호원처럼 그녀의 뒤를 따른다. 코커 씨가 낮게 속삭인다, 통증 때문입니다, 고통스러워서 저런 행동을 하는 거예요. 브라우닝 양은 재빨리 머리를 굴린다. 재키는 앨릭의 손을 잡고 옆으로 끌어낸다. 두 사람은 강연장 반대편으로 간다.

전에도 저분 본 적 있어? 그녀가 묻는다.

아니. 전화로 목소리를 들은 적은 있어. 말했잖아. '나를 죽이는 거야, 오빠'라고 했어. 그리고 자기한테 한 푼도 못 받을 거라고 했어.

내가 보기에는 미친 사람인데, 재키가 말한다.

자기는 사람들이 모두 미쳤다고 하잖아.

아니야.

코커도 미쳤다고 했잖아.

미친 거 맞아.

아니야, 앨릭이 말한다.

뭐, 저 여자는 미쳤어.

함께 살면 정말 힘들거야, 앨릭이 마지못해 인정한다, 제대로 미친 노처녀야.

저분도 어쩔 수 없을 거야, 재키가 말한다.

앨릭은 자신들을 보고 있는 사람이 없는지 재빨리 주변을 살핀다. 그런 다음 그녀의 입에 빠르게 키스를 한다. 잠시 두 사람 모두 눈을 감고, 둘의 혀는 두 마리 고래처럼 움직인다. 얼른 몸을 뗀 두 사람은 나란히 벽에 기댄다.

두 사람은 서로를 미워해, 재키가 말한다.

누가?

코커랑 여동생!

아, 그 두 사람!

재키가 손을 앨릭의 엉덩이와 벽 사이에 밀어 넣는다.

내 생각엔 저분이 돈을 좀 가지고 있는 것 같아, 앨릭이 말한다, 하지만 사장님이 더 이상 견디지를 못하는 거야. 사장님을 탓할 일은 아니네.

사장님 좀 봐, 재키가 말한다.

코커 씨는, 여동생이 떠나고 크게 안심한 듯, 휘틀리 부부에게 빈의 카페에 있는 바이올린 연주자 이야기를 하고 있다. 그는 바이올린 연주자 흉내를 낸다.

어쨌든 우리가 다시 강연을 하도록 설득했잖아, 앨릭이 말한다.

자기는 사무실 그만둘 거야? 재키가 묻는다.

모르겠어.

그랬으면 좋겠어.

우리 사장님이 마음에 안 드나 보네, 그렇지? 하지만 사장님이 자기 가게의 그 나이 든 암소보다는 낫잖아.

그 사람은 그냥 나이 든 암소일 뿐이야.

코커 사장님은 그럼 뭐가 문제인데?

위선적이야.

위선적인데다가 미쳤다니!

앨릭의 성기가 발기한다.

무르고 어리석은 사람이야, 앨릭, 하지만 자기가 찾았다는 그 총, 그런 것도 사용했을 것 같아, 내 생각엔. 장담컨대 직업소개소에 찾아오는 사람들을 아마 먼지처럼 취급할 거야. 장담해.

한 번 더 하자, 앨릭이 말한다.

알았어, 알았다고, 재키가 말한다, 그런데 어디서?

브랜드 양은 코커 씨가 자신에게 다가올 때를 대비해, 강연장 안에서 벌어지는 모든 일을 지켜보고 있다. 앨릭과 재키가 키스하는 광경을 목격한 그녀는, 구치 부인이 된 재키가 느끼게 될 수치심을 떠올렸다. 사생아가 생기고, 원치 않는 상황에서 태어난 그 아기는, 브랜드 양 본인처럼 시설에 맡겨져 자라게 될 것이다. 그녀는 테이블에 기댄 채 불안하게 한 발로 서 있는 여자아이에게 말을 건다. 아이는 끈적끈적한 손에 아직도 사인북을 꼭 쥐고 있다. 이제 가 보렴, 아가, 지금은 바쁘시지 않은 것 같으니까. 어서.

장소를 찾아야겠어, 앨릭이 말한다, 꼭 찾아야 해.

쉽지 않을 거야, 재키가 말한다.

내가 찾을게, 못 찾나 봐봐.

알리바바, 재키가 말한다.

사인북을 든 여자아이와 마찬가지로, 브라우닝 양 역시 코커 씨와 이야기할 기회를 엿보고 있다. 그녀는 다리를 저는 코커의 여동생을 따라가고 싶다. 그녀는 여동생이 코커의 사무실에 들를까 봐 두렵다.

자신의 생각이 틀렸기를 바라지만, 이 모든 것이 강연을 그만두겠다는 코커의 협박에 잔뜩 긴장했기 때문이었다. 코커 씨의 나이 든 여동생의 이상한 행동과, 생리가 늦어지고 있다는 점, 그리고 아침부터 그녀를 사로잡고 있는 낯선 두려움을 생각하면, 그녀가 이런저런 상황을 상상한다고 해서 놀랄 일은 아니었다. 하지만 바로 그 이유 때문에 그녀는 다리를 저는 여동생을 따라가 보지 않을 수 없다. 그녀는 자신의 생각이 틀렸음을 확인함으로써 거꾸로 확신을 얻을 기회를 놓칠 수 없다. 반면 그녀가 옳다면, 강연장에 와 보기로 한 그녀의 첫번째 어리석은 생각이 정말 천재적인 어떤 예감에 따른 것이었다면, 결과적으로 울프를 위협하는 예상치 못한 위험을 방지하게 될 것이므로 그렇다고 할 수 있다, 정말 여자의 직감의 도움으로(비록 생리가 늦어지고 있기는 했지만) 그녀는 옳은 결정을 한 셈이었다. 이유는 알 수 없지만, 이 일을 특별히 조심스럽게 다루자면, 자신의 직감을 따르지 않는 것은 그녀의 유일한 실수가 될 것이다. 그렇다면 그녀가 할 일은 저 나이 든 여인을 따라가는 일뿐이니, 서둘러야 한다.

코커 씨, 그녀가 입을 연다, 안타깝지만요….

코커 씨, 여학생이 동시에 말을 한다, 마음속으로 여섯 번이나 연습한 말이었다, 괜찮으시면, 부탁드립니다, 제 사인북에 서명해 주실 수 있을까요?

당연하지, 코커 씨가 브라우닝 양을 향해 미소를 지어 보이며 소녀에게 말한다, 나중에 큰돈을 받고 팔 수 있을 것 같니?

정말 죄송합니다만, 브라우닝 양이 말한다.

무슨 일이시죠? 코커 씨가 책장을 넘기며 장난스럽게 말한다.

진지하게 드리는 말씀인데요, 브라우닝 양이 미소를 지으며 말한다. 방금 시간을 확인했는데, 지금 가지 않으면 기차를 놓칠 것 같아요.

안 됩니다! 코커 씨가 말한다, 아직 절반도 못 들으셨는데.

저도 안타깝네요. 다른 기차가 없어서요, 아시겠지만.

어디로 가신다고 했죠?

캠벌리 근처요. 다음 강연에도 꼭 올게요, 그때는 잘 맞춰 보겠습니다.

같이 저녁 식사를 먼저 할 수도 있겠네요, 코커 씨가 말한다.

안 될 것도 없죠. 브라우닝 양이 새하얀 이를 드러내며 말한다.

하지만 섭섭합니다, 코커 씨가 말한다.

저도 그래요. 사인북에 좋은 말 써 주셔야겠어요, 브라우닝 양이 화제를 바꾼다.

코커 씨가 잠시 멈춘다. 이름이 뭐지? 그가 여자아이에게 묻는다.

이본이요.

이런 우연이 있나! 그가 감탄하듯 말한다. 여기 이본이 한 명 더 있었네요, 보시다시피요. 그는 브라우닝 양의 팔을 가볍게 건드리며, 마치 두 사람에게 세례라도 베풀듯 빤히 쳐다본다.

코커 씨가 사인북에 '이본에게, 코커 아저씨가'라고 적는다.

준비되시면 바로 다시 시작하겠습니다, 존경하는 회원님. 사제가 말한다.

이어지는 어수선한 분위기 속에서, 여자아이가 대단히 감사합니다라는 말과 함께 자신의 사인북을 돌려받고, 사제가 코커 씨의 어깨에 가볍게 손을 얹고, 휘틀리 부인이 코커 씨가 들고 있던 접시를 받아 들고, 브라우닝 양은 그럼 이만, 하고 말하고 코커 씨는 악수를 하며 장갑 낀 그녀의 손을 확실히 느낀다. 마치 어린 시절, 내용물이 뭘까 궁금해하는 즐거움을 조금이라도 늘리기 위해 일부러 선물을 열지 않을 때의 느낌과 비슷하다. 불이 꺼진다.

벨베데레 궁에서 본 빈 정경

코커 씨는 말한다: 이건 우리가 좀 전에 지나온 도시의 전경입니다.
슈테판 대성당의 첨탑도 있네요.

코커 씨의 청중들은 집중하지 않는다. 그들도 이미 가 본 곳이다. 그
들은 뭔가 새로운 것을 보기를 원한다. 재키의 젖꼭지가 작은 돔 지
붕처럼 단단히 서 있다.

코커 씨는 생각한다: 아이린이 갔어, 하나님 감사합니다.

쇤브룬 궁 정문

코커 씨가 말한다: 여러분들 중에 베르사유에 가 본 분이 몇 분이나
계실까요?

사전트 박사는 프랑스의 궁전들을 세 본다.

코커 씨가 말한다: 쇤브룬 궁은 베르사유 궁보다 더 아름답습니다.
베르사유는 보는 이를 압도하는 분위기가 있죠, 하지만 쇤브룬
에서는 초대받은 손님이 된 기분이 듭니다.

코커 씨의 청중들은 쇠막대와 연철 사이로 궁전을 엿본다. 초대를 받
은 것은 아니지만, 마음속에 작은 호기심이 발동한다.

코커 씨가 말한다: 이곳은 합스부르크 왕가의 별장이었습니다. 레오폴트 황제 때 처음 문을 열었고, 역시 같은 건축가 피셔 폰 에를라흐가 지었습니다.

코커 씨는 이제는 익숙해진 그 이름을 마치 시의 후렴구라도 되는 것처럼 운율있게 발음한다. 청중들은 알아듣기는 하지만, 그들 중 누구도 그 이름이 정확히 뭔지 확신하지 못한다. 몇몇 경우에는 그 발음에서 떠오르는 이미지를 생각한다. 얼음처럼 차가운 강 한가운데에 방수복을 입은 채 홀로 서 있는 어부, 스코틀랜드에서 연어를 잡는 어부의 이미지 같은 것을[건축가 피셔(Fischer)의 이름이 영어로 '어부'를 뜻하는 'fisher'와 발음이 비슷하다는 의미—옮긴이].

코커 씨는 말한다: 레오폴트는 아들 요제프를 위해 이 궁을 지었습니다. 하지만 요제프가 죽고 나서도 건축을 멈추지 않았고, 1744년까지 완성되지 않고 있다가, 위대한 마리아 테레지아 여제가 파카시, 피카소가 아닙니다(사제가 웃음을 터뜨린다), 건축가 파카시에게 맡겨서 완성시킵니다.
코커 씨는 안다: 이것은 내가 말하고 싶은 진실이 아니다.
코커 씨는 생각한다: 아이린이 갔어, 하나님 감사합니다.
코커 씨는 말한다: 아름다운 십팔세기 철제 작품입니다, 그렇지 않습니까?

휘틀리 부인은 교회 대기실에도 저렇게 생긴 벽난로가 있으면 좋겠다고 생각한다. 그녀는 자신의 집에서 타오르는 불을 자랑스러워한다. 그녀는 방에 들어가 좋은 불을 쬐는 것을 세상 어떤 일보다 좋아한다. 브랜드 양은 제단의 철제 난간 앞에 무릎을 꿇고, 난간 사이를 지나 제단에 오를 수 있게 자신의 몸이 작아지기를 소망한다. 앨릭의 손과 눈은 두 물질 사이의 대조를 인식한다. 그러한 인식은 좀처럼 생각으로 이어지지는 않는다. 연철이 있다. 레이스 같은 문양으로 다듬었지만 단단하고, 구부릴 수 없고, 끝이 뾰족하고, 색이 진하고, 완고하다. 그리고 그의 손을 가득 채우고 있는 그녀의 가슴이 있다. 마치 그의 손이 그릇이고 그녀의 가슴은 말랑말랑하고, 변화무쌍하고, 따뜻하고, 새하얗기 때문에, 그녀 몸의 그 부분이 과일에 좀더 가까워지는 것 같다.

코커 씨는 말한다: 저는 우리 모두 꿈을 가지고 있을 거라고 생각합니다, 그러니까 그렇게 살고 싶지만 행동에 옮기지 못하고 있는 그런 삶을 상상할 수 있다는 것입니다. 우리는 모두 더 나은 것을 바랍니다, 다음 세상에서가 아니라요, 그건 사제님의 영역이니까, 바로 이 세상, 여기 지금에 말입니다. 여러분이 어떠신지는 모르겠지만, 저는 매주 도박을 합니다. 부끄럽지 않습니다. 만약 도박에서 이기면, 뭘 하실 건가요? 분명 스스로 이런 질문을 해 보신 적이 있을 겁니다.

포트와인을 한 병 사야지, 남편이 독일군 폭격에 산산조각난 할머니는 생각한다, 그리고 닭 한 마리 사고 나머지는 저금할 거야.

코커 씨는 안다: 내가 하고 싶은 말을 해야 해.
코커 씨는 말하고 싶다: 축구 도박이 아닙니다, 물론 그 이야기도 해 드리고 싶긴 하지만요. 그것과는 다릅니다. 레오폴트와 마리아

테레지아는 쇤브룬 궁을 지을 때 자신들이 무슨 일을 하고 있는 지 알았죠. 그들은 이상적인 무대를 지은 것입니다. 오늘날까지 도, 그곳에 가 보면 그게 무슨 의미인지 알 수 있습니다. 제가 마 지막으로 갔을 때, 저는 저의 다른 인생을 계획했습니다, 훨씬 좋은 것들을 위한 변화를요!

코커 씨는 어느새 자신이 하고 싶은 말을 하고 있다.

쇤브룬 궁의 남쪽

코커 씨는 말한다: 궁전! 이 안에 방이 몇 개나 있는지 아십니까? 천 사백 개입니다. 여기 있는 사람들끼리 나누면 한 명이 백 개씩 가지는 셈이죠.

하나만 있으면 돼, 앨릭은 생각한다, 우리 둘이 누울 수 있게.

코커 씨는 말한다: 요즘은 누구도 그 방들을 소유할 수 없습니다. 하 지만 그 사이를 지나다니다 보면 그곳에서 사는 것이 어떤 느낌 인지 상상할 수 있습니다, 우리 자신의 삶을 바꿀 수 있다는 생 각을 심어 주죠. 이미 말씀드렸듯이 저도 그랬습니다. 어떤 변 화들은 오늘날 실천에 옮기기가 불가능합니다. 예를 들어 사람 을 불러 침대 위 천장에 그림을 그리게 할 수는 없겠죠? 하지만 안 될 게 뭐 있습니까? 왜 그림이 들어간 천장 벽지를 누군가 만 들지 않는 걸까요, 감히 말씀드리지만, 그런 건 돈도 되는 아이 디어입니다. 어쨌든 그게 논리적입니다. 우리는 벽을 보는 시간

보다는 천장을 보는 시간이 더 많습니다. 그러니 안 될 이유가
있습니까?

재키는 키득키득 웃음을 터뜨리고 앨릭은 그녀를 진정시키려고 그
녀의 얼굴을 자신의 가슴에 대고 누른다. 그녀가 고개를 들자, 그는
그녀의 치마와 배 사이로 손을 밀어 넣는다. 몸을 밀착시키며, 늘어
진 그녀의 벨트를 헤집고, 그녀의 팬티 속으로 들어간 손이 음모에
닿는다.

코커 씨가 말한다: 행복이란 무엇일까요?

대회랑

재키는 계속 다리를 오므리고 있다.

코커 씨는 말한다: 쫓기지 않는 것, 행복하려면 그것이 아주 중요합
니다. 우리는 느긋한 속도로 어슬렁거리며, 반대편의 출구 쪽으
로 다가갑니다. 서두르는 게 뭐지?라고 저는 늘 말합니다. 어떤
일을 끝내는 목적이 다음 일을 하기 위해서입니까? 저 출구 뒤
에는 다른 문이 있고, 결국 마지막에는 건물 바깥으로 나갈 텐
데, 서두를 이유가 없습니다. 저는 저 스스로의 시간에 맞춰 일
들을 나누는 것을 좋아합니다. 이런 공간은 느긋합니다, 그렇
죠? 저 거울들을 보세요, 차례차례 이어지고 있고, 그건 창문들
도 마찬가지입니다. 이쪽 끝에서 저쪽 끝까지 걸으면, 이동하면
서 거울에 비친 정원 풍경들을 감상할 수 있습니다. 창들이 정

원 쪽으로 나 있으니까요. 요즘은 사람들이 문을 쾅쾅 열고 닫으며 정신없이 다니니까 서로를 위한 시간을 낼 수가 없습니다. 하지만 이런 공간에서는 그럴 수가 없죠. 모든 사람들이 자신들의 이유를 말할 시간을 가졌으면 좋겠습니다! 그럼 행복에 대해서도 다르게 생각할 수 있을 겁니다. 인내라는 단어를 한번 봅시다. 우리는 종종 인내심을 잃어버렸다고 하며 싸움을 시작하곤 하죠. 하지만 인내라는 건 시간이 충분할 때 드는 감정입니다. 이런 공간에 있으면 쫓기는 기분이 들 수가 없죠, 세상의 시간을 모두 가진 것 같은 기분이 듭니다. 제 생각으로는, 이런 공간에서 살면 우리는 싸움의 절반 정도는 줄일 수 있을 것 같습니다. 제가 건축에 대해서 잘 알지는 못하지만, 건축가라면 자신들이 지은 건물이 이혼률에 미치는 영향도 고려해야 합니다. 나이 든 건축가였던 파카시는 많은 가정을 행복하게 해 줄 수 있었을 거라고 저는 생각합니다. 그건 모두 적극적으로 생각하느냐의 문제입니다. 언젠가 우리는 영웅들이 살기에 적합한 세상을 가지게 될 것입니다. 제 시대에는 아니겠죠, 여러분의 시대에도 아닐 것입니다. 하지만 언젠가, 사람들이 모든 것을 해냈을 때는요. 사람들은 이런 공간에서 살게 될 것입니다, 황제들만 그런 것이 아니라 청소부도 이런 공간에 살면서, 그들은 서로 알고 지내는 것을 자랑스러워할 것입니다. 너무 먼 이야기라고요? 하지만 안 될 게 있습니까? 사람들은 행복할 때는 서로잘 지냅니다. 행복한 세상을 상상해 보세요! 스스로를 즐길 수 있을 만큼 확신에 찬 세상을 말입니다! 불평을 하는 사람은 환자 취급을 받는 세상 말입니다.

코커 씨는 생각한다: 이제 나는 자유롭다.

코커의 비상   259

쇤브룬 궁의 물고기 연못

코커 씨는 말한다: 우리 모두 자기 자신이 될 수 있는 세상. 자유로운 세상. 우리 모두 편안함을 느끼는 세상. 아주 더운 날, 사람들이 이런 연못에, 수련 사이에 누워 있는 모습을 상상해 봅니다. 마치 베란다의 접이식 의자에 누운 것처럼요. 로마인들은, 아시겠지만 공공 목욕탕의 효능을 믿었는데요, 저는 종종 그런 생각은 다시 살펴볼 필요가 있다고 생각합니다. 서로 이야기를 나누고, 철학적 사고를 하는 데 그보다 나은 조건이 있을까요? 모두들 서 있어야 하는 칵테일 파티보다는 훨씬 나아 보입니다. 수련잎은 음료나 맛있는 음식을 올려놓는 작은 탁자로도 쓸 수 있습니다. 연못에 가득한 물고기, 은색, 빨간색, 금색 물고기들이 우리의 발이나 어깨를 치고 지나갑니다. 칵테일 파티의 담배 연기가 아니라요. 우리 모두 우리를 초대한 주인을 가운데 놓고 빙 둘러서 눕는 거죠. 물론 물은 특별히 소독하고 데워야 합니다. 여주인은 저기 벌거벗은 여신상의 모습을 하고 있습니다.

코커 씨는 생각한다: 브랜드 양은 없는 게 낫겠군.

코커 씨는 말한다: 너무 황당한 이야기라고요? 거꾸로 로마시대는 얼마나 황당한 시대였는지 묻고 싶습니다. 모든 건 습관을 바꾸는 데 달려 있습니다. 여기 클래펌에 사는 우리는 사람들 앞에서 옷을 벗는 것은 엄두도 못 내는데, 그건 날씨 때문이고, 또 섹스에 미친놈들이 너무 많기 때문입니다. 여름에 날이 더워지고, 또 섹스에 미친놈들을 모두 제거하고 나면, 지금은 그런 놈들에게 너무 관대합니다만, 그런 놈들이 자신이 처벌받을 거라는 걸 알면 말입니다, 그러면 우리는 어떻게 될까요?

코커의 자유

강연장에 절대적인 침묵이 흐른다. 외줄 위를 걷는 사람을 지켜볼 때의 침묵이다.

코커 씨는 말한다: 네, 당연합니다. 여름이 더 더워지면, 습관도 달라지고 여러분의 손주들은 칠월 밤에 목욕탕에 가는 것을 아무렇지도 않게 생각하게 되겠죠. 하지만 그때쯤엔 모기 문제도 해결해야 할 겁니다. 우리는, 친구 여러분, 변화의 시대를 살고 있습니다. 저는 더 이상 이전처럼 젊지 않습니다, 여러분도 보면 아시겠지만요, 그럼에도 이렇게 말하고 싶습니다. 새로운 것을 받아들여야 합니다, 쓸모없는 것은 버려야 합니다.

코커 씨는 생각한다: 새로운 것이 나를 받아들여 준다면!

코커 씨가 말한다: 반대되는 것을 받아들이는 것, 빈이 그런 것을 잘한다고 이미 말씀드렸습니다, 그렇죠? 내면을 드러내는 것. 여기 이 정원은 마치 건물의 내부 같습니다, 어쩌면 에덴동산도 이와 비슷하지 않았을까요, 사제님? 건물 내의 정원이지만 그럼에도 위로는 하늘이 뚫려 있는 곳이요. 여기 제가 보여드리는 것은 우리를 초대한 여주인이고, 우리의 로마식 목욕탕입니다, 그리고 그 뒤로 마치 벽처럼 다듬은 나무들 사이로 복도와 전시실 들이 있습니다. 토피어리, 나무 다듬는 기술을 그렇게 부럽니다. 나무들을 얼마나 곧바르게 다듬었는지 한번 보세요! 해가 나면 저 나무들이 시원한 그늘을 만들어 주고, 잎에선 좋은 비누 향 같은 게 나죠. 작은 모임의 사람들이 이곳을 거닐며, 충분히 즐긴 후에 연못을 떠납니다. 비밀은 뭐든 과하게 하지 않는 것이죠. 많은 위대한 인물들이 그랬던 것처럼 이곳을 거닐고, 결정을 내리고, 미래를 계획하고, 운명을 움켜쥡니다. 당연히

나폴레옹도 이곳을 거닐었습니다.

코커 씨는 생각한다: 뭐든 가능해.

코커 씨는 말한다: 제가 아는 사람들 중에는 식물을 기르는 유일한
이유는 먹기 위해서라고 말하는 사람들이 있습니다. 하지만 저
는 전혀 동의하지 않습니다. 눈을 위한 즐거움도 있습니다. 저
산울타리들은 보기에도 좋고, 직접 거닐기에도 좋습니다. 이상
적인 조건이죠. 여성들 중 아름다운 몇몇 분도 마찬가지입니다,
그런 여성들이 모두 대화에 능숙한 것은 아니지만 그게 무슨 상
관이겠습니까? 대상의 진가를 알아보는 방법은 여러 가지가 있
기 마련이니까요. 아주 많습니다.

코커 씨는 결정한다: 맥브라이드 부인 같은 사람이 좋겠어.

코커 씨는 말한다: 요즘은 사람들이 너무 물질적이 되었어요. 늘 효
율에 대해서만 생각합니다. 하지만 보세요, 친구 여러분, 효율
성이 인생에서 가장 중요한 것일까요? 아니면 의무는요? 왜 우
리는 우리가 원하는 것을 나중으로 미뤄야만 하는 걸까요? 왜
우리는 스스로의 행복을 자꾸만 미루는 걸까요?

백만의 방

코커 씨는 말한다: 그런 어리석은 짓을 반복하는 것은 쉽습니다. 여
러분들 중 몇 분은 왜 이 방을 '백만의 방'이라고 부르는지 궁금
하시겠지요. 여기 천장의 판 하나하나에 그림들이 가득한 것이
보이시죠? 그림이 수만 장 있습니다, 마치 타일 같죠? 그림 하
나하나는 페르시아 회화의 축소판입니다. 이 방 하나에 가장 아
름다운 페르시아 회화들이 모두 들어 있는 셈입니다. 제가 들은

바로는 그렇습니다. 이 방을 만든 이는 마리아 테레지아인데, 궁전 전체에서 여제가 가장 좋아했던 방이었습니다. 만드는 데 돈이 많이 들었는데, 값으로 따지면 백만 플로린이었다고 합니다. 그래서 '백만의 방'이라고 불리었습니다. 제 생각은 이렇습니다. 누구나 자신만의 백만의 방을 가져야 한다는 것이죠. 모든 방이 페르시아 회화의 축소판이 붙어 있는 이 방과 같을 필요는 없겠지요, 그런 뜻이 전혀 아닙니다. 하지만 누구나 자신만의 이런 방, 침실이나 주방, 사무실 외에, 그 안에서 사색에 잠길 수 있는 방, 백만 개 하고도 한 개의 생각을 떠올릴 수 있는 방을 가져야 한다는 것입니다. 제가 보기에, 오늘날 가장 필요한 것은 사람들이 자신이 무슨 일을 하고 있는지 아는 것입니다. 사람들이 자신이 무슨 일을 하고 있는지 알게 된다면, 사람들이 불만을 느끼는 일도 없고, 그 많은 파업들도 일어나지 않을 것입니다. 예를 들어, 청소부를 한번 봅시다, 자신들이 일을 제대로 하는지 여부에 따라, 다른 모든 사람들의 건강이 좌우된다는 것을 그들이 안다면, 그들은 청소부 일을 자랑스러워할 것입니다. 하지만 그런 생각을 할 시간과 공간을 아무도 가지지 못하는 상황이 문제입니다. 바로 그런 이유로 백만의 방이 필요한 것입니다. 석탄 광부를 예로 들어 봅시다. 그가 무슨 생각을 할 수 있을지 상상해 보세요, 그가 캐낸 석탄이 어디에 쓰이는지를요! 조리를 하고, 사람들을 따뜻하게 해 주고, 전기를 만들고, 기차를 달리게 하고, 빵을 굽죠, 그 용도에는 끝이 없고, 그 광부가 자신의 일을 이해하기만 한다면 그는 행복한 사람이 될 겁니다. 저는 우선은 개인적인 경험을 통해 그것을 깨달았습니다. 제 사무실에 있는 문서철을 보다가 갑자기 이런 생각이 들더군요. 런던에 있는 수백만 개의 일자리를 지난 세월 동안 저의 사무실을 찾아온 사람들이 차지하고 있다는 생각이요. 지금 제가 홍보를 하고 있는 게 아닙니다. 그저 생각이 변화를 만들어낼 수 있다는 예를 드는 것뿐입니다. 마리아 테레지아는 이 방에 앉아 페르시아 역사에서 있었던 모든 일을 떠올릴 수 있었습니다. 우리도 가만히 앉아 우리가 하고 있는 일을 생각해 볼 수 있는 공간이 필요합니다. 그러지 않으면 기계적으로 일을 하게 되고, 우리가 진짜로 하고 있는 일에 대해 무지해집니다.

코커 씨는 안다: 나는 내가 하고 싶은 말이 아니라, 그들에게 해 주고 싶은 말을 하고 있다. 그런 말들이, 깃털처럼 목에 걸려 불편하게 하기보다는, 허공에 떠다니다 어둠 속으로 사라지는 그런 말들이 내게 안도감을 주기 때문이다.

코커 씨는, 백만의 방 이미지를 그대로 둔 채 다시 청중들 앞으로 나온다. 스페인승마학교에서 있었던 일을 이야기할 때와 같다. 다시 한번, 청중들은 그의 손은 볼 수 있지만 얼굴은 볼 수 없다. 맨 앞줄에 코커 씨와 가까이 앉은 브랜드 양은, 그가 큰 소리로 이야기할 권리가 당연히 있다고 생각하는데, 그건 그가 영리하기 때문이며, 또한 그녀의 경험에 따르면 신사분들이 즐거워하는 생각들은 다른 일과는 큰 관련이 없는 것이기 때문이다.

코커 씨는 말한다: 잘못된 것이 너무 많습니다. 그것들이 우리의 발목을 잡고 있어요, 모든 잘못된 것들이 우리를 앞으로 나아가지 못하게 합니다. 사방에 위험이 도사리고 있죠. 그런 위험을 직접 언급하는 건 때와 장소에 맞지 않을 것 같지만, 어쨌든 우리

모두 알고 있습니다. 무슨 빚쟁이들처럼 기다리고 있죠, 그 위험들이 말입니다. 가난에 빠지는 것이 그 위험이고, 병에 걸리는 것이 또 다른 위험입니다, 제정신을 잃고 산 채로 묻히는 것, 우리의 약점에 굴복해 범법자가 되는 것, 완전히 무관심한 세상의 희생자가 되는 것 등입니다. 사방에 위험이 도사리고 있죠, 만약 우리가 살아남는다면, 죽을 때까지 살아남겠죠. 왜 그럴까요? 왜 제가(코커 씨는 소리를 지르기 시작한다) 여러분에게 쇤브룬 궁의 사진을 보여주는 걸까요?

사제만이 발로 바닥을 문지른다.

코커 씨가 말한다: 모르시겠죠. 당연히 여러분은 모르실 겁니다! 여러분은 단 한 번도 고개를 들어 본 적이 없으니까요. 여러분은 한 번도 고개를 높이 들고 다닌 적이 없습니다. 자존심! 사제님은 자존심이 죄라고 하시겠지만요. 저는 자존심이야말로 완전히 벌거벗겨진 상태에도 남는 것이라고 말하겠습니다. 자존심은 나는 중요하다! 나는 중요하다!라고(코커 씨는 주먹으로 자기 가슴을 친다) 말할 수 있는 권리입니다. 잘못들과 위험들에도 불구하고 말입니다! 자존심은 심지어 벌레라고 해도 방향을 바꿀 때에는 감지하는, 그런 순간에 느끼는 감정입니다. 자존심은, 제가요, 사제님 용서하십시오, 내 사랑, 당신의 빨간 머리는 사랑스럽습니다, 사랑스러워요라고 말할 수 있게 하는 것입니다.

사전트 박사는 자리에서 일어나 문 쪽으로 걸어간다. 문이 열리면서 노란 불빛이 영사막에 보이는 백만의 방 위로 비친다. 사제는 무슨 말인가 하려고 목을 가다듬지만, 망설이다가 때를 놓치고 만다.

코커 씨는 말한다: 가시게 그냥 두세요. 약속에 늦으신 겁니다. 그래
도 다른 분들은 약속에 늦으신 게 아니라면, 아직도 저는 해 드
릴 이야기가 좀 있습니다. 저는 인생이 이렇게 흘러가는 거라는
이야기를 믿을 수가 없습니다. 도무지 이해가 안 됩니다. 왜 사
람들이 다른 사람들에게 이렇게 무감한지 이해가 안 돼요. 왜
우리가 빠질 수도 있는 심연을 늘 두려워해야 하는지 이해가 안
됩니다. 그냥 심연을 메워 버리면 왜 안 되는 것일까요? 왜 우
리는 평화롭게 지내며 서로에게 즐거움을 줄 수 없는 걸까요?
모든 사람들이 원하는 건 그것뿐입니다. 거의 모든 사람들이요.
저는 왜 그런 일이 실제로 일어나지 않는지 이해할 수 없습니
다. 백만 플로린이 드는 일도 아닌데 말입니다. 그냥 그렇게 하
기로만 하면 되는 일인데요.
코커 씨는 안다: 나는 진실의 일부를 숨기고 있다.
코커 씨는 말한다: 여러분들 중에 제대로 가난을 겪어 본 분이 계실
까요?

앨릭의 손은 뜨겁고, 축축한 손가락이 번들거리는 그녀의 보지 위에
서 갑자기 멈춘다.

코커 씨는 말한다: 가난해질 필요가 있습니다, 거의 터키인의 고문
수준으로 고통을 겪을 필요가 있어요. 터키인의 고문에 대해서
는 이야기했던가요? 이제 무슨 이야기를 했고 무슨 이야기를
안 했는지 기억이 안 납니다. 행복을 대안으로 생각하려면 어떤

식으로든 한계까지 가 볼 필요가 있습니다. 아마 그렇기 때문에 세상은 좋아지기 전에 먼저 나빠지는 것인지도 모르겠습니다.

재키는 고개를 들고 앨릭이 걱정스러운 표정을 하고 있는지 살핀다. 그는 굳은 얼굴로 코커 씨를 보고 있다. 재키가 자신을 보고 있다는 것도 느낄 수 있다. 미쳤어, 그는 속삭인다. 아니, 늘 그런 건 아니야, 미치지 않았어, 그녀가 진지하게 말한다. 그런 다음 그녀는 앨릭의 바지 위로 손을 갖다 대고는, 황량한 강연장에서 그가 얼마나 커졌는지 확인한다. 코커 씨는 꼼짝도 하지 않는다. 사제는 아무리 좋게 보더라도 의심을 거둘 수 없었고, 모든 고귀한 신자들 안에는 분노하는 악마가 있는 것이라고 확신하면서, 지금 자신이 끼어들면, 상황이 개선되기는커녕 더 악화될까 봐 두렵다. 코커 씨는 어둠 속에서 청중들을 똑바로 쳐다본다. 청중들은 대부분 이런 이야기는 한 번도 들어 본 적이 없다고, 적어도 그것이 사실이었음이 밝혀진 이후로 단 한 번도 들어 본 적이 없다고 생각한다. 코커 씨는 천천히 영사기 뒤쪽으로 돌아가 슬라이드를 바꾼다.

글로리에테

코커 씨는 말한다: 하지만 도움이 될지도 모르니까, 저는 선택을 했다는 말씀을 드리는 것입니다. 저는 선택을 했어요. 거기, 바로 그런 선택에 행복이 있습니다. 그렇게 택하는 거예요. 과일처럼, 아담과 이브 이야기의 사과처럼요, 왜냐하면 사과나무에는 다른 사과들도 있었는데, 그들이 그런 사과를 고른 것이 불운이었으니까요. 우리는 우리의 능력을 최대한 발휘해 행복을 선택

해야 합니다. 그것이 저의 선택이죠. 저는 장애물을 만날 수도 있고, 환경 때문에 물러나거나 패배를 겪을 수도 있습니다. 하지만 적어도 이제 저는 제가 뭘 원하는지, 그리고 제가 뭘 하고 있는지 압니다. 저는 저 자신을 행복하게 만드는 중입니다.

폭격에 남편을 잃은 나이 든 여인은 손수건으로 얼굴을 가린 채 조용히 흐느끼기 시작한다. 여인이 훌쩍이는 소리가, 어둠 속에서 종이를 비비는 소리처럼 들린다.

코커 씨는 말한다: 우리는 그렇게 만들어졌습니다. 우리 몸이 그렇고, 우리의 정신이 그렇고, 심지어 우리의 마음도, 어떤 감정을 느끼든 상관없이, 그런 일을 할 수 있도록 만들어졌습니다, 그런 것을 필요로 하도록 만들어진 것입니다.

코커 씨의 청중들은 영사막에 비친 사진을 본다. 완만한 경사지가 있고, 그 위에 열주들이 개선문을 떠받치고 있고, 건물의 가운데 위에는 육 미터 높이에 청동 독수리가 날개를 펼치고 있다. 그 이미지가 무엇을 나타내는지 설명하지 않는 코커 씨는, 슬라이드가 바뀐 것을 잊어버린 것처럼 보이고, 시력이 좋은 청중들만 슬라이드 아래에 적힌 신비스러운 제목을 알아볼 수 있다.

코커 씨는 말한다: 제가 여러분께 드릴 수 있는 조언은, 여러분들도 그렇게 하라는 것입니다.

코커 씨는 마지막 말을 마치 구호처럼 말하고는, 사진을 바꾼다.

꿩 사육장의 조각상

코커 씨는 말한다: 젊은이의 사랑!

코커 씨의 청중들이 보기에 돌로 된 조각상은 작별을 고하는 연인처럼 보인다. 잠시 후 남자가 여인을 내려놓으면, 여인이 다시 한번 입을 맞춘 다음 멀어질 것이다. 그런 다음 남자는 기차나 버스, 혹은 다른 누군가가 모퉁이를 돌아 시야에서 사라질 때까지 기다릴 것이다. 그런 기분이 조각상 자체 때문인지, 아니면 코커 씨가 좀 전에 했던 말 때문인지, 오늘 밤에 벌어진 예상치 못한 일 때문인지, 혹은 나이 든 여인의 흐느낌 때문인지는 알 수 없다. 마치 조각상을 따라하려는 듯, 앨릭은 재키의 달콤하고 끈적한 다리에서 손을 빼고, 재키는 버스 정류장 옆에서 그들이 종종 그러는 것처럼, 그의 다른 쪽 손을 자신의 가슴에 꼭 갖다 댄다. 청중들은 모두 이제 머지않아 코커 씨에게 작별인사를 해야 할 것 같은 기분이 든다. 그는 이제 곧 떠나려는 사람처럼 말한다. 브랜드 양은 갑자기 겁이 난다, 코커 씨 때문이 아니라, 본인 때문이다.

호른 근처의 비너 숲

코커 씨는 말한다: 비너 숲을 보지 않고서는 빈 여행을 마쳤다고 할 수 없습니다. 햇빛과 야생화와 시냇물의 속삭임으로 가득한 숲입니다. 저는 어느 일요일에 하르팅거 부인과, 주말을 맞아 뮌헨에서 찾아온 그녀의 아들과 함께 이곳을 찾았습니다. 다른 사람은 한 명도 마주치지 않았고, 저는 만약 이 숲의 언덕에서 잠

이 들면, 그리고 립 밴 윙클(미국 소설가 워싱턴 어빙이 지은 동명의 소설에 나오는 주인공 이름—옮긴이)처럼 이십 년 만에 잠에서 깨어난다면, 그 사이에 일 분도 지나지 않은 것 같은 기분이 들 것 같았습니다. 아주 온화하고 차분한, 제가 본 것 중에는 세상에서 가장 평화로운 풍경이었습니다. 하르팅거 부인이 숲이 예전 같지 않고, 마을의 숙소도 비싸졌다고 계속 이야기했지만, 저는 믿을 수가 없었습니다. 저는 제 보모가, 제가 어렸을 때 집에 비엔나 출신의 보모가 있었는데요, 그 보모가 이 숲을 걸어 다니며 꽃을 꺾고, 서로 다른 종류의 새들을 일러 주는 모습을 상상했습니다. 그 보모는 자연에 대해 많이 알고 있었고, 꽃꽂이에도 아주 재주가 있었습니다. 여러분은 유령의 존재를 믿으시나요?

코커 씨의 청중들은 기꺼이 그가 이끄는 대로 따라다니고, 낙오자가 없도록 확인한다. 빨간 머리 여인, 코커 씨가 그녀의 머리색을 갑자기 언급하는 바람에 창피해하면서, 한 대 맞은 기분이 들었던 그 여인은 고개를 젓는다. 그녀는 유령의 존재를 믿지 않는다. 사제 역시 고개를 젓는다. 대단한 확신이 있어서가 아니라, 숲에서 완전히 벗어나지 않았고, 자신의 권위를 강탈한 코커 씨의 보살핌 아래에 있는 군중들을 안내하는 것이 자신의 의무라고 생각하기 때문이다.

코커 씨는 말한다: 저는 믿지 않습니다. 하지만 유령이라는 게 있다면, 그리고 행복한 유령들이라면 이런 곳에서 지낼 것 같습니다. 어린아이처럼 뛰놀며, 나무에 오르고, 깃털을 모으고, 숨바꼭질을 하고, 영웅처럼 죽은 척을 하면서요. 봐! 봐! 주머니에

손을 넣은 채 이 나무둥치에서 뛰어내릴 거야, 봐!

그 말을 하는 동안 코커 씨의 목소리가 달라진다. 마치 여자 목소리를 흉내내는 것 같다. 뚱뚱한 여인이 몸을 떤다. 유령의 목소리 같지만 그는 유령을 믿지 않는다고 했다. 휘틀리 씨는 천장의 대들보를 올려다본다. 지금 벌어지고 있는 상황이 자신들의 교회 강연장에서 있을 법하지 않은 일이지만, 그럼에도 자신들은 여전히 자리를 지키고 있음을 확인하려는 것 같다.

코커 씨는 말한다: 나뭇잎에 묻혀 누워서, 숨으면, 절대로 나를 찾을 수 없을 거야, 절대로, 절대로, (코커 씨는 여전히 그 높은 목소리로 말한다) 준비! 그렇게 긁히고, 싸우면서….

> 우리 엄마와 너희 엄마가
> 길에서 만나서
> 우리 엄마가 너희 엄마에게 말하지
> 코 자를 날이라고
> (십구세기 영국, 케이트 그리너웨이가 지은
> 육아 관련 서적에 등장하는 동요.ㅡ옮긴이)

시내에서 물고기를 잡아서, 가장 큰 물고기는 리셀에게 줍니다. 그녀가 가장 인기있는 사람이고, 아침이 돼도 죽지 않고, 딸기를 먹으며 언덕을 달려 내려갈 테니까요. 그리고 장난을 치려고 일부러 넘어지는 척할 테니까요. 네, 유령이 되어서 다시 행복할 수 있다면 저는 이곳에 살고 싶습니다. 하지만 이미 말씀드렸듯이 저는 유령을 믿지 않습니다, 사후의 삶도 믿지 않습니다, 사제님.

브랜드 양은 코커 씨가 자신을 고용하지 않을 거라고 확신한다. 그가 진심이 아닌 말을 하는 사람이기 때문이다.

호른 근처의 개울

코커 씨는 급히 말을 잇는다: 저 물을 한번 보세요, 늘 움직입니다, 하지만 알프스에서 내려오는 물이라서 아주 차죠, 또한 신선하고, 더할 나위 없이 순수합니다. 그리고 늘 거품을 냅니다. 끊임 없이 이어지죠, 보시다시피. 그것이 물을 바라볼 수 있는 이유, 그저 몇 시간씩 바라보며 생각에 잠길 수 있는 이유입니다. 끊임없이 이어지니까요. 절대 멈추지 않습니다, 절대 반복하지도 않고, 절대 지치지 않습니다. 개울물을 보고 있으면 많은 것을 배우게 됩니다. 바다를 더 좋아하는 사람들도 있죠. 하지만 바다는 너무 크고 늘 가득 찬 상태에서 정면으로 당신을 맞이합니다. 개울이 좋은 점은, 그 옆에 설 수 있다는 것이죠. 당신을 지나쳐 흘러가도록 내버려 둘 수도 있습니다. 이 개울은 칠월임을 감안하더라도 물살이 아주 빠른데요, 저는 이 사진이 아주 자랑스럽습니다. 물살이 빨라서 늘 이렇게 뒤엉킨 모습일 거라고 생각하기 쉽습니다. 심지어 강둑의 나무나 덤불 들도 같은 방향으로 불어오는 바람에 흔들리는 것처럼 보이죠. 제가 갔던 일요일에는 바람이 불지 않았습니다. 아주 작은 미풍도 없었죠. 저 나무들은 마치 물살을 움켜쥘 것처럼, 저렇게 자란 겁니다. 이 개울과 관련한 이야기도 하나 있습니다. 개 한 마리가 반복해서 개울에 뛰어들어서 물살을 거슬러 오르는 거예요. 자기 쪽으로 몰려오는 물살을 향해 짖고, 하얀 물거품을 덥석덥석 물면서 말입니다. 그러다가 갑자기 물 밖으로 나와서 하류 쪽으로 달려갔고, 거기서 다시 뛰어들었습니다. 하얀 개였어요. 종은 모르겠습니다, 잡종이었던 것 같네요. 하르팅거 부인의 아들이 녀석을 잡아 보려 했죠. 개들은 보호자 없이 그 숲에 돌아다니면 안 되는데, 그러니까 녀석은 길을 잃은 것이 틀림없다고 했습니다. 그리고 모든 애견은 이름과 주소가 적힌 목줄을 해야 한다는 법이 있으니까, 개를 잡을 수만 있다면 어디에 알려야 할지도 알 수 있을 거라고 했죠. 뮌헨에서 하르팅거 부인의 아들은 저먼 스크라이브스라는, 특별한 볼펜을 만드는 회사에 다니고 있었습니다. 저도 그 회사 볼펜을 하나 가지고 있죠. 개가 너무 빨라서 잡을 수가 없었습니다. 가까이 다가가서 잡으려고 하면 도망을 친 거죠, 그래서 하르팅거 부인의 아들은 녀석이 물에서 나올 때 잡는 편이 낫겠다고 판단했습니다. 개울가로 내려가서 바위에 자리를 잡았죠. 개가 가까이 왔을 때 잡으려고 몸을 숙였는데, 그만 중심을 잃고 한쪽 발이 무릎까지 개울에 빠지고 말았습니다. 가죽으로 만든 반바지를 입고 있었기 때문에 큰 문제는 없었죠. 그 나라에서는 레더호젠이라고 부르는 바지입니다. 물에 빠진 부인의 아들은, 부츠에 찬 물을 비워내면서 욕지거리와 함께 그 개에게 돌을 던지기 시작했습니다. 한 번도 맞히지 못했지만, 그는 계속 개에게 돌을 던지고, 개울에도 던졌습니다. 제가 말려 봤지만 그는 신경도 쓰지 않았고, 하르팅거 부인은 그저 미소만 지어 보이며 제게 '어릴 때랑 똑같아요'라고 속삭일 뿐이었습니다. 저는 그런 일을 꽤 불편해하는 편이라, 혼자 앞장서서 걸어갔습니다. 주요 산책로에는 모두 표시가 되어 있기 때문에 그 숲에서 길을 잃을 일은 없을 것임을 알고 있었습니다. 보시다시피 작은 안내판들이 나무에 박혀 있었죠. 길은 개울을 따라 계속 이어져 있었습니다. 저는 어디서 와서 어디로 가는지 생각해 보았습니다, 그 개울물이요. 아마 언덕 위의 샘에서 내려왔을 가능성이 가장 크겠죠. 쉰브룬 말입니다! 그 말뜻이 '아름다운 봄'이라고 했던 건 기억하고 계시겠죠? 바위틈에서 솟아난 그 물은 한없이 깨끗하고, 반짝반짝 빛이 납니다. 졸졸졸 흘러서 언덕을 내려가고, 숲을 지나 다뉴브강에 합류합니다. 다뉴브강을 만난 그 물은 사자심왕 리처드가 포로로 잡혔던, 그리고 그의 충실한 하인 브론델이 구출해 주었던 뒤른슈타인을 지나, 나중에 부다페스트와 유고슬라비아와 루마니아를 지나 마침내 흑해에 도달합니다. 다뉴브강의 하구가 어디인지는 말할 수 없습니다, 여러 곳이 있으니까요. 하구의 삼각주 지역만 거의 이천육백 제곱킬로미터에 이릅니다. 생각일 뿐입니다, 그렇겠죠? 여러분이 보고 계신 이 물이, 봄날의 이 신선한 물이, 마침내 흑해에 도달하는 겁니다. 몇 주 후면 콘스탄티노플의 터키인들이 이 물에서 물고기를 낚고 있을지도 모릅니다! 그 후에는 흑해의 햇살을 받아 증발해서 구름이 됩니다. 그리고, 만약 동풍이 불면 다시 흐른 지역으로 돌아와 바위 사이의 틈이나 돌에 난 구멍으로 스며들 수도 있을 것입니다. 반면 서풍이 분다면, 카스피해를 지나 아시아로 흘러가겠죠.

아, 죽어서 물과 공기가 될 수 있다면 그렇게 되고 싶네, 브랜드 양은 생각한다. 사제가 시계를 바라본다. 코커 씨가 중얼거리는 소리가 개울물 소리보다 더 시끄럽다. 앨릭은 왼손을 얼굴 앞에 들고, 친밀하고 달콤한 냄새를 맡는다, 한 번의 삶으로는 설명할 수 없는, 재키의 음부 냄새를.

코커 씨는 말한다: 대단한 힘입니다! 그렇죠? 물이 온 세상을 순환하게 하는 힘 말입니다, 끊임없이, 후회도 없이요, 대단한 힘입니다! 그렇죠? 흔히들 자연은 진공 상태를 싫어한다고 합니다, 그렇지 않나요? 이유가 뭘까요? 제가 말씀드리겠습니다. 그건 진공 상태에서는 어떤 일도 일어나지 않고, 어떤 변화도 없기 때문입니다.

코커 씨는 생각한다: 똑같은 이유로 자연은 서풍을 싫어하지.

코커 씨는 말한다: 개 이야기를 마쳐야겠군요, 불쌍한 개 이야기.

코커 씨는 안다: 이 사람들이 나를 지금 모습으로 봐 주면 좋겠어. 이 사람들이 내가 아는 것을 알아줬으면 좋겠어.

코커 씨는 말한다: 혼자 걸어가는 동안 그 개가 줄곧 저를 따라왔습니다. 내내 그렇게 따라왔어요. 어떨 때는 길을 따라 달리고, 어떨 때는 개울에 뛰어들어 물살을 향해 짖었는데, 얼마 후부터 저는 녀석에게는 그리 신경을 쓰지 않았습니다. 숲이 끝나고 평지와 건물들이 눈에 띄기 시작했습니다. 그때쯤 개는 완전히 뒤쳐져서 눈에 띄지 않았죠. 제가 본 건물은 개울가에 자리잡은 제재소였습니다. 주말이어서 사람들은 없었지만, 분명 현재도 사용하고 있는 제재소였습니다. 개울물은 대부분 거기서 갈라져서 둑 건너편의 다른 지류에 합류했고, 좀더 깊고 색도 짙은 그 물길은 벽돌 건물 밑으로 흘렀습니다. 벽돌 건물 안에 분명

수차(水車)가 있었을 겁니다. 저는 둑 위에 앉아서 기다렸습니다. 이미 말씀드렸듯이, 저는 몇 시간이고 쉬지 않고 구경할 수가 있습니다. 저는 꿈을 꾸기 시작했고, 그러다 다시 고개를 들었을 때, 구 미터쯤 떨어진 물 위에 뭔가 하얀 물체가 있는 것이 눈에 띄었어요. 좀 전의 그 개였습니다. 녀석은 안간힘을 쓰고 있었는데, 그건 쉽게 알아볼 수 있었습니다. 물살을 거슬러 헤엄치려고 애쓰지만, 그 자리에서는 물살이 너무 셌고, 녀석은 그렇게 물살을 따라 뒤로 밀려나고 있었습니다. 조금씩 조금씩이요. 녀석은 코끝을 하늘로 향한 채, 거의 수직으로 서 있었습니다. 우스꽝스러운 시선을 한 곳으로 고정한 채로 말입니다. 말씀드리지만 저는 익사에 대한 두려움을 가지고 있습니다, 늘 그래왔죠.

뚱뚱한 여인은 더 이상 듣고 싶지 않아 눈을 감는다.

코커 씨는 말한다: 저는 녀석을 도와줄 막대기를 찾아보려 했습니다. 녀석이 막대기 끝을 물 수 있다면, 물가까지 끌어낼 수 있을 것 같았거든요. 막대기는 찾을 수 없었지만, 부지깽이처럼 보이는 낡은 쇠막대기를 발견했습니다. 벽돌 건물 옆면에 기대 세워 놓았더군요. 쇠막대기라서 아주 무거웠습니다. 그래도 그걸로 시도를 해 봤죠. 개는 이제 둑에서 겨우 일이 미터 정도 떨어진 곳에 있었어요. 작은 둑이었지만, 그래도 둑이었죠. 둑 위의 것들이 강물에 쓸려 내려가지 않도록 울타리가 둘러져 있었고, 저는 혹시 제가 실패하더라도 그 울타리가 녀석을 구해 줄 것 같다고 생각했습니다. 녀석의 코 앞에 바로 그 부지깽이 같은 것을 내

밀었죠. 그런데 이 녀석이 물지를 않는 겁니다. 웃기지 않습니까? 물지를 않는 거예요. 아예 물 생각을 안 하더라고요. 그냥 같은 자세로 하늘만 올려다보는 겁니다, 눈을 크게 뜨고 앞발을 생쥐처럼 허우적거리면서요.

휘틀리 부인은 휘틀리 씨의 손을 꼭 쥔다. 코커 씨의 이야기는 그 자체로 휘틀리 부인 같은 여성을 불편하게 할 만한 것은 아니다. 두 개의 수소 폭탄이 대런던에 투하된 후, 매주 질서와, 삶과, 사람들과의 관계를 지켜야 했던 그녀였다. 그녀를 불편하게 하는 건 연사의 말투다. 공습 이후의 민방위 안내원은 효율적이고 질서가 잡혀 있다. 하지만, 개 이야기를 하면서부터, 코커 씨는 마치 청중의 존재를 잊어버린 것은 물론, 본인도 이야기가 어디로 흘러가는지 모르는 것 같다. 이야기가 불안정하고, 두서가 없다. 광기는, 그녀는 두려워한다, 저런 식으로 드러난다.

코커 씨는 말한다: 녀석이 막대기를 물지를 않는 겁니다. 제가 소리를 질렀지만 전혀 달라지지 않았어요. 녀석은 막대기를 물지 않은 채, 천천히 제게서 일 미터 정도 멀어져 갔습니다. 제가 소리쳤죠. 야! 야! 그렇게 소리쳤습니다(코커 씨는 실제로 외친다). 훈트! 훈트! '훈트'는 독일어로 '개'라는 뜻입니다. 제발! 제발! 녀석이 아주 가까이 있었지만, 저는 할 수 있는 게 없었습니다. 할 일이라고는 둑 위의 울타리, 그 난간들이 녀석을 멈추게 할 때까지 기다리는 것뿐이었죠. 하지만 그 개는 거기에도 걸리지 않았습니다. 난간이 두어 개 빠져 있었던 것 같아요. 녀석은 잠시, 거기에 반쯤 걸쳐 있었는데, 앞발만 내민 채 여전히 허

우적거리고 있었죠. 그런 다음 사라져 버린 겁니다. 그런 둑 아래 물살이 어떤지는 아시죠? 거의 커튼처럼 보입니다. 그러니까, 녀석은 둑 가장자리로 미끄러진 다음 커튼 뒤쪽으로 떨어진 게 틀림없어요. 녀석이 난간에 걸렸을 때 공중에 뜬 발을 본 후에는 아무것도 볼 수 없었습니다. 밑에서 녀석이 떨어지는 소리도 들리지 않았거든요. 그 개의 흔적이 어디에도 남지 않은 겁니다. 커튼 사이로 녀석의 모습을 본 것 같다는 생각도 들지만, 아니었거든요. 둑 아래 검은 물 속에도 녀석은 보이지 않았습니다, 어쨌든 하얀색 개였으니까요. 어디서도 녀석의 기척을 느낄 수가 없었습니다. 그래서 개울물이 다시 나오는 벽돌 건물 뒤편으로 얼른 달려가서 기다렸죠. 오 분 정도 기다렸지만 아무것도 나타나지 않았습니다. 물과 약간의 나뭇잎밖에 없었죠. 저는 녀석이 건물 안에 있을 거라고 짐작했습니다. 문을 열어 보려 했지만 잠겨 있더군요. 소리를 들어 보려 했지만, 들리는 건 물 흘러가는 소리뿐이었죠. 반대편, 물길에서 좀더 떨어진 벽돌 벽도 살펴봤습니다. 벽돌에도 귀를 대 보았지만 소용이 없었죠. 들리는 거라곤 물소리와 뭔가 물속에서 방향을 바꾸는 소리뿐이었습니다.

브랜드 양은 양로원에서의 생활은 벽돌 건물 안의 개의 처지와 비슷할 것이라고 믿고 있다.

코커 씨는 말한다: 개가 내는 소리와 비슷한 소리는 하나도 들리지 않았습니다. 아무것도요. 녀석이 지상에서 사라진 것처럼만 보였죠. 저는 귀를 기울이고 또 기울였습니다. 그러고 있을 때 하

르팅거 부인과 아들이 나타났습니다. 두 사람은 웃음을 터뜨리며 제가 수맥 찾는 사람이 틀림없다고 하더군요. 실제로, 수맥을 한두 번 찾아본 적이 있습니다. 그래도 그 이야기는 하지 않았죠. 그리고 개 이야기도 하지 않았습니다.

코커 씨는 생각한다: 당신의 머리칼은 아름답습니다, 한 번 더 말하겠습니다.

코커 씨는 말한다: 그래도 이건 명백한 사실이죠. 그렇지 않습니까? 조심해서 나쁠 건 없다는 것이요. 이상적인 상황이라고 해도, 조심은 해야 하니까요. 그게 강이든, 도로든, 전기담요든, 석유난로든, 몰려오는 파도든, 언제나, 유감스러운 일을 겪는 것보다는 안전한 것이 언제나 낫습니다.

코커 씨는 안다: 나는 행복을 위해서라면 모든 것을 걸 수 있다.

코커 씨는 말한다: 만약 여러분이 개라면 말입니다!

호른 근처 평원의 개울

코커 씨가 보여준 모든 슬라이드 사진 중에 이 사진이 청중들에게는 가장 심심해 보인다. 개울물 아래 자갈들과, 그리로 이어지는 평원이 보이는 사진이다. 그 안에는 아무것도 없다. 처음에는 코커 씨 본인도 그 사진에 대해서는 할 말을 찾을 수가 없다. 그저 앞의 것과 같은 개울이라고, 평원 쪽으로 더 나와서 찍은 사진이라고만 말한다. 모두들 아무 말 없이 멍하니 사진을 바라본다. 영사막에 비친 사진은 전혀 사진처럼 보이지도 않는다. 그 사진은 그림처럼 보이지 않는다, 그것이 청중들에게 가장 먼저 떠오른 단어이다. 대상들 자체가 거기, 지루하고 무기력하게 놓여 있는 것처럼 보인다. 비 맞은 벽 같은 돌멩이, 마직물 같은 풀, 잡초나 쓰레기 같은 나뭇잎. 어느 쓰레기장에서나 볼 수 있을 법한 것들이다. 코커 씨의 청중들은 정원과 분수를 보았고, 조각상과 조명을 받은 돔형 지붕, 엄청나게 화려한 상점들과 흰색 종마들을 보았다. 그리고 지금 그들 앞에 중요하지 않은 강둑의 진흙이 주어졌다. 하지만 그들은 실망하지 않는다. 아무도 알아차리지 못하는 차원에서, 그들은 '사진이 아니라 사진이 주장하는 바가 중요합니다'라는 말을 기대한다. 앨릭을 제외한 나머지 청중 한 명한 명에게, 이 슬라이드 사진은 나머지 사진들이 얼마나 문제가 있고 먼 이야기인지를 떠올리게 한다. 어부 출신 건축가와 여제, 넓은 대로와 꿩 사육장, 연철에도 불구하고, 그들은 자신들이 본 건축물들의 약속을 믿지 않는다. 쇤브룬 궁이 존재한다는 사실 자체를 중요하게 여기는 것은, 극단적으로 보면 순진한 태도이다. 그렇게 하는 건 공중누각을 세우는 일이 될 것이다. 청중 한 명 한 명은, 각자의 재정 상태에 따라, 어디까지를 현실로 받아들여야 할지 알고 있다. 뒷문에서 이어지는 좁은 길, 지난 사흘 동안 썼던 한 통 안의 석탄, 스물다섯 병 남은 지난여름의 잼, 경첩 한쪽이 절반쯤 떨어져 나가 바람이 불면 흔들리는 뒤쪽 출입구, 앞쪽 방의 축축한 자리, 아직 남아 있는 주택 대출, 매달 나가는 텔레비전 할부금 같은 것들. 하지만 그들은 스스로 궁하다고 여기지는 않는다. 코커 씨와 달리, 그들은 쇤브룬 궁에 살았던 사람들이 자신들보다 행복했다거나, 자신들이 거기에 살면 더 행복해질 거라고 확신하지 않는다. 그들은 상식에서 뻗어나온 또 다른 법칙을 활용한다. 삶이 그런 거라고, 그들은 말한다. 그들은 진흙탕이 얼마나 가까이 있는지, 풀들이 얼마나 빨리 자라는지, 물에 빠지는 것이 얼마나 쉬운지 배웠다. 그들은 자신들이 배운 교훈을 그런 말로 표현하지 않고, 또 각자 쓰는 말도 다르다. 하지만 원칙은 모두 같다. 어느 자리든 계속 지키기는 어렵다. 각자 맞서고 있는 힘이 너무 강해서, 모든 것이 그 친절하지 않고 무력한, 겨울 같은 상태에서 벗어나게 하려면, 잠시 시선을 돌리는 수밖에 없다. 안고 가야 할 가장 큰 힘의 이름은, 한 명 한 명에게 모두 다르다. 휘틀리 부인에게 그것은 사람들의 본질적인 무지함이고, 사제에게 그것은 이번 세기이고, 남편을 잃은 할머니에게 그것은 점점 오르는 식료품 가격이고, 연금으로 지내는 또 다른 할머니에게 그것은 집주인의 탐욕이고, 브랜드 양에게 그것은 자신의 몸이고, 재키에게 그것은 나이 드는 것 자체이고, 할아버지들 중 한 명에게 그것은 자신이 오줌을 지리는 것도 의식하지 못하는 정신이다. 앨릭은 유일한 예외다. 오늘 아침이었다면 그는 그것이 무지라고, 법칙을 모르는 것이라고 생각했을 것이다. 이제 그는 자신만의 법칙을 가지고 있다. 원하는 것이 있으면, 그는 그것을 찾을 것이다. 모르는 게 있으면 배울 것이다. 재키를 가지면, 그는 원하는 것을 가지는 것이다. 그런 까닭에 코커 씨가, 더 이상 할 말이 떠오르지 않아서 지키고 있던 침묵을 깨고, 평원에 있던 새를 떠올리고 그것들에 대한 이야기를 시작했을 때, 그의 의도에 반응하는 청중은 앨릭뿐이다. 코커 씨는 개울 위 하늘 높은 곳에서 맴돌던 새들에 대해 이야기한다. 그는 아직도 그 새들이 무슨 종이었는지 확신하지 못한다. 발종다리였을까요? 그는 그렇게 묻고는, 그 새들의 울음소리를 흉내낸다. 쿠 이 쿠리. 쿠 이 쿠리, 쿠 이 쿠리 쿠. 쿠 이 쿠리 쿠리. 쿠 이 쿠리. 쿠 이 쿠리 쿠. 쿠리 쿠. 쿠 이 쿠리. 그 소리를 흉내내는 일에는 코커 씨를 즐겁게 하는 뭔가가 있다. 그는 한 살배기 아기처럼 계속 흉내를 내며, 다른 입모양을 만들어서 소리를 낼 때마다 즐거워한다. 그 자리에 있는 사람들 중에 새에 대해서 아는 사람은 거의 없기 때문에, 아무도 그게 무슨 새인지 알지 못한다. 하지만 모두들, 강연자의 나이를 고려할 때, 그리고 평소와 다르지 않은 강연임을 고려할 때, 그 울음소리가 실제와 꽤 비슷하다고 생각한다. 청중들 중 누구도 한순간이나마 그 소리에 속지 않는다. 그건 분명 사람의 목소리고, 나이 든 남자가 (어쩌면 이에 문제가 있을 수도 있는) 그 상태로 새들의 지저귀는 소리를 흉내낸 것이다. 하지만 코커 씨의 청중들은 그 지점에서 그의 재능은 알아보고, 그 재능을 좀더 활용했어야 한다고 생각한다. '그러게, 그런 재능이 있다면 라디오에 출연할 수도 있었을 텐데'라고 빨간 머리 여인은 다음 주 금요일 밤에 술집에서 이야기할 것이다. '그래도 새 울음소리 흉내낸 건 영리했어, 그렇지 않아?'라고 휘틀리 부인은, 다시는 코커 씨를 성 토머스 교회 행사에 초대하면 안 되겠다고 의견 일치를 보인 후에 남편에게 말할 것이다. 코커 씨의 청중들은 그의 재능을 알아보고, 어느 정도는, 거기에 빠져든다. 그들은 빅토리아 홀에서, 골함석 창고에서, 자신들 뒤에 서서 지저귀는 소리를 내는 것이 사람이라는 사실, 코커 씨라는 사실을 잊지는 않는다. 다른 상황에서, 그들 중 몇몇은 실제로 새들을 보기도 했다. 어쩌다 교회 안으로 날아든 다음, 나가는 문을 찾지 못한 새들, 그래서 갈색 들보에 앉아 판자에 대고 날개만 퍼덕이다가, 돌아가신 빈 신부님의 도움으로 빠져나갔던 녀석들. 그때 신부님이 쓰셨던 장대는 아직도 남쪽 벽의 높은 창문을 열 때 사용하고 있다. 그 광경을 보았던 사람들이 코커 씨의 울음소리를 듣고 그 새들을 떠올렸을 거라는 점은 분명하다. 하지만 그들과, 나머지 청중들은 모두 코커 씨의 소리에 귀를 기울이며 어떤 새의 모습을 그려 본다. 어떤 이들은 커다란 새를, 다른 이들은 작은 새를 떠올리고, 어떤 이들은 하얀 새를 떠올리고, 재키는 금빛 새를 상상하고, 나머지는 검은 새를 상상한다. 하지만 그들 모두는, 앨릭을 제외하고는, 모두 어떤 새가, 그 생김새에 상관없이, 평원 위의 하늘에서 울고 있는 모습을 상상한다. 평원은 일종의 습지이고, 눈에 보이는 화면의 모든 방향으로 펼쳐져 있다. 축축한 바위, 진흙, 그리고 잡초까지. 습지는 건너는 방법을 모르는 사람에게는 위험하다. 청중들 대부분은 믿을 수 없는이라는 단어를 그 이미지에서 떠올린다. 바람처럼, 암처럼, 광기처럼, 겨울처럼, 뜨거운 태양처럼, 너무 많은 희망처럼 믿을 수 없는 어떤 것. 새 울음소리는 구슬프다. 상심한 영혼의 울음이라는 단어가 거기에 어울린다. 하지만 코커 씨의 청중들에게 그 소리는 슬프게 들리지 않는다. 그들은 즐거운 마음으로 그 소리를 상상하는데, 그건 그 소리가 자신들이 알게 된 사실, 삶이란 그런 것이라는 사실을 확인해 주기 때문이다. 그리고 그들이 그 소리를 그렇게 황량하게 그려 봄으로써(무기력한 습지 위를 나는 외로운 새 한 마리의 울음소리다), 그들은 그 순간이나마, 단지 계속 살고 있다는 이유로 자신들이 승리했음을 안다. 그건 코커 씨의 의도와는 얼마나 다른 반응인가! 코커 씨는 꽃과 햇살로 가득하던 그 평원을, 그리고 그날 저녁 하르팅거 가족과 가졌던 저녁 만찬을 기억한다. 개에 대해서는 이미 잊어버렸다. 그는 이제 남은 슬라이드 사진이 한 장뿐임을 알고 있다. 강연도 끝을 향해 가고 있는 것이다. 내용을 요약하고 자신의 메시지를 강조해야 할 순간이고, 처음 밭종다리의 울음소리를 흉내낼 때는, 누군가 자신이 흉내내는 소리를 듣고, 그것이 밭종다리였는지 아닌지를 알아봐 주기를 기대하는 마음이 있었지만, 일단 소리를 내고 보니, 처음에는 자신이 밭종다리 울음소리를 정확히 기억하고 있지 않았지만, 잠시 후에는 오늘 밤 무슨 특별한 이유로, 퀴멜보다는 훨씬 센 어떤 이유로 자신이 택했던 것을 정확히 할 수 있었기 때문에, 그는 그 울음소리가 자신의 강연을 요약해 줄 수 있을 것 같다는 생각이 들었다. 새 울음소리에는 어떤 말도 담겨 있지 않다는 반대 의견은 금세 무시했다. 가장 위대한 아리아의 가사도 못 알아듣기는 마찬가지다. 중요한 건 감정, 감정과 자발성이다. 밭종다리 울음소리는 종달새 울음소리와 같다. 그의 메시지에 담긴 영감과 자유를 표현하는 데 종달새 소리보다 더 적합한 것은 없지 않은가? 행복으로의 도약! 청중들이 달랐다면 코커 씨의 강연은 더 성공했을지도 모른다. 이번에는 앨릭에게만 통했다. 쿠이 이 쿠리. 쿠이 이 쿠리. 쿠이 이 쿠리. 앨릭에게, 코커 씨의 휘파람은, 사람의 휘파람 소리처럼 들린다. 하지만 사람의 그 휘파람 소리는 아무런 걱정이 없는 소리로 들리고, 앨릭은 확신과 자신감이 밀려오는 것을 느낀다. 그는 코커를 떠날 것이다. 그는 손을 써서 일하는 직업을 구할 것이다. 그는 재키를 데리고 떠날 것이다. 그는 두 사람이 함께 살 집을 구할 것이다. 코커가 숨을 고르기 위해 잠시 쉬는 동안, 앨릭은 똑같은 휘파람을 세 번 분다. 코커가 앨릭 쪽을 쳐다보며 손을 흔든다.

마지막으로 돌아본 빈의 전경

코커 씨는 말한다: 경계를 모르는 새의 울음소리입니다! 하지만 우리는 어떨까요? 우리는, 불행하게도, 우리는 경계에 그리고 여정의 끝에 가까이 와 있습니다. 이 사진은 티롤 지방의 독일 국경 근처에서 찍은 사진입니다. 이른 아침, 동쪽에 있는 빈을 돌아보며 찍은 사진입니다. 이날은 아주 더웠을 것 같지 않습니까, 그렇죠?

코커 씨의 청중들에게 강연은 끝난 셈이다. 그들 마음속에서는 이미 강연장의 불이 켜졌다. 이제 여기 이곳을 제외한 다른 때나 다른 곳은 없다. '이날은 아주 더웠을 것 같지 않습니까' 같은 말은, 마치 다음 개기일식일을 알려 주는 말 만큼이나 무의미하다. 그들은 집에 돌아가야 한다. 틀림없이 늦을 것이고, 강연은 그들이 생각했던 것보다 길었다. 그들이 조급한 데는 다른 이유도 있다. 그들은 각자의 결론에 도달했다. 그들은 옳은 판단에 따라오는 책임감으로 고통스러워한다. 삶은 그들이 클래펌에서 알아 온 것과 다르지 않다. 잠시나마 그들은 먼 곳에 있는 도시에 대한 있을 법하지 않은 설명에 넘어갔지만, 강연이 끝나면서 그 속임수도 끝나고, 결국 그건 허구다. 이제 다른 이야기에 말려들지 않는다. 지금의 자리들을 유지하기 위해 필요한 것들이, 의무라는 것이 요구된다. 방광에 문제가 있는 할아버지는 강연이 끝나려면 아직 많이 남은 것은 아닌지 두렵다.

코커 씨는 말한다: 햇살이 쏟아지는 베란다에 앉아 독일식 롤빵과 살구잼으로 아침을 먹을 것 같은 그런 날이죠. 결말은, 당연히, 조금 슬픕니다.

코커 씨는 생각한다: 불이 켜지면 다들 나를 쳐다보겠지.

코커 씨는 말한다: 하지만 저는 늘 제 자신에게 말합니다, 다시 돌아갈 거라고요. 그리고 바로 이 순간, 호텔 베란다에서 오스트리아식 조식을 마지막으로 먹었던 바로 그 순간부터, 저는 이미 다음 여행을 기대하고 있었습니다. 기대요!

코커 씨는 생각한다: 조금만 더 해야지.

코커 씨는 말한다: 여러분에게는 재능이 있습니다! 어떤 일이 실제로 일어나기 전부터 그것을 즐기는 재능, 미래에서 즐거움을 느끼는 재능 말입니다.

코커의 비상   285

씨발, 어리석기는! 앨릭이 재키를 돌아보지 않은 채 말한다. 왜 그래? 그녀가 속삭인다. 아무것도 아니야, 그가 말한다.

코커 씨는 말한다: 이제 다시 출발하는 제 모습, 빅토리아행 연락 열차를 타기 위해 시간에 맞춰 집을 나서는 제 모습이 보입니다. 가정부가 문 앞에서 손을 흔들고 있습니다.

내가 아니야, 브랜드 양은 그렇게 결론을 내린다, 저분은 내가 손 흔드는 모습을 못 볼 거야. 그녀는 다시 한번, 자신이 얼른 죽기를 바란다.

코커 씨는 말한다: 그래서 이 사진을 찍을 때, 저는 제 자신에게 이렇게 말할 수 있었던 겁니다. 이게 오스트리아에서의 마지막 사진이야, 아우프 비더젠 빈!(코커 씨는 독일어를 거의 새 울음소리처럼 발음한다), '잘 있어, 빈'이라는 뜻입니다. 네, 저는 그런 말은 하지 않았습니다. 오히려 저는 자신에게 이렇게 말했죠. 이것은 다음에 내가 다시 왔을 때 가장 먼저 마주칠 광경이야, 그뤼스 고트 빈(다시 새 울음소리), 이건 '신의 축복이 있기를, 빈!'이라는 뜻입니다. 그리고 다른 이야기도 있습니다. 전에 이 강연을 했을 때, 완전히 똑같은 강연은 아니었어요, 왜냐하면 제가 상황에 따라 강연 내용을 조금씩 다르게 하기 때문에요, 아무튼 '빈, 푸른 다뉴브강의 도시'라는 제목으로 또 다른 강연을 했을 때, 저는 이 사진을 첫번째 사진으로 썼습니다!

앨릭에게는 그 정도 자백이면 충분하다. 그 사실은 모든 것이 속임수라는 것, 코커의 강연은 강연일 뿐임을 보여준다. 실망한 앨릭은 스

코커의 자유

스로에게 말한다. 코커는 그의 여동생을 죽이지 못한다. 코커는 절대 권총을 쏘지 못할 것이다. 코커의 사업은 절대 확장되지 않을 것이다. 코커의 가정부는 '밴디 브랜디'가 될 것이고, 그녀는 그를 죽을 때까지 귀찮게 할 것이다. 그는 자기 자신과 장난을 치고 있다가 앨릭이 떠올린 표현이다. 장난을 치고 있다.

코커 씨는 말한다: 처음이 마지막이 되고 마지막이 처음이 되는 것이지요! 그렇지 않습니까, 신부님?

앨릭은 이 남자에게는 진지함이 조금도 없다고 생각한다. 코커는 도와주세요!라고 외치지도 못할 것이다. 그가 무슨 일에 도움을 필요로 한단 말인가?

코커 씨는 말한다: 친구 여러분, 오늘 밤 강연 즐거웠습니다.

앨릭은 재키의 무릎 위쪽 다리를 움켜쥔다. 재키는 그 손길에서 뭔가 다른 의도를 느낀다. 그건 그저 손길이 아니라, 앨릭의 생각에 따른 결과이다. 그녀의 다리는 더 이상 그녀의 다리가 아니다. 그가 그 다리를 빌리고 있다. 그녀는 기쁜 마음으로 다리를 내준다.

코커 씨는 안다: 오늘 밤, 나는 내 인생의 그 어느 때보다 자유로웠다. 코커 씨는 말한다: 여러분도 즐거우셨기를 바랍니다. 빈을 잊지 마세요, 꼭 한번 방문해 볼 만한 도시입니다. 하지만 제가 보여드렸듯이, 이 도시는 그 이상입니다, 빈은 하나의 본보기입니다. 우리는 우리의 확신에 대해 용기를 가져야 합니다.

어떻게 하면 그는 도움을 받을 것인가? 그녀의 다리는 그가 옳았음을 증명해 준다. 양옆은 부드럽고 윗부분은 따뜻한 다리의 온기를 그는 치마 위로 느낄 수 있다. 코커는 그런 다리에 손을 얹어 본 적이 한 번도 없었고, 있다 하더라도 그 가치를 알 수 없었을 것이다. 코커는 모든 것을 놓쳤고, 모든 것이 그에게서는 낭비될 뿐이다. 그녀의 다리는 앨릭이 옳았음을 증명해 준다. 그 다리에는 근육과 에너지가 있고, 안쪽을 따라 내려가면 코커는 절대 감당할 수 없을 성기도 있다. 코커는 허약하고 다치기 쉽고, 그에게 힘을 줄 수 있는 방법은 없다. 그에게는 강해질 수 있는 부분이 하나도 없다. 그녀의 다리는 그가 옳았음을 증명해 준다. 마하의 다리도 같은 느낌일 것이다. 하지만 코커는 그녀의 그림을 가지고 있을 뿐이다.

코커 씨는 말한다: 우리는 우리가 원하는 것을 추구하며, 바라는 대로 살아야 합니다. 대부분의 사람들은 스스로 생각하지 못하고, 그렇기 때문에 조용히 주어진 것들을 받아들입니다.

코커는 있는 집에서 자랐고, 그러지 않았다면 그나마 지금 가진 사소한 것들도 얻지 못했을 것이다. 옷장과 비누 받침과 원탁은 그대로 가지게 내버려 두자. 그녀의 다리는 그가 옳았음을 증명해 준다. 앨릭이 코커에게 줘야 할 것은 아무것도 없다.

코커 씨는 말한다: 필수라고는 할 수 없습니다. 친구 여러분, 이것은 제가 여러분께 보여주고 싶었던 것일 뿐입니다. 빈은 저기 본보기로 있습니다. 그런 일은 가능합니다, 문명은 현실입니다.

코커의 자유

코커는 무슨 일에 도움을 필요로 할까? 슬라이드 조작. 앨릭은 표시한다. 그런 다음 그는 손에 힘을 풀고, 재키의 다리 안쪽으로 미끄러지듯 밀어 넣는다. 그녀의 다리는 그가 옳았음을 증명해 준다.

코커 씨는 말한다: 우리는 스스로 행복한 삶을 만들어 갈 수 있습니다.

사제는 마침내 박수를 치면서 분위기를 주도한다. 코커 씨의 청중들 역시 이제 강연이 끝나기 때문에, 그리고 강연이 끝났다는 건 코커 씨가, 그 인물이, 너그럽게 자신의 시간을 내준 것이라고 말할 수 있기 때문에, 박수를 친다. 앨릭은 박수를 치는 다른 사람들 무리에 합류하지 않는다. 그는 노친네가 부끄럽다. 코커 씨에게 어둠 속의 박수 소리는 마치 그가 지핀 불길이 내는 소리처럼 들린다.

제4부
욕망의 코커

1

거리는 콜퍼드 출신의 승합차 기사 알버트 이먼즈가, 숲을 벌채한 후에 남은 나무둥치를 떠올렸던, 바로 그 모습이다. 갈색의 집들은 좁고 낮고, 똑같은 모습을 한 채 도로 양쪽으로 늘어서 있다. 경사가 있는 거리는 교차로와 석탄 상점의 야적장이 있는 곳까지 내리막길이다. 집들은 길이 이 미터 반 정도의 정원 덕분에 도로와 구분된다. 정문 문설주들 사이로 보라색 벽돌담이 낮게 자리하고 있다. 언덕 꼭대기 가까운 곳에 있는 집들의 굴뚝과 지붕이 하늘을 배경으로 윤곽선만 보이고 있다. 이층 침실들의 커튼 사이로 빛이 새어 나오고 있다. 정원에 나온 사람 중 키가 큰 사람이라면 이층 침실의 창문 아래쪽에 닿을 수도 있을 것 같다. 코커 양은 언덕길을 반쯤 내려간 상태다. 그녀는 빠르게 움직이고, 이미 오빠의 사무실에 삼백 미터 정도 거리까지 다가갔다. 손목에 걸린 가방에는, 그녀가 웨스트윈즈에서 찾은 여분의 사무실 열쇠가 들어 있다. 그녀는 양쪽 지팡이에 차례로 체중을 옮기며 걸어간다. 언덕 위에서 보면, 마치 그녀가 양쪽 지팡이를 이용해 바닥에 떨어진 보이지 않는 검은색 나뭇잎을 짚으려는 것만 같다. 매번 짚을 때마다 나뭇잎은 앞으로 날아가고, 그녀는 어쩔 수 없이 다시 한 걸음 옮기고, 한 번 더 짚는다.

빅토리아 홀에서부터 달려온 브라우닝 양은 코커 양을 발견하고 크게 안도한다. 이제, 언덕 위에서부터 그녀는 속도를 늦추고 숨을 고른 다음 외친다.

코커 선생님! 나이 든 여인은 못 들은 것 같고, 브라우닝 양은 자신의 목소리가 도로 양쪽으로 늘어선 집에서도 들릴 것 같아, 마음에 들지 않는다. 그녀는 속도를 높이며 언덕을 내려간다.

코커 선생님, 저도 기차 타야 해서요, 택시 탈 건데, 같이 가실래요?

다리가 불편한 여인은 걸음을 멈추지 않고, 고개를 들지도 않고 말한다, 코커 사장님이 나 쫓아가 보라고 했나 보네요.

제가 찾아보겠다고 했어요, 같은 방향이라서요.

참 사려 깊으시네, 그렇지 않아요? 코커 사장님도 그렇고.

아니에요, 사장님이 보내신 게 아니에요, 어차피 저도 나와야 해서 제가 가 보겠다고 했어요, 그게, 미리 나와야 해서 저도 정말 죄송하더라고요, 정말 눈부신 강연이었거든요, 그렇지 않아요, 선생님?

대답이 없다.

언덕 밑에서 왼쪽으로 가면, 브라우닝 양이 말한다, 대로가 나오는데 거기서 같이 택시 잡을 수 있을 것 같아요, 운이 좋으면요! 그녀는 살짝 웃으며, 손으로 코커 양의 팔꿈치를 살짝 잡는다.

코커 양은 팔꿈치를 빼며 브라우닝 양의 손을 떼내고 말한다, 나역으로 가는 거 아니고, 설사 간다고 해도 당신이랑 택시를 같이 탈이유는 전혀, 아무것도 없거든요.

그럼 사무실에 가시는 거예요? 왜냐하면 사무실에 가시는 거라면 사장님께서….

내가 어디 가는지는 당신이랑은 아무 상관이 없지.

두 사람이 지나치는 집에서 텔레비전 소리가 새어 나온다. 텔레비전의 목소리는, 길에 있는 두 여자의 어색하고 격앙된 대화에 비해 아주 유창하게 들린다.

　　　　　코커의 자유

사장님께서 사무실에 가실 거면 기다리라고 했어요, 괜찮으면 함께 가서 차 한잔 해요, 저기 왼쪽으로 돌면….

역시 아주 사려 깊네! 코커 양은, 비아냥대는 것을 강조하기 위해, 다정하고 예의바른 목소리로 말한다. 그 목소리는, 마치 뒤에서 본 그녀의 머리칼처럼, 실제보다 스무 살쯤 어린 여성을 떠올리게 한다. 친구 여동생에게 그렇게 친절하게 하시다니 아주 사려 깊어요.

그럼 그렇게 할까요, 코커 선생님….

나는 사무실로 갈 거예요. 코커 사장님에게 내 몸 하나는 내가 알아서 할 수 있다고 전하세요. 그리고 올 때까지 기다릴 수도 있다고 하세요.

말씀드렸지만 저는 기차를 타야 해서요, 코커 선생님.

그럼 가서 타세요.

코커 양은 대로 쪽으로 돌아가지 않고, 오른쪽으로 방향을 바꾸어 석탄 상점의 야적장 쪽으로 다가간다. 거기서 그녀는 철망으로 된 울타리에 등을 기댄 채, 손에 힘을 빼고 잠시 쉰다. 브라우닝 양은 어색하게 그녀 옆에 선다. 코커 양은 지팡이로 대로 쪽을 가리키며 말한다. 가서 타요! 그녀가 말한다. 기차 타세요!

저기요, 대로로 나가서 함께 커피 한잔 하면서요, 저한테 문제가 뭔지 말씀해 주시면 제가 그 후에 사무실에 모셔다 드릴게요. 그렇게 하면 어떨까요?

문제라! 문제가 뭔지 내가 이야기해 줄게요, 아가씨. 문제는 코커 사장님이 돈이 한 푼도 없다는 거예요. 지금 가진 것도 많지 않지만, 조만간 더 줄어들 거예요. 사장님이 나한테 빚진 거 내가 다 받아낼 거니까, 나한테서 가져간 거 전부 다요. 사장님은 아무것도 해 줄 여유가 없어요, 약속한 거 하나도 못 해 줄 거라고.

코커 양은 다시 철망 울타리에 기댄다. 그녀의 무게로 울타리가 조금 늘어진다. 울타리 너머에는 크기가 작은, 가정용 석탄 저장고가 있다.

여기서 이야기하기는 어렵잖아요, 브라우닝 양이 말한다, 하지만 선생님도 하실 이야기가 있는 것 같으니까요. 제가 다음 기차를 탈게요. 어차피 지금 기차는 놓친 거 같으니까….

가서 타요! 코커 양은 이번에는 들고 있던 지팡이를 무릎 높이에서 반원을 그리며 내젓는다. 브라우닝 양이 뒤로 물러난다.

저기요….

가서 타요! 코커 양은 머리를 울타리에 기댄다. 충격으로 철망이 출렁인다. 순간적으로 그녀는 눈을 감는다.

브라우닝 양은 팔짱을 낀다. 그녀는 최악의 경우 이 할머니와 그 자리에서 이야기를 할 수도 있겠다고 계산한다.

코커 양은 다시 지팡이를 쥐고, 움직일 준비를 한다. 다시 눈을 뜬 후로는, 브라우닝 양을 쳐다보지 않았다. 그녀는 브라우닝 양을 마치 가로등처럼 취급한다. 한 집에서 어떤 남자가 나와 궁금하다는 듯이 주변을 살피다가, 석탄 상점의 야적장 근처에 있는 두 여인을 쳐다보고는, 황급히 언덕을 올라간다. 알버트 이먼즈 씨는 상상한다, 그렇게 자신의 집을 나와서 버스를 타고 몇 킬로미터 이동하고, 익숙한 사람들의 눈으로 보지 않으면 한 시간 전에 그가 떠나 온 거리와 구분하기 어려운 거리를 따라 걷다 보면, 아무도 그를 알지 못하고, 대단한 노력을 기울이지 않으면 그의 흔적을 발견할 수 없는 어떤 곳에 도착하고, 거기서 그는 지금 자신의 모습과 아무 관련이 없는, 또한 스스로 집 안에 두고 나왔다고 믿고 있는 것과도 아무 관련이 없는 누군가가 될 수 있는 수단을, 혹은 그렇게 될 수 있게 그를 도와주고,

　　　　　　　코커의 자유

그를 끌어 줄 누군가를 찾을 수 있을 거라고 상상한다. 코커 양이 걸음을 옮긴다. 서머본가 끄트머리에 있는 사무실까지는 백오십 미터도 되지 않는다.

브라우닝 양이 옆으로 다가온다. 좋아요, 그녀가 말한다, 그러니까 제가 선생님 오빠의 애인이에요. 이제 이야기 좀 하시죠.

코커 양은 고개도 들지 않고, 걸음을 재촉한다.

모르시겠어요? 브라우닝 양이 말한다, 제가 사장님 애인이면 선생님을 도울 수 있어요, 원하는 걸 저한테 말씀하시면, 그게 제가 선생님을 도울 수 있게 도와주시는 거예요. 모르시겠어요?

코커 양은 계속 말이 없고, 대신 자신의 지팡이 끝만 노려보는 것 같다.

모르시겠어요? 브라우닝 양의 질문이 어린아이의 칭얼거림처럼 공기 중에 떠다닌다.

두 사람은 철망 울타리의 끝에 이른다. 석탄 상점의 야적장 모퉁이에 폐타이어들이 쌓여 있다.

오빠 그냥 둬! 코커 양이 말한다. 그녀의 목소리는 새의 날카로운 울음소리처럼 되고, 그 말을 할 때, 먹이를 쪼는 새처럼 머리까지 치켜든다.

브라우닝 양이 한 걸음 앞서 나가며, 다리가 불편한 코커의 여동생이 자신의 얼굴을 눈높이에서 볼 수 있게 무릎을 살짝 굽히고 뒷걸음친다.

하지만 저는 그분 사랑하는걸요, 브라우닝 양이 억울하다는 듯 말한다, 저 그분 사랑해요. 그러니까 제발 멈추고 이야기 좀 해요.

말했잖아요, 코커 양이 앞에 있는 브라우닝 양의 얼굴 쪽으로 고개를 치켜들며, 하지만 발걸음은 조금도 늦추지 않은 채 말한다, 오빠 돈 없다고.

브라우닝 양은 마주 보는 위치를 포기하고 다시 코커 양 옆으로 돌아온다. 이제 그녀는 나이 든 여인 쪽으로 몸을 굽히고 그녀의 귀에 속삭인다. 저는 그분이 행복하셨으면 좋겠어요, 그녀가 말한다, 저 좀 도와주세요!

오빠는 늘 행복했어, 코커 양이 외친다, 늘.

서머본가 끝을 가로지르는 크로이던가의 차들이 두 사람의 눈에 들어온다.

코커 선생님, 선생님에게 얼마나 힘든 일인지 알아요, 제가 매춘부와 다름없다고 생각하실 테니까요. 선생님 집안 같은 곳에서는 나름대로 기준이나, 지켜야 할 가치를 가지고 계시겠죠. 믿어 주세요, 저도 선생님 입장은 잘 알아요. 그녀는 다시 손을 코커 양의 팔꿈치 쪽으로 내민다. 하지만 오빠분을 위해서라도 함께 풀어 가 봐요, 우리 둘이서요. 그녀의 손이 팔꿈치를 쥔다. 말씀드렸지만 저 오빠분 사랑해요. 손이 팔꿈치를 당긴다. 그분을 위해서라면 저를 희생할 수 있어요. 두 사람은 속도를 거의 멈추다시피 늦춘다. 선생님도 그분을 아끼신다면 우리 둘이서….

입 다물어! 코커 양이 외친다.

우리 둘 다 윌리엄이 최고로 잘 되기를 바라잖아요, 브라우닝 양이 소리친다, 모르시겠어요? 우리 둘 다 그분을 위해 같은 걸 원하잖아요.

코커 양이 걸음을 멈추고, 자신의 말을 강조하듯 지팡이로 땅을 두드리며 말한다. 나는 촛불 사이의 나방처럼 오빠를 몰아낼 거야.

브라우닝 양은 이어진 침묵, 끝이 없는 것 같은 그 침묵을 깰 수 있는 방법을 모른다. 버스 한 대가 서머본가 끝을 지난다. 그녀는 이제 그 무엇도 이 나이 든 여인, 연약한 만큼 고집도 센 이 여인을 막을 수 없음을 거의 확신한다.

마침내 브라우닝 양은 이렇게 말한다. 윌리엄이 아픈 거 알고 계세요, 코커 선생님? 제가 선생님 병에 대해서 말씀드릴게요.

코커 양이 지팡이를 치켜들고, 브라우닝 양은 지팡이에 엉덩이를 맞지 않기 위해 그녀의 팔을 잡는다. 코커 양이 외친다. 이 지저분한 사람 같으니! 하지만 브라우닝 양에게 팔을 잡힌 채 소리를 지르던 그녀는, 쓰러지고 만다.

그녀는 브라우닝 양을 향해 쓰러진다. 브라우닝 양의 양손이 그녀의 옷을 움켜쥔다. 지팡이가 바닥에 떨어진다. 바로 그 순간 브라우닝 양이 이성을 잃는다. 그녀는 일부러 코커 양의 옷을 쥐고 있던 손을 놓고 그녀가 쓰러지게 내버려 둔다. 코커 양은 보도 위로 미끄러지듯 쓰러지고 그대로 움직이지 않는다.

브라우닝 양은 코커 양의 얼굴을 보지 않기 위해 걸음을 옮긴다. 그녀는 뒤틀린 몸을 내려다본다. 그 몸은 생길 수도 있었을, 하지만 생기지 않은 일들의 무게를 그대로 지닌 채 누워 있는 것 같다. 나이 든 여인의 가방이 목재 울타리 밑 보도에 떨어져 있다. 브라우닝 양은 코커 양에게 돌려줄 마음으로 가방을 집어 든다. 사람과 가방이 그렇게 떨어져 있는 모습이 마음에 들지 않는다. 그녀는 몸을 숙이고 말한다. 코커 선생님! 코커 선생님! 나이 든 여인의 얼굴에는 아무 반응도 나타나지 않는다. 눈은 뜨고 있지만 시선은 한곳에 고정돼 있다. 브라우닝 양은 코커 양의 입 주변을 만져 본다. 축축하고 차갑다. 브라우닝 양은 코커 양이 쓰러지면서 죽은 것은 아닌가 하는 상상으로 괴롭다.

아이린 코커는 움직일 수 없다. 보도블록이 그녀의 팔다리 밑에 있는 게 아니라, 그 위에 놓인 것만 같다. 한쪽 손은 배수로에 걸쳐 있고, 그녀는 그 손이 뭔가 부드러운 것에 닿아 있음을 인지한다. 그것을 제외하면, 그녀가 느낄 수 있는 것은, 얼굴에 와 닿는 공기 외에는, 돌뿐이다. 그녀 주변에는 온통 침묵이고, 침묵을 깨기 위해 목청을 가다듬어 보지만, 아무것도 들리지 않는다. 쓰러지기 전까지 이어 오던 생각의 흐름은 완전히 깨져 버렸다. 두 다리처럼, 그 생각들도 그녀에게서 떨어져 나가 버린 것 같다. 그녀는 지금 자신이 처한 상황, 매장당한 채 무언가를 기다리고 있는 그 상황 외에 어떤 상황도 생각할 수 없다. 그녀가 감지할 수 있는 변화는 양쪽 눈으로 들어오는 정보뿐이다. 브라우닝 양이 받은 잘못된 인상과 달리, 그녀는 실제로 그 눈으로 모든 것을 볼 수 있고, 당연히 시선의 방향도 바꿀 수 있다. 하지만 그렇게 시선을 돌려 보아도, 눈에 보이는 것들의 의미는 달라지지 않지만, 그러한 변화들은 그녀에게는 실제보다 더 뚜렷하게 느껴진다. 방부 목재로 된 울타리가 보도 위에 뻗어 나와 있어, 그녀가 누워 있는 서머본가의 끝에서 크로이던가를 건너는 사람들이 보이지 않는다. 울타리 위로는 창이 보인다. 레이스 커튼이 드리워져 있고 창턱에는 뭔가 액체가 담긴, 뒤집어 놓은 조약돌 모양의 병이 놓여 있다. 그 창문 위로, 그녀의 오빠 사무실과 길을 사이에 두고 마주 보는 짙은 갈색의 높은 건물 지붕 뒤쪽이 보인다. 지붕에서 두 개의 배수관이 나란히 내려오고, 배수관은 잠시 갈라졌다가 다시 만나서 하나의 커다란 파이프로 이어진다. 커다란 파이프의 윗부분은 양쪽 파이프에서 내려오는 물살을 감당하기 위해 조금 넓게 만들어져 있다. 하지만 코커 양의 시선이, 벽돌과, 슬레이트 지붕과, 납으로 된 배수관과, 창문과, 액체가 담긴 병 그 어디를 향하든, 그녀는 그 대상

코커의 자유

들로부터 똑같은 인상을, 즉 그것들은 그렇게 영원하다는 인상을 받는다. 그녀가 다른 곳으로 옮겨 간 후에도 그것들은 거기 그대로, 그녀가 쓰러지기 전의 모습 그대로 있을 것이다. 그것들은 자기 역할을 해 왔고, 지금도 하고 있고, 앞으로도 할 것이다. 반면 그녀는 자기의 역할을 멈추었다. 오늘 저녁 있었던 그 모든 일들 중 그녀의 머리에 남은 것은, 다시 세상에서 자신의 역할을 되찾는 것을 통해서만, 그때에만 그녀는 다시 자신의 야망에 관심이 생길 거라는 사실이다.

브라우닝 양은 이제 자신이 무슨 짓을 하고 있는지 의식이 없다. 그녀는 자신이 크로이던가에 있다는 것을 확인하고, 그제야 공중전화 박스로 황급히 다가가는 동안 지나치는 사람들에게서 어떤 위협을 느끼면서, 자신의 위치를 깨닫는다. 거기에 이르기까지 중간 단계에 대한 의식이 전혀 없는 것은, 무감각이나 충격의 결과는 아니다. 그것은 폭력적이고 끔찍한 형태의 정신없음이다. 그녀의 머릿속은 방금 일어난 일을 피할 수 없었다는 생각만으로 가득해서, 다른 모든 것들은 지워 버린다. 다리가 불편한 코커의 여동생은 자신이 놓고 온 보도 위에 있다. 일 분 전에 그런 일이 있었다. 그 순간은 되돌릴 수 없다고 그녀의 이성이 아무리 이야기를 해도, 그녀는 엉뚱한 기도를 멈출 수 없다. 그녀는 하나님이 도와주셔서 그 사건이 있었던 곳으로부터 충분히 멀어질 수 있다면, 자신은 그 사건이 일어나지 않은 어떤 곳, 그 시간이 아무 일 없었다는 듯 지나간 어떤 곳, 신에 대해서 아무 생각이 없었던 때의 그녀 자신으로 돌아갈 수 있는 어떤 곳으로 가고 싶다고 기도한다. 이제 그녀는 공중전화 박스에서 나오고, 손에는 열쇠들이 쥐어져 있다. 코커 양이 떨어뜨린 가방은 그대로 두고 왔다. 브라우닝 양의 머릿속에는 돌아가기에는 너무 위험하다는 생각뿐이다. 그녀는 서머본가를 한 번 더 지나야만 한다. 위험이라면, 보도 위에 쓰러진 다리가 불편한 여인의 모습이 어쩔 수 없이 남은 평생 내내 따라다닐 수도 있다는 점이다. 그녀는 어느새 사무실 입구 앞에 서 있다. 문은 잠겨 있다. 그녀는 사무실 안으로 들어와 있고, 뒤로 문을 닫는다. 위층에서는 아무 소리도 들리지 않는다. 그녀의 머릿속은, 한 점의 빛도 없는 어둠으로 가득하다. 유심히 귀를 기울여 보지만 자신이 내는 소리 외에는 아무 소리도 들리지 않는다. 그녀는 성냥불을 들고 벽에 있는 안내 문구를 바라보고 있다. '일자리를 원하십니까? 여기 있습니다. 올라오세요.' 성냥불이 꺼지고 그녀의 머릿속은 자신에게 속아 넘어간, 그리고 그 자신의 복잡한 삶으로 그녀를 엮어 넣은 나이 든 남자에 대한 증오로 가득하다. 지금 자신이 몸을 숨긴 그 어둠 속에서조차도, 그녀는 그런 식으로 누군가의 삶에 엮여 들어간 적이 없었다. 그런 다음 그녀는 공원으로 나오고, 울면서 달리는 그녀의 두 다리 사이로 피가 흐르고 있다.

2

코커 씨는 빅토리아 홀을 나서서, 자신이 설파했던 것을 행동으로 옮긴다. 그는 행복하다. 그는 벨트가 달린 파란색 방수 외투와 청회색 펠트 모자 차림이다. 그는 모자챙의 앞부분과 뒷부분을 살짝 내려서 쓰는 버릇이 있는데, 그 덕분에 조금 부드러운 인상에 외국인 같은 면모가 더해졌다. 좀더 형편이 괜찮은 런던 사람이라면, 아스트라한 옷깃으로 비슷한 효과를 볼 수 있을 것이다. 그는 또한 안감이 털로 된 가죽장갑(아이린이 준 크리스마스 선물이다)을 끼고, 작은 서류가방을 들고 있다. 가방 안에는 슬라이드 사진과 메모들, 그러니까 그가 빈에 대해 이야기한 모든 자료가 들어 있다.

첫번째 모퉁이를 돌아 빅토리아 홀이 보이지 않자, 그는 옅은 구름 사이로 보이는 별들을 올려다보며, 강연 초반에 자신이 했던 말들을 떠올린다. '사람들이 한 짓은 늘 거기에 있고, 별들처럼 지울 수가 없는 것입니다.' 그 덕분에 그는 자신을 자유인이라고 부르고 싶어진다. 그는 진정 자신의 자유의지에 따라 행동했다. 그가 지금 걸어서 향하고 있는 방향이 그것을 증명한다. 그는 역을 지나쳐, 자신의 사무실을 향해 가고 있다.

오후에 그를 덮쳤던 의심은 사라지고 없다. 그는 자신의 힘을 느꼈다. 그는 자신의 생각과 경험을 나눌 수 있었다. 그는 사람들이 전에는 들어 본 적 없는 것들을 말해 줄 수 있었다. 그가 느끼고 말한 것들에 담긴 독창성이, 그의 결정과 미래의 계획에 담긴 독창성에도 권위를 더해 주었다. 아무도, 심지어 바보 같은 사제도 그를 멈추게 할 수 없었다. 사전트 박사가 먼저 자리를 뜬 건 사실이지만, 중간 휴식 시간에 사전트 박사가 그에게 감사를 표했던 것을 보면, 박사는 정말 다른 약속이 있어서 자리를 떴을 것이다. 코커 씨가 보기에 자신의 강연에는 일관성이 있었다. 그가 하고 싶었던 말들을 했던 부분과 그저 바람만 있었던 부분들 사이의 불일치는, 자신의 생각을 소리 내 말하고 또 그것들이 사람들에게 전해졌다는 전체적인 성취감에 묻혀 드러나지 않았다. 하지만 코커 씨는 실용적인 사람이고, 그래서 그는 걸음을 옮기며 계산을 하고, 스스로와 타협한다. 그는 새로 발견한 자유를 스스로에게 적절히 적용하고 있다. 각각의 적용은, 그 장점과, 자유의 나머지 부분들과의 관계 안에서 면밀히 검토해야 한다. 왜냐하면 코커 씨는 자신의 자유가 자신의 수입보다는 절대 커질 수 없음을 잘 알고 있기 때문이다. 그렇게 계산하고 타협하는 과정에서, 코커 씨는 끊임없이 자신의 여러 역할을 대변한다. 어느 순간 그는 가장인 코커 씨이고, 또 어떤 순간에는 사업가인 클래펌의 코커이다. 그리고 그렇게 다른 면모들 사이에서, 그는 언제나 중재인이다. 감독으로서의 코커.

각각의 역할을 대변할 때마다 그 역할들은 약속을 통해 그 주장을 강화한다. 하지만 때로는 협박도 활용한다. 각각의 역할에는 성공과 재앙이 나란히 붙어 있다. 감독은 자신이 세상에서, 있는 그대로의 세상에서 찾아낸 모든 가능성 사이에서 조정하고 판단해야만 한다.

클래펌의 코커가 가장 먼저 자신의 주장을 펼친다. 그의 수입이 없으면 아무것도 가능하지 않기 때문이다. 그가 옆에 있는, 셔츠와 타이 차림이 아닌 파산자를 앞으로 내보내고, 그 파산자 코커가 말한다, 그런 상황이 올 수 있지. 하지만 즉시 클래펌의 코커가 파산자를 몰아내고 등장해, 마드리드에 내린 비행기에서 막 걸어 나오며 말한다, 일자리를 찾아 영국으로 오는 스페인 아가씨들을 생각해 봐, 그들을 활용해서 돈을 벌 수 있다고! 감독은 클래펌의 사무실 수입이 좋아지는 것이 먼저지만, 스페인으로 옮기는 것이 도움이 될 수도 있다고 동의한다. 이동하는 데 드는 시간 낭비를 줄이고 저녁 시간에 좀더 사업에 집중할 수 있기 때문이다.

클래펌의 코커가 말한다, 앨릭의 봉급을 올려 주지 않으면 그 친구는 떠날 거야. 봉급을 올려 줄 가치가 있을까? 혼자서도 일을 잘해 온 코커가 묻는다. 저녁 늦게까지 사무실 문을 열어야 할 필요가 있으니까, 감독이 말한다. 사진사 코커가, 새로 마련한 암실에서 나온다. 나는 시간이 필요해, 그가 말한다, 이 친구를 봐! 그러고는 아직 얼굴이 완성되지 않은 또 다른 코커를 앞으로 내보낸다. 새로운 코커는 어느 방향에서 봐도 반대쪽으로 고개를 돌린다. 재능을 낭비할 여유가 없다고, 그가 해명한다. 침대보다 크지 않은 정원의 앞면을 따라 보라색 벽돌담이 늘어선 언덕에서 코커들이 내려오기 시작한다. 이것 좀 봐! 사진사 코커는 이전에 사진으로 찍힌 적 없는 뭔가를 담은 은밀한 사진을 내밀며 말한다. 감독은 그 사진을 알아볼 수 없지만, 그런 사진을 찍으려면 용기가 필요했을 거라는 점은 안다. 사진사 코커는, 뿌듯해한다. 시간이 필요해, 그가 말한다. 재료들이 너무 비싸, 감독이 주의를 준다. 비용을 줄일 거잖아, 사진사가 말한다.

벌거벗은 코커, 가슴의 잿빛 털이 연기처럼 보이는 그가 욕조 안에서 말한다. 가정부를 쓰려면 비용이 필요해. 저것 좀 봐! 그는 이미 익숙한 파산자 코커를 가리킨다, 남자는 보살핌을 받지 않으면 망가지는 거야. 클래펌의 코커가 파산자를 몰아내고 등장한다. 좋은 생각이 있어! 대기실에 사진을 전시하면 어떨까? 그럼 내가 우리랑 거래하는 업체를 설득해서 사진을 팔 수 있을 것 같은데. 텔레비전이 여전히 켜져 있고, 거기서 흘러나오는 목소리는 매끈하다. 훌륭한 생각이야, 감독도 동의한다. 욕조에서 나와 가운을 입은 코커가 제안한다. 훌륭한 가정부를 쓰면 내가 사진 현상과 인화를 가르쳐 줄 수도 있어. 가정부에게 얼마를 줄 건데? 혼자서도 일을 잘해 온 코커가 묻는다. 육 파운드, 감독이 대답한다. 그 정도면 일 잘하는 사람에게 주기에는 많은 것도 아니네, 어느 틈엔가 욕조로 돌아간 코커가 말한다.

우리가 없는 동안 가정부는 어쩌지? 여행자 코커가 파르테논 신전 터에 앉아 이야기한다. 그래도 급여는 줘야지, 벌거벗은 코커가 말한다, 가정부도 휴가가 필요해. 강연을 더 자주 할 수도 있어, 저녁 시간이 더 자유로워질 거니까, 코커가 콜로세움 앞에서 말한다. 그리고 강연을 더 자주 하면, 강연료도 더 요구할 수 있잖아, 혼자서도 일을 잘해 온 코커가 말한다.

우리가 좀 신경 쓰면, 모든 면에서 더 좋아질 거야, 감독이 말한다.

좀 즐기기도 해야지, 크로이던 주교와 성지 순례에 대한 이야기를 나누던 코커가 말한다. 한번 봐! 그는 애도객 한 명 없는, 친구라고는 찾아볼 수 없는 코커의 장례식 행렬을 가리킨다. 행렬은 석탄 상점의 야적장을 지나고 있다. 즐기는 일에 꼭 돈이 많이 드는 건 아니야, 그동안 잘해 온 코커가 주장한다, 공평해, 주는 만큼 받는 거야.

퀴멜! 술병 안에 든 코커 요정이 말한다. 한번 봐! 그는 모든 것을 거부한 코커를 앞으로 밀어낸다. 이 코커는 아이린처럼 지팡이를 짚고 다리를 전다.

적당히 해야지, 감독이 결정한 듯 말한다, 우리가 실패하거나 선을 넘어도 세상은 도와주지 않아. 자유로운 사람은, 또한 혼자이니까.

모든 코커들의 얼굴이 수정 결정의 각진 면 같은 거울에 비친다. 모두 같은 얼굴이다.

내가 실수하면, 감독은 진실을 알아보는 용기를 내서 말한다, 그걸로 끝이야.

파란색 방수 외투를 입은 코커 씨는 길을 건너고, 그가 있는 곳에서 백오십 미터 떨어진 곳에 아이린이 누워 있다.

우리 문서철에 고객이 만 명이고, 십칠 년째 영업 중이야, 클래펌의 코커가 말한다. 가정에서 부업으로 하는 작은 사업체가 아니라고.

몸 상태도 좋아, 벌거벗은 코커가 말한다.

나도 언제든 일자리 구할 수 있고, 사진사 코커가 말한다.

아니면 결혼을 할 수도 있지, 벌거벗은 코커가 다시 말한다.

아니면 외국에 정착할 수도 있어, 여행자 코커가 말한다, 하르팅거 부인이 도와줄 수 있을 거야.

우리 모두 지금 상태로 문제없어, 퀴멜에 취한 코커가 말한다.

좋았던 시절을 생각해 봐! 감독이 명령하듯 말한다.

사업체는 우리 거야.

건물 자체가 우리 거니까 돈이 들지 않지.

우리 돈 있어.

우리 자유야.

감독이 파산자 코커를 앞으로 내보낸다. 파산자 코커가 말한다, 내가 빌어먹을 안 좋은 일들을 많이 했지. 감독이 파산자 코커를 몰아낸다, 나는 네가 계속 내 주변에 나타나는 걸 견딜 수가 없어.

나의 주말은 나만의 것이야, 벌거벗은 코커가 말한다. 아침까지 침대에 누워서 마침내 내 사랑, 당신의 붉은 머리칼은 정말 사랑스럽군, 사랑스러워라고 말할 거야. 집주인 코커가, 벨벳으로 된 스모킹 재킷을 벗고, 갈색 작업복으로 갈아입은 후 사다리를 오르며 말한다, 먼저 해야 할 일이 많아, 보라고! 그가 거실 문을 열자 벽난로 가까이에 둔 안락의자와, 광을 낸 부젓가락이 보이고, 벽에는 외국의 도시들을 찍은 사진들이 걸려 있고, 책장과, 유리잔과 디캔터가 놓인 테이블이 있다. 내가 원하는 모습이 이런 거야, 그러니까 할 일이 많다고.

브라우닝 양이 코커를 사랑한다고 주장했던 서머본가에 이르렀다.

우선은 어머니 가구로 지내야 해, 감독이 말한다.

저기 안락의자에 보이는 게 뜨개질감인가? 벌거벗은 코커가 묻는다. 주급 육 파운드는 최고의 가정부를 쓰기에는 부족해, 칠 파운드는 줘야 한다고. 육 파운드로는 맥브라이드 부인을 쓸 수 없어. 그 여자가 다른 것보다 더 중요한 거야? 가장 코커가 묻는다, 그의 옆에는 프리메이슨 모임 친구들과 왕립사진협회 동료들이 서 있다. 코커들은 길 건너편에 아이린이 쓰러져 있는 것을 눈치채지 못한 채 지나친다.

친구들도 더 자주 보러 올 거야, 벌거벗은 코커가 말한다, 그 여자 빨간 머리가 아주 사랑스러우니까. 일주일에 육 파운드 십, 그 이상은 안 돼, 감독이 말한다.

스페인 신문에 직접 광고를 실을 수도 있어, 혼자서도 일을 잘해 온 코커가 말한다. 스페인 대사관에 가서 알아볼게, 감독이 말한다. 셰리주 수입하는 깁슨 씨 부부에게 소개를 해 달라고 하면 어때? 사람들과 잘 어울리고, 펠먼식 기억법을 활용해 절대 사람 이름을 까먹지 않는 코커가 말한다. 그분들이 지난 크리스마스에 우리한테 두 병 줬지, 퀴멜에 취한 코커가 말한다, 둘 다 집에 갖다 놨는데, 이후로는 쳐다보지 않았지.

이제 다를 거야, 감독이 말한다.

파란색 방수 외투를 입은 코커 씨는 서머본가를 지나 휘파람을 불며 크로이던가를 건넌다.

우리 모두 그렇게 생각해! 우리 모두 그렇게 생각해!

사무실 입구에 도착한 그는 간판을 올려다본다. **클래펌의 코커 직업 소개소.**

모든 코커가 이제 그곳을 자신들의 공간으로, 자신들을 위해 깎아 놓은 곳으로 생각한다. 심지어 주소(크로이던가 팔십사번지)까지도, 그저 도로가에 면한 입구에 붙은 숫자 이상의 의미를 지닌 것처럼 느껴진다. 마치 젊은 코커가 과거에 윌리엄이라는 이름 안에서 살았던 것처럼, 그들은 이 건물과, 건물이 약속하는 생활 안에서 살아갈 것이다. 코커들이 모르는 사람에게 건물의 위치를 알려 줄 때면, 종종 협동조합 상점을 찾아보라고 하는데, 사무실이 상점 위에 있기 때문이다. 말 그대로, 상점은 일층에 있고 사무실은 이층부터다. 하지만 주소와 건물에 걸린 간판은 형이상학적인 의미도 있다. 그곳에서 코커들은 어떤 중요도나 관습의 차원에서 다른 것들보다 위에 있고, 또 다른 것들보다는 아래에 있다. 그들이 사무실 안에 있고 문이

코커의 자유

닫혀 있으면, 특정한 사람들 혹은 가능성들은 닫힌다. 그 사람이나 가능성 중 대다수는 원하지 않는 것들이고, 나머지 소수는 원하기는 하지만 그들이 감당할 수 없는 것이다. 길 끝에, 신호등이 있는 자리에는 취객 한 명이 나지막하게, 하지만 목쉰 소리로 혼자 노래를 부르고 있다. 코커들은 그보다는 위에 있고, 지저분한 보도, 지나간 신문이나 쓰레기가 널브러져 있는 그곳보다 위에 있다. 길 반대편에는 대형 가구점이 있는데, 진열장에 있는 제임스 1세 시대의 거실가구 복제품에는 이백구십 파운드의 가격표가 붙어 있다. 코커들은 그보다는 아래에 있다. 길 하나를 통틀어서, 그리고 대런던 지역 전체를 봤을 때에도, 지하에서부터 하늘까지 모두 보면, 수백만 개의 사건과, 제안과, 상품과, 행동과, 말들을 모두 그런 식으로 구분할 수 있다. 그것들은 크로이던가 팔십사번지에 속하거나, 크로이던가 팔십사번지 위에, 혹은 아래에 있다. 그건 코커들이 속물이라는 말은 아니다. 그들은 스스로를 현실주의자라고 부른다. 간판을 올려다보며 그들이 느끼는 감정을 속물주의의 관점에서 설명하는 것은 불가능하다. 그들은 확신을 얻는다. 그들은 현실이 자신들을 있는 그대로 받아들이고 있음을 느낀다. 그들은 아래쪽에서 올라오는 압력을 알고 있다, 거기에는 이 황폐한 남부 런던의 도로들을 보면서 그들이 보는 것 대부분이 포함된다. 그리고 마찬가지로 그들은 위에서부터 오는 압력도 알고 있고, 거기엔 그들이 상상할 수 있는 것 일부가 포함된다. 그들이 느끼는 확신은, 두 가지 압력이 평형을 이루고 있다는 사실, 그리고 자신들의 이름이 들어간 사업체를 통해, 그들이 생활을 이어 가고 존재감을 드러낼 수 있다는 사실이 주는 축복 같은 편안함에서 기인한다. 그건 마치 끝없이 이어지는 공간에 놓인 한 인간이 갑자기, 자신이 원할 때마다, 자기에게 개인적으로 말을 거는 어떤 목소리를 찾을 수 있음을 발견한 것 같은 기분이다. 간판은 코커들에게 자신들이 외롭지 않으며, 우연적인 존재도 아님을 확인시켜 준다. 큰 그림 안에서 그들은 하나의 장소를 얻었고, 그들에게 그곳은, 즐거운 장소이다.

파란색 방수 외투를 입은 코커 씨는, 열쇠를 넣고 문을 연다. 안으로 들어오자마자 그는 모자를 벗고, 벽을 따라 짚으며 스위치를 찾는다. 조명이 들어오고, 그는 가파른 계단을, 돌계단을 오른다.

집에 돌아온 그는, 그제야 화장실에 가고 싶은 생각이 든다. 하지만 화장실 문은 잠겨 있다. 대기실 고객들이(더 나쁘게는 그저 화장실을 쓸 목적으로 계단을 올라온 불청객들이) 쓰지 못하게 하려고 늘 잠가 둔다. 열쇠는 사무실의 코커 씨 책상 왼쪽 맨 위 서랍에 넣어 둔다. 그건 본인과 앨릭만 알고 있다. 앨릭이 화장실에 가고 싶을 때는, 코커 씨에게 열쇠를 달라고 한다. 마침 사무실에 손님이 있을 때는, 암호를 사용한다. 앨릭이 제 생각에, 사장님, 타자기에 리본을 갈아야 할 것 같은데요라고 말한다. 그러면 코커 씨가 비품 서랍장 열쇠인 척하고 넘겨 준다. 코커 씨는 그 작은 장난을 늘 재미있어 했지만, 이제 새로운 규칙을 만들어야만 한다. 매번 화장실에 갈 때마다 책상에 가서 열쇠를 가지고 올 수는 없다.

실용적이지 않아, 집주인 코커가 말한다, 출입구 쪽에서는 열리지 않는 문을 하나 더 달아야겠어. 서둘러, 서둘러, 벌거벗은 코커가 재촉한다, 불편하다고!

코커 씨는 대기실과 사무실 사이의 문을 연다. 서랍 안에 있던 물건들이 책상에 가득 쌓여 있다. 권총은 탁자 위에 놓여 있다. 금고가 통째로 없어졌다. 십칠 년 동안 문서철들이 꽂혀 있던 선반에는, 색이 덜 바랜 벽지가 그대로 드러난 것이 보인다. 그는 조심스럽게 걸음을 옮긴다. 여덟 권 혹은 열 권의 문서철이 바닥에 떨어져 있고, 나머지는 사라졌다. 벽난로 위의 시계도 보이지 않는다.

　도와줘! 코커 씨가 속삭인다. 나머지 코커들도 모두 같은 말을 반복하고, 크로이던가 팔십사번지에 그들의 속삭임만이 가득 울리는 것 같다.

제5부

계속하는 코커

(이 년 이상이 지나 이제 1962년이다. 앞에서 이야기한 사건들은 그대로 흘러갔고, 결과들도 드러났다. 아이린 코커는 사망했다. 서머본가에서 넘어지고 아홉 달 후였다. 그녀는 자신의 재산과 돈을 모두 래들리 류머티즘 연구소에 기증했다. 그녀가 아직 살아 있는 동안 브라우닝 양이, 코커 양의 자세한 묘사 덕분에, 공갈 폭행 혐의로 체포되었다. 코커 양은 경찰과 보험 조사관에게 주장하기를, 브라우닝 양이 자신이 크로이던가 팔십사번지에 가지 못하게 머리를 때렸다고 했고, 그건 자신의 오빠가 브라우닝과 짜고 보험금을 타기 위해 절도를 '조작'했기 때문이라고 했다. 여러 사실들이 밝혀지면서, 다른 경우라면 받아들여지지 않았을 그 복수심에 찬 고발이 신뢰를 얻게 되었다. 팔십사번지의 현관문에는 강제로 연 흔적이 없었다. 퀴멜을 반병이나 마신 코커 씨가, 빅토리아 홀에 가는 길에 문을 제대로 잠그지 않은 것으로 밝혀졌다. 금고는, 코커 씨의 주장에 따르면 그해 여름 칼라브리아 여행을 위해 여행사에 지불할 예정이었던 이백오십파운드가 들어 있다는 그 금고는 부서진 채로 발견되지도 않았고, 흔적도 없이 사라졌다. 그의 사업 관련 문서철, 코커 씨가 현금보다 더 귀하다고 주장한 그 문서철과 시계, 그리고 위층의 은식기는, 그의 보험 상품에서 보장하는 재산에 포함되지 않았다.

절도 사건 삼 개월 후인 칠월에 브라우닝 양이 체포되었을 때, 경찰은 그녀의 가방에서 울프의 사진을 찾아냈다. 경찰 기록을 확인해 본 결과, 주거 침입 및 강도 전과가 있는 인물의 사진임이 밝혀졌다. 경찰은 수사에 도움이 될 수도 있다는 마음에 그를 찾아보았지만, 찾을 수 없었다. 브라우닝 양은 결국 혼자 재판을 받았다. 울프를 보호하기 위해 그녀는 자신이 코커 씨의 애인이 맞다고 인정했지만, 코커 양의 머리를 때렸다는 혐의는 부인했다. 코커 씨는 법정에서 자신과 브라우닝 양은 아무 관계가 아니라고 주장했고, 여동생이 제정신이 아니라고 암시했다. 브라우닝 양은 공갈 폭행으로 이 년 형을 선고받았다.

법원의 선고가 코커 양의 주장을 인정하는 것이라고 판단한 보험사에서는, 절도에 따른 재산 피해에 대해 지급 책임을 거부했다. 명목상의 근거는 사무실이 비어 있는데도 출입구를 잠그지 않았다는 것이었다.

울프는, 벨벳이 교도소에 있는 동안 다른 여자를, 덜 흥분하는 여자를 만났다. 브랜드 양은 이즐링턴에 있는 양로원으로 들어갔다. 앨릭은 강연이 있고 일주일도 지나지 않아 코커 씨를 떠났고, 재키와 함께 레딩으로 가서 화학 제품 제조 회사의 실험실 조수로 취직했다. 그는 현재까지도 거기에 있다. 두 사람은 결혼을 했고, 육 개월된 아이가 있는데, 여유가 없기 때문에 커다란 단칸방에서 살고 있다. 몇 주 전 일요일, 앨릭은 옥스퍼드가에서 우연히 코커 씨를 마주쳤다. 그는 코커 씨와 이야기를 나누고, 만나는 모든 사람에게 물은 것과 마찬가지로, 적당한 가격에 구할 수 있는 가구 없는 방이 없을지 물었다. 코커는 일 년 전에 알았으면 좋았을 거라고, 그때였다면 앨릭이 크로이던가 팔십사번지의 일부를 사용할 수 있었을 거라고 했다. 현재 그는 건물을 포기했다. 두 사람은 모두 상대방이 나이가 들어 보인다고 생각했다.

코커의 자유

코커 씨는 1960년 십이월에 직업소개소를 닫아야 했다. 문서철과 돈을 잃어버린 것도 충분히 큰 타격이었지만, 점점 더 커지는 추문이 더 나빴다. 주변에서는 그와 브라우닝 양 사이에 분명 무슨 일이 있었고, 그가 곤경에서 벗어나기 위해 기사답지 않게 거짓말을 한 것이라고 주장했다. 몇몇 사람들은 그녀의 여동생까지 끌어들였고, 절도 자체가 '가짜'라고 의혹을 제기했다. 그와 거래하던 '고용주' 중 칠십 퍼센트가 그에게 구인 정보를 주지 않았다. 경찰은 그에게 사기 혐의를 씌우는 데 주저했지만, 변호사는 보험사의 결정에 이의를 제기하는 건 소용없을 거라고 조언했다.

그 정도 경력이 있는 사람에게는 이상한 일이라고 할 수도 있지만, 그는 새로운 일자리를 찾는 데 어려움을 겪었다. 그는 예순넷이었고, 자격증이 없었다. 클래펌 지역에서 몇 가지 일을 시도해 보았다. 몇 주 동안은 스트리섬에 있는 솔로베이치크 씨의 회사에서 일했다. 그곳에서는 이미 개인 비서로 승진한 말로 양이 처음부터 자신의 권위를 내세웠다. 그는 말로 양이 타자기로 작성한 편지를 부쳐야 했다. 그는 그 지역을 떠나기로 했다.

그는 크리클우드의 한 창고에 일자리를 구했다. 그곳에서 주급 구 파운드를 받으며, 삼 파운드짜리 단칸방에서 혼자 지내고 있다. 처음에 집주인은 일주일에 삼십 실링을 더 내면 저녁 식사도 제공하겠다고 했지만, 그녀와 남편, 그리고 두 사람의 딸이 나누는 대화가, 코커 씨가 듣기에는 너무 조잡하고 독살스러워서, 저녁 식사 관련 이야기는 없었던 걸로 하자고 말했다. 이제 그는 저녁 식사는 동네에 있는 오데온 영화관의 식당에서 해결한다. 해외여행을 하거나 사진 찍는 것은 계속할 수 없었다. 그는 대중 강연은 계속 하고 있지만, 강연의 상황은 달라졌다. 사실 일주일에 한 번 있는 강연은 이제 코커 씨의 일주일 중 가장 중요한 일정이고, 그 일주일을 정당화해 주는 일이다. 지난 아홉 달 동안 그는, 일요일 오후 하이드파크 마블 아치의 코너에서 강연을 펼치는 연사들 중 한 명이었다. 처음에는 연단으로 쓰는 상자에 올라서자마자 내려와야 했다. 하지만 한 번 경험해 본 후에, 또한 두번째 일요일에 약간의 사치를 부린 덕에, 샌드위치로 점심을 먹으며 퀴멜도 서너 잔 마셨고, 자신감과 확신을 얻을 수 있었다.)

강연을 알리는 피켓을 상자에 달아 둘을 한 몸처럼 가지고 다닐 수 있고, 상자를 닫으면 피켓이 덮개 역할을 한다. 상자 안에 코커 씨는 홍보 전단을 보관한다. 흰색 피켓에는 태양 문양이 그려져 있다. 태양은 황금색으로 칠했지만, 여기저기 갈라졌다. 태양 문양 가운데 빨간 십자가가 그려져 있다. 위에는 범유럽이라고 적혀 있고 아래에는 기울여 쓴 글씨로 이렇게 적혀 있다.

> 본질적인 것은 통합.
> 본질적이지 않은 것은 자유롭게.
> 모든 것에 자비를.

코커 씨는 피켓 뒤 상자 위에 서 있다. 열 명 정도의 구경꾼이 주위에 서서 그의 연설을 듣고 있다. 오 분 이상 그 자리를 지키는 사람은 아무도 없다. 그는 종종 그 사람들을 내려다보지만, 대부분은 반대편 옥스퍼드가의 건물 삼층 창문을 바라보며 이야기한다. 그의 말은 십여 미터를 벗어나면 한마디도 들리지 않는다. 이삼십 명의 다른 연사들도 공원의 바람 부는 코너에서 같은 표현의 자유를 즐기고 있고,

공기는 바람에 날리는 나뭇잎처럼 제멋대로 떠다니는 목소리들이 내는 소음으로 가득하다. 경찰관 두 명이 구경꾼 무리들 사이를 여유 있게 돌아다닌다. 대부분은 코커 앞의 무리보다는 크고, 더 작은 규모의 무리도 있다.

한 아이가 말한다: 이제 동물원에 갈 수 있어? 아빠?

코커 씨는 말한다: 두번째 유럽은 로마였습니다….

그 아이가 말한다: 갈 수 있어? 아빠?

코커 씨는 말한다: 세번째 유럽은 샤를마뉴의 제국입니다.

한 남자가 외친다: 샬리 누구?

코커 씨는 말한다: 세번째 유럽은 민족들의 대이주 덕분에 가능했습니다. 네번째 유럽은 로마 교회의 유럽이었습니다. 인노켄티우스 3세(Innocentius III)의 시대죠.

한 남자가 쌕쌕거리며 말한다: 순결한(Innocent)!

코커 씨는 말한다: 터키인들에 맞선 위대한 십자군의 시대입니다! 다섯번째 유럽은 단 한 사람, 나폴레옹 보나파르트르의 업적이자 꿈이었습니다!

한 여성, 술 취해, 키득거린다: 저 사람은 자기가 뭔줄 아는 거야, 나폴레옹?

코커 씨는 말한다: 나폴레옹의 계획은 패배했고 그의 꿈은 한 세기 전에 먼지가 되었습니다. 이제 우리 차례입니다! 우리의 운명을 꼭 붙잡아야 합니다! 여섯번째 유럽, 유럽합중국을 만들어야 합니다! 범유럽! 여섯번째 유럽! 영원한 유럽입니다!

젊은이 두 명이 비꼬듯이 박수를 친다. 코커 씨는 그들을 내려다보고, 피켓 뒤에서 코커 씨는 그들에게 홍보 전단을 건네고, 두 사람은 전단을 곧장 주머니에 넣는다.

코커 씨는 홍보 전단을 직접 디자인해서 인쇄했다. 거기에는 쿠덴호베 칼레르기 백작(1923년 『범유럽(Pan-Europa)』이라는 책을 발표하고 범유럽 운동회의를 개최한 오스트리아 정치가이자 언론인—옮긴이)의 말이 길게 인용되어 있고, 그 아래 작성 후 코커 씨가 돌려받을 설문이 적혀 있다.

코커 씨는 말한다: 요즘은 유럽경제공동체에 대한 이야기들이 자주 나옵니다만, 착각하지 마십시오. 그건 그저 찔끔찔끔 찔러보는 것뿐입니다. 그리고 그렇게 찔러보는 사람들은 거대 금융업자들입니다! 특히 독일 금융업자들이죠. 알려 드리자면, 유럽은 약 육억 제곱킬로미터의 땅을 차지하고 있고(중국과 거의 맞먹는 크기입니다), 거기에는 여섯 개 창립 회원국(유럽경제공동체의 창립 회원국인 프랑스, 독일, 이탈리아, 벨기에, 네덜란드, 룩셈부르크를 가리킨다—옮긴이)만 포함되는 것은 아닙니다. 포르투갈을 기억하십시오, 스페인과 그리스, 유고슬라비아, 핀란드를 기억하십시오! 그리고 범유럽은 그저 관세 동맹에만 관련한 문제가 아니라는 점도 분명히 말씀드립니다. 범유럽은 연방정부를 의미하며, 그 이하는 아닙니다. 범유럽은 물질적인 면뿐 아니라 정신적인 면과도 관련이 있습니다, 범유럽은 유럽 전체가, 즉 육억 제곱킬로미터 모두가, 하나가 되어, 공통의 유산과 혈연과 조상 들을 인정하는 것입니다. 유럽은, 말하자면, 가족입니다, 다양한 인류 가족들 중 하나요!

젊은 학생이 묻는다: 뮌헨회담(1938년 체코슬로바키아 일부를 독일

이 병합하기 위해 유럽 사개국이 개최한 회담―옮긴이)은 어떻게 생각하십니까?

코커 씨는 이제 자기 말이 들리지도 않는, 멀리 있는 군중을 향해 말한다.

코커 씨는 외친다: 뮌헨회담은 어떻게 생각하느냐는 질문을 받았습니다. 저는 이 질문을, 체임벌린(뮌헨회담 당시 영국 총리―옮긴이)과 그의 유명한 말 '우리 시대에 평화를 되찾겠습니다!'에 대해 어떻게 생각하느냐는 의미로 받아들이겠습니다. 우리는 모두 그가 틀렸다는 것을 알고 있습니다. 저는 이렇게 묻고 싶습니다. 그는 왜 틀렸을까요? 무엇이 네빌 체임벌린의 실수였던 걸까요?

코커 씨의 목소리는 일정한 리듬을 얻고, 거의 타종 부표 소리처럼 들린다.

코커 씨는 큰 소리로 외친다: 그의 실수는 너무 늦게 시작했다는 것입니다. 그는 눈이 멀 때까지 가만히 있었습니다. 그리고 가만히 앉아서 속임수에 넘어갔는데, 글씨가 적힌 종잇조각에 불과한 보증에 속아 넘어갔습니다. 네빌 체임벌린 씨가 나쁜 인물이라고는 할 수 없습니다, 저는 그가 그저 나이 든 바보였을 뿐이라고 말하겠습니다.
한 여인이 외친다: 당신처럼!
코커 씨는 외친다: 만약 그보다 십 년 전에 유럽이 통합되었다면, 비

엔나 출신의 위대한 쿠덴호베 칼레르기 백작은 이미 당시에 그것을 주장하고 있었는데, 만약, 말하자면, 유럽이 1930년에 통합되었다면 나치가 무슨 변화를 일으킬 수 있었겠습니까? 유럽이 통합되었더라면 독일이 어느 나라를 침략할 수 있었겠습니까? 나이 든 남자가 말한다: 소련.

코커 씨는 안경을 고쳐 쓰고 얼굴들을 내려다본다. 그의 목소리는 아직도 타종 부표 같은 리듬을 지니고 있지만, 이제 그는 그 얼굴들을 바라보며 동시에 거부하고, 그의 말로 그 얼굴들을 밀어내려고, 그리하여 그 얼굴들이 멀리 안개 속으로 사라지고, 온화하고 무한한 것이 될 수 있게 노력한다.

코커 씨는 외친다: 우리는 러시아인들과 공존해야 합니다, 하지만 러시아인들은, 이걸 기억해야 합니다, 그들은 유럽인이 아닙니다. 미국인들이 유럽인이 아닌 것과 다르지 않습니다. 우리는 유럽인입니다! 여러분은 유럽인입니다! 우리가 우리 안의 힘을 인식하기만 한다면, 우리들 사이의 차이가 얼마나 쉽게 제거될 수 있는 것인지 이해한다면, 우리 모두가 우리의 공통점을 볼 수만 있다면, 어느 맑은 날 우리 모두가 일어나 '그만!'이라고 외칠 수 있다면 말입니다. 오늘 우리가 우리의 유산, 본질적인 것은 통합을 주장한다면, 어느 날 함께 그것을 할 수 있다면, 우리는 자유롭게 될 것입니다. 여기서 '우리'는, 분명하게 말해 둡시다, 유럽 전체에 있는 모든 이를 말합니다, 그 우리는 국수주의나 경쟁 같은 사소한 이익에 갇히지 않을 것이며, 지상에서 가장 위대한, 미합중국이나 러시아보다 더 위대한 강대국의 시민

이 될 것이고, 강대국의 시민으로서 우리의 놀라운 문명이 지닌 다양함과 풍성함에 다가갈 수 있을 것이고, 우리는 우리 조상들이 꿈꾸던 미래가 될 것이며, 신사 숙녀 여러분, 좋은 생각입니다, 우리는 한때 우리가 유토피아라고 불렀던 곳의 시민이 될 것입니다. 유토피아! 상상해 보십시오! 이탈리아의 아름다운 르네상스 도시, 독일의 산업, 비엔나의 음악, 프랑스의 와인….

한 젊은이가 휘파람을 불고 말한다: 여자!

코커 씨는 외친다: 웃을 일이 아닙니다, 무엇이 우리를 막고 있습니까? 우리 자신의 무감각, 우리 자신의 확신없음뿐입니다. 일어서서….

젊은이가 말한다: 여자한테 팍 꽂히는 거지.

코커 씨는 외친다: 과거에 속한 것은 모두 치워 버립시다. 저는 영국 육군과 해군이 없어졌으면 좋겠습니다, 관습, 파운드화, 상원(上院), 그리니치 표준시, 유니언 잭 모두….

한 남자가 말한다: 씨발 배신자. 저 양반 말 좀 들어 봐. 러시아 좋은 일만 하는 거잖아. 한다는 짓이 말야. 씨발 배신자.

다른 남자가 말한다: 저 사람은 늘 여기 있어.

코커 씨는 말한다: 저는 훼방에 익숙합니다! 그건 시대를 앞선 자가 받는 불이익이지요. 육백 년 전에는 통일된 스위스를 꿈꾸는 것이 유토피아였습니다.

젊은 여성들이 말한다: 멍청이!

코커 씨는 외친다: 오백 년 전에는 통일된 프랑스를 꿈꾸는 것이 유토피아였습니다. 사백 년 전에는 통일된 영국을 꿈꾸는 것이 유토피아였습니다.

술 취한 여성이 말한다: 아일랜드 자유국은? 우리한테 보낸 당신들의 살인마 병사들은?

코커 씨는 외친다: 삼백 년 전에는 터키인들을 유럽에서 몰아내고 통일된 헝가리를 꿈꾸는 것이 유토피아였습니다! 이백 년 전에는 통일된 그리스를 꿈꾸는 것이 유토피아였습니다, 위대한 바이런이 목숨을 바쳤던 그리스입니다! 백 년 전에는 통일된 이탈리아를 꿈꾸는 것이 유토피아였습니다, 가리발디의 이탈리아 말입니다. 지금 이탈리아를 보세요! 여러분께 묻고 싶습니다, 그게 유토피아일까요?

한 남자가 코커 씨를 흉내낸다: 이십이 년 전에는 맨체스터 유나이티드(축구팀 이름이지만, '통일된 맨체스터'라는 뜻으로도 해석된다—옮긴이)를 꿈꾸는 것도 재미있었습니까? 재미있었어요?

청중들은 대부분 웃으며 각자 흩어져 걸음을 옮긴다. 코커 씨는 다시 옥스퍼드가에 있는 건물의 삼층 창문 쪽을 보며 말한다.

코커 씨는 외친다: 정말 오늘날 자유로운, 통일된 유럽을 꿈꾸는 것이 유토피아라고, 가슴에 손을 얹고 말할 수 있습니까? 역사에서 교훈을 얻어야 합니다! 교훈을 얻지 못하면 지는 겁니다. 그것이 제가 이 일요일 오후에 여러분께 남겨 주고 싶은 생각입니다, '교훈을 얻지 못하면 지는 겁니다.'

이야기를 마치자마자 코커 씨는 상자에서 내려와, 피켓 뒤로 사라진다. 상자 안에는 홍보 전단과 함께 오래된 파란색 방수 외투가 들어 있고 그는 외투를 입는다. 청중들 앞에서 이야기를 하는 건 땀이 나는 일이라는 걸 알게 되었고, 강연을 마치고 나면 감기에 걸리지 않

코커의 자유

게 늘 조심을 해야 한다. 허리띠를 고쳐 매는 동안(뒤쪽에서 몇 번 꼬여 있다) 옷을 잘 입은 신사 한 명이 그에게 다가와 말한다. 실례합니다, 선생님, 제가 하나 여쭤봐도 될까요? 목소리와 억양이 외국인 같다. 코커 씨는 미소를 지으며 말한다, 아무렴요. 이집트는 어떻습니까? 외국인이 묻는다, 이집트가 유럽 문명에 끼친 영향에 대해 선생님이 어떻게 생각하시는지 궁금합니다만, 그리고 폴란드도요. 코커 씨는 모자를 쓰며 말한다, 네, 아주 복잡한 문제네요. 그렇지요, 외국인이 말한다. 두 사람 모두 상대의 얼굴만 쳐다보며 머뭇거린다. 외국인은 아마 코커 씨보다 스무 살은 어려 보이고, 군인처럼 꼿꼿한 자세를 하고 있다. 그는 하노버 출신이다. 코커 씨의 머리는 필요 이상으로 길고, 다른 면모를 봐도 이전보다 초라한 모습이다. 이제 그는, 예를 들어 눈가에 낀 눈곱 같은 건 신경 쓰지 않는다. 올빼미 같은 인상에, 예언자 같기도 하고, 옷차림이 단정하지는 않지만 손톱이 깨끗하고 신사답게 손가락이 매끄러운 그는 괴짜 영국인처럼 보였고, 이제 실제로 그렇다. 차 한잔 하시겠습니까? 코커 씨가 말한다. 친절하시네요, 외국인이 말한다, 귄터 룰링이라고 합니다. 그가 자세를 바로 하고 선다. 저는 코커입니다, 코커 씨가 말한다, W. T. 코커. 먼저 이것부터 좀 정리하고요, 그가 상자와 피켓을 가리키며 말한다.

룰링 씨는 요령껏 옆으로 비켜선다. 코커 씨는 황금빛 태양이 반만 보이게 피켓을 접는다. 그가 상자 위로 몸을 구부린다. 안에 있는 홍보 전단은 오십 장씩 묶여 있고, 각각의 묶음은 고무 밴드로 단정하게 묶어 두었다. 그는 전단을 한 장 꺼내 관심을 보인 독일인 신사에게 건넨다. 그런 다음 양손 가운데 손가락으로 상자 바닥에 붙은 사진을 살짝 건드린다. 잡지에서 오려낸, 어깨가 드러난 검은색 원피스 차림의 네덜란드 여배우 컬러사진이다. 배우는 붉은 암여우의 털

색깔 같은 붉은색 머리를 길게 기르고 있다. 코커 씨는 배우의 머리칼을 따라 좌우로 두 손가락을 쓸어내리고는, 다시 한번 손가락을 반대로 움직여 완벽한 원을 그린다. 그런 다음 그는 서둘러 피켓 겸 덮개를 내리고, 양손으로 상자를 든다. '범유럽'이라는 단어가 그의 턱 밑에 닿는다.

상자는 길 건너편에 보관하거든요, 그가 설명하듯 말한다. 룰링 씨의 얼굴에 곤란해하는 표정이 떠오른다. 노인을 도와주는 것이 예의바른 행동이겠지만, 동시에 그는 피켓을 옮기는 모습을 보이고 싶지는 않다. 코커 씨가 그를 구해 준다. 아마 여기에 관심 있으실 것 같습니다. 그가 손에 들고 있던 홍보 전단을 턱으로 가리키며 상자가 무거워서 그것까지 들고 있을 수는 없다고 말한다. 룰링 씨는 코커 씨가 엄지와 검지로 쥐고 있던 전단을 부드럽게 받아들며 말한다. 그럼요, 아주 관심 많습니다.

두 사람은 에지웨어가를 건넌다. 코커 씨는 장비를 들고 그 구십 미터 정도 되는 거리를 걷는 동안, 앨릭이 몹시 그립다는 생각을 하곤 했다. 그는 앨릭 역시 훌륭한 연사가 될 수 있었을 거라고 믿는다.

담배 가게에 장비들을 맡긴다. 룰링 씨는 밖에서 기다린다. 오늘 바람이 심하네요, 가게 주인이 말한다, 사람들은 많은가요? 꽤 있습니다, 코커 씨가 말한다, 하지만 불평할 일은 아니죠. 여기 둘까요? 저쪽 구석에 놓고 가세요. 다음 주에도 나오시나요? 그럼요, 코커 씨가 말한다, 다음 주말은 종려 주일(부활절 직전 일요일—옮긴이)이니까요. 알겠습니다, 준비해 놓겠습니다. 코커 씨는 이 실링 육 페니를 계산대에 내놓으며(일주일치 보관료다) 말한다. 유럽의 자유를 얻으시는 겁니다! 담배 가게 주인은 웃음을 터뜨린다, 이 노인네는 빌어먹을 일요일마다 같은 말을 한다고.

자, 코커 씨가 가게 앞 보도에서 룰링 씨에게 말한다, 이제 차와 진짜 비엔나 과자를 먹으러 갑시다. 런던의 이쪽 지역은 잘 아시나요? 다른 분들만큼 잘 알지는 못합니다. 그러면, 제가 안내해 드리죠, 이쪽으로 가면 지름길입니다.

코커 씨는 걸음을 서두른다. 방수 외투의 벨트를 만지작거리고, 실내용 슬리퍼를 신은 것처럼 발을 끈다. 룰링 씨는 뒷짐을 진 채, 발을 디딜 자리를 조심스럽게 살피며 걷는다.

모임은 자주 개최하시나요? 룰링 씨가 묻는다. 매주 합니다, 날씨만 허락하면요. 선생님 나라 고유의 문화입니다, 룰링 씨가 말한다, 누구든 연단에 올라가 자신이 좋아하는 것에 대해 이야기할 수 있는 자유 말입니다. 다른 곳 어디에서도 볼 수 없는 거예요, 파리나 본, 브뤼셀에서는 볼 수 없는 광경입니다, 그래서 선생님 나라의 이 자유 발언이 그렇게 유명한 겁니다. 어느 나라든, 코커 씨가 말한다, 나름대로 기여할 부분이 있는 겁니다. 독일에는, 그런데 독일인이신가요? 코커 씨가 묻는다. 룰링 씨는 그렇다는 뜻으로 미소를 지어 보인다. 독일에는 세계 최고의 일꾼들이 있습니다, 제 말 믿으세요, 독일인들은 진짜 일꾼입니다. 룰링 씨는 아무 말도 하지 않는다. 그리고 베토벤도요! 코커 씨가 덧붙인다, 독일인의 음악적 천재성은 의심의 여지가 없습니다, 없고 말고요.

그들은 창가에 냉동 케이크와 햄 조각을 진열해 놓은 작은 식당을 지난다. 룰링 씨가 그 식당에 들어가려는 듯 걸음을 늦춘다. 안 됩니다, 안 돼요, 코커 씨가 말한다. 우리는 더 특별한 곳에 갈 겁니다. 지금 가려는 식당은, 누구든 눈을 가리고 데리고 가서 과자를 먹어 보게 한 다음, 이곳이 런던인지 빈인지 맞춰 보라고 물어보고 싶을 정도입니다.

계속하는 코커

선생님과 제가 의견 일치를 보지 못하는 부분은, 룰링 씨가 말한다, 유럽이 어디에서 시작해서 어디에서 끝나는가 하는 문제인 것 같습니다. 제가 보기에 유럽은 우리 나라 독일과 프랑스, 그리고 선생님의 나라 영국입니다, 그게 순수한 유럽이죠. 하지만, 코커 씨가 말한다, 로마, 그리스, 아테네가 지녔던 과거의 영광도 있지 않습니까! 저는 현대 유럽을 말하는 겁니다, 룰링 씨가 말한다. 당연히 우리의 지금 모습은 과거에 있었던 것들 때문에 가능한 겁니다, 코커 씨가 걸음을 서두르며 말한다. 감히 말하자면, 룰링 씨가 말한다, 우리는 각자가 원하는 모습이 되어야 합니다. 그럼요, 지당한 말씀입니다, 코커 씨가 말한다, 여깁니다.

두 사람은 나뭇가지 모양 촛대가 천장에 매달려 있고, 테이블 다리가 금색이며, 바닥에 붉은 양탄자가 깔린 식당에 들어간다. 한쪽 벽을 따라 유리로 된 판매대가 있고, 그 위에 구십 센티미터 정도 길이로 은 접시들이 놓여 있는데, 과자들이 담겨 있다. 손님들은 대부분 여성들인데, 은발 혹은 금발 머리칼을 역시 과자처럼 가벼워 보이는 모자 아래로 말아 올린 모습이다.

커피 향도 맡을 수 있습니다! 코커 씨가 속삭인다, 진짜 대륙 커피요! 두 사람은 구석 자리에 앉고 코커 씨는 외투를 보관소에 맡기자고 고집한다. 자리로 돌아온 그는 이렇게 말한다. 자신에게 속한 땅을 마지막 한 치까지 필요로 합니다. 우리 독일인들은, 룰링 씨가 말한다, 러시아와 폴란드에 많은 땅을 빼앗겼죠. 압니다, 코커 씨가 말한다, 하지만 '우리 독일인들은' 같은 표현은 잊으셔야 합니다, '우리 유럽인들'입니다!

여종업원이 다가오고, 룰링 씨는 영국인 노인, 손님의 거의 대부분이 여성인 이상한 찻집에 자신을 데리고 온 노인의 순진함에 여전히

코커의 자유

미소를 짓고 있다. 코커 씨는 레몬 차와 여러 개의 과자를 주문하는 데, 특히 럼주 시럽에 담근 케이크와 인디아네르크라펜(초콜릿이나 크림을 채운 동그란 모양의 독일 과자—옮긴이)을 강조한다. 짐작건 대 선생님은 이 과자들에 대해 저보다 훨씬 잘 아시겠죠, 코커 씨가 말한다. 그는 눈을 깜빡이며 진주 넥타이핀을 끼운 넥타이를 만지작 거린다. 전혀 그렇지 않습니다, 룰링 씨가 말한다.

코커 씨가 의자에 등을 기댄다. 자, 이제 선생님 견해를 말씀해 보 시죠. 저도 선생님 말씀에 대부분 동의합니다, 룰링 씨가 말한다. 유 럽은 서로 가깝게 지낼 필요가 있어요, 우리는 혈통도 같고, 관심사 도 같죠. 그리고 저는 공산주의에 맞서는 공통의 전선을 통해 그것 이 가능해질 거라고 봅니다. 코커 씨는 유리 판매대에서 과자를 고르 는 종업원을 눈으로 살피며, 룰링 씨를 향해 고개를 끄덕인다. 하지 만 한 가지는 분명히 말씀드려야겠습니다. 선생님께서 말씀하신 그 국제성은, 다루기에는 너무 위험한 불입니다. 선생님 말씀은 옳아요, 하지만 그런 말씀을 길거리에서 하시는 것은 위험합니다, 그 말을 듣 는 사람들은 머리를 쓸 줄 모르기 때문입니다(룰링 씨는 정확히 자 신의 이마 가운데를 손가락으로 가리킨다). 그건 공산주의자가 하는 말과 같습니다. 제가 가 본 공산주의 국가는 유고슬라비아뿐입니다, 코커 씨가 말한다. 유고슬라비아는, 진짜 공산 국가가 아닙니다, 룰 링 씨가 말한다. 제 말 믿으세요. 진짜 공산주의가 어떤지 보시려면 체코슬로바키아나 동독에 가셔야 합니다.

차와 과자가 나온다. 코커 씨는 양손을 부드럽게 문지른다. 제가 엄마가 돼 볼까요? 그가 말한다. 룰링 씨는 어리둥절한 표정을 짓는 다. 설탕이랑 레몬은 어떻게? 코커 씨가 묻는다. 네, 넣어 주세요. 제 사촌이 드레스덴에 사는데요. 가끔 편지가 옵니다. 거기서는 레몬을 구경도 못한다고 하더군요, 그리고 정육점에 긴 줄이, 아주 긴 줄이 늘어선다고 합니다. 럼주 케이크 한번 드셔 보세요, 코커 씨가 말한다, 최고의 자메이카산 럼주로 만든 겁니다. 그리고 늘 감시를 당하고 있고요. 선생님 같은 영국분들은 얼마나 운이 좋은 건지 이해 못하실 겁니다!

맛있네요! 코커 씨가 말한다, 하나 드셔 보세요. 감사합니다, 룰링 씨가 손을 뻗으며 말한다. 저는 여행을 많이 다녔습니다, 코커 씨가 말한다, 유럽에서만 모두 열한 개 나라를 다녔어요. 사람들이 집만 한 곳은 없다고들 하지만, 저는 종종 외국에 살고 싶다는 생각을 합니다. 압니다, 룰링 씨가 말한다, 영국인들은 어디든 살고 있죠, 하지만 그래도 여러분은 운이 좋은 겁니다. 우리 나머지 유럽 사람들 같은 고통을 겪지 않았으니까요, 심지어 전쟁 중에도 말입니다. 제 말 믿으세요, 코커 씨, 저는 선생님께 차마 이야기할 수 없는 일들도 겪었습니다, 러시아군이 들어올 때 베를린에 있었으니까요.

이 인디아네르크라펜은 아름답기까지 하네요. 진짜 크림으로 만들었을 거예요, 꼭 맛을 보여드리고 싶습니다. 룰링 씨는 마지못해 하얀 거품이 가득한 작은 그릇을 받아 든다. 지옥 같은 풍경이었습니다, 코커 씨. 유감입니다, 코커 씨가 말한다.

그 점이 선생이 계신 영국의 매력이기도 합니다. 여러분은 피해 있었다는 점, 늘 페어플레이를 믿을 수 있었다는 점이요. 심지어 그 자유발언대까지 말입니다, 여러분은 여러분이 얼마나 운이 좋은지 모르는 거예요. 코커 씨가 입술을 오므리고 살짝 미소를 지어 보이고는 말한다, 어떨 때는 운이 좋고, 또 어떨 때는 운이 좋지 않죠. 그건 모두 어떤 기준에서 보느냐에 달린 문제이고, 늘 달라지기 마련입니다. 오늘은 제가 운이 좋네요.

코커의 자유

그는 혀를 내밀어 호박 모양 손잡이가 달린 스푼의 마지막 초콜릿을 핥는다. 룰링 씨는 어리둥절한 표정을 짓는다. 이 말씀은 꼭 드려야겠습니다, 룰링 씨가 말한다, 조국에 대해 자부심을 가지는 것, 말씀하신 것처럼 애국심을 가지는 것이 공산주의에 대한 최고의 방어책입니다. 룰링 씨가 웃을 때 보이는 이는 그의 셔츠만큼이나 새하얗다. 혹시 쿠덴호베 칼레르기 백작을 개인적으로 알고 지내셨나요?

코커 씨 차를 더 따르고, 종업원에게 뜨거운 물을 좀더 갖다 달라는 신호를 보낸다. 네, 그는 거짓말을 한다. 그렇습니까? 룰링 씨가 말한다. 아주 원칙적인 삶을 사신 분이죠, 코커 씨가 말한다, 미래에 대한 전망을 가진 분이었고, 그런 분을 알고 지낸 건 특권이라고 하겠습니다. 타고난 신사라고, 그런 사람을 우리 영국에서는 그렇게 부릅니다. 처음에 어떻게 알게 되셨죠? 룰링 씨가 묻는다. 하나 더 드실래요? 코커 씨가 묻는다. 나인 당케. 비테 쇤('괜찮습니다. 별말씀을요'라는 뜻의 독일어—옮긴이), 코커 씨는 미소를 지으며 자신이 좋아하는 독일어 표현을 쓰고는, 과자를 하나 더 집어 든다.

작년에 베른에서 그분을 만났습니다, 아주 우연히요. 우리는 같은 호텔에 묵었는데, 어느 날 저녁에 이야기를 나누다가 서로 같은 생각을 하고 있다는 걸 알게 되었죠. 그래서 산악 지대로 올라가 일주일을 함께 보냈습니다, 세상을 내려다보면서요. 그건 절대 잊지 못할 거예요. 노백작은 그 높은 곳에서 당신의 마음을 활짝 열어 보여주었습니다.

물론 그분은 이제 노인이지요, 우리 둘 다 노인입니다. 코커 씨는 룰링 씨를 흘긋 쳐다보며 덧붙인다. 마흔다섯쯤 되셨나요? 마흔입니다, 룰링 씨가 말한다. 거짓말이다. 그만하면 젊은 겁니다, 코커 씨가 말한다, 아직 남은 인생이 많으니까요. 잠깐만 실례하겠습니다.

코커 씨는 천천히 화장실을 향해 걸어가다가, 사라진다. 뒤에서 문이 닫히고 그는 자축한다. 이번이 세번째 성공이다. 그는 모자를 쓰고 보관실에서 외투를 찾아서, 옆문을 통해 거리로 나온다. 걸음을 옮기며, 룰링 씨가 지불해야 할 음식값을 계산해 본다. 십일 파운드 삼 펜스다.

코커의 자유

존 버거(John Berger, 1926-2017)는 미술비평가, 사진이론가, 소설가, 다큐멘터리 작가, 사회비평가로 널리 알려져 있다. 처음 미술평론으로 시작해 점차 관심과 활동 영역을 넓혀 예술과 인문, 사회 전반에 걸쳐 깊고 명쾌한 관점을 제시했다. 중년 이후 프랑스 동부의 알프스 산록에 위치한 시골 농촌 마을로 옮겨 가 살면서 생을 마감할 때까지 농사일과 글쓰기를 함께했다. 주요 저서로 『다른 방식으로 보기』『제7의 인간』『행운아』『그리고 사진처럼 덧없는 우리들의 얼굴, 내 가슴』『벤투의 스케치북』『우리가 아는 모든 언어』 등이 있고, 소설로 『우리 시대의 화가』『G』, 삼부작 '그들의 노동에' 『끈질긴 땅』『한때 유로파에서』『라일락과 깃발』, 『결혼식 가는 길』『킹』『여기, 우리가 만나는 곳』『A가 X에게』 등이 있다.

김현우(金玄佑)는 1974년생으로, 연세대학교 영어영문학과를 졸업하고 동대학원 비교문학과 석사과정을 수료했다. 역서로 『스티븐 킹 단편집』『행운아』『고딕의 영상시인 팀 버튼』『G』『로라, 시티』『알링턴파크 여자들의 어느 완벽한 하루』『A가 X에게』『벤투의 스케치북』『돈 혹은 한 남자의 자살 노트』『브래드쇼 가족 변주곡』『그레이트 하우스』『우리의 낯선 시간들에 대한 진실』『킹』『사진의 이해』『우리가 아는 모든 언어』『초상들』, 삼부작 '그들의 노동에' 『끈질긴 땅』『한때 유로파에서』『라일락과 깃발』 등이 있다.

코커의 자유

존 버거 소설 · 김현우 옮김

초판 1쇄 발행 2022년 10월 20일
발행인 李起雄 발행처 悅話堂
전화 031-955-7000 팩스 031-955-7010
경기도 파주시 광인사길 25 파주출판도시
www.youlhwadang.co.kr yhdp@youlhwadang.co.kr
등록번호 제10-74호 등록일자 1971년 7월 2일
편집 이수정 장한올 디자인 염진현
인쇄 제책 (주)상지사피앤비

ISBN 978-89-301-0749-5 03840